Fremder auf einer Brücke

Louise Mangos

Mana Verlag

Taschenbuch ISBN: 978-3-9525927-9-3

Weitere psychologische Spannungsromane von Louise Mangos
DAS MÄDCHEN VOR DER TÜR

Historische Krimi schreibt als L.S.Mangos
DIE GEHEIMNISSE VON MORGARTEN

Die folgenden Ausgaben sind momentan nur auf Englisch verfügbar:
FIVE FATAL FLAWS
THE BEATEN TRACK
THE ART OF DECEPTION
CONFESSIONS OF A CRIME WRITER

Für Chris, weil er immer an mich glaubte

1

APRIL 2002

Normalerweise treibe ich am Wochenende keinen Sport. Aber mehrere Tage anhaltender Frühlingsregen hatten meine Versuche verhindert, unter der Woche am Ägerisee in der Nähe unseres Hauses zu laufen. Der See war auf meinem üblichen Laufweg überflutet. Das trübe Wasser war schaumig vom Schmelzwasser der Alpen. Die Sonne kam an diesem Morgen heraus, begleitet von einem wolkenlosen blauen Himmel in den ich eintauchen wollte. Simon wusste, dass ich es kaum erwarten konnte. Er ermutigte mich zu laufen, damit alle zufrieden sind. Er würde später mit einer Gruppe von Freunden eine Radtour machen.

Ich wählte einen Waldweg aus dem Unterland in der Nähe der Stadt Baar. Ich plante durch die Lorzen-Schlucht neben dem Fluss hinaufzulaufen und dann dem Tal entlang nach Hause. Ein lokaler Bus setzte mich an der Abzweigung zur engen Kalksteinschlucht ab. Ich begann zu joggen auf den Schotterweg, der sich zu einem befestigten Erdweg verengte. Das Sonnenlicht blinzelte durch die Bäume, die mit ihren neuen Blättern leuchteten. Das Blätterdach des Waldes beschattete zu dieser Tageszeit einen Großteil des Weges. Der angeschwollene Fluss plätscherte an meiner Seite. Die Äste tropften noch immer von der tagelangen Feuchtigkeit. Ich verlängerte meine Schritte und atmete den metallischen Duft des sprießenden Bärlauchs ein. Die alltäglichen Probleme, die sich aus dem Jonglieren mit der Familie ergaben verschwanden. Als ich in meinen Metronom-Rhythmus fand, stellte sich ein Gefühl der Ruhe ein.

Die Sonne wärmte meine Schultern, als ich aus dem Schatten des Waldes herauslief. Ich konzentrierte mich auf eine kleine Tanne, die komisch aus den moosbewachsenen Dachschindeln der alten Tobelbrücke wuchs. Über mir verbanden zwei weitere Brücken auf immer höheren Ebenen, die an ein Escher-Gemälde erinnerten.

Bevor ich den schummrigen Tunnel der Holzbrücke betrat, blickte ich nach oben. Eine aufblitzende Bewegung erregte meine Aufmerksamkeit. Mein Blick glitt weg und huschte zurück.

Ein Mensch stand am Rande der oberen Brücke.

In einem Sekundenbruchteil registrierte mein Gehirn die Haltung der Person. Ich holte tief Luft und blinzelte, um sicher zu sein, dass ich auf diese Entfernung richtig gesehen hatte.

Oh, nein. Bitte nicht. Bitte, tu es nicht.

Der Mann stand in der Mitte zwischen zwei der riesigen Betonpfeiler, die aus dem Abgrund ragten. Er hielt sich mit den Händen am Geländer fest. Sein Körper schwankte leicht, während er über die Weite auf die andere Seite der Schlucht blickte. Der Fluss verbreitete sein weißes Rauschen hunderte Meter unter ihm. In meiner Nähe trillerte Vogelgezwitscher das in dieser beängstigenden Situation ein bisschen komisch war.

Zuerst war ich ungläubig. Wie lächerlich zu glauben, dass diese Person springen würde. Aber diese Körpersprache, eine gewisse ausgehöhlte Steifheit in Schultern und Brust, selbst aus der Entfernung, strahlte Unheil aus. Unsicher wie ich reagieren sollte, aber sicher, dass ich nicht das Schlimmste befürchten wollte. Ich verlangsamte meinen Schritt und blieb schließlich stehen.

«Haallo!» rief ich über das Rauschen des Flusses.

Meine Stimme brauchte einige Zeit um ihn zu erreichen. Das Echo hin und her prallte zwischen den Wänden der Schlucht. Sekunden später schüttelte er den Kopf und erwachte aus seiner Träumerei.

«Hey! Hallo!» rief ich erneut und streckte meinen Arm aus, die Handfläche erhoben wie ein Sicherheitsperson, der den Verkehr an einer Kreuzung zum Anhalten zwingt.

Ich ging ein paar Meter auf dem Pfad zurück, weg vom Schatten der überdachten Brücke, damit er mich besser sehen konnte. Auf der rechten Seite schlängelte sich ein Pfad durch den Wald, der das Tal mit der höher gelegenen Route verband. Ich verließ meinen ursprünglichen Kurs und lief den steilen Hang hinauf, nachdem ich den Mann irgendwo über mir im Blick verloren hatte. Oben angekommen, bog ich auf den Bürgersteig ab. Ich eilte in Richtung der Hauptstraße auf die Brücke, wobei ich schmerzhaft die kalte Luft einatmete. Mein Herz pochte vor Panik und der Anstrengung der Steigung.

Der Mann war schon länger als ein paar Minuten aus meinem Blickfeld verschwunden. Ich fürchtete mich davor, was ich bei meiner Ankunft vorfinden würde. In meinem Kopf überschlugen sich die Szenarien und die Gedanken wie ich dieser Person helfen könnte. Als ich die Brücke betrat sah ich mit Erleichterung, dass er immer noch auf dem Bürgersteig war. Ich befand mich jetzt auf gleicher Höhe mit ihm und musste nicht mehr angestrengt nach oben schauen. Vor lauter Angst blieb mein Blick an der einsamen Gestalt hängen, während ich mich näherte. Wenn ich auch nur eine Sekunde wegsehen würde, könnte er heimlich über die Kante springen. Mit meinem Blick auf ihn, hoffentlich würde er sich an der Brücke festhalten.

«Hallo...» rief ich, wobei meine Stimme vom Geräusch des rauschenden Wassers in der Lorze unter mir übertönt wurde. Ich ging stetig auf dem Bürgersteig auf ihn zu. Trotz meiner Nähe scheint er mich dieses Mal nicht gehört zu haben.

«Grüezi, hallo,» sagte ich erneut.

Mit einer Kopfbewegung lehnte er sich wieder zurück, beugte die Knie und schaute nach vorne.

«Nein!» Mein plötzlicher Schrei unterbrach seine Konzentration. Meine Stimme prallte an der Betonwand der Brücke ab. Er blieb auf halbem Weg stehen, die Augen weit aufgerissen.

Mein Magen krampfte sich unwillkürlich zusammen, als ich hinunter in die Schlucht blickte, aus der ich kurz zuvor noch hoch gestarrt habe. Ich kam mir dumm vor, weil ich nicht wusste was ich sagen sollte. Hier oben schien es eine andere Welt zu sein. Als ich mich ihm näherte, grüßte ich ihn in meinem gebrochenen Deutsch, immer noch schwer atmend.

«Ähm, guten Morgen ... Schön, was?» Ich schlang meinen Arm um mich.

Wie dumm von mir, so etwas zu sagen. Meine Stimme klang anders ohne das Echo des Raumes zwischen uns. Die Worte klangen so absurd. Ein nervöses Lachen entwich mir, bevor ich es unterdrücken konnte.

Er schaute mich wütend an. Vielleicht etwas überrascht, dass eine Ausländerin ihn angesprochen hat. Oder überrascht, dass überhaupt jemand mit ihm gesprochen hatte. In diesem Land, in dem völlig Fremde selten ein Gespräch beginnen, das über einen flüchtigen Gruß hinausgeht. Seine Wangen erröteten vor Empörung. Die Welle des sichtbaren Unmuts ließ mich erschaudern. Dann richtete sich sein Blick auf mein Gesicht und seine Gesichtszüge wurden weicher.

«Sprechen Sie Englisch?» fragte ich. Der Mann nickte. Kein Lächeln, kein Gruß. Er lehnte sich immer noch nach hinten und hielt sich mit den Händen an dem Geländer fest.

Bitte nicht springen.

Er war ein wenig größer und ein paar Jahre älter als ich. Schweiß glitzerte auf seiner Stirn. Sein stahlgraues Haar war nach hinten gestrichen, als hätte er es wiederholt mit den Fingern durchgestrichen. Sein Mantel flatterte auf und gab den Blick auf einen schicken marineblauen Anzug frei, vielleicht von Hugo Boss. Ich schaute auf den Bürgersteig in der Erwartung eine Aktentasche zu seinen Füßen zu sehen. Er schaute weg. Ich wollte unbedingt, dass er sich umdrehte und Blickkontakt hielt. Meine Hand schwebte vor mir. Ich wollte an dem unsichtbaren Seil ziehen das uns verband.

«Ich ... Es tut mir leid, aber ich hatte das seltsame Gefühl, dass sie überlegen, von der Brücke zu springen.» Ein nervöses Lachen brodelte erneut in meinem Hals und ich hoffte, dass meine Einschätzung falsch war.

«Sie haben Recht,» sagte er.

2

Dem Geständnis des Mannes folgten unendlich viele Sekunden der Stille. Mein Verstand schloss äußere Einflüsse aus. Ein Blinzeln durchbrach den Riss in der Zeit. Geräusche drangen wieder herein. Der Zischen eines gelegentlich vorbeifahrenden Fahrzeugs. Das Rauschen des Wassers im Fluss unten. Das anhaltende Zwitschern eines Vogels, tönte wie das quietschende Rad eines alten Einkaufswagens.

«Jetzt haben sie mich aufgehalten,» sagte er. «Das ist nicht gut. Sie sollten weggehen. Gehen sie weg.»

Aber die stechende Blick in seinen Augen war verschwunden. Ich hielt seinem Blick und versuchte nicht zu blinzeln aus Angst die Verbindung zu verlieren. Viele Klischees schossen mir durch den Kopf. In meiner Verzweiflung wählte ich eines aus um die Spannung zu lösen.

«Können wir reden? Ich weiß, es muss schlimm sein. Aber wenn sie vielleicht mit jemandem darüber reden können...»

Ich zuckte mit den Schultern, unsicher wie ich fortfahren sollte. Schweiß kühlte meinen Körper und ich fröstelte. Ich zog die Ärmel meines Laufshirts bis zu den Handgelenken herunter und rieb mir die Oberarme. Misstrauisch gegenüber dem Abgrund an meiner Seite, trat ich einen Schritt näher an den Mann heran. Er sprach nicht, sondern richtete sich auf und hob die Hand als wolle er mich wegstoßen. Er drehte sich kurz um, um in die Tiefe der Schlucht zu blicken. Ich packte seinen Arm fest unterhalb des Ellbogens und übte sanft Druck aus. Sein Blick ruhte zunächst auf der Hand an seinem Arm, dann wanderte er wieder zu meinem Gesicht. Er studierte meine gerunzelte Stirn und das gezwungene Lächeln.

«Bitte. Lass uns reden,» sagte ich.

Ich hatte keine magische Formel dafür, aber ich spürte, dass meine Berührung die Anspannung in seinem Körper löste. Meine Nägel kratzten am Stoff seines Mantels als ich seinen Arm fester umklammerte. Er sackte zusammen und setzte sich mit dem Rücken zur Brückenwand auf den Bürgersteig. Ich schloss kurz die Augen und blies die Luft durch meine Lippen.

Schritt eins erreicht. Kein Sprung.

Der Verkehr war spärlich an diesem Sonntag. Ein Auto wurde ein wenig langsamer, fuhr aber weiter. Niemand sonst war neugierig genug um anzuhalten. Das regelmäßige Zischen und Donnern jedes Mal wenn ein Fahrzeug über die Betonplatten fuhr, hallte zwischen den Wänden und der Brücke. Wir müssen wie ein seltsames Paar ausgesehen haben. Ich in einer Lycra-Laufhose und einem leuchtend orangefarbenen Laufoberteil, der Mann in seinem Geschäftsanzug, der jetzt ein wenig zerzaust aussah. Die Schnürsenkel an seinen schwarzen Brogues waren offen. Ich starrte auf seine Füße und fragte mich ob er wohl vorhatte die Schuhe auszuziehen bevor er sprang.

«Kann ich helfen?» fragte ich und ging in die Hocke. Der Mann schaute mich flehend an, die Hände auf die Knie gestützt. Das Weiße seiner Augen hatte sich durch den Schmerz gerötet und seine Iris leuchtete auffallend grün.

«Ich weiß es nicht,» sagte er unsicher.

«Nun, fangen wir mit ihrem Namen an,» sagte ich, als würde ich ein kleines Kind ansprechen.

«Manfred,» sagte er.

Es gab keine Bewegung in Richtung des traditionellen Schweizer Händedrucks. Immer noch in der Hocke, kribbelt es in meinen Füßen. Ich hielt einen Arm auf meinem Oberschenkel, den anderen balancierte ich auf den Fingerspitzen auf dem Pflaster.

«Mein Name ist Alice. Es tut mir leid, ich spreche nicht sehr gut Deutsch...»

«Ist schon gut,» sagte er. «Ich spreche ein wenig Englisch.»

Ich schnaubte unwillkürlich. Es war die übliche *Ich spreche ein wenig Englisch*-Einführung an die ich mich in den letzten Jahren in denen ich in der Schweiz lebte gewöhnt hatte und die normalerweise nur wenige grammatikalische Fehler aufwies. Die Spannung löste sich und Erleichterung durchflutete mich. *Er würde nicht springen.* Ich spürte, wie mein seliges Lächeln meine Miene weicher werden ließ. Manfred schaute mir in die Augen, hielt meinen Blick fest und saugte die Euphorie in sich auf.

Ich drehte mich um, um mich an seine Seite zu setzen und das Blut schoss mir wieder in die Beine. Sein Blick folgte meiner Bewegung. Ein neugieriges Glitzern lag nun in seinen Augen und seine Lippen spreizten sich leicht und offenbarten die kostspielige Perfektion der Schweizer Kieferorthopädie. Ich lehnte mich mit dem Rücken gegen die Wand. Der kalte Beton drückte gegen mein schweißnasses Laufshirt. Ich streckte meine Beine aus, die Oberschenkel saugten die Kälte des Pflasters auf. Unsere Ellbogen berührten sich und er zog die Knie an, bereit aufzustehen. Ich legte meine Hand auf seinen Arm.

«Du darfst das nicht tun. Bitte...»

Er sah mich an und kurz stiegen ihm die Tränen in die Augen, bevor er sich mit einem Handrücken über die Augen wischte. Es schien selbstverständlich, dass wir nun per du waren.

«Du hast mich aufgehalten.»

«Ja, ich habe dich aufgehalten. Ich will nicht, dass du springst Manfred.

«Du ...» Er musterte mich.

«Es ist achtlos,» sagte ich.

Manfreds Blick wanderte von meinem Gesicht zu meinem unordentlichen Pferdeschwanz. Er blickte von dort hinunter auf meine ausgestreckten Beine.

«Dir das Leben zu nehmen,» fuhr ich fort. «Es ist chaotisch. Nicht nur das – du weißt schon...» Ich machte eine auf- und abtauchende Bewegung mit meiner Hand. «Glaub mir, ich habe das auch schon erlebt.»

«Du ... wolltest einmal springen?» Neugierde belebte Manfreds Stimme.

«Nicht springen, nein. Gott bewahre. Ein gescheiterter Versuch einer Überdosis. Eine jugendliche Dummheit nach einem Liebeskummer. Aber mit einem Dutzend Paracetamol wäre ich nirgendwo hingekommen.»

Das hatte ich Simon nie erzählt und ich biss mir auf die Lippe bei diesem Geständnis. Ich erinnerte mich an den «Schlamassel» den ich angerichtet hatte: eine hysterische Mutter, eine geprellte Speiseröhre, ein Husten, der nach der Magenpumpe noch wochenlang anhielt. Gefolgt von den peinlichen Beratungsgespräche, die alle auf ein pubertäres Drama hinausliefen.

«Was auch immer passiert ist, um dich dazu zu bringen das zu tun, die Menschen werden immer traurig sein. Du wirst mehr Menschen schaden als dir selbst. Nicht nur körperlich,» sagte ich.

Manfred zischte kurz durch seine Zähne. «Ja, guet,» sagte er, das schweizerdeutsche «gut» auf zwei Silben gestreckt. *Gu-eht.* Er starrte auf einen Punkt unter meinem Gesicht. Ich wusste, dass er den Pulsschlag an meinen Hals beobachtete, die suprasternale Kerbe. Die Stelle an der Simon oft seine Lippen platzierte. Ich zog den Reißverschluss meines Laufshirts bis zum Kragen hoch.

Sein Blick wanderte zurück zu meinem Gesicht. Ein kurzes Lächeln, dann ein Stirnrunzeln.

«Ich kann nicht mehr mit mir selbst leben. Ich kann nicht damit leben, wer ich bin, was ich tue. Was ich getan habe,» sagte er.

In meinem Nacken kribbelte es.

«Aber das löst das Problem für andere Menschen nicht,» warf ich ein. «Es schafft mehr. Es muss einen anderen Weg geben, deine... deine Probleme zu lösen. Dein Leben ist kostbar. Dein Leben ist heilig und wird für jemanden etwas Besonderes sein.»

Seine Lippen bildeten einen kleinen Kreis.

«Mein Leben ist...»

«Kostbar. Wertvoll. Geschätzt. Eine gute Sache, die nicht weggeworfen werden darf,» wiederholte ich.

Er lächelte zaghaft, saugte meine Erleichterung auf und ernährte sich von meinem Mitgefühl. Ich spürte wie meine Euphorie zu mir zurückkehrte, serviert auf einem Tablett aus... was? Dankbarkeit? Nein, es war etwas anderes.

Mein Mund wurde trocken.

3

Er bewegte seinen Körper. Meine Hand bewegte sich auf seinem Arm, als er einen Finger hob um die Feuchtigkeit unter seinem Auge wegzuwischen. Ich wollte die Hand ausstrecken und seine Hand halten, seine Traurigkeit lindern. Er griff in die Brusttasche seiner Anzugsjacke und zog eine Brille heraus. Er drückte sie auf sein Gesicht. Die rechteckigen schwarzen Ränder verliehen ihm noch mehr das Aussehen eines Beamten. Ich fragte mich, welcher furchtbare Fehler ihn auf die Brücke geführt hatte. Das Klischee eines Mannes der am Rande des finanziellen Ruins steht.

«Wir müssen dich hier rausholen,» sagte ich als ich mich vom Bürgersteig abstieß und vor ihm niederkniete. «Bist du mit dem Auto gekommen? Hast du ein Auto in der Nähe?»

Er schüttelte den Kopf und sah auf den Bürgersteig hinunter.

«Hast du ein Handy bei dir? Gibt es jemanden den wir anrufen können?» fragte ich etwas vorsichtiger.

Als er zu mir aufschaute ohne zu antworten, schaute ich auf seine Füße hinunter. Ich band seine Schnürsenkel zu. Ich spürte seine Augen auf mir, während ich diese Aufgabe erledigte. Ich wippte auf meinen Fersen, griff nach seiner Hand und stand langsam auf. Manfred starrte auf mein Handgelenk, wie hypnotisiert von der Berührung. Seine Hand, die zunächst schlaff in meiner lag, verstärkte ihren Griff. Ich presste meine Lippen zu einem flachen Lächeln zusammen, neigte ermutigend den Kopf und zog ihn auf die Beine.

Am liebsten hätte ich ihm den Staub von der Jacke gestreift, wie eine fürsorgliche Ehefrau. Ihm seine nicht vorhandene Aktentasche gereicht und ihn auf den Weg zu seinem prestigeträchtigen Job bei einer Investmentbank geschickt. Aber ich wusste, dass er noch nicht bereit war auf sich allein gestellt zu sein. Ich hielt seine Hand fest, um ihn auf dem Bürgersteig zu ermutigen und sei es nur, um ihn von der Brücke zu holen. Als wir in Richtung einer entfernten Bushaltestelle gingen, entspannte ich mich. Wir hinterließen den Abgrund des Schicksals dieses Mannes. Manfred schien das auch zu begreifen und blickte in den hellen Himmel. Ich war mir nicht sicher ob die Feuchtigkeit zwischen unseren Handflächen die meine oder die seine war.

«Wohin führst du mich? Das war nicht mein Plan,» sagte er.

«Es ist okay. Dir wird es gut gehen. Lass uns gehen.» Ich lächelte wieder, ermutigend. «Kommst du mit mir zur Bushaltestelle? Ich glaube nicht, dass ich dich allein lassen sollte. Ist das in Ordnung für dich?»

Manfreds Lippen verzogen sich zu einem Strich. Ich wusste, dass ich ihn zum Reden bringen sollte. Aber was zum Teufel sagt man zu jemandem, der gerade versucht hat sich von einer Brücke zu stürzen?

Ich zitterte jetzt, sowohl wegen meines rasch auskühlenden Körpers, als auch wegen des nachlassenden Einflusses des Adrenalins. Mein oberer Brustkorb surrte ungesund und ich hustete.

«Komm!» Mein Tonfall war falsch und übermütig, wie ein kleines Kind zu überzeugen einen ungewollten Ausflug zu machen. «Es ist nicht mehr weit bis zum Bus. Wenigstens können wir dieser verdammten Kälte entfliehen.»

Manfred runzelte die Stirn. In seinem schicken Anzug und Mantel würde er die trügerische Frühlingskälte bei diesem blauen Himmel und Sonnenschein wohl kaum spüren. Ich versuchte mein Zittern zu unterdrücken, presste meinen Kiefer zusammen und hatte Mühe zu sprechen. Als wir die Haltestelle erreichten, fiel es mir schwer mich auf den Fahrplan zu konzentrieren. Der nächste Bus nach Zug fuhr erst in über einer Stunde. Abgesehen von der Tatsache, dass ich nicht genug Geld hatte um uns dorthin zu bringen, konnte ich nicht so lange warten. Ich würde erfrieren.

«Hier entlang,» sagte ich, als wir die Straße überquerten, um den Fahrplan des Busses zu prüfen der in die andere Richtung fuhr, zurück nach Aegeri. Zehn Minuten. *Gott sei Dank.*

Während wir warteten, fielen uns die Hände auseinander. Ich fummelte sinnlos an meinem Pferdeschwanz herum und klemmte mir wilde Haarsträhnen hinter die Ohren. Ich rieb meine Arme, beschäftigte meine Finger und versuchte die Verbindung unserer Handflächen zu vergessen. Es gab eine Stahlbank, aber ich wollte mich nicht auf das kalte Metall setzen. Manfred stand nur einen Schritt von mir entfernt und bewegte sich mit mir, als ich zum anderen Ende des Unterstandes ging. Ich war versucht mich an ihn heranzuschleichen, seine Körperwärme aufzusaugen. Ich musste mich daran erinnern, dass er immer noch ein Fremder war, trotz dessen was wir kurz zuvor erlebt hatten. Stattdessen lehnte ich mich gegen die Glaswand, um mich vor dem Wind zu schützen. Nachdem ich so lange seine Hand gehalten hatte, bedauerte ich fast den Bruch. Aber ich bemerkte, dass ein gewisses Maß an Vertrauen in sein Auftreten zurückkehrte.

«Dir ist kalt,» sagte er schlicht, bot mir aber weder seinen Mantel noch seine Jacke an. Ich war mir nicht sicher ob ich sie überhaupt angenommen hätte. Ich hätte nicht gewollt, dass der Geruch meines Körpers nach dem Sport in das Futter seines Hugo Boss Mantels eindringt.

Ich erinnerte mich an die leitenden Angestellten der Werbeagentur, in der ich in London gearbeitet hatte. Sie hatten nie zu der Gruppe von Mitarbeitern gehört, die meine psychologische Beratung in der Personalabteilung in Anspruch nahmen. Ich hatte dort nur mit Streitigkeiten im Büro, mit Sekretärinnen, die sich beschwerten, dass sie ungerecht behandelt wurden und mit Persönlichkeitsanalysen zu tun gehabt. Im Studium ein mögliches Selbstmordszenario zu studieren war eine Sache. Mit einem echten Opfer konfrontiert zu werden, war eine ganz andere Sache.

Ich wünschte mir Simon wäre da, um meine Unsicherheit zu lindern. Was würde er wohl an meiner Stelle tun? Auch die Gesellschaft meiner gesprächigen Laufpartnerin Kathy wäre willkommen gewesen. Ich stellte mir vor, sie hätte die Situation auf die leichte Schulter genommen und Manfred mit ihrem fröhlichen nordenglischen Akzent abgelenkt. Ich wollte diesen Mann so gerne aus seiner Verzweiflung herausholen. Ich hatte diesen Blick schon einmal gesehen, als ich in den Semesterferien ehrenamtlich in einem Obdachlosenheim gearbeitet hatte. Es war mir ein Bedürfnis, den Menschen zu helfen, ihren Schmerz zu lindern.

Das Aufheulen eines großen Dieselmotors unterbrach meine Gedanken. Wir kletterten in den Bus, Manfred fügte sich nun ohne Widerstand. Mit dem letzten Kleingeld aus meinem Geldgürtel kaufte ich beim Fahrer zwei Fahrkarten. Ich war mir sicher, dass Manfred kein Geld dabei hatte. Ich wählte einen Platz in der Mitte und er setzte sich neben mich.

Als der Bus losfuhr und an Fahrt aufnahm, schauten wir aus dem Fenster. Das Fahrzeug fuhr in einem weiten Bogen auf das nächste Dorf zu. Jeder Meter führte uns von der Brücke weg. In der letzten Haarnadelkurve, bevor das Tal aus dem Blickfeld verschwand, blickte Manfred kurz zurück in Richtung Schlucht und nickte einmal fast unmerklich. Er drehte sich um und starrte auf die Straße vor uns, dann riss er mich aus meinen Gedanken.

«Was hast du jetzt vor?» fragte er.

Ich wusste es ehrlich gesagt nicht. Ich hatte mir das gerade ausgedacht.

«Ich muss mir eine warme Jacke oder so etwas besorgen,» sagte ich. «Du solltest im Moment nicht alleine sein. Wir werden entscheiden was wir tun, wenn ich zu Hause bin, meine Handtasche und meine Schlüssel geholt habe. Wir können mein Auto benützen. Ich brauche mein Handy und dann können wir entscheiden.»

Er schien diesen kurzfristigen ersten Schritt zu akzeptieren und ließ sich wieder auf den Blick aus dem Fenster fallen. Ich tat das Gleiche und kaute auf meiner Lippe. Ich war ungeduldig Simon zu sehen.

«Du *wohnst* in Aegeri? Du bist kein Tourist?» Manfreds verspätete Neugierde verstärkte meine Erleichterung noch. Es war, als wäre er zu mir in den Bus gestiegen und hätte gefragt, ob der Platz neben mir noch frei sei. Ein Fahrgast, der sich höflich unterhält.

«Mein Mann arbeitet für ein kleines Handelsunternehmen, dessen Finanzabteilung sich im Süden Londons befindet. Vor ein paar Jahren wurde ihm eine Stelle am Hauptsitz in Zug angeboten, also sind wir hierher gezogen. Ich fürchte, ich habe nicht viel Deutsch gelernt, seit ich hier bin. Wir sollten eigentlich für zwei Jahre hier bleiben, aber die Firma hat ihn gebeten zu bleiben.»

«Gefällt dir die Schweiz?» fragte Manfred mit einem Ton in der Stimme, der zwischen verwirrtem Stolz und Verachtung schwankte. Ich fragte mich wieder, was ihn auf die Brücke gebracht hatte. Vielleicht ein Fehler in der Maschine, die die Schweizer Bürokratie hervorbringt.

«Es ist ein schönes Land. Ich habe eine Weile gebraucht, um mich an ihre... Sitten zu gewöhnen. Aber ich liebe den Kontrast zwischen den Alpen und der Stadt. Ich habe früher in der Personalabteilung einer großen Werbefirma gearbeitet. Das ist eine ganz andere Welt.»

Ich blickte aus dem Fenster auf die frisch erblühten Kirschbäume, die zwischen den Feldern mit den letzten Frühlingskrokussen vorbeizogen.

«Ich glaube unsere Sprache ist für die Ausländer schwer zu lernen,» sagte er.

«Für mich war es anfangs auch schwer,» gebe ich zu und erinnere mich an ein Missverständnis mit unserem örtlichen Elektriker. Als wir ins Dorf kamen, wurde unsere Familie als etwas Neues betrachtet. Ich habe einen so genannten Chat Club gegründet, in dem die Mütter der Freunde der Jungs ihr Englisch verbessern konnten.

«Du hast ein gutes Dialekt. Leicht zu verstehen. Nicht wie einige amerikanische Akzente.»

«Vielen Dank. Und ich kann sagen, dass du deinem Englisch von einem britischen Lehrer gelernt hast.» Ich lächelte und vergaß fast, warum wir hier waren.

«Die Schweiz ist eine mehrsprachige Nation. Wir haben vier offizielle Sprachen aber du wirst sehen, Englisch wird unsere allgemeine Sprache werden.»

«Ich habe das Gefühl, dass die Idee einer universellen Sprache in unserem kleinen Dorf noch lange nicht angekommen ist. Ich hatte gehofft, als Gegenleistung für meine Bemühungen als Lehrerin etwas Deutsch zu lernen,» fuhr ich fort. «Aber ich war in der Unterzahl. Es schien nie zu klappen. Meine Kinder lernten allerdings sehr schnell. Angefangen mit einer nicht so schönen Sprache auf dem Schulhof.»

«Dann haben sie zwei Sprachen gelernt. Hochdeutsch im Klassenzimmer und Schweizerdeutsch außerhalb der Schule,» sagte er.

Ich nickte und erinnerte mich daran, wie ich zum ersten Mal Schweizerdeutsch hörte, einen eher gutturalen Dialekt mit einem singenden

Tonfall, durchsetzt mit kehligem Grummeln und dem Kauen von Vokalen.

«Die Sprachbarriere war für mich eine viel größere Herausforderung. Aber im Chat Club geht es in erster Linie darum, Englisch zu sprechen. Ich habe kaum Gelegenheit meine eigenen Deutschkenntnisse über Sätze der Begrüßung und des Bedarfs hinaus zu verbessern. Mein Drang zu helfen wurde nicht erwidert... zurückgegeben.»

Mir stieg die Hitze ins Gesicht, als ich mich an die Dinge erinnerte, die ich zu Beginn unseres Umzugs in die Schweiz falsch gemacht hatte. Die verhinderten meine Integration in die Gemeinschaft. Ich hatte eine Weile gebraucht um mich mit den pedantischen Gepflogenheiten des Landes zurechtzufinden.

Ich hatte mit Manfred geplaudert, übermäßig enthusiastisch, weil ich die seltene Gelegenheit hatte mit jemandem außerhalb der Familie in meiner eigenen Sprache zu reden. Ich faltete die Hände im Schoß und betrachtete die vorbeiziehenden Häuser als wir in die Außenbezirke des Ägeritals einfuhren. Als der Bus an einem Waldstück vorbeifuhr, zeigte die plötzliche Dunkelheit das Bild unserer beiden Gesichter im Fenster. Unsere Köpfe wippten im Einklang mit der Bewegung des Fahrzeugs. Manfred sah mich weiterhin an. Ich schluckte und lenkte meinen Blick von seinem Spiegelbild weg auf die Vorderseite des Busses.

Worauf hatte ich mich jetzt eingelassen? Ich fühlte mich ein wenig verloren in dieser Situation. Aber es wäre undenkbar gewesen, dass ich diesen Mann ignoriert hätte und weiter talaufwärts gelaufen wäre. Er war verletzt genug, um sich das Leben zu nehmen. Ich dachte an all die Male in denen ich Menschen gesehen hatte, die an einem Hilfsbedürftigen vorbeigingen. Ein gestürzter Mann im Park von dem alle dachten er sei betrunken, der aber in Wirklichkeit an Parkinson erkrankt war. Ich hob die Einkäufe einer Frau in den Kofferraum ihres Autos, als ich sah wie sie sich die Hände in den Nacken drückte. Den hungrigen Obdachlosen warme Socken und eine Tasse Suppe brachte. Schon als Kind hatte ich den Drang dort zu helfen, wo andere es nicht tun. Das war der Grund warum ich Psychologie studieren wollte. Aber hier war ein Szenario für das ich kaum ausgebildet war.

«Endhaltestelle,» verkündete der Busfahrer.

«Unsere Haltestelle,» sagte ich und stand auf. «Ich wohne gleich außerhalb des Dorfes. Es ist ein schöner Spaziergang.»

Wir stiegen aus dem Bus und verließen das Dorfzentrum, wobei der Höhenunterschied einen freien Blick auf den See ermöglichte. Der Sonne glitzerte in Lichtsplitter auf dem Wasser.

«Dies ist einer von Leos Lieblingsausblicken,» sagte ich als Manfred sich fragend umdrehte. «Mein ältester Sohn. Er liebt die Aussicht. Er hasst aber die Tatsache, dass er jeden Tag zu Fuß zur Schule gehen muss.»

Ich machte leichte Konversation und versuchte Manfreds Gedanken von früheren Ereignissen zu trennen. Er sagte nichts und sein Schweigen nach unserem Gespräch im Bus war mir unangenehm.

«Es ist unglaublich schön,» wiederholte ich, dann wechselte ich das Thema. «Wohnst du in der Nähe?»

Er zuckte leicht mit den Schultern und machte eine Kopfbewegung, die weder Ja noch Nein sagte. Seine Augen, die jetzt klar und neugierig waren, blickten auf den See. Ich konnte erkennen, dass er die Aussicht genoss, denn der Anflug eines Lächelns umspielte seinen Mund. Ich biss mir auf die Lippe und schaute wieder auf das Wasser.

Als wir an der Tür des alten Zugerhauses ankamen zu dem unsere Maisonette-Wohnung gehörte, zögerte ich. Ich wusste, dass die Grundregel lautete Manfred nicht allein zu lassen. Ich war aber vorsichtig genug um diesen Mann nicht in unsere Wohnung lassen. Die Haustür war durch einen Überhang geschützt. An der Außenwand stand eine Bank auf die sich die Kinder normalerweise setzten um ihre schlammigen Stiefel auszuziehen oder im Winter den Schnee von ihnen zu fegen.

«Ich muss ein paar Sachen holen. Warte einfach hier. Setz dich. Ich werde mich so schnell wie möglich beeilen. Ich bin gleich wieder da.» Ich versuchte es mit einer Fröhlichkeit die sich leer anhörte. «Okay?» Ich legte ihm die Hand auf die Schulter.

Manfred nickte unsicher und setzte sich auf die Bank. Ich konnte sehen, dass seine Verwirrung und seine Zuversicht in Wellen gegeneinander kämpften. Ich atmete tief durch und wusste, dass ich für diese Situation definitiv nicht gerüstet war. Ich hoffte mehr als alles andere, dass Simon zu Hause sein würde. Mich zu unterstützen, um mit diesem Fremden zu reden, dessen persönliche Verantwortung ich übernommen hatte. Gemeinsam hätten wir eine bessere Chance ihm zu helfen.

Doch als ich die Schwelle zu unserer Wohnung überschritt, wusste ich sofort, dass niemand zu Hause war.

4

Die Tür war nicht verschlossen, wie immer. Sicherheitserwägungen haben in unserer sicheren Schweizer Welt keine Priorität. In der Wohnung herrschte eine dumpfe Stille. Nur Staubflocken zu sehen waren durch die Streifen der Mittagssonne, die jetzt durch den Flur strömten. Keine atmenden Körper.

Eine eilig auf die Rückseite eines Umschlags gekritzelte Notiz verriet mir, dass Simon mit seinen Kumpels zu einer Fahrradtour aufgebrochen war. Er hatte die Jungs bei Freunden von ihnen abgesetzt, bevor er losfuhr. Das krakelige Gekritzel deutete darauf hin, dass er leicht verärgert darüber war, dass ich nicht zu Hause gewesen war, wie ich es versprochen hatte. Meine erste Reaktion war Schuldgefühle, dann ein Anflug von Verärgerung als ich mir vorstellte wie er sich mit dem Zettel beeilte. Er nicht daran dachte, dass ich mir vielleicht eine Verletzung zugezogen hatte, oder bei meinem Lauf ein Problem aufgetreten war.

Ich löste meinen Laufgürtel, ließ ihn auf den Boden fallen und zog meine Laufschuhe aus. Mir war immer noch kalt. Ich wünschte ich könnte in meinem warmen, gemütlichen Haus bleiben. Ich drehte den Wasserhahn an der Küchenspüle auf und nahm mehrere große Schlücke Wasser direkt aus dem Ausguss um meinen Durst zu stillen.

Nachdem ich mir eine Fleecejacke übergezogen hatte, nahm ich die Autoschlüssel vom Haken. Ich nahm mein Handy und schwor mir, dass ich nie wieder ohne laufen würde, obwohl es so groß und zerbrechlich war.

Ich tippte Simons Nummer auf dem Tastenfeld ein.

Komm schon, *komm schon*. Der Klingelton ging weiter und weiter, bis er schließlich auf seine Voicemail umschaltete.

«Schatz, bitte ruf mich an, sobald du diese Nachricht hörst.»

Ich stellte mir vor, wie Simon auf einer kurvenreichen Alpenstraße seine Trittfrequenz auf das Maximum steigerte. Wie er im Feld die Position wechselte, wenn er an der Reihe war um die anderen zu führen. Wie das Handy ungehört in der Werkzeugtasche unter seinem Sitz klingelte. Ich steckte das Handy in meine Tasche, beugte mich vor, um meine Socken auszuziehen und meine leicht schmerzenden Füße in ein bequemes Paar Pumps zu stecken.

Ich war vorsichtig und wollte mir nicht die Hände mit einer Entscheidung schmutzig machen, die Manfred wieder auf den Pfad der Selbstzerstörung führen könnte. Ich war kein erfahrener Psychologe und hatte meine Fähigkeiten nie wirklich im heilenden Sinne eingesetzt. Dieser Mann brauchte Hilfe, die ich ihm nicht geben konnte. Vor allem aber traute ich mich aufgrund meiner mangelnden Sprachkenntnisse nicht, mich in dieser Angelegenheit an eine Autoritätsperson zu wenden. Es war eben Sonntag, der obligatorische Ruhetag. Neben dem Verbot Wäsche aufzuhängen und Rasen zu mähen, hatte auch die Polizei Anspruch auf einen freien Tag. Vielleicht sind sie nicht da, um verlorene Seelen auf Brücken zu retten. Ich war mir nicht sicher jemand zu finden, der uns helfen konnte.

Ich warf einen Blick in den Flurspiegel, registrierte mein zerzaustes Aussehen nach dem Sport und eilte die Treppe hinunter zur Eingangstür.

⁕

Manfred saß immer noch mit gesenktem Kopf auf der Bank, aber seine Körpersprache hatte sich verändert. Meine Stimmung hellte sich auf, als ich die geraden Schultern, den festen Kiefer und sein ordentlich gekämmtes Haar bemerkte. Er putzte seine Brille mit einem Taschentuch aus einer Packung, die neben ihm auf der Bank lag. Sein Gesicht war nicht mehr verzweifelt, sondern konzentriert. Er erledigte die einfache

Aufgabe mit einer gewissen Zielstrebigkeit. Ich hatte eher mit leeren Blicken und der Hülle einer unglücklichen Seele gerechnet. Die Veränderung in diesen wenigen Minuten war bemerkenswert. Demut und Entschlossenheit waren offensichtlich und ich lächelte breit über seine Rückkehr ins Leben.

«Ich kann nicht glauben, dass ich so dumm bin, so *dumm*,» sagte er und fuhr fort sorgfältig seine Brille zu polieren. «Was habe ich mir nur dabei gedacht?»

Eine riesige Welle der Erleichterung überschwemmte mich. Ein Teil von mir wollte immer noch helfen, aber ein Teil von mir wollte dieser Situation den Rücken kehren, jetzt wo ich zu Hause war. Ich wollte egoistisch mein Wochenende zurück. Ich wollte eine heiße Dusche und eine Tasse Tee. Ich wollte meine Abwesenheit von meiner Familie am Sonntag, wieder wettmachen wenn alle zu Hause sind.

Als Manfred aufstand, umarmte ich ihn spontan.

«Willkommen zurück,» sagte ich erleichtert.

Als ich den Druck seiner Arme spürte die mich sanft umarmten, räusperte ich mich und ließ ihn unbeholfen los.

«Kann ich dich irgendwo hinbringen? Möchtest du mein Handy benutzen, um jemanden anzurufen?» fragte ich und griff nach dem Handy in meiner Tasche.

Er schüttelte langsam den Kopf.

«Nein, ich habe niemanden zum Anrufen. Ich weiß nicht, aber ich denke ich werde nach Hause gehen.»

«Gibt es... jemanden zu Hause, der dir helfen kann?»

Ein Muskel riffelte über seinem Kiefer als er die Zähne zusammenbiss und ein kleiner Seufzer entkam seinen Lippen.

«Nein, eigentlich nicht. Wenn ich es mir recht überlege, ist das vielleicht doch keine so gute Idee.»

Mir war es unangenehm, dass Manfred sich so nahe am Haus aufhielt. Sein Fall musste gemeldet werden; er sollte mit jemandem sprechen.

«Willst du mit mir in meinem Auto fahren?»

Er sah mich an, grüne Augen leuchteten hinter seiner Brille, die Augenbrauen leicht hochgezogen. Ein Ausdruck völligen Vertrauens. Er trat neben mich, als wir zu der Garage gingen, in der unser Land Rover geparkt war. Er wartete, während ich das Auto startete. Nachdem ich rückwärts aus der Garage gefahren war, deutete ich ihm an, dass er einsteigen sollte.

«Ist schon gut, du kannst das Garagentor offenlassen,» rief ich durch das offene Beifahrerfenster, als er einen Moment da stand und sich fragte, was er tun sollte.

Manfred nickte einmal. Er zog seinen Mantel aus und faltete ihn sorgfältig über den Arm. Dann öffnete er den mittleren Knopf seines Jacketts und kletterte ins Auto, als würde er sich zu einer Besprechung an einen Konferenztisch setzen. Während ich unsere holprige Auffahrt entlangfuhr, schaute er sich im Inneren des Autos um. Ich folgte seinem Blick. Zwischen den Sitzen lagen verstreut ein paar verheddert Kopfhörer, eine leere Flasche Rivella, ein Fußball-Schienbeinschoner und verschiedene Bonbonverpackungen.

«Ein schlimmer Zustand,» sagte ich. «Zwei Jungs. Unaufgeräumte Jungs.» Manfred nickte.

«Ich habe einen Jungen,» sagte er.

Sein Ausdruck verriet Traurigkeit, aber nicht die Verzweiflung, die ich auf der Brücke gesehen hatte. Ich starrte wieder auf die Straße. Er ging nicht weiter darauf ein, behielt eine ruhige Gelassenheit. Ich war nicht sicher ob ich etwas fragen sollte. Ich ließ den Atem los den ich angehalten hatte.

«Wir müssen jemanden für dich finden, mit dem du reden kannst,» sagte ich zaghaft. «Wenn du dich nicht in der Lage fühlst, mit jemandem aus deiner Familie zu sprechen, dann vielleicht mit jemand anderem, einem Arzt, einem Freund...»

«Wenn mein Englisch besser wird, kann ich mit dir reden,» sagte Manfred.

Ich schluckte. «Wo ist dein Zuhause?» fragte ich.

«Zuhause... war im angrenzenden Kanton, im Aargau. Ich glaube nicht, dass ich dort bleiben kann. Meine Frau ist nicht... bei mir. Sie... sie ist gestorben.»

«Oh! Es tut mir leid.»

«Das ist schon lange her,» sagte er in einem sachlichen Ton. «Meine. .. meine Schwester kümmert sich jetzt um meinen Jungen. Er ist Student. Aber ich habe kein besonders gutes Verhältnis zu meinem Sohn.» Er zögerte. «Sie erwarten mich nicht zurück. Ich habe diese Brücke hinter mir abgerissen.»

Ich war einen Moment verwirrt.

«Oh, du meinst, die Brücke verbrannt. Das ist die Redewendung auf Englisch.»

Ich fragte mich, ob er seiner Schwester und seinem Sohn eine Nachricht hinterlassen hatte. Und ich fand es ironisch, dass eine Brücke den Platz in das Gespräch gefunden hatte. Er brauchte sofort professionelle Hilfe. Ich hoffte, dass nicht alles an einem Sonntag geschlossen sein würde.

«Nein, ich werde nicht dortbleiben,» sagte er wieder als ich sein Gesicht betrachtete. «Aber es ist in Ordnung, mach dir keine Sorgen. Du hilfst mir doch. Ich danke dir Alice.»

Es war ein seltsames Gefühl, ihn zum ersten Mal mein Vorname sagen zu hören, obwohl wir schon lange informell unterhielten. Meine Hände umklammerten das Lenkrad ein wenig fester.

Im Nachbardorf hielt ich auf einem Parkplatz vor Ägerisports, wo wir jeden Winter die Skiausrüstung für die Jungs ausliehen.

«Warte hier. Ich bin gleich wieder da,» sagte ich zu Manfred als ich aus dem Auto stieg.

Die kleine Dienststelle der Zuger Polizei befand sich zwischen dem Sportgeschäft und einem Sonnenstudio. Aber da heute Sonntag war, war sie wie zu erwarten geschlossen. Die Öffnungszeiten waren an der Tür der Polizeiwache angeschrieben wie bei einem Lebensmittelgeschäft: Montag-, Mittwoch- und Freitagnachmittag zwischen 14 und 16 Uhr, Samstagmorgen von 9 bis 11 Uhr. Es hätte genauso gut *Bürger der Schweiz: kriminelle Aktivitäten und soziale Bedürfnisse sollten auf diese Zeiten beschränkt sein.*

Ich blickte die Spiegelungen der Bäume, die hell und dunkel über die Windschutzscheibe meinem Auto streiften. Sie verdeckten mir die Sicht von Manfred. Ich sah ihn als er sich nach vorne lehnte, unsicher was wir hier taten, denn das Schild der Polizeistation war von seinem Platz aus nicht zu sehen. Ich schaute schnell weg und kaute auf meiner Wange herum. Mir wurde klar, dass ich von zu Hause aus die Nummer 117 hätte wählen sollen. Aber ich hatte mich nicht getraut, den Einsatzkräften meine Situation auf Deutsch zu erklären.

Die Angst purzelte durch meinen Bauch. Vor allem wegen Manfreds möglicher Reaktion, wenn ich ihn der Polizei auslieferte. Ich war mir sicher, dass er darüber nicht glücklich sein würde. Ich fand mich damit ab, ihn in das zwanzig Minuten entfernte Krankenhaus im Tal zu fahren.

Das würde zwanzig weitere Minuten im Auto mit ihm bedeuten.

5

Als ich wieder ins Auto kletterte, sah Manfred mich neugierig an. Ich schaltete den Motor ein und fuhr los, ohne ihm zu sagen, warum wir angehalten hatten. Als wir losfuhren, bemerkte er das Schild der Polizeistation nicht.

«Manfred, du solltest wirklich mit einem Mediziner oder einem Psychologen sprechen,» sagte ich.

«Du bist auch Mutter. Du kennst doch die Probleme die Familien haben. Du wirst sie verstehen. Ich habe es ernst gemeint, als ich sagte, dass ich glaube, dass du helfen kannst.»

«Hat das nur mit deiner Familie zu tun? Deiner verstorbener Frau? Deinem Sohn?» fragte ich sanft.

Ich war zu weit gegangen, hatte die Frage gestellt die mir durch den Kopf ging seit ich ihn zum ersten Mal in seinem Geschäftsanzug auf der Brücke gesehen hatte. Warum sollte er an einem Sonntag so gekleidet sein?

«Es gibt einen Grund warum wir uns heute getroffen haben Alice. Das ist mir jetzt klar. Es gibt einen Grund warum das Schicksal dich auserwählt hat, mich auf dieser Brücke zu retten. Wir haben eine Verbindung. Ich weiß, dass du es spürst.»

Ich zwang meinen Blick nach vorne aus Angst mit meinen Augen eine falsche Botschaft zu vermitteln.

«Ich weiß, dass du helfen möchtest,» sagte er nach einem Moment.

«Ich kann dir nicht helfen Manfred. Ich bin weder Arzt noch Krankenschwester noch sonst jemand, der auch nur im Entferntesten qualifiziert wäre, dir in deiner Situation zu helfen,» log ich. «Ich kann meinen eigenen Kindern kaum helfen, wenn ihre Mannschaft ein Fußballspiel verliert.»

Als sich die Straße ins Tal schlängelte, rutschte ich in meinem Sitz hin und her. Es war mir klar, dass unsere Reise über die Tobelbrücke führen würde. An der nächsten Kreuzung nahm ich die linke Abzweigung, ohne Manfred etwas zu sagen und fuhr durch das andere Dorf zurück; ein kleiner Umweg von der Hauptstraße nach Zug. Um den Ort zu vermeiden, an dem Manfred nur Stunden zuvor gestanden und über sein Ende nachgedacht hatte. Obwohl ich mich nur selten hinter dem Steuer unseres Autos wiederfand, wollte ich die Tobelbrücke nie wieder sehen.

«Manfred du musst mit jemandem in deiner eigenen Sprache sprechen. Im Krankenhaus wird es Menschen geben, die dir helfen können, mit dem Konflikt in deinem Kopf und deinem Herzen umzugehen. Ich kann dir nicht helfen. Ich *kann* nicht.»

«Du hast mir gesagt, dass du auch schon einmal daran gedacht hast dir das Leben zu nehmen. Glaubst du, du würdest es immer noch tun, wenn dein Mann und deine Söhne nicht mehr wollen, dass du an ihrem Leben teilnimmst?»

«Nein, natürlich nicht!» sagte ich spontan und dachte, *was ist das denn für eine Frage?* «Ich bin nicht mehr dieselbe Person, die ich als Teenager war.»

«Aber das weiß man erst wenn man es erlebt hat,» sagte Manfred und blickte von mir weg auf die vorbeiziehenden Vororte von Zug.

Warum hatte ich plötzlich das Gefühl, dass er den Spieß umgedreht hat und mich irgendwie verhörte? Er testete mich. Mich dazu bringen, Dinge zu sagen, die ich nicht zuordnen konnte. Meine Erregung wuchs, als mir klar wurde, dass er nach einer Entscheidung, die er nicht mehr rückgängig machen konnte, mit sich selbst Psychospielchen trieb.

Wie wäre das Szenario gewesen, wenn ich zehn Minuten später gekommen wäre? Ich hielt mir die Hand vor den Mund.

Manfred legte seine Hand auf meinen Arm und mein Herz pochte.

«Es ist okay Alice. Es ist alles in Ordnung,» sagte er, als wäre ich diejenige, die er gerade gerettet hatte.

Das Klicken des Blinkers hallte im Auto wider, als ich in Richtung Krankenhaus abbog. Ich schüttelte den Kopf und versuchte das Bild einer in Hugo Boss gekleideten Leiche, die unter der Brücke lag aus meinem Kopf zu vertreiben.

Ich fuhr am Besucherparkplatz vorbei und hielt neben einem Krankenwagen in der Nähe des Eingangs zur Notaufnahme an. Ich schnallte mich ab und wollte gerade die Tür öffnen, aber Manfred hatte sich nicht bewegt.

«Bitte tu das für mich, Manfred. Bitte.»

Ich fühlte mich, als würde ich mit ihm verhandeln, damit er mir einen Gefallen tut. Ich konnte mich des Eindrucks nicht erwehren, dass ich keine Kontrolle mehr über diese Situation hatte. Er seufzte, löste seinen Sicherheitsgurt, öffnete die Tür und stellte sich neben das Auto um auf mich zu warten. Ich nahm den Schlüssel und holte meine Geldbeutel aus der Konsole.

An der Rezeption zeigte das Glasfenster das den Empfangsschalter umrahmte, eine ungeordnete Ansammlung von Notizen. Post-its und Miniposter machten die Verwaltungsangestellten für die Besucher fast unsichtbar und forderten die Patienten heimlich auf, ihre Notfälle woanders abzugeben.

An der Wand war eine Reihe von Plastikstühlen aufgereiht. Der Wartebereich war leer.

«Ich sollte nicht hier sein Alice,» sagte er. «Wir vergeuden die Zeit dieser hart arbeitenden Krankenschwestern.»

Ich verdrehte die Augen, was ich jeden Tag mindestens einmal bei meinen Kindern tat.

«Hast du vergessen, woher wir gerade gekommen sind?» flüsterte ich.

Seine Augen weiteten sich, glitzerten hinter den Brillengläsern. Seine Augenbrauen zogen sich zu einem Ausdruck von Schmerz zusammen. Ich nahm seinen Ellbogen als Entschuldigung und führte ihn zu einem der Stühle wo er sich hinsetzte.

Die Empfangsdame gab mir die stumme Antwort eines gezwungenes Lächelns, als ich sie fragte, ob sie Englisch spreche. Ich seufzte. Ich hatte keine Ahnung was das Wort für Selbstmord auf Deutsch war. Ich hatte Visionen von einer makabren Scharade. Ich versuchte mein stockendes Deutsch.

Die Krankenschwester schaute mich ausdruckslos an, bis ich die Lorzentöbelbrücke erwähnte. *Diese* Brücke. Da wurde sie mucksmäuschenstill und atmete tief ein. Sie kannte die Brücke. Sie war berühmt-berüchtigt.

«Dieser Mann braucht einen Psychiater, einen Psychologen, jemanden, mit dem er reden kann,» sagte ich.

Die Krankenschwester erklärte, dass psychiatrische Hilfe an einem Sonntag nicht zur Verfügung stünde, aber sie wusste jetzt, dass Manfred wirklich Hilfe brauchte.

Da er nicht bereit war zu kooperieren, bat sie mich, einige Angaben in ein Formular einzutragen. Sie klatschte einen Stift auf ein Klemmbrett und schob es über den Tresen. Widerstrebend zog ich das Brett zu mir heran. Der Stift in meiner Hand schwebte über dem Formular, während ich versuchte die deutschen Worte zu verstehen.

«Wie heißt du Manfred? Dein Nachname?» fragte ich.

«Guggenbühl,» sagte er mürrisch.

Wie zum Teufel buchstabiere ich das?

«Es tut mir leid,» erklärte ich der Krankenschwester. «Es fällt mir schwer, denn es ist nicht meine Muttersprache... Ich kenne diesen Mann nicht gut. Können sie ihm helfen?»

Sie seufzte, aber zu meiner Erleichterung nahm sie das Klemmbrett weg. Sie fragte nach meinen persönlichen Daten für den Fall, dass die Polizei nachhaken würde. Sie sah sich meine Angaben auf dem Papier an, das ich ihr über den Tresen schob.

«Wenn sie eine Handynummer haben, können wir die auch haben?»

Ich nickte, kritzelte die Nummer auf und war plötzlich frei. Die letzte Wohltat war längst verfallen. Ich wollte nach Hause gehen.

Manfred stand auf als ich gehen wollte, aber ich setzte ihn mit einer abwärts gerichteten Handbewegung nachdrücklich ab.

«Du bist jetzt in besseren Händen,» sagte ich mitfühlend.

Manfred starrte auf meine Hände.

«Ich glaube, du kennst mich doch. Du bist der Schlüssel. Meine *Retterin*. Du kannst mir helfen,» sagte er leise.

«Jemand hier kann dir viel mehr helfen als ich Manfred.»

Er hielt mir seine Handfläche hin und ich hatte plötzlich ein schlechtes Gewissen, ihn zu verlassen. Ich zögerte und schüttelte seine Hand. Seit unserer Umarmung vor unserem Haus war ich mir nicht sicher, ob ich ihn noch einmal berühren sollte, da ich keiner von uns beiden Reaktionen kannte.

Die Besiegelung des Händedrucks machte den Abschied offiziell. Doch als ich mich gerade zurückziehen wollte, legte Manfred seine andere Hand auf die Außenseite der meinen.

«Du wirst es verstehen Alice.»

Als er mich so dankbar anlächelte wie ich annahm, kribbelte es in meiner Kehle.

Der gähnende Raum, der sich zwischen uns auftat als ich mich zum Gehen wandte, war sowohl reinigend als auch beunruhigend. Manfred lächelte mir von seinem Stuhl aus resigniert zu, als ich aus den Schiebetüren der Notaufnahme trat.

Ich ging zurück zum Auto. Was würde Simon über meine Erfahrung denken? Vor allem freute ich mich auf eine Tasse Tee und eine heiße Dusche.

TTTT

Brühendes Wasser prasselte auf meinen Nacken und meine Schultern. Das verkrustete Salz des getrockneten Schweißes löste sich in der Duschwanne auf. Ich ließ den Kopf hängen und die Arme baumeln. Ich genoss das Nachlassen der Spannung und atmete die Dampfschwaden ein, die um mich herum aufstiegen.

Ich fragte mich wieder, was Manfred an den Punkt getrieben hatte an dem er bereit war zu springen. Ich hatte mich auch schon mal schlecht gefühlt. Der Umgang mit der Isolation eines Einzelkindes. Der dumme Fehler als Teenager als mein Selbstmordversuch als aufmerksamkeitsheischend angesehen wurde. Ein Anfall von postnatalem Blues. Oder die Einsamkeit die ich empfand, als Simon zu reisen im Geschäft begann. Die Kinder waren noch so klein und ich hatte wochenlang niemanden zum Mitreden. Aber selbst unter den schlimmsten Umständen, wie sie Manfred vermutet hatte, konnte ich es nicht tun. Wegen der Scham. Wegen des Egoismus. All die verletzten und verwirrten Seelen die sich fragen, ob es ihre Schuld war. Das *Chaos* das ich Manfred zu vermitteln versucht hatte, würde er zurücklassen. Das konnte ich niemandem zumuten. Und von dieser gottverlassenen Brücke zu springen? Das wäre für mich mit meiner angeborenen Höhenangst das schlimmstmögliche Szenario. Es war entweder der ultimative Nervenkitzel oder der ultimative Albtraum. Beides war in meiner Welt nicht plausibel.

Ich schloss die Augen, wohl wissend, dass ich Wasser verschwendete aber unfähig, mich von der Ekstase der Reinigung zu lösen. Ich lächelte, als ich an Simon dachte der bald von seiner Fahrt nach Hause kommen würde. Von Anfang an waren wir das perfekte Paar gewesen. Obwohl wir zu unseren individuellen Ansichten standen, wünschten wir uns letztlich beide das Gleiche für die Familie. Wir waren erfüllt von dem, was das Leben uns zu bieten hatte. Meine erzwungene Unabhängigkeit in unserer fremden Welt hatte unsere Liebe gestärkt.

Simon würde sich in den nächsten Monaten auf eine weitere Runde von Geschäftsreisen vorbereiten, da sich sein neues Projekt entwickelte. Aber ich fühlte mich jetzt in meinem fremden Raum ausgeglichen und zufrieden. Obwohl ich glaubte, Manfreds Verzweiflung nachvollziehen zu können, konnte ich mir nicht vorstellen, was Simon und ich auseinander treiben würde. Ich konnte mir nicht vorstellen, was in Manfreds Familie geschehen war und was ihn zu dieser Brücke führte.

6

Ich trocknete mir gerade die Haare, als sie durch die Tür kamen und die ungestüme Anwesenheit der geschätzten Menschen ließ mich lächeln. Meine Familie war zu Hause. Ich konnte spüren, wie sich ihre Körperwärme in verschiedenen Räumen ausbreitete; Gerüche, Geräusche und Bewegungen waren mir so vertraut wie meine eigenen. Ich ging die Treppe hinunter und schlenderte in die Küche wo Oliver sich gerade ein Marmeladenbrot machte.

«Entschuldigt, Jungs. Ich weiß, dass ich noch nicht den ganzen Tag hier war, aber ich habe etwas erlebt,» sagte ich und küsste Oliver auf den Kopf.

«Hoffentlich ist das gut,» sagte Simon nicht unfreundlich, als er aus dem Wohnzimmer kam, immer noch in seiner Fahrradkleidung. Er griff in den Kühlschrank und holte sich ein Bier. «Die Saracens schlagen Sale. Ich habe die erste Halbzeit verpasst und sie fangen gerade erst wieder an.»

Simons sonntägliche Nachmittage vor dem Fernseher, seine Belohnung für das morgendliche Training waren nur dann befriedigend, wenn ein Rugbyspiel übertragen wurde.

«Ich habe heute Morgen einen Mann daran gehindert von der Tobelbrücke zu springen,» sagte ich. «Er wollte Selbstmord begehen.»

Oliver starrte mich mit hochgezogenen Augenbrauen an. Ein Klecks Erdbeermarmelade fiel auf den Küchentisch.

«Wow, das ist eine ziemlich beeindruckende Ausrede,» sagte Simon. «Wo ist der Typ jetzt? Schwebt er die Lorze hinunter?»

Hinter Simon kicherte Oliver.

«Komm schon, ich meine es ernst. Das ist kein Scherz,» sagte ich. «Es war beängstigend. Ich habe ihn sozusagen unter meine Fittiche genommen. Letztendlich habe ich ihn ins Krankenhaus gebracht.»

Ich wollte noch mehr sagen aber meine Entrüstung verflog angesichts der Leichtigkeit von Simons Bemerkung. Ich konnte in seinen Augen sehen, dass er vor den Kindern nicht über Selbstmord sprechen wollte. Aber seine Worte betonten nur, wie verwirrt ich mich in diesem Moment fühlte. Hatte ich alles getan was ich konnte, um zu helfen?

Simon stellte seine Bierflasche auf den Küchentisch und legte seine Arme um mich.

«Geht es dir gut Al? Ich schätze, das hat dir den Sonntag versaut,» sagte er leise.

Ich nickte stumm und lehnte meinen Kopf an seine Schulter, während er mir den Rücken massierte. Ich schloss meine Augen und atmete seinen vertrauten Moschusgeruch ein.

Er setze den Kochkessel auf.

«Eine heisse Tasse Tee tut jetzt gut,» sagte Simon und klang dabei wie meine verstorbene Mutter. «Wir haben uns schon gefragt, wo du mit dem Auto hingefahren bist,» fuhr er fort. Er holte eine Tasse aus dem Schrank und klappte die Dose für einen Teebeutel auf. Und dann, so ganz nebenbei: «Wenn du an der Tobelbrücke warst, warum bist du dann den ganzen Weg hierher gekommen, um ihn ins Krankenhaus zu fahren? Warum bist du nicht einfach mit dem Bus in die Stadt gefahren?»

Natürlich hätte ich das tun sollen. Das war mir jetzt klar. Meine anfängliche Freude darüber wieder mit der Familie zusammen zu sein, hatte sich in Verärgerung darüber verwandelt. Simon hatte keine Ahnung von der Situation in der ich mich befand. Wenn er nur wüsste wie sehr Manfred sich an mich klammerte. Ich warf einen Blick auf Oliver. Das war sicher kein Gespräch, das man vor den Jungs führen sollte.

«Ich hatte nicht genug Geld für die Fahrkarte und hätte dort unten ewig auf den Bus warten müssen. Ich konnte nur daran denken, mich warm zu halten, trockene Kleidung zu besorgen und den armen Kerl nicht allein zu lassen,» sagte ich während Simon kochendes Wasser in meinen Becher goss. «Ich habe ihn draußen vor dem Haus warten lassen.»

«Der übliche barmherzige Samariter,» zwitscherte Leo, als er sich zu uns in die Küche gesellte. Der Hauptgrund warum ich auf der Brücke gewesen war, hatte er bereits vergessen. Wir mussten von den Freys zurücklaufen Mum. *Du* hattest das Auto,» fuhr er mit pubertärem Gejammer fort.

«Was nicht oft vorkommt, junger Mann. Es würde dir nicht schaden, mehr zu Fuß nach Hause zu gehen. Es ist ja keine Himalaya-Expedition,» erwiderte ich in gespieltem Zorn, zerzauste sein Haar und drückte ihm leicht die Schulter.

Wir waren zu dem üblichen Familiengeplänkel zurückgekehrt. Simon würde mich zweifellos später bitten das zu erklären, aber jetzt brauchte ich erst einmal ein wenig Zeit um herauszufinden, warum ich kein gutes Gefühl mit dem Ergebnis des Nachmittags hatte.

෴

Nach dem Abendessen stand ich an der Spüle und wusch abwesend einen Topf. Die Küche auf der Rückseite des Hauses bot einen Blick über den Garten auf die Scheune und einen Weg zum Bauernhof auf der rechten Seite. Ich konnte das Auto sehen, das in der Garage stand und dessen Motor nach einem Tag auf der Straße vor sich hin tickte. Mir fiel ein, dass ich mein Handy auf dem Armaturenbrett liegen gelassen hatte.

Jemand der den Flur entlang kam unterbrach meine Gedanken. Sekunden später kam Oliver herein und schöpfte eine Handvoll Bleistiftspäne für den Mülleimer. Ich schob den Schrank unter dem Waschbecken mit dem Fuß auf und tauchte meine Hände in die Seifenlauge. Oliver versuchte seinen Vorrat abzulegen, aber das meiste davon flatterte auf den Boden. Seine Finger waren gefährlich mit Bleistiftstift verschmiert.

Ich zeigte auf seine Hände: «Waschen, bitte!

Oliver tauchte seine Hände ins Waschbecken.

«Mama, warum sollte sich jemand umbringen wollen? Was ist mit diesem Mann passiert, dass er sterben wollte? Glaubst du er hat ein Haustier verloren oder so?»

Ich lächelte. Mein jüngstes Kind wurde erwachsen, aber ich klammerte mich noch immer mit mütterlicher Freude an seine Naivität.

Oliver war immer mein kleiner Retter gewesen. Alle in der Familie wussten, wie wichtig mir das Laufen war. Ich gewann zwar keine Kreismeisterschaften mehr, aber es war ein Teil meines Lebens den nicht einmal die Mutterschaft schmälern konnte. Für den Seelenfrieden den mir mein Sport verschaffte, konnten sie ein paar Staubmäuse unter den Möbeln verzeihen. *Es ist meine Droge*, pflegte ich zu sagen. *Ich brauche meinen Schuss.* Körperlich war es auf jeden Fall eine Droge, der Wohlfühleffekt der Endorphine setzte ein, als ich verschwitzt und angenehm erschöpft nach Hause kam. Nach hitzigen und fruchtlosen Diskussionen über Hausaufgaben, Schulprobleme, Wochenendaktivitäten oder Hilfe im Haushalt brachte Oliver gelegentlich meine Laufschuhe wortlos in die Küche, um die Spannung zu lösen. Der Lieferant brachte mir mein Elixier in einer Spritze.

Mit seinen elf Jahren war Oliver zu jung um Liebeskummer oder das hormonelle Ungleichgewicht zu erleben, das zu düsterer Niedergeschlagenheit führen konnte. Und eine Depression die jemanden dazu brachte, den Wert seines eigenen Lebens in Frage zu stellen? Es ist schwer einem Kind zu erklären, dass das wahrscheinlich alles mit Chemikalien zu tun hat. Trotz der Lehrbücher fiel es mir selbst schwer es zu verstehen.

«Menschen, die sich umbringen wollen, haben eine Krankheit im Kopf» Ich trocknete eine Pfanne ab und stellte sie klappernd in einen Schrank. «Es ist wie eine schreckliche Traurigkeit, für die es oft keine Erklärung gibt, was es noch schwerer macht, sie zu verstehen.»

Oliver legte seinen Kopf nachdenklich zur Seite. Gerade als er eine weitere Frage stellen wollte, klingelte das Telefon. Ablenkend verließ er die Küche und kehrte in sein Zimmer zurück. Ich nahm den Hörer ab. Ein Freund von Leo wollte eine Hausaufgabe überprüfen, die er nach dem Wochenende in der Schule machen sollte. *Nervtötende Teenager! Es ist ein bisschen spät, um sich jetzt noch zu beeilen.*

«*Leo*!» rief ich die Treppe hinauf und warf mir das Geschirrtuch über die Schulter. «Ben ist am Telefon!»

«Ich gehe hier oben ran!» rief er schwach.

Ich wartete bis ich ihre Stimmen in Schweizerdeutsch auf der Nebenstelle im Elternschlafzimmer hörte, bevor ich das Küchentelefon wieder in die Halterung legte. Ich hoffte, dass *er* sich wenigstens an den Auftrag erinnert hatte.

Ich fühlte mich plötzlich sehr müde. Ich sammelte eine Tüte Müll ein, um sie zu den kommunalen Abfalleimern zu bringen und holte mein Handy aus dem Armaturenbrett des Autos. Ich schloss das Garagentor und ging langsam zurück zum Haus, um die Treppe unserer Doppelhaushälfte hinaufzusteigen und mein Abendritual zu beginnen. Simon saß im Büro am Computer und feilte in letzter Minute an einigen Details für die Präsentation, die er in der folgenden Woche in London halten sollte. Ich konnte sehen, wie mein ältester Sohn über seinen unordentlichen Schreibtisch gebeugt war und sich irritiert am Kopf kratzte. Das verriet mir, dass er die Aufgabe tatsächlich vergessen hatte.

«Gut, dass Ben angerufen hat,» sagte ich und lehnte mich gegen die Tür. «Mach dein Schreibtischlicht an, sonst wirst du noch blind, mein Lieber.»

Während Leo die oft gesprochenen Worte synchron mit mir murmelte, schaute ich mich in dem jugendlichen Chaos im Raum um. Die übliche Aufräumaktion am Ende des Wochenendes hatte noch nicht stattgefunden. Am Morgen, wenn die beiden Jungs sich aus ihren Schlafanzügen erhoben, wurde jedes verfügbare Kleidungsstück mit Unzufriedenheit aus den Schränken geholt, wobei die gewählte Uniform in der Regel ganz unten auf dem Stapel lag. Die Szene glich einem Trödelmarkt, der gerade von einem Tornado heimgesucht wurde. Das Telefon läutete wieder. Ich deutete stumm aber bedeutungsvoll auf das Durcheinander der Kleidung und verließ das Zimmer.

«Keine Ruhe für die Bösen.» Ich seufzte laut, als ich in Richtung unseres Schlafzimmers ging, während Leo einen Bleistift zwischen seinen Fingern zwirbelte und sich in seinem Stuhl drehte.

«Wahrscheinlich ist es wieder Ben, Mum. Kannst du ihm sagen, dass ich in ein paar Minuten zurückrufe? Ich muss nur meine Ideen zu Papier bringen.»

«*Ideen*?» rief ich über meine Schulter zurück. «Ich dachte, die Sache sollte bis morgen *fertig* sein.»

Ich griff zum Telefon.

«Hallo, Reed,» meldete ich mich, wobei die ansteigende Betonung am Ende meines Nachnamens wirklich bedeutete: *Sprich jetzt, Ben. Ich bin müde und es ist zu spät, um noch anzurufen.*

Stille. Ein statisches Knistern. Stille.

«Hallo?» fragte ich mit einem freundlichen und deutlich englischen Akzent. Es klang irgendwie nach Ferngespräch. Vielleicht war es meine Tante, die in Amerika lebte.

«*Hallooo,*» sagte ich beharrlich. Immer noch nichts. Ich hatte keine Zeit für so etwas. Ich lege den Hörer auf.

Meine Zufriedenheit darüber wieder zu Hause zu sein, ging nun in einen schmerzenden Kopf und ein dringendes Schlafbedürfnis über. Ich ging ins Büro und stellte mich hinter Simon, legte meine Arme über seine Schultern und roch den muffigen Fahrradhelmgeruch seiner Haare.

«Puh. Hast du noch nicht geduscht? Schatz, ich bin so fertig. Ich hätte nie gedacht, dass die heutigen Ereignisse so viel von mir abverlangen würden,» sagte ich.

«Geht es dir gut?» fragte Simon freundlich. «Warum gehst du nicht gleich ins Bett? Ich kümmere mich um die Jungs. Erzähl mir morgen alles darüber, okay?»

Ich murmelte meinen Dank, weil ich wusste, dass er es vorschlagen würde und ich ging mir die Zähne putzen.

Erschöpft legte ich mich ins Bett, schloss die Augen und bettelte um den Schlaf. Er würde nicht leicht kommen. Als ich hörte wie Simon hereinkam, sich seiner Kleidung entledigte und die übliche nächtliche Routine durchführte, schnürte sich meine Kehle vor Dankbarkeit für diese einfache Vertrautheit zu. Als er unter die Decke schlüpfte, legte er seine Hand auf meinen Kopf und küsste sanft meine Schulter.

«Ich liebe dich Al,» flüsterte er.

Und der Kloß in meiner Kehle wich schließlich den Tränen. Ich schluchzte heftig und versuchte gleichzeitig sie zu unterdrücken, um nicht von den Jungs gehört zu werden. Meine Reaktion war unerwartet. Als ich mich auf die Seite drehte, zog Simon mich an sich. Er drückte mich wie ein Baby in unserer üblichen Löffelchenstellung an seinen Rücken.

«Verdammt Al. Hey. Es ist okay. Es ist jetzt in Ordnung. Es ist der Schock. Das ist es, lass alles raus. Mein armes Baby.»

Er krächzte diese beruhigenden Worte, während mein Atem rasend schnell wieder normal wurde. Meine Augenlider waren heiß und trüb.

Bevor mich der Schlaf endlich packte, dachte ich über die Irrationalität der Gefühle nach, die ich jetzt erlebte. Ich fragte mich ständig, wo Manfred jetzt war. Wer kümmerte sich um ihn? Waren meine Tränen für ihn, für seine Verzweiflung? Oder wegen der erleichterten Dankbarkeit die ich empfand, weil ich ihn vom Springen abhalten konnte?

7

ie Ironie ist, dass Kathy und ich, als wir früher dort gelaufen sind
uns oft gefragt haben, ob wir eine Leiche unter der Brücke finden
würden.»

Es war früh am nächsten Tag und ich hatte nicht gut geschlafen. Ich
hatte immer wieder von einer Leiche geträumt, die von der Tobelbrücke
fiel. Beim ersten Mal prallte sie wie eine Stoffpuppe auf dem Boden auf
und ich wachte mit einem Schreck auf. Beim zweiten Mal streckte sich
der Körper in einem wunderbaren Sturzflug und fegte wie Superman
durch den Wald und verschwand über dem Kamm der Schlucht. Beim
dritten Mal wiederholte sich das Bild des Fallens immer und immer
wieder, ohne jemals ganz den Boden zu erreichen. Danach wagte ich
nicht mehr einzuschlafen.

Simon und ich wichen einander bei unserer Frühstücksroutine aus
wie bei einem rituellen Tanz. Er küsste meinen Kopf und klopfte mir
auf den Hintern, als ich die Milch aus dem Kühlschrank holte. Eine
Erinnerung daran, wie wir am Anfang unserer Beziehung die Hände
nicht voneinander lassen konnten, kam mir in den Sinn. Ich strich mit
meiner Hand über seine Schulter, als er vorbeiging. Sein Buttermesser
klapperte in die Spüle. Die Kaffeemaschine surrte, klickte und träufelte
seinen morgendlichen Muntermacher in eine winzige Tasse. Die Küche
füllte sich mit dem köstlichen Duft einer reichhaltigen Arabica-Mis-
chung. Meine Gedanken kehrten auf die Brücke zurück.

«Kathy hatte in der Lokalzeitung von einer Frau gelesen, die sich
letztes Jahr das Leben genommen hatte. Wir waren so froh, dass wir sie
nicht gefunden hatten. Wir waren ein paar Tage zuvor dorthin gelaufen.

In der Zeitung stand, die Tobelbrücke sei ein Selbstmord-Hotspot,» sagte ich.

«Das würde die Blumen und Kerzen erklären, die ich dort manchmal auf dem Bürgersteig sehe, wenn ich zur Arbeit fahre,» sagte Simon.

«Findest du das nicht auch etwas seltsam? Ich finde, die Angehörigen sollten diese Trophäen dort ablegen wo der Leichnam gelandet ist und nicht oben auf der Brücke. Die Seele geht doch sicher beim Aufprall nach unten.»

Mir schauderte bei dem Gedanken, Zeuge eines Sprungs zu sein. Der Gedanke an Manfreds Sprung.

Sie brauchen ein größeres Publikum, um ihren Schmerz zu sehen Al. Lieber eine Reihe von Pendlern auf dem Weg zur und von der Arbeit, als ein paar Läufer und Mountainbiker.

Man muss sich fragen, was jemandem durch den Kopf geht wenn er springt, zwischen dem Abflug und dem endgültigen Licht aus. Ich frage mich, ob jemand seine Entscheidung in dem Moment in dem er fällt, schon einmal bereut hat.

«Manche Leute treffen jeden Tag dumme Entscheidungen,» sagte Simon und ich schluckte. «Aber diese Entscheidung wäre ziemlich endgültig. Es gibt kein Zurück mehr.»

Er biss in seinen knusprigen Toast. Ich schüttelte den Kopf und versuchte den Gedanken zu verdrängen, dass ein Springer in dem Bruchteil einer Sekunde vor dem Aufprall auf die Erde mit Schrecken feststellen musste, dass er einen schrecklichen Fehler gemacht hatte. Ich stellte mir vor, wie sie verzweifelt die Zeit zurückdrehen wollten, in der Hoffnung, dass eine unsichtbare Kraft sie zurück auf die Brücke heben. In der Hoffnung ihre Füße sicher auf dem Asphalt platzieren würde. Das hätte Manfred sein können.

«In dieser Höhe gäbe es keine Überlebenschance,» sagte ich abwesend und nippte an meinem Tee.

Simon leckte sich den Butter vom Finger ab und schob seinen Stuhl vom Tisch weg.

«Al ich bin mir nicht sicher, was du dir dabei gedacht hast. Kannst du mir noch einmal sagen, warum du zuerst nach Hause gekommen bist? Ich habe das Gefühl, dass wir es hier mit einem weiteren Fall eines geretteten Mischlings zu tun haben. Nicht nur mit einem klinischen

Experiment für eine Psychologiearbeit. Du und deine hirnverbrannten SOS-Hilfsroutinen. Ich dachte, wir hätten deine Florence-Nightingale- und Mutter-Teresa-Phase hinter uns gelassen.»

Ich hatte seine heitere Stimmung heute Morgen genossen und wollte das leichte Gefühl zwischen uns noch ein wenig länger genießen. Aber als er das sagte, bekam ich ein flaues Gefühl im Magen. Ich hoffte, dass ich nicht einen großen Fehler gemacht habe. Ich legte meine Hand auf seinen Arm.

«Ich dachte du wärst zu Hause. Das übertraf alles was ich je an der Uni oder auf der Arbeit erlebt hatte. Ich dachte ein männlicher Einfluss würde helfen. Ich war mir nicht sicher, ob ich es schaffen würde uns ohne das richtige Fahrgeld mit dem Bus zu fahren. Wir hätten sowieso über eine Stunde auf den nächsten Bus nach Zug warten müssen. Mir war inzwischen so kalt, dass ich umziehen musste.»

Simon nickte nonchalant und akzeptierte meine Logik.

«Ich bin sehr stolz auf dich Al, dass du diesem Mann das Leben gerettet hast. Er sollte dir dankbar sein. Selbstmord ist eine schreckliche Sache. Es gibt jetzt Profis, die sich um ihn kümmern. Du bist besorgt, aber man kann nicht viel für jemanden tun, der so labil ist.

Er schenkte mir ein besorgtes Lächeln.

⊓⊓⊓

Nachdem die Kinder und Simon zur Schule bzw. zur Arbeit gebracht worden waren, suchte ich im örtlichen Telefonbuch die Nummer der Polizeistation, bei der wir am Vortag angehalten hatten.

«Zuger Polizei. Reto Schmid.»

Die Kürze und Schroffheit der Stimme als er nach dem zweiten Klingeln abnahm, erschütterte mein Vertrauen. Ich hatte mir ein paar Worte aufgeschrieben für den Fall, dass ich die Nachricht nicht übermitteln konnte.

«Sprechen sie Englisch?» fragte ich hoffnungsvoll.

«Ein bisschen, aber sie können immer Deutsch üben Fräulein,» antwortete er auf Deutsch.

Mein Herz sank. In seinem Ton der sofort herablassend klang schwang eine Botschaft mit, die mir inzwischen vertraut war. *Diese verdammten Ausländer sollten lernen, unsere Sprache zu sprechen, wenn sie in unserer Gemeinschaft leben wollen.* Ich ignorierte seine Bemerkung und fuhr auf Englisch fort.

«Mein Name ist Alice Reed. Ich wollte sie über einen gestrigen Selbstmordversuch informieren.»

«Ein Selbstmordversuch?»

«Gestern. Auf der Tobelbrücke.»

«Sind sie sicher? Haben sie, wie soll ich sagen, eingegriffen?»

«Ja, ich habe eingegriffen. Ich habe den Mann ins Spital nach Zug gebracht. Sein Name ist Manfred Guggenbühl. Ich wollte nur sicherstellen, dass jemand Bescheid weiß, offiziell. Ich wollte... Ich wollte wissen, ob sie etwas über diesen Mann gehört haben. Ob es ihm gut geht ...»

«Im Krankenhaus weiß jemand Bescheid, wenn sie dort waren,» sagte er spitz. «Wenn sie eine Meldung machen, schicken sie diese normalerweise an meine Kollegen in Zug. Ich wurde nicht informiert.»

«Nun, ich informiere sie jetzt,» sagte ich verärgert und hörte ein Schniefen am anderen Ende der Leitung. «Ich meine, ich dachte, sie wollen vielleicht wachsam sein, falls er es wieder versucht.»

«Wachsam?»

«Aufmerksam,» erklärte ich.

«Ich weiß, was das Wort wachsam bedeutet, Frau... Reed, gell? Aber wollen sie andeuten, dass die *Zuger Polizei* nicht... wachsam ist?»

«Nein... ich... Sie verstehen das falsch. Es tut mir leid. Ich hoffe nur... Ich hoffe nur... Herr Guggenbühl ist okay.»

8

Am nächsten Tag trafen Kathy und ich uns zu unserem regelmäßigen Dienstagslauf. Ein laues Lüftchen wehte über den See, ein sanfter Föhn aus dem Süden, der im Laufe des Tages stärker zu werden drohte. Wir liefen langsam den Hügel hinter dem Haus hinauf, wo sich die Dorfstraße zu einer gewundenen Gasse verengte. Ich atmete tief durch, und meine Laune verbesserte sich, als ich mich an Kathys Rhythmus und Tempo anpasste. An den steilen Abschnitten hörte ich, wie sie sich neben mir abmühte. Also verlangsamte ich mein Tempo etwas.

Die Straße wurde flacher und folgte der Kontur des Tals und als die Bäume lichter wurden, bot sich uns ein herrlicher Blick auf das Ägerital mit dem See als Herzstück. Im Südosten liegen die schneebedeckten Glarner Alpen und im Westen durch eine Lücke in den Hügeln, erhebt sich die prächtige Rigi wie ein riesiger Amboss durch den malvenfarbenen Dunst.

Wir beschlossen auf den leichteren Waldwegen die das Tal umrunden, zum Ratenpass weiterzugehen. Ein paar Wolken zogen über den blauen Himmel und warfen gelegentlich Schatten auf das neu spriessende Gras der umliegenden Wiesen. Während wir liefen, unterhielten wir uns über ihren Sohn Tommy und meine Jungs und darüber, dass sich das Wetter zum Laufen verbessert hatte.

«Du wirst nie erraten, was passiert ist, als ich am Sonntag die Lorze-Strecke gelaufen bin,» sagte ich. «Ich habe auf der Tobelbrücke einen Mann gesehen, der gerade herunter springen wollte. Ich konnte ihn aufhalten.»

«Heiliger Strohsack Al, das ist ziemlich ernst! Wieso wusstest du, dass er springen wollte? Das muss ja beängstigend gewesen sein. Ironisch, dass wir erst letzten Herbst darüber gesprochen haben. Erinnerst du dich an die Frau, die erst ihre Hunde hinunter geworfen hat und dann um sich selbst umbrachte? Wir haben das neue Wort «*Canizid*» erfunden. Aber das ist nicht zum Lachen. Mein Gott, was hast du getan?»

Kathys Neugierde hatte uns zu einem übertriebenen Schritt verlangsamt.

«Ich bin den höllisch steilen Pfad neben dem Viadukt hinaufgerannt und habe es geschafft, ihm die Tat am Rande der Brücke auszureden. Der Gedanke, dass ich ihn, wenn ich zehn Minuten später gekommen wäre, vielleicht irgendwo am Fuß der Brücke gefunden hätte, vielleicht sogar im Fluss treibend, war ziemlich seltsam,» sagte ich.

«Scheiße, Alice, das kann ich mir nicht vorstellen. Hast du sofort die Polizei angerufen?»

«Ich hatte mein Mobiltelefon nicht dabei. Wir sind zum Bus gegangen. Ich... Wir sind schließlich zum Krankenhaus gefahren und ich habe ihn dort gelassen. Sie sagten, jemand würde sich um ihn kümmern. Ich habe gestern bei der Polizei angerufen, aber es hat mich so wütend gemacht, dass sie nicht sehr hilfreich waren. Ich wollte, dass sie ihn kontaktieren und sich vergewissern, dass es ihm gut geht, aber das schien sie nicht zu interessieren.»

«Wow Al. Hoffentlich geht es dem Kerl jetzt gut. Du hast ihm wahrscheinlich das Leben gerettet. Braves Mädchen!»

Ich war nicht davon überzeugt, ein *gutes Mädchen* zu sein.

«Ich hoffe wirklich, dass sie sich im Krankenhaus um ihn gekümmert haben, der arme Kerl. Ein Selbstmordversuch sollte nicht auf die leichte Schulter genommen werden. Ich hatte aber das Gefühl, dass mich niemand ernst nahm. Natürlich schien er keine Hilfe zu wollen, wahrscheinlich war er durch sein Versagen mehr gedemütigt als durch alles andere.»

Als wir uns einem Wäldchen neben einem Picknickplatz in der Nähe des Passes näherten, wurde unsere Stimmung durch den eindringlichen Klang eines Trios von Alphörnern aufgehellt. Wir blieben angesichts der Schönheit der Musik stehen.

«Kannst du das glauben? Ich sage dir, wir leben in einem Märchen,» sagte Kath. «Es ist nicht das erste Mal, dass ich mich so gesegnet fühle, in diesem Land zu leben. In dem wir uns keine Sorgen um verschlossene Türen machen müssen. In dem wir in den Bergen frei herumlaufen können und in dem wir gelegentlich einen Heidi-Moment wie diesen erleben.»

Ich legte meine Hand an die Seite und grub in meinen Fingern, um ein drohendes Stechen zu lindern. Dann nahm ich mir einen Moment Zeit um die stimmungsvolle Musik zu genießen mit den schneebedeckten Glarner Alpen als herrlicher Kulisse.

Drei alte Männer war in traditionelle schwarze Wolljacken gekleidet, die mit Edelweiß bestickt waren. Sie hatten ihre sperrigen Instrumente den Berg hinauf zu diesem idyllischen Ort getragen. Die melancholische Musik schwebte über die Felder.

Als die Musik zu Ende ging, ein langer, hohler Dreiklang, der in die Stille überging, lächelte ich und hob meine Hände zum Mund in einer stummen Geste des Dankes. Tränen stachen mir in die Augen und meine Kehle zitterte vor Rührung. Kathy brach in einen Applaus aus. Einer der Männer winkte uns zu sich, um das Alphorn auszuprobieren. Nach vielen fehlhaften Versuchen brachen wir in mädchenhaftes Gekicher aus und die Musiker amüsierten sich mit uns.

Als sie begannen ihre Instrumente in den Koffern zu verstauen, sagte Kathy: «Wir laufen um die Wette nach Hause,» obwohl sie wusste, dass ich sie an jedem Tag schlagen konnte. Wir liefen im Laufschritt los.

«Apropos Rennen, wann werde ich dich dazu bringen, diesen schweren Marathon zu laufen?» fragte ich.

Kathy schnaubte.

«Ich meine es ernst,» fuhr ich fort. «Du glaubst nicht, dass du jemals in der Lage sein wirst, die Distanzen im Training zu schaffen. Aber ich glaube wirklich, dass du einen Marathon schaffen kannst. Es würde so viel Spaß machen, zusammen zu trainieren.»

«Ich habe mir überlegt nächsten April in Zürich zu laufen,» sagte sie, als hätte sie nie aufgehört darüber nachzudenken.

«Brillant!» sagte ich.

«Aber Al, ein Marathon! Du hast schon vier hinter dir. Für mich wird es der erste sein. Ich werde dich aufhalten. Du hast so viel mehr Erfahrung als ich. Du warst Bezirksmeisterin! Wie soll ich da mithalten?»

«Es ist kein Wettbewerb Kathy. Na ja, nur auf einer persönlichen Ebene. Ich will sehen ob ich in die Nähe meiner früheren persönlichen Bestzeit komme. Ich denke nicht an den April im nächsten Jahr. Ich denke an einen der etwas näher liegt. Vielleicht an einen der Herbstläufe.»

Sie schaute mich ungläubig an.

«*Dieses* Jahr? Oh Al, ich weiß es nicht,» sagte sie zögernd. «Ich werde mit Matt darüber sprechen und dir Bescheid geben.»

«Komm schon. Wenn du dich verpflichtest, musst du dich sofort anmelden. Es gibt dir einen Anreiz zu trainieren, wenn du weißt, dass ein Platz auf dich wartet. Ich werde mich am Montag einschreiben. Matt würde sich freuen, wenn du dir ein großes Ziel setzen würdest.»

«Wow,» sagte sie. «Du bist ernsthaft. Herrisch, aber ernst.»

Für ein solches Ereignis müsste man sich ernsthaft einem Trainingsprogramm widmen, aber eine kleine Stimme sagte mir, ich solle sie überreden, die Verpflichtung einzugehen. Das Atmen fiel uns nun leichter, als wir nebeneinander bergab liefen.

«Wenn wir noch vor den Schulferien mit einem sechzehnwöchigen Trainingsprogramm beginnen, ist das der perfekte Zeitpunkt für das Rennen im Oktober. Wir können ein Pyramidentraining aufbauen und sechs Wochen vor dem Rennen einen Lauf um den Zugersee absolvieren. Das sind etwa 36 Kilometer. Perfekt für den längsten Lauf. Wöchentlich können wir ein Schnelligkeitstraining auf der Bahn im Zuger Stadion absolvieren. Das wäre toll, um sich gegenseitig zu motivieren.»

Sie seufzte. Sie wusste, dass ich nicht locker lassen würde. Wir näherten uns der Abzweigung zu unserem Haus.

«Okay, ich werde es versuchen. Ich melde mich auch an und hoffe, dass ich mit dir mithalten kann. Ich werde dieses Mal nicht zum Tee kommen Al. Ich habe ein Mittagessen mit dem Bibliothekskomitee der internationalen Schule und muss mich für sie in Schale werfen.»

Mein Handy surrte als Kathy ihr Auto aufschloss. Wir umarmten uns und ich zog es aus meinem Gürtel, während ich zur Tür ging. Simon muss etwas vergessen haben. Ich schaute auf das Display. Eine Nummer, die ich nicht kannte. Das muss eine falsche Nummer sein. Ich klickte die Nachricht an.

Danke für die Nachricht.

Ich winkte abwesend, als Kathy losfuhr mit dem Versprechen alle unsere Lauftermine einzuhalten, während wir uns auf unseren Marathon vorbereiteten.

Ich danke Ihnen.

Ich war verwirrt. Ich konnte mir nicht vorstellen, wer sich bei mir bedanken wollte. Und das auf Englisch. Könnte das Manfred sein? Es machte Sinn, wenn es so war. Aber meine automatische Erleichterung, dass es ihm gut ging war nur von kurzer Dauer, da mein Herz einen Schlag aussetzte.

Wie zum Teufel war er an meine Handynummer gekommen?

9

MAI 2002

Leos Schulklasse hatte eine öffentliche Präsentation über europäische Kulturen organisiert. Seine Lehrerin hatte gefragt, ob einige der Mütter aus dem Chat Club bei einer englischsprachigen Ausstellung helfen könnten. Ich freute mich sehr über die Anfrage. Das war ein kleiner Schritt, um als Teil der Gemeinschaft akzeptiert zu werden.

Ich half Leos Lehrerin beim Verschieben eines Klapptisches im Foyer der Sporthalle. Die Glocke die das Ende der Schule einläutete. Die Kinder strömten aus dem Schulhaus wie Murmeln aus einem Glas. Einige von ihnen dribbelten in die Ausstellung und wurden später von ihren Eltern abgeholt. Leo und ein Freund von ihm waren für eines der Exponate auf der anderen Seite der Halle zuständig. Er hatte nicht an dem englischen Projekt teilnehmen wollen. Stattdessen hatte er mit einigen Freunden eine Ausstellung über serbische Kultur gewählt.

«Es hat nichts speziell mit dir zu tun, Mama, aber es ist irgendwie peinlich den ganzen Nachmittag mit der eigenen Mutter an einer Ausstellung zu stehen,» sagte er, als wir anfangs über das Projekt sprachen.

Ich fühlte mich allerdings fehl am Platz. Die Eltern blieben stehen, um sich mit meiner besten Chat-Club-«Studentin» Esther und der anderen Frau an unserem Stand zu unterhalten. Aber niemand war bereit mit mir zu sprechen, weder auf Englisch noch auf Deutsch. Ich war immer noch die Ausländerin hier. Als ich Leos Blick auf der anderen Seite des Flurs erhaschte, schaute er schuldbewusst weg. Er muss gewusst haben, dass es für mich einfacher gewesen wäre, wenn er an meiner Seite gewesen wäre.

Ihm war nicht bewusst, dass ich diese Mutter-Kind-Beziehung einfach festhalten wollte, bevor er erwachsen wurde.

Als wir am Ende des Tages die Tische und Plakattafeln wegräumten, holte mich Leos Lehrerin ein. Wir überquerten gemeinsam den Innenhof.

«Frau Reed, ich wollte vorhin nicht mit Ihnen sprechen, weil wir so mit der Ausstellung beschäftigt waren, aber ich muss mit Ihnen über Leo sprechen.»

Mein Herz sank. Ihr Ton klang nicht gerade positiv.

«Ich möchte Ihnen vielmals für Ihre Hilfe bei dieser Ausstellung danken. Ihr Beitrag war von unschätzbarem Wert.»

Sie zögerte. Ich wusste sofort, dass sie eine schlechte Nachricht für mich hatte. Der einminütige Manager. Erst das Lob, dann die schlechte Nachricht.

«Ich weiß nicht, ob sie es wissen, aber Leo scheint dieses Jahr in der Schule vom Weg abgekommen zu sein. Seine Noten liegen weit unter dem Niveau, das für die Versetzung auf das *Gymnasium* erforderlich ist. Er scheint nicht gerne in der Schule zu sein. Er und ein anderer Junge stören den Unterricht. Ich befürchte, dass sie in den Pausen einige jüngere Schüler in der Grundschule schikaniert haben könnten. Ich wollte bis zum Ende des Schuljahres warten um zu sehen, ob sich die Lage bessert. Aber ein Vorfall in dieser Woche zwingt mich, mit Ihnen zu sprechen. Das ist etwas, was die Schule nicht tolerieren kann. Die Schulberaterin hat mich mehr als einmal gefragt, ob wir das Problem mit Ihnen, den Eltern, besprechen müssen.

«Wow, ich wusste, dass er mit einigen Aufgaben im Rückstand ist, aber... nein, das war mir nicht bewusst. Ich bin fassungslos.»

Ich wusste, dass ich im Moment abgelenkt war durch den Manfred-Vorfall und die Entscheidung später im Jahr einen Marathon zu laufen. Aber ich glaubte nicht, dass es Anzeichen gab, die ich ignoriert hatte. Oder schlimmer noch, könnte ich die Ursache sein? Das war sicherlich die Angst einer jeden Mutter.

Ich atmete tief durch, bedankte mich bei der Lehrerin, dass sie mich auf die Situation aufmerksam gemacht hatte und versprach, mich um das Problem zu kümmern.

Simon und ich lagen im Bett und lasen. Die Stille war uns sehr vertraut. Ich beendete ein Kapitel bevor ich das Buch schloss und es auf meinen Bauch legte.

«Leos Lehrerin hat heute mit mir in der Schule gesprochen. Er hat ein paar Probleme mit seiner Arbeit und … seinem Sozialverhalten. Es fällt mir im Moment sehr schwer, mit ihm zu reden.»

Simon ließ sein Buch sinken und sah mich an.

«Oh, wirklich? Was ist denn los? Es hört sich so an, als würde es ihm gut gehen, wenn er mit mir spricht. Bekommt er schlechte Noten?»

«Seine Noten sind ziemlich schlecht. Er gibt seine Aufgaben nicht pünktlich ab und macht im Moment nur das absolute Minimum. Außerdem sagt seine Lehrerin, dass er einige der jüngeren Kinder auf dem Spielplatz ärgert. Sie sprach davon, den Schulberater einzuschalten, um das Mobbing anzusprechen.»

Ich wartete, während Simon dies verarbeitete.

«Das ist nicht so gut Al. Ich werde am Wochenende mit ihm reden. Ich bin sicher, dass wir das in Ordnung bringen können. Geht es dir gut? Ich würde mir keine Sorgen machen. Er braucht nur einen kleinen Schubs in die richtige Richtung.

«Mir geht's gut. Es ist nur etwas seltsam, wenn man an die Selbstmord-Sache denkt. Ich habe das Gefühl, dass sich eine Menge Negatives aufstaut. Bei der Ausstellung in der Schule hatte ich kein besonders gutes Gefühl. Es ist immer noch so schwer, sich von den Menschen im Dorf akzeptiert zu fühlen.»

«Dann ist es gut, dass du dich entschieden hast, diesen Marathon zu laufen. Es wäre gut, dich auf ein Ziel zu konzentrieren. Und Kathy wird dich dabei unterstützen.»

Ich dachte an Kathy und ihren Lebensstil. Endlose Einkäufe und Mittagessen mit den Ehefrauen der Führungskräfte. Laufen war wirklich das Einzige, was wir gemeinsam hatten.

«Ich muss etwas schlafen,» sagte er und küsste mich auf die Wange.

Er drehte sich auf die Seite und löschte die Nachttischlampe.

Es schien, als hätte ich nur einen Moment geschlafen, als das Telefon auf dem Nachttisch unaufhörlich klingelte. Normalerweise bin ich ein leichter Schläfer aber ich riss mich aus dem Tiefschlaf und griff zum Telefon. Das dumpfe Blinken der Nummernanzeige reichte aus, um den Hörer in der Dunkelheit zu lokalisieren.

«Hallo,» murmelte ich schläfrig. Ein statisches Knistern. Ich wollte den Hörer gerade wieder in die Halterung legen, als ich ein langsames Einatmen hörte. Ich drückte den Hörer fest an die Ohrmuschel, weil ich dachte, ich hätte etwas verpasst. Ich hörte ein weiteres Ausatmen.

«Hallo, wer ist da?» fragte ich mit wachen Sinnen.

«Mmm?» stöhnte Simon neben mir, der schon immer ein komatöser Schläfer war.

«Ssshh.» Ich drückte den Hörer fester an meinen Kopf, bis ich nur noch meinen eigenen röchelnden Atem hörte, der aus dem Mundstück an mein Ohr drang. Ich räusperte mich und hörte ein Klicken und das Dröhnen des Freizeichens.

«Falsche Nummer,» murmelte Simon und sank wieder in den Schlummer.

Ich schielte auf das Display mit der Anruferidentität. Es zeigte «Unterdrückt» an, was mir keine Hinweise gab. Es könnte ein Mobiltelefon sein.

Verärgert darüber, dass ich vollständig geweckt worden war, schlurfte ich ins Badezimmer um zu pinkeln. Das fluoreszierende Licht über dem Badezimmerspiegel blendete mich. Ich raffte mein Nachthemd und setzte mich mit halbgeschlossenen Augen auf die Toilette und verfluchte die Rücksichtslosigkeit der Jungs, als meine Schenkel auf so kaltes Porzellan trafen, dass es sich nass anfühlte. Ich habe die Klobrille heruntergeklappt und ließ mich zurücksinken, verschränkte die Arme auf den Oberschenkeln und studierte abwesend die Keramikfliesen des Badezimmerbodens.

10

Am nächsten Morgen scrollte ich zurück durch meine Nachrichten. Ich kam zu demjenigen, das von Manfred stammen könnte. Ich wollte gerade mit der Eingabe einer Antwort beginnen. Stattdessen habe ich versehentlich die Anruftaste gedrückt.

«Alice! Er nahm gleich nach dem ersten Klingeln ab und seine Stimme ließ meine Ohrläppchen kribbeln.»

«Hallo Manfred. Ich wollte mich nur mal bei dir melden. Mich vergewissern, dass es dir gut geht. Ich habe seit Sonntag an dich gedacht...» Ich hielt inne und hoffte, dass meine Aussage nicht merkwürdig klang.

«So ein Zufall! Ich wollte mich bei dir melden. Ich muss am Ende der Woche nach Ägeri kommen. Es geht um etwas Geschäftliches. Wollen wir uns auf einen Kaffee treffen?»

«Hm...» Ich biss mir auf die Lippe. Er tönte ganz anderes, als der Typ den ich drei Tage zuvor auf der Brücke getroffen hatte.

«Ist schon gut. Ich wollte mich noch einmal bei dir bedanken. Vielleicht kommen Textnachrichten nicht richtig an. Ich bitte dich. Ein Kaffee.»

«Okay,» sagte ich langsam. «Wie wäre es mit zehn Uhr am Freitag im Café Barolino? Es ist in der Nähe des Coop...»

«Ich weiß, wo das Café ist. Perfekt! Wir sehen uns dann.»

Als ich die Taste END CALL drückte, war ich erleichtert. Er klang zuversichtlich. Lebhaft. Nicht wie jemand, der wieder daran denkt, sich das Leben zu nehmen. *Aber er weiß wo das Café ist?*

Als ich in eine Parklücke vor dem Coop einparkte, schritt Manfred auf mich zu. Er trug einen anthrazitfarbenen Anzug mit einem weißen Hemd und einer schicken kastanienbraunen Krawatte. Er hatte einen ledernen Aktenkoffer unter dem Arm. Er war auf sein «Geschäft» in unserem kleinen, ruhigen Alpendorf vorbereitet und er sah ziemlich auffällig aus. Ich fühlte mich ein wenig schlampig in meiner Fleecejacke über einem T-Shirt und einer geflickten Jeans. Ich hob meine Hand an den Kopf um mein Haar zu glätten, als ich spürte wie mir die Hitze in den Hals stieg.

Ich stieg aus dem Auto aus und streckte meine Handfläche zum Händedruck aus. Er umging meine Hand, hielt meinen Ellbogen fest. Er küsste mich dreimal kühn auf die Wangen, wie es in der Schweiz unter Freunden üblich war. Ich spürte wie sich mein Gesicht rötete, als er mir die Tür aufhielt. Ich lächelte meinen Dank und ging hinein.

Die Kellnerin erkannte mich und nickte mir knapp zu. Sie schaute an mir vorbei, strahlte Manfred an, ließ ihre Augen anerkennend über ihn gleiten. Sie gab ihm ein joviales «Grüezi!» Wir nahmen einen Tisch in der Nähe des Fensters mit Blick auf die Straße. Ich bestellte einen Tee und Manfred einen Espresso.

«Sie scheint nicht so freundlich zu dir zu sein,» flüsterte Manfred, als die Kellnerin wegging.

«Nein, ich bin nicht ihre Lieblingsperson. Sie ist die Chefin hier und die Mutter von Zwillingen aus Leos Klasse in der Schule. Sie waren die ganze Grundschulzeit über zusammen. Sie ist immer noch wütend auf mich wegen der Dinge die ich falsch gemacht habe, als wir zum ersten Mal hierhergezogen sind. Ich habe die Jungs anfangs monatelang zur Schule gebracht. Ich wusste nicht, dass das hier ein Tabu ist. Zur Erziehung der Kinder gehört es Selbstständigkeit zu lernen. In England würde man so junge Kinder nie allein zur Schule gehen lassen. Das ist einfach nicht sicher. Jedenfalls hat sie mich bei der Schulleitung angezeigt und es kam zum Streit. Es ist erstaunlich wie jemand ein schlechtes Gefühl so lange aufrechterhalten kann, vor allem wenn es sich um etwas so Unbedeutendes handelt. Es hat eher damit zu tun, dass ich eine Ausländerin bin. Jedenfalls ist es das einzige anständige Café im Dorf mit einer guten Aussicht, also toleriere ich ihre Mürrischkeit.»

Die Kellnerin kam mit unserer Bestellung auf einem Tablett zurück und stellte die Tassen auf den Tisch. Manfred sagte etwas auf Schweizerdeutsch zu ihr. Zuerst war ich von seiner Aufmerksamkeit entzückt, doch dann entdeckte ich die Worte «Engel» und «Menschenliebe,» und ihr Lächeln erlahmte, als sie mich ansah. Ich erschauderte innerlich bei dem Gedanken, dass Manfred meine gute Tat vom vergangenen Sonntag erklärte. Ich war mir sicher, dass die Vorstellungskraft dieser Frau nicht ausreichen würde, um mich für einen «Engel» zu halten, der zu «Menschenliebe» fähig war. Ich konzentrierte mich auf die Tasse vor mir und presste so viel Geschmack wie möglich aus dem schwachen Schweizer Teebeutel.

«Das hättest du nicht tun müssen,» sagte ich, als sie wegging. «Du machst es wahrscheinlich nur noch schlimmer für mich.»

«Die Leute müssen wissen, wie gut du bist Alice.»

Ich schaute ihn an und er lächelte. Ich war mir nicht sicher, ob er scherzte, aber ich fühlte mich seltsam geschmeichelt.

«Was für Geschäfte machst du hier im Dorf?» Ich wechselte das Thema, denn ich war wirklich neugierig auf seine plötzliche Rückkehr zur Zuversicht, nachdem er sich noch vor wenigen Tagen das Leben nehmen wollte.

«Ich habe ein Dokument, das ich unterschreiben muss. Der Anwalt musste es bezeugen. Ich... er wohnt in einem Haus oben auf dem Hügel. Es ist alles erledigt. Ich habe alles was ich brauche. Alles ist perfekt.»

«Das ist gut. Ich bin froh, dass du so positiv bist.»

«Du hast mir klar gemacht, wie dumm mein Handeln war. Ich habe wieder einen Sinn im Leben gefunden. Deshalb wollte ich mich heute bei dir bedanken.»

Manfred hatte seinen Espresso bereits ausgetrunken. Mein Tee war aber noch zu heiß um ihn zu trinken. Er schaute über meine Schulter hinweg aus dem Fenster.

«Ich wollte niemanden verletzen,» sagte er.

Ich erinnerte mich an meine Aussage auf der Brücke, dass ich ein Chaos hinterlassen habe.

«Ich hätte ihnen nicht wehgetan. Meiner Fr... klugen Schwester. Meinem Junge.»

Ich runzelte die Stirn.

«Sie hätten dich vermisst.»

«Du verstehst das nicht. Du weißt nicht, warum ich dort war. Letzten Sonntag.»

Nachdem ich in den letzten Tagen so neugierig gewesen war, war ich mir jetzt nicht mehr sicher, ob ich es wissen wollte.

«Da war ein Messer,» fuhr Manfred fort und ich schluckte. «Zum Brotschneiden. Scharf. Victorinox. Gute Qualität. Aus der Schweiz.» Er hielt inne und ich wusste nicht, was ich sagen sollte.

«Ich hatte nie die Absicht, sie zu verletzen. Ich hätte ihnen nie etwas angetan. Aber mein Sohn hat mich an diesem Morgen verrückt gemacht.»

Ich kaute auf meiner Lippe, zwang mich aber, den Blickkontakt zu halten.

«Du siehst also, es gab bereits ein Durcheinander in meinem Leben. Ich hatte eines zurückgelassen. Die Brücke sollte dieses Chaos beseitigen. Aber jetzt habe ich dich getroffen und du hast mich wieder klar sehen lassen. Deshalb danke ich dir.»

Mein Herz pochte. Manfreds Arm lag neben seiner Tasse auf dem Tisch. Ich hatte das Gefühl, er würde nach meiner Hand greifen. Um meine beiden Hände abzulenken und weil ich wünschte, mein Tee würde schneller abkühlen, nahm ich ein Croissant aus dem Frühstückskorb auf dem Tisch und riss ein Ende ab. Die Kellnerin würde in Kürze die Tische abräumen und für die Mittagsgäste vorbereiten. Das Brot half, das Brennen auf meiner Zunge zu lindern. Es verhinderte aber eine Unterhaltung, da die Butterflocken meinen Mund füllten. Ich streute die Krümel von meinen Fingern auf eine Serviette vor mir und füllte die Stille mit sinnloser Ablenkung. Manfred beobachtete jede meiner Bewegungen.

«Manfred, darf ich dich fragen, woher du meine Handynummer hast?» fragte ich, als ich endlich wieder sprechen konnte.

Sein Gesicht verzog sich zu einem Ausdruck, den Leo vielleicht auch benutzt hätte, wenn ich ihm die gleiche Frage gestellt hätte. Als ob ich die Antwort kennen müsste. Ich hob meine Augenbrauen. Die Pause hatte ihm ein paar Sekunden mehr Zeit gegeben um zu antworten.

«Im Krankenhaus. Ich habe gefragt, ob ich die Nummer haben kann. Für den Fall, dass... Du weißt schon, um dir zu danken.»

Ich stellte mir vor, wie er die Krankenschwester überredete, ihm die Nummer zu geben. Dieses entwaffnende Lächeln. Diese grünen Augen. Trotzdem hätten sie sie ihm nicht geben sollen. Das wirkte nicht professionell. Sehr unschweizerisch.

«Hast du versucht, auf unserem Festnetzanschluss anzurufen?»

«Nein, ist dir das lieber?»

«Das ist schon in Ordnung. Ich bin nur froh, dass es dir gut geht. Mit wem hast du denn im Krankenhaus gesprochen?»

Er lächelte und legte den Kopf schief, als ob er die Frage nicht verstanden hätte.

«Ich hoffe, sie hatte einen Psychologen im Dienst,» fuhr ich fort. «Wirst du einige Therapiesitzungen haben? Es ist wirklich wichtig, dass du weiterhin mit jemandem über das Geschehene sprichst.»

«Sie haben eine gute Gruppe von Fachleuten im Kantonsspital, ja. Es ist eine schicke neue Einrichtung. Es ist gut zu sehen, dass das Geld der Steuerzahler in etwas Nützliches investiert wird.»

«Es geht nicht nur um die Tatsache, dass du versucht hast, dir das Leben zu nehmen Manfred. Es gibt viel mehr zu heilen. Du musst bei dir selbst anfangen, bevor du dich mit deiner... Familie auseinandersetzt.»

«Es geht nur darum, darüber zu reden, nicht wahr Alice? Das ist auch eine gute Therapie. Mit dir zu reden.»

Ich lächelte ihn an und schaute auf meine Uhr.

«Oh, ich fürchte ich muss gehen. Die Jungs kommen bald von der Schule nach Hause und ich muss ihr Mittagessen vorbereiten. Ich freue mich, dass es dir besser geht. Es ist wichtig, dass du weiter mit den Fachleuten sprichst. Ich bin kein sehr guter Therapeut.»

Er sah mich mit einem fragenden Lächeln an. Ich griff in meine Tasche, um mein Portemonnaie zu holen. Er legte seine Hand auf meinen Arm.

«Ehrlich gesagt Alice, es geht mir gut. Das geht auf mich.»

Er sprach als sei ich eine überfürsorgliche Mutter. Ich hoffte, er hielt mich nicht für prüde. Es war als würde ich mehr unter seinem Selbstmordversuch leiden als er. Ich zog mein Vlies an, um meine Aufregung zu verbergen. Er hinterließ einen Zehn-Franken-Schein und ein paar Münzen für die Rechnung und ein Trinkgeld.

«Ich bin mit dem Bus gekommen,» sagt er, als ich das Auto vor dem Café aufschließ. «Also werde ich mich hier verabschieden. Oder sollte ich sagen Uf Widerluege.»

Und bevor ich etwas sagen konnte, küsste er mich noch dreimal auf die Wangen.

Ich hatte ihn nicht gefragt, wohin er mit dem Bus fahren wollte. Was war an dem Morgen, bevor er zur Brücke fuhr, wirklich in Manfreds Haus vorgefallen? Seine Verwirrung und sein Konflikt taten mir so leid.

Und dann dachte ich daran, was Simon sagen würde.

Dass ich verrückt sei, überhaupt ein Treffen mit diesem Mann in Betracht zu ziehen.

11

M um wo gehst du hin?» fragte Oliver. «Wir wollten eigentlich zum Sportgeschäft fahren.»

Ich hatte einen Abstecher von der Hauptstraße nach Zug gemacht.

«Oli, wir fahren zum Sportgeschäft. Ich mache heute nur einen Abstecher.»

Ich saugte an meiner Unterlippe. Die Brücke zu meiden, war wie eine Verdrängung der Erinnerung an diesen Sonntag. Seitdem war ich mit dem Auto nicht mehr aus dem Dorf herausgefahren. Ich ließ Oliver auf dem Rücksitz sitzen. Er beschwerte sich zunächst, weil er erst seit kurzem vorne mitfahren durfte. Es gab aber nach, als er in den Tiefen der Rücksitztasche ein lang vermisstes elektronisches Spielzeug fand. Er schaute kurz aus dem Fenster als wir den Umweg machten. Nach meiner lakonischen Erklärung klickte er wieder eifrig auf seinem Spiel herum.

Im Laden suchte sich Oliver ein neues Paar Schienbeinschoner aus. Er bat mich ihm ein Fußballtrikot zu kaufen das zu den vielen in seiner Sammlung hinzukommen sollte. Ich war zu schwach um ihm entgegenzuhalten, dass er schon genug Trikots hatte. Er kletterte ohne Aufforderung auf den Rücksitz des Autos und umklammerte fröhlich seine Tasche. Als ich den Motor anließ und rückwärts aus der Parklücke fuhr, holte er seine Einkäufe aus der Tasche und betrachtete abwesend jedes einzelne Stück.

«Ach ja, Mum ich wollte dir vorhin etwas sagen und habe es vergessen. Heute stand ein Mann vor der Schule, als wir zum Mittagessen rauskamen. Er sagte, er kenne dich und er wollte, dass ich dich von ihm grüße.»

57

Mein Blick wanderte zum Rückspiegel und suchte Olivers Gesicht ab. Er schien nicht beunruhigt zu sein, sondern erzählte nur eine Beobachtung.

«Wer war es, Oli? Hat er dir seinen Namen gesagt?» fragte ich leichthin.

Oliver antwortete langsam und streckte sein neues Hemd aus, um sich das Logo anzuschauen.

«Das ist es ja gerade. Ich kann mich nicht erinnern. Ich weiß nur noch, dass er sagte, ich solle dich grüßen.»

Ich holte tief Luft.

Kannst du dich erinnern, wie er aussah?

«Ähm, ein bisschen älter als Dad, ein bisschen größer vielleicht. Er hatte irgendwie graues Haar.»

Er klang gelangweilt. Unsere Blicke trafen sich kurz im Spiegel und er begann, das Hemd wieder in die Einkaufstasche zu stecken. Seine Augen wurden glasig, als er aus dem Fenster schaute.

«Kannst du dich erinnern, was er anhatte? Hatte er eine Brille?«

«Nee. Vielleicht. Ich weiß es nicht. Zu viele Fragen, Mum. Er hat nur gesagt, ich soll dich grüßen. Es ist keine große Sache, nicht so, als hätte ich eine wichtige Nachricht zu überbringen, richtig?»

«War sein Name Manfred?»

«Ja! Das war sein Name!»

«War jemand bei dir?»

«Was soll das mit den zwanzig Fragen? Ist das ein Test? Eigentlich war ich mit Sara zusammen. Wir gehen meistens zusammen den halben Weg nach Hause. Aber denk nicht, dass wir ein Paar sind. Das ist absolut nicht der Fall.»

«Schon okay Oli. Ich war nur neugierig.»

«Jedenfalls haben Sara und ich uns immer nach dem Basketballplatz getrennt und der Typ war da schon weg.»

Oliver schob die Tasche beiseite, hob das elektronische Spielzeug auf und klickte weiter. Ich ließ meinen Blick vom Spiegel zurück auf die Straße schweifen und biss mir auf die Lippe. Wie hatte er Oliver erkannt? Hatte er uns schon einmal zusammen gesehen? Ich fragte mich, was Manfred noch in unserem Dorf zu suchen hatte und vermutete, dass er dort weitere geschäftliche Termine hatte. Ich zuckte mit den Schultern und deutete an den Hügel hinauf in Richtung Heimat zu fahren.

Als ich die Einkäufe von der Garage zum Haus trug, piepste mein Handy. Ich stellte die Tüten ab und prüfte die Nachricht.

Danke für den Kaffee von neulich. Er hatte nicht unterschrieben, aber ich wusste, dass es Manfred war. Ich hatte seine Nummer nicht in meine Kontakte aufgenommen, weil ich nicht dachte, dass ich noch einmal von ihm hören würde.

Ich antwortete: *Aber du hast bezahlt.*

Er schrieb: *Danke für alles was mit dem Kaffee passiert ist.*

Ich nahm an, er meinte damit, dass er mit mir reden konnte. Ich war mir nicht sicher, was ich antworten sollte. «*Gern geschehen*» schien mir zu überschwänglich.

Ich textete einfach: *Das ist okay.*

Als er zurückschrieb: *Wir müssen es wieder tun*, antwortete ich nicht.

Ich holte die Einkäufe ab und hielt inne um die Post aus dem Briefkasten neben der Tür zu holen. Im Paketfach unter dem Briefkasten lag ein Strauß grob gepflückter Margeriten, die Stiele zerrissen und gequetscht. Mit einem Stängel Gerstengras zusammengebunden, sah es aus wie ein Geschenk das ein Kind hinterlassen könnte. Ich gab der Bäuerin oft eine Tüte mit der abgelegten Kleidung der Jungen. Mehr als einmal hatte ich geholfen das Vieh hinter zertrampelte Zäune zu scheuchen. Ihr Dank kam oft in Form eines Kartons frischer Eier vom Bauernhof.

«Waren die Kühe diese Woche wieder draußen?» fragte ich Oliver. Er und Leo mussten oft dabei helfen die Kühe wieder auf die Weide zu treiben. «Sieht aus, als hätten uns die Kinder des Bauern ein Geschenk hinterlassen.»

Ich nahm die Margeriten mit der Post mit.

Später am Abend, als ich das Abendessen vorbereitete, betrachtete ich die Blumen, die in einem Glas Wasser auf der Küchenbank standen. Ich kniff die Augen zusammen.

12

Als ich an diesem Abend die Treppe zu unserem Schlafzimmer hinaufstieg, fühlte ich mich ausgelaugt. Normalerweise war ich stolz auf meine Selbstbeherrschung. Aber ich fragte mich was sich aufgrund der jüngsten Ereignisse in meiner Psyche verändert hatte. Doch als ich aus dem Bad ins Schlafzimmer kam, legte Simon sein Buch beiseite, schürzte spielerisch die Lippen und öffnete seine Arme, um mich in eine Umarmung zu nehmen. Ich war kurz davor, ihm von der Begegnung mit Manfred und dem Zufall, dass Oliver ihn im Dorf gesehen hatte, zu erzählen. Ich verschob den Gedanken aber auf ein anderes Mal. Simons Koffer stand offen vor dem Kleiderschrank und enthielt ein paar halb gepackte Sachen. Ich wollte die Stimmung nicht durch die Erwähnung von Manfred verderben. Simon würde in ein paar Tagen nach London abreisen und erst am darauffolgenden Samstag zurück sein.

Ich entledigte mich meiner Kleidung, die zu meinen Füßen lag und kroch aufs Bett, wo ich mich dankbar in seine Umarmung schmiegte. Er küsste mein Haar und streichelte mit seinen Händen sanft meinen Rücken und meine Schultern. Ich drückte meine Lippen auf seine Brust und spürte wie seine Erektion gegen meinen Oberschenkel drückte. Ich streichelte ihn und wir begannen unser vertrautes Ritual des Liebesspiels. Meine Leidenschaft stieg, als wir uns zaghaft an den Stellen berührten, von denen wir wussten, dass sie das Feuer entfachen würden. Simon manövrierte sich über mich und ließ seine Hüften auf meine sinken. Ich keuchte vor Vergnügen. Er hob sein Gesicht mit geschlossenen Augen zur Decke und entblößte die blonden Stoppeln eines Tages an seinem Hals, während er das erste Eindringen in diese besondere Stelle genoss. Meine Hüften hoben sich ihm entgegen, als wir uns gemeinsam bewegten. Ich spürte den vertrauten Druck in meinem Unterleib, als Simons Bewegungen immer drängender wurden.

Dann ein lauter Piepton. Mein Mobiltelefon. Ich hatte es in meiner Jackentasche gelassen, die an der Rückseite der Tür hing. Das ließ mein ohnehin schon pochendes Herz einen Schlag aussetzen. Meine Augen flogen auf. Simon bewegt sich nicht mehr und sah mich mit einem Stirnrunzeln an.

«Ignorier es Al. Wer zum Teufel meldet sich um diese Zeit? Und seit wann bist du so abhängig von deinem Handy? Das kann warten.»

«Ich weiß. Es ist okay,» flüsterte ich.

Aber natürlich war es nicht in Ordnung. Von den wenigen Leuten, von denen ich wusste, dass sie meine Nummer hatten, würde keiner um diese Zeit eine SMS schicken. Aber es könnte ja auch eine falsche Nummer sein... Simon nahm sein langsames Liebesspiel wieder auf und schloss wieder die Augen. Ich konzentrierte mich darauf, mich an das aufsteigende Gefühl der Ekstase zu erinnern und wollte sofort wieder in meiner Leidenschaft sein. Das Telefon piepte erneut. Wahrscheinlich war es nur eine Wiederholung der gleichen Nachricht aber ich schlug meinen Kopf zurück ins Kissen.

«Gah!» keuchte ich.

Die Leidenschaft floss aus mir heraus wie Wasser durch eine Schleuse und wurde durch ein Gefühl von Selbstverachtung und Frustration ersetzt.

«Al! Schatz, was ist denn los? Warum bist du so komisch? Wenn es etwas mit deinem Handy zu tun hat, kannst du es nicht ignorieren?»

Ich schüttelte den Kopf und biss mir auf die Lippe, als Simon sich zurückzog. Ich erinnerte mich daran, dass Manfred mir gesagt hatte, dass er meine Nummer aus dem Krankenhaus erhalten hatte. Ich konnte mir nicht vorstellen, warum er mir jetzt eine SMS schicken würde. Es sei denn, er war wieder verzweifelt.

«Al du scheinst im Moment so besorgt zu sein,» fuhr Simon sanft fort. «Vielleicht kann ich dir helfen, deine Angst zu lindern,» fügte er mit einem Lächeln hinzu.

Er griff wieder nach mir, aber ich drückte meine Hand gegen seine Brust.

Meine Leidenschaft war verflogen und mit einem Seufzer legte sich Simon auf den Rücken.

«Es tut mir so leid,» flüsterte ich.

«Mir auch Alice, mir auch,» sagte er, tätschelte meine Hüfte, drehte sich um und löschte das Licht. «Ich habe morgen einen langen Tag vor mir. Lass uns schlafen.»

Ich drehte mich auf die Seite und drückte mich an meine Knie. Als ich Simons regelmäßiges leises Schnarchen hörte, kletterte ich aus dem Bett und holte mein Handy aus der Jackentasche. Ich klickte die Nachricht an:

Ich vermisse deine klugen Worte. Und deine Arme um mich.

Ich hätte Manfred nie umarmen dürfen, hätte ihn nie an mich heranlassen dürfen. Ich dachte, vielleicht sollte ich seine Nummer sperren lassen, um unser beider willen. Was würde Simon denken wenn er erfährt, dass ich ihn getroffen habe? Ich zitterte. Es war dieselbe alte Sorge, was ich auf dem Gewissen haben könnte, wenn ich mich entschied, an der Frau vorbeizugehen, die mit ihren Einkäufen kämpfte, an dem alten Mann, der im Park stolperte, an dem Mann, der am Rande der Brücke stand.

Ich musste unbedingt wissen, dass es Manfred gut gehen würde.

13

Es tut mir leid. Normalerweise darf ich keine Auskunft über die Patienten geben, da wir wirklich keine Akte über Herrn Guggenbühl haben. Ich kann Ihnen nicht sagen, ob er an einen Spezialisten überwiesen wurde, weil sein Name nicht im System steht.»

Die Hände der Arzthelferin lagen unbeweglich auf der Tastatur ihres Computers. Meine Augen wollten Informationen aus ihr herausholen. Die Post-it-Zettel und Papiere waren aus dem Bereich um den Tresen entfernt worden und gaben den Blick frei auf das Büro. Manfred Guggenbühl war ein Geisterpatient geworden. Es gab keine Aufzeichnungen darüber, dass ich ihn eingeliefert hatte. Ich habe sicher ein Dokument über seine Aufnahme unterschrieben. Vielleicht war mein Deutsch einfach zu miserabel. Vielleicht hielt man mich für einen Touristen und hatte sich meine Daten nicht gemerkt, obwohl ich meine Adresse und Telefonnummer angegeben hatte. Sicherlich war es nicht so ungewöhnlich, dass in diesem Kanton, in dem so viele internationale Unternehmen den Status eines Steuerparadieses ausnutzen, Englisch gesprochen wurde.

«Wie sieht es mit den Patientenakten des Krankenhauses aus? Steht da etwas?» fragte ich, wohl wissend, dass ich damit eine Frage wiederholte, die bereits beantwortet worden war.

Die Hände der Krankenschwester blieben unbeweglich.

«Das Computersystem des Krankenhauses ist überall vernetzt. Wenn ich seinen Namen eingebe, werden alle Patientenakten aus allen Abteilungen angezeigt. Dieser Name taucht nirgends auf. Das tut mir leid. Es ist mir auch ein wenig peinlich zu sagen, dass wir bei der Eröffnung des Krankenhauses einige Computerprobleme hatten,» gab die Frau zu.

Das erklärte die Post-it-Zettel, die jetzt nicht mehr auf dem Glas zwischen uns zu sehen waren.

«Dieser Mann hat an diesem Tag einen Selbstmordversuch unternommen. Er könnte immer noch eine Gefahr für sich selbst sein. Auf jeden Fall bräuchte er noch medizinische und psychologische Hilfe. Sie verstehen das doch, oder? Ich kann nicht glauben, dass sein Fall so leichtfertig behandelt oder ganz ignoriert wird.»

Die Krankenschwester sah mich mitleidig an, als wäre ich diejenige, die Hilfe brauchte. Ich seufzte.

«Ich habe an diesem Tag meine Kontaktdaten angegeben. Ist es möglich, dass jemand sie weitergegeben hat? Herr Guggenbühl hat mich angerufen und ich bin nicht sicher, woher er meine Nummer hat.»

Die Empfangsdame sah verblüfft aus.

«Das wäre nicht erlaubt gewesen. Es sei denn, sie haben sie ihm selbst gegeben? Vielleicht erinnern sie sich nicht mehr.»

«Nein, ich habe ihm meine Nummer nicht gegeben,» sagte ich mit Nachdruck.

«Es tut mir leid.»

Ich nahm an, dass Manfred eine der anderen Krankenschwestern überredet haben musste, ihm an diesem Tag oder vielleicht ein paar Tage später meine Nummer zu geben. Im Moment schienen sie alle ein Haufen Inkompetenter zu sein.

Vor dem Eingang des Krankenhauses trat ich frustriert gegen einen Mülleimer. Ein Arzt, der auf die Tür zuging, wich mir mit einem schockierten Blick aus, sagte aber nichts.

Wir lebten in einem Land, in dem alles funktionierte, in dem die Züge immer pünktlich fuhren, in dem Briefe unweigerlich am Tag nach der Aufgabe im Briefkasten landeten und in dem die Auszahlungen der Versicherungen ohne Frage erfolgten. Und der Durchschnittsbürger, der als Beamter oder Gemeindeschreiber arbeitete, wusste genau, was jeder zu einem bestimmten Zeitpunkt in der hierarchischen menschlichen Leiter tat, die die komplexe funktionierende Verwaltung der Schweiz ausmachte.

Aber es schien, als hätten sich alle verschworen, um mich heute zu besiegen. Am meisten tat mir Manfred leid, der irgendwie durch das Netz geschlüpft war, um verloren in seinem Elend umherzuirren und sich ausgerechnet an mich zu klammern, einer verwirrten Ausländerin.

Zwei Ausrutscher in einer ansonsten perfekten Utopie.

Ich setzte mich ins Auto und legte meine Hand an die Schläfe. Meine Haut fühlte sich heiß an und mein Kopf hatte zu pochen begonnen. Die Frustration begann sich zu einer undefinierbaren Gereiztheit aufzubauen. Ich verlor den Glauben an meine Fähigkeit, Manfred bei der Lösung seiner Probleme zu helfen.

14

Als ich mich durch die Bäume entlang der Lorze-Schlucht schlängelte, stolperte ich. Der Weg verwandelt sich von fester Erde in Watte unter meinen Füßen. Ich versuche, schneller zu werden, spüre, dass mich jemand verfolgt. Ich kann meinen Kopf nicht drehen. Da ist eine Person… jemand Bekanntes. Die Person hebt ab, breitet große silberne Flügel aus und fliegt. Es ist ein Engel. Ich drehe den Kopf, kann das Gesicht immer noch nicht ganz erfassen. Ein Gesicht, das sich verändert… Oh, es ist Manfred. Wovor fliehen wir gemeinsam? Ich drehe meinen Kopf wieder nach vorne, versuche, schneller zu laufen. Meine Füße sinken tief in die gepolsterte Weichheit ein und ich kann keinen Halt auf dem Weg finden. Ich komme nicht weiter. Im nächsten Moment werde ich umgeworfen, der Wind wird von mir weggepeitscht, mein Gesicht in die schwammige Erde gedrückt. Ich kann nicht atmen.

Als ich aus dem Alptraum erwache, bin ich zunächst verwirrt, weil ich an die Decke unseres Schlafzimmers blicke. Eine große Last fiel von meiner Brust ab, als ich keuchte und meine Lungen durch die schmerzende Kehle mit Luft füllte.

Meine Augen brannten und schmerzten, der Ort hinter meinen Augenhöhlen pochte im Rhythmus meines Herzens, klumpige Stiefel traten über mein Gehirn. Das waren zumindest die Symptome, die ich erkannte. Ich hatte eine Erkältung.

Simon war schon weg. Ich hatte ihn nicht gehört. Ungewöhnlich, seine Abreise verschlafen zu haben. Die Tatsache, dass ich ihn einige Tage lang nicht sehen würde und dass die Dinge zwischen uns alles andere als harmonisch waren, machte mich zusätzlich traurig. Mir fehlte die Energie, aber ich wusste, dass ich die Jungs für die Schule fertig machen musste. Ich schwang meine schweren Beine über die Bettkante und watschelte ins Bad. Als ich auf das Thermometer schaute, stellte ich fest, dass ich leichtes Fieber hatte. Selbst das Drücken des Monitors an mein Ohr verursachte Unbehagen. Jede Bewegung ließ meine Schläfen pochen.

Ich zuckte vor Schmerzen zusammen, als ich vorsichtig die Treppe hinunterging. In der Küche füllte ich den Wasserkocher auf und holte die Müslipackung und zwei Schüsseln für die Jungs aus dem Schrank. Ein Blick auf die Uhr am Ofen zeigte mir, dass es später war als ich dachte. Ich beeilte mich so gut ich konnte, nach oben zu gehen, um sie zu wecken. Oliver würde sich ärgern, dass er nicht früh genug geweckt worden war. Er hasste es, zu irgendetwas zu spät zu kommen, sogar zur Schule. Leo hingegen würde mürrisch sein, dass er überhaupt geweckt worden war.

Als ich leise an die Türen der Jungen klopfte, klingelte das Telefon. Ich kehrte in mein Zimmer zurück und ging schnell ran, schon allein um zu verhindern, dass das schrille Geräusch meine Kopfschmerzen verschlimmerte. Ich hatte angenommen, dass Simon vom Flughafen aus anrufen würde um sich zu vergewissern, dass zu Hause alles in Ordnung war. Ich krächzte einen Gruß.

«Hallo?»

«Du hörst dich nicht gut an.»

Manfred. Ich konnte es nicht ertragen, mit ihm zu reden und wollte ihn am liebsten aus der Leitung werfen. Aber ich hatte das Gefühl, ich sollte etwas sagen.

«Mir geht es nicht gut, Manfred. Ich habe Halsschmerzen und Kopfweh. Es tut weh, zu sprechen. Ich bin damit beschäftigt, die Jungs für die Schule fertig zu machen. Ich bin mir immer noch nicht sicher, woher du meine Nummern hast, aber bitte, es ist wirklich das Beste wenn du hier nicht anrufst.

«Ich könnte kommen und mich um dich kümmern. Alice du darfst nicht vergessen, dass ich dir mein Leben verdanke. Es ist, wie du sagst, meine Verpflichtung dir gegenüber.»

«Manfred, ich...»

«Ich kann dir eine gute heiße Suppe kochen, einen Drink. Du musst Flüssigkeit zu dir nehmen, wenn es dir nicht gut geht. Bleib im Bett. Ich kann gleich da sein.»

«Nein! Bitte Manfred, lass mich in Ruhe!» Meine Kehle brannte, als ich meine Stimme erhob. «Das ist nicht der richtige Zeitpunkt. Du irrst dich, wenn du glaubst, dass ich dir helfen kann. Geh zu einem Arzt. Finde jemanden, mit dem du reden kannst. Ich habe wirklich nicht das Gefühl, dass ich dir helfen kann.»

Das Telefon glitt auf einem Schweißfilm zurück in seine Halterung. Eher ein Produkt meiner Angst als meiner Krankheit. Es dauerte nicht lange, bis die Schuldgefühle zu meiner Frustration und meinem Elend hinzukamen.

Leo schlurfte den Flur entlang, den Schlafanzug in Unordnung und das Haar in einem schiefen Keil den nur ein Kissen formen konnte.

«Ist alles in Ordnung Mum? Ich habe dich schreien gehört. Du hörst dich nicht so an, als ginge es dir gut, weißt du?»

«Nein, mir geht es nicht gut. Es ist schon spät. Du solltest dich besser beeilen und dich für die Schule fertig machen.»

Er sagte nichts und schlurfte ins Bad.

Ich ging zu Oliver, um nach ihm zu sehen. Er hatte bereits einen Anflug von Anspannung wahrgenommen.

«Ist schon gut Mum. Ich stehe auf,» sagte er mit gezwungener Fröhlichkeit. Von den beiden Jungen war Oliver viel weniger geneigt, einen Konflikt heraufzubeschwören. Ich war dankbar dafür.

«Wir sehen uns dann unten,» sagte ich und ging in die Küche um mir einen Kräutertee zu machen.

In meinem erbärmlichen Zustand hätte ich lieber das knisternde Rauschen eines stummen Anrufers gehabt, als jetzt mit Manfred zu sprechen. Dann fühlte ich mich richtig schlecht und dachte darüber nach, wie hart ich am Telefon geklungen hatte. Das hatte er nicht verdient. Es gab immer die Sorge, dass der Faden der ihn am Leben hielt noch zart war. Hier war ein trauriger Mensch der sich auf die Idee versteift hatte, dass ich ihm irgendwie helfen könnte.

Obwohl ich ihm bereits gesagt hatte, dass dies meine psychologischen Fähigkeiten bei weitem überstieg.

15

JUNI 2002

Meine Grippe dauerte von Anfang bis Ende sechs Tage. Ich hatte mich noch nie so hilflos gefühlt. Es kostete mich übermenschliche Anstrengungen, an den ersten drei Morgen das Bett zu verlassen. Sobald ich die Kinder aus der Tür waren, kroch ich mit einem heißen Honig-Zitronen-Getränk und einer Handvoll Paracetamol zurück ins Bett. Simon rief am ersten Tag um die Mittagszeit aus London an und klang mitfühlend, als ich ihm erklärte, dass ich krank sei. Der Akku meines Mobiltelefons war leer und ich beschloss es nicht aufzuladen. Ich beschloss, dass ich auch ohne leben konnte, obwohl ich früher der Überzeugung war, dass ich es für den Notfall mitnehmen sollte. Die einzige Person mit der ich wirklich in Kontakt bleiben musste war Simon. Er konnte mich am Ende des Tages auf unserem Festnetzanschluss anrufen.

Mitten in der Woche nachdem die Jungs eines Morgens gegangen waren, klingelte das Telefon, als ich gerade die Betten machte. Ich warf einen Blick auf die Anruferanzeige. Keine ID. Es könnte Simon gewesen sein. Er wusste, dass ich krank war und würde erwarten, dass ich rangehe. Aber ich war mir auch nicht sicher ob ich mit ihm reden wollte. Aus einem perversen Impuls heraus, mich selbst zu bestrafen, stand ich da und beobachtete das Telefon, um zu sehen, wie lange es klingeln würde. Es klirrte und rasselte in meinem verstopften Kopf. Als es endlich aufhörte, war die dröhnende Stille fast noch beunruhigender. Noch lange nachdem ich weggegangen war, konnte ich das Phantom-Echo des Klingelns hören, das zum Pulsieren meiner Schläfe passte.

Als Simon am Wochenende aus London zurückkam war er verblüfft, dass ich immer noch krank war. Ich war immer der Fels in der Brandung der Familie gewesen, zu funktionieren, egal in welchem Dilemma ich steckte. Durch die Grippe hilflos geworden, deprimierte mich meine Nutzlosigkeit. Simon übernahm den Haushalt, versorgte die Jungen mit Essen und versuchte vergeblich, ihnen Aufgaben zu übertragen. Aber er konnte sich nicht von der Arbeit freinehmen. Zum ersten Mal wurde mir wirklich bewusst, wie viel Arbeit er im Moment hatte. Ich wollte über meine eigenen Sorgen der letzten Tage sprechen, aber im Vergleich zu seinem Arbeitspensum erschienen sie mir so unbedeutend. Es fiel mir leicht, zu schweigen und den Frieden zu bewahren.

Simon schlief auf dem ausklappbaren Sofa in unserem kleinen Arbeitszimmer. Er sagte, er könnte es sich jetzt nicht leisten, mitten in seinem aktuellen Projekt krank zu werden. Er brachte mir Tee und Suppe und setzte sich auf die Bettkante, bevor er sich in seinen Quarantänebereich zurückzog. Aber in meinem fiebrigen Zustand deutete ich diese Trennung viel weiter. Ich fragte mich, ob dies ein Vorwand war um sich von mir zu distanzieren, unabhängig davon ob ich ansteckend war. Er benahm sich wie ein Ehemann, der eine Geliebte hat.

Als er Mitte der folgenden Woche wieder in unser Bett zog, hatte ich mich daran gewöhnt, allein zu schlafen. Meine irrationale Angst, dass er in unser Ehebett zurückkehren würde, verstärkt schlechten Gedanken. Zwischen uns eine nicht identifizierbare Sache gab, über die ich nicht gesprochen hatte: Ein paar Wochen zuvor habe ich mit Manfred auf einen Kaffee getroffen. Würde es Simon verstehen, ich habe das getan um mich zu vergewissern, dass es ihm gut ging? Anstatt Manfreds Probleme zu lösen, hätte ich vielleicht nur ein neues Fass aufgemacht.

Ein Antizyklon legte sich über die Alpen. Die schönen Frühlingstage sollten anhalten. Die galligen Schleimfäden in meiner Brust ließen endlich nach. Ich wollte unbedingt wieder mit dem Laufen beginnen.

Mein erster Lauf führte mich über die mit jungen Obstbäumen gesäumte Wiese nördlich des Hauses. Ich nahm mir Zeit um die Aussicht auf unser Dorf zu genießen. Der Kirchturm stand in matriarchalischer Position, umgeben von steilen Giebelhäusern. Aus dieser Entfernung sahen sie wie Spielzeuge aus. Aus den Schornsteinen der wenigen Häuser, die in den klaren Nächten noch geheizt werden mussten, stiegen träge Rauchschwaden auf.

Als ich den Weg entlang joggte, kroch ein Kribbeln in meinem Nacken. Mit der sicheren und gewissen menschlichen Eigenschaft der Vorahnung wusste ich, dass ich beobachtet wurde. Als ich mich umsah, konnte ich keine Menschenseele entdecken. Eine Brise strich über die Spitzen des frischen Grases auf dem Feld. Von einer Reihe von Kirschbäumen auf der oberen Wiese fielen Blütenblätter wie Schneeflocken.

Als ich um die Scheune herumging, hörte ich das gelegentliche Schlagen einer Glocke im Inneren. Ich fand es schade, dass der Bauer die Kühe an diesem schönen Frühlingsmorgen nicht rausgelassen hatte. In meinem peripheren Blickfeld sah ich etwas aufblitzen neben dem alten Pflaumenbaum am Ende des Feldweges. War das ein Hosenbein oder der Zipfel einer Jacke? Mein Blick schweifte zu der Stelle zurück, in der Erwartung, dass sich die Bewegung wiederholen würde. Als würde ich den Mitternachtshimmel nach einer ausweichenden Sternschnuppe absuchen. Mein Herz pochte. Der Atem blieb mir in der Kehle stecken. Eine der Bauernhofkatzen sprang vor mir vom Rand über den Weg und ich quietschte auf. Ihr Schwanz zuckte hin und her, als sie mit nach hinten gedrehten Ohren davon trottete und Irritation signalisierte. Ich atmete erleichtert aus und lachte über meine lächerliche Paranoia. Beobachtet von einer Bauernhofkatze! Als Nächstes würde ich die Bäume und das Gras verdächtigen.

Ich schüttelte den Kopf und lief weiter den Hügel hinauf. Das Adrenalin trieb mich anfangs an, aber ich kam nicht weit, bevor meine Brust sich eng anfühlte. Ich wusste, dass ich bei meinem ersten Ausflug nach der Genesung wahrscheinlich an meine Grenzen gestoßen war. Nach mehreren Pausen und einem schwindelerregenden Moment, in dem ich mich mit den Händen auf den Knien nach vorne lehnte, sah ich ein, dass es Zeit war, nach Hause zu gehen. Ich versprach mir beim nächsten Mal einen sanfteren Wiedereinstieg in die Fitness zu planen und eine leichtere Strecke zu laufen.

16

Ich stieß die Tür der Polizeistation auf und trat ein, wohl wissend, dass ich das schon vor Tagen hätte tun sollen. Ein junger Beamter saß an einem Schreibtisch hinter den Tresen und bediente einen Computer. Sein Schreibtisch war umgeben von Kartons voller Akten und Bücher. Auf dem Namensschild am königsblauen Uniformhemd der *Zuger Polizei* stand *R. Schmid*. Ich erinnerte mich an den Namen. Es war der Tag, an dem ich angerufen hatte. Er schien überrascht zu sein, einen Besucher zu sehen, als er vom Bildschirm aufblickte. Seine Hand schwebte kurz mit erhobener Handfläche über der Tastatur und verbot eine Unterbrechung, während er langsam mit einem Finger weitertippte. Meine Zuversicht schwand mit den Sekunden die verstrichen.

«Grüeziwohl! Was isch los?»

Seine ungewöhnlich scherzhafte Ungezwungenheit beruhigte mich nicht. *Was ist los?* Ich wollte Schroffheit und Offizialität.

«Mein Name ist Alice Reed,» sagte ich auf Englisch. «Ich habe sie vor ein paar Wochen wegen eines Mannes angerufen. Den ich daran gehindert habe, von der Tobelbrücke zu springen.»

«Ah, ja,» sagte Schmid. «Die Dame, die ihr Deutsch nicht üben will.»

Er hatte diesen Gesichtsausdruck, den ich schon einmal gesehen hatte. Ich atme tief durch und setze meinen freundlichsten Tonfall auf.

«Erinnern sie sich an meinen Bericht über den Mann, den ich auf der Tobelbrücke gesehen habe?»

Der Polizist neigt den Kopf zur Seite.

«Dieser Mann heißt Manfred Guggenbühl,» fuhr ich fort. «Er wollte springen. Sie wissen schon, Selbstmord.»

Ich fuhr mir mit der Hand komisch über die Kehle. Ein Aufflackern von Belustigung erhellte das Gesicht des Polizisten. Ich errötete.

«Selbstmord,» wiederholte ich und klopfte auf meine Handtasche, um mich zu vergewissern, dass das Wörterbuch da war, falls ich es brauchte.

Schmid presste die Lippen zusammen und nickte langsam, wobei er seine Hände zu einem Fingerturm zusammenführte. Es war eine Geste, die weit über sein Alter hinausging. Wenn ich ihm nicht glaubhaft machen konnte, dass ich jemanden vor dem Selbstmord bewahrt hatte, wie sollte ich ihn dann davon überzeugen, dass der Mann noch Hilfe brauchte?

Ich erklärte ihm zögernd den weiteren Verlauf der Ereignisse und betonte dabei Wörter, die ich auf Deutsch kannte. Der Gesichtsausdruck des Beamten, der anfangs seinen Unmut darüber ausdrückte, dass ich nicht versucht hatte seine Sprache zu sprechen, verblasste bald zu einem Ausdruck irritierter Langeweile.

«Obwohl ich ihn wiederholt gefragt habe, hat er mir nicht gesagt, dass er Hilfe gesucht hat und ich mache mir Sorgen. Es ist wichtig, dass Menschen die einen Selbstmordversuch unternommen haben, eine Nachbehandlung erhalten. Durch eine seltsame Verwechslung im Krankenhaus konnte ich nicht herausfinden, ob er psychologische Hilfe bekommen hat. Gibt es eine Möglichkeit, dass sie eingreifen? Es ist nur so, dass... mein Sohn ihn im Dorf gesehen hat, als ich nicht da war. Obwohl er mir gesagt hat, dass er hier zu tun hat, bin ich mir nicht sicher...»

Ich fand es seltsam, dass Schmid nicht aufgestanden ist und an die Tresen getreten war. Mir kam der wilde Gedanke, dass er seine Hose vermisste. Wahrscheinlicher ist, dass er seine Arbeit ohne die Unterbrechung durch eine fremde Frau beenden wollte.

«Sollten sie sich nicht Notizen machen oder so? Einen Bericht über meinen Besuch schreiben?»

Er verschränkte die Arme und lehnte sich zurück.

«Es... es tut mir leid,» stammelte ich. Es ist einfach zu viel, um es sich zu merken.

«Nun, Frau - Reed, *gell*? Ich weiß noch nicht worüber sie sich hier beschweren wollen. Sie sagen mir, dass dieser Mann nicht gesprungen ist, aber sie haben auch nicht 117 an dem Tag angerufen...»

«Ich hatte mein Telefon nicht dabei.»

Er fuhr fort, als ob ich nichts gesagt hätte.

«... Stattdessen haben sie ihn zu sich nach Hause und ins Krankenhaus gebracht, wofür er ihnen sicher dankbar sein wird. Und sie haben ihn zu einem Kaffee eingeladen. Das ist doch sicher eine Einladung, wie sagt man, sich zu engagieren? Hat er ein Verhalten an den Tag gelegt, das sie glauben lässt, dass er immer noch eine Gefahr für sich selbst darstellt? Vielleicht ist der Mann, der vor der Schule war, nicht mehr dieselbe Person.»

«Da ist noch etwas anderes... Wir haben einige stille Anrufe zu Hause erhalten. Die beiden Vorfälle machen mich nervös.»

«Weshalb genau sind sie hier, Frau Reed? Um das Wohlergehen von Herrn Guggenbühl oder um einen Narren zu melden, der Scherzanrufe macht?» Er sprach mit Sarkasmus. «Ich habe mir erlaubt, nach ihrem Telefonat ein wenig über den betreffenden Herrn zu erfahren. Er hat einen ungewöhnlichen Namen, deshalb war ich neugierig.» Schmid war nun offen gönnerhaft. «Er hat einen vorbildlichen Charakter, ist nicht vorbestraft und in der Nachbarschaft gut angesehen. Er ist vor kurzem nach Ägeri gezogen und wohnt in einer Wohnung im selben Haus wie der Staatsanwalt. Es ist normal, dass er im Dorf gesehen wird. Sie müssen sehr vorsichtig sein, wenn sie ein angesehenes Mitglied unserer Gemeinschaft für instabil erklären wollen.»

Mir fiel die Kinnlade herunter. Ich stand fassungslos am Schreibtisch der Polizei. Diese Information brauchte eine Wiederholungstaste in meinem Kopf, damit ich sie verarbeiten konnte.

«Er wohnt hier? Aber er wohnt doch im Aargau! Er hat dort Famili e...»

«Dies ist eine kleine Gemeinde, man *redet* miteinander Frau Reed. Der Mann, um den es ihnen geht, hat sich vor kurzem hier niedergelassen. Er wird hier seine Steuern zahlen. Woher er kommt und was er erlebt hat, geht niemanden etwas an. Er hat das Recht, dorthin zu ziehen wo er will. Ich glaube, sie sind ein wenig überreizt. Vielleicht hat er versucht als neuer Einwohner einen normalen Eindruck auf die Leute zu machen. Haben sie seine Höflichkeit falsch verstanden? Wenn es ihm noch... unwohl wäre, gäbe es Beweise.»

Die Hitze der Tränen kribbelte. Ich wollte mich nicht noch mehr demütigen. Ich wandte mich und ging zurück zu meinem Auto. Ich stieg ein und umklammerte das Lenkrad eine halbe Minute lang, bis meine weißen Knöchel zu schmerzen begannen.

Als ich zu Hause ankam, hatte sich meine Demütigung über die Szene auf dem Polizeirevier gelegt. Es beunruhigte mich, dass Manfred ins Dorf gezogen war. Aber die Zeiten, in denen er mit mir sprechen wollte, waren vielleicht nur eine einfache Höflichkeit. Wahrscheinlich wollte er mir mitzuteilen, dass er sich in das Tal verliebt hatte. Einen neuen Anfang machen. Vielleicht war er mit seinem Sohn hierher gekommen. Nach den Äußerungen des Polizisten zu urteilen, muss es ihm besser gehen.

Als ich am Briefkasten vorbeikam, war das neueste Geschenk des Bauern. Eine kleine Schachtel Kirsch-Stängeli, kleine Schokoladenfinger mit Kirschschnaps gefüllt. Ich dachte, dass die Familie mit ihrer Freundlichkeit vielleicht etwas zu weit gegangen war. Aber ich war dankbar, dass sie unsere Anwesenheit in der Gemeinde nicht gemieden hatte, wie es alle anderen zu tun schienen.

In der Wohnung ging ich direkt unter die Dusche, nachdem ich bei der frustrierenden Begegnung mit der Polizei unangenehm ins Schwitzen gekommen war. Ich drehte das Wasser so heiß auf, wie ich es ertragen konnte. Ich genoss das Gefühl der Hitze auf meinen Schultern und im Nacken. Ich schäumte mein Haar mit Shampoo ein. Ich atmete die Dampfschwaden ein, um die Enge in meiner Lunge zu lösen. Ich fühlte mich sofort besser.

Ich dachte an meine Laufroutine. Ich wusste, dass es nicht mehr lange dauern würde, bis ich wieder mein gewohntes Tempo und meine gewohnten Strecken zurücklegen würde. Ich nahm mir vor, von nun an besonders liebevoll zu Simon zu sein. Ich würde ihm ein Lieblingsessen kochen. Ich würde ihm anbieten, ihn zu massieren. Ich würde es versuchen, die Dinge wieder in Ordnung zu bringen. Zum Beispiel das Missverständnis über meine Reaktionen und Entscheidungen in Bezug auf Manfreds Versuch, sich das Leben zu nehmen.

Da der Sommer näher rückte, wollte ich das Thema ansprechen, bestimmte Wochentage für das Marathontraining festzulegen. Dienstagnachmittag für einen langen Berglauf, donnerstags auf der Laufbahn. Wenn ich die Zeiten wechselte, musste Simon nach der Schule für die Kinder da sein. Er würde sich freuen, dass ich mir ein langfristiges Ziel gesetzt hatte, um mich während seiner langen Arbeitswochen zu beschäftigen.

Ich stieg aus der Dusche und föhnte mein Haar. Als ich vor dem beschlagenen Spiegel einen Platz freimachte, fuhr ich mit den Fingern durch die feuchten Locken. Als ich das Handtuch um meinen Oberkörper wickelte, hörte ich das vertraute Knarren von Holz auf der vierten Treppe und dachte mir, dass die Jungs zu Hause sein mussten. Oder vielleicht Simon um mich zum Mittagessen zu überraschen. Ich lächelte in Erwartung einer Beschwerde über das schwüle Badezimmer und stieß die Tür auf.

Dampf wirbelte hinter mir her, als ich barfuß in den Flur ging und mich schweigend mit dem Kopf auf die Seite legte.

«Simon?» rief ich. «Bist du zu Hause?» Stille. «Leo, Oli?»

Ich zuckte mit den Schultern, weil ich dachte, dass ich mich wohl geirrt hatte. Ich ging ins Schlafzimmer um das Fenster zu öffnen, wo das Kondenswasser von der Dusche das Glas beschlug. Als ich den Kleiderschrank öffnete um eine Jeans herauszuholen, hörte ich den Riegel der Tür im Erdgeschoss klicken.

«Simon?» rief ich erneut und blickte über das Geländer in den leeren Flur. Ich musste die Tür einen Spalt offen gelassen haben. Der Luftzug vom offenen Schlafzimmerfenster hatte sie sicher fest zugedrückt.

17

S imon saß am Küchentisch, nippte an einem Bier und blätterte in seiner neuesten Ausgabe von *The Economist*. Ich kramte im Schrank nach einem Kochtopf und ließ kaltes Wasser einlaufen, um die Kartoffeln für das Abendessen zu schälen.

«Ich war heute bei der Polizei,» sagte ich.

Simon klappte seine Zeitschrift zu und lehnte sich in seinem Stuhl zurück.

«Glaubst du, sie werden mit deinem Typen reden?»

Deinem Typen? Ich kniff die Augen zusammen. Ich fragte mich, ob Simon mich jemals ernst genommen hatte, was Manfreds psychische Bedürfnisse anging.

«Ich dachte, ich sollte sie drängen, ihn zu kontaktieren. Um sicherzugehen, dass es ihm gut geht.»

«Lohnt es sich, deswegen einen Aufstand zu veranstalten? Ich vertraue auf dein Urteilsvermögen Al. Aber bist du sicher, dass er dein Eingreifen braucht? Vergiss nicht, dass du die Schweizer in der Vergangenheit falsch eingeschätzt hast. Erinnerst du dich an den Vorfall mit dem Elektriker? Du musst dir sicher sein, wenn du dich in das Leben eines anderen Menschen einmischen willst. Wahrscheinlich will er die Sache einfach nur vergessen und weitermachen. Wie der Rest von uns.»

Mir klappte die Kinnlade herunter. Ich mochte es nicht, an den Vorfall mit dem Elektriker erinnert zu werden. Als wir damals eingezogen waren, wurde die Verkabelung einer Leuchte in der Küche geändert, damit die Lampe über dem Küchentisch hängen konnte. Ich hatte gedacht, der Elektriker würde mich anmachen. Er legte mir eine Hand auf die Schulter und sagte mit einem ungewöhnlich breiten Lächeln etwas, das ich nicht verstand. Zu diesem Zeitpunkt verstand ich so gut wie kein Deutsch. Ich hatte nicht bemerkt, dass er versuchte mir zu erklären, dass er der Vater eines Schulkameraden der Jungs sei. Er war daran interessiert, dass sich unsere Familien treffen. Ich hatte das falsch verstanden. Zumal es sich nicht um eine typisch schweizerische Anfrage handelte. Ich hätte ein wenig Hilfe bei der Integration gebrauchen können. Stattdessen beschwerte ich mich bei einer der Mütter, die zufällig seine Schwägerin war, was die ganze Sache noch schlimmer machte.

«Der Typ war so unausgeglichen, dass er einen Selbstmordversuch unternahm,» fuhr Simon fort und brachte mich zu Manfred zurück. «Man weiß nie wie so jemand reagieren wird Al. Misch dich nicht in die Arbeit anderen ein. Was wenn der Kerl herausfindet, dass du dich eingemischt hast? Ich glaube, du machst dir umsonst Sorgen. Es wird sich legen. Du wirst schon sehen.»

«Du hast Recht. Ich glaube nicht, dass Manfred eine Gefahr für sich selbst ist.»

Ich schluckte. Ich erinnerte mich an Fragmente von Manfreds beunruhigendem Gespräch über das Messer. Ich versuchte mir seine häusliche Situation vorzustellen. Ich fragte mich, ob er damals Brot geschnitten hatte, oder ob er aus irgendeinem ekelhaften Impuls heraus danach gegriffen hatte. Ich erinnerte mich an seine Augen als er mich ansah. Ich schüttelte den Kopf. Wenigstens war ich erleichtert, dass Simon die Dinge pragmatischer sah.

Ich war kurz davor wieder das Wort zu ergreifen und ihm zu sagen, dass ich ein Treffen mit Manfred angestiftet hatte. Ich wusste, dass Simon über meine *Einmischung* verärgert sein würde. Aber es war geschehen und ich konnte es nicht mehr rückgängig machen. Ich glaubte jedoch nicht, dass es etwas ändern würde. Ich wollte vermeiden ihm zusätzlichen Anlass zur Sorge zu geben, während sein Projekt auf der Arbeit anlief. Ich wusste, dass es im Büro berufliche Spannungen gab. Obwohl er immer darauf achtete, dass er sie nicht mit nach Hause brachte. Dafür war ich ihm ewig dankbar. Aber der Stress war da und ich sollte ihn nicht noch verstärken.

Außerdem fiel es mir durch die lange Zeit, die zwischen dem Treffen mit Manfred und dem Erzählen an Simon lag, noch schwerer mir einzugestehen, was ich getan hatte.

Also habe ich geschwiegen. Um das Gespräch zu beenden, drehte ich mich um und trug unsere Tassen zur Spüle.

«Natürlich hilft es nicht, dass du ihm an dem Tag gezeigt hast, wo wir wohnen Al.»

Bis jetzt hatte ich die Tatsache ignoriert, dass Manfred jetzt ganz in der Nähe wohnte wie der Polizist verraten hatte. Die Tassen klapperten schwer auf ihren Untertellern.

18

Als ich am nächsten Tag nach meinen Besorgungen in die Einfahrt einfuhr, sah ich ein Polizeiauto vor dem Haus parken. Meine Hoffnung stieg. Ich fragte mich ob sie mit Manfred gesprochen hatten und gekommen waren um mich über ihre Maßnahmen zu informieren.

Aber dann dachte ich, dass vielleicht Leo oder Oliver etwas zugestoßen war. *Oh Gott, es muss Leo sein.* Er muss in der Schule endgültig über die Stränge geschlagen haben. Vielleicht hatte er einem Kind etwas angetan. Aber die Polizei... Ich fühlte mich schlecht, dass ein Elternteil eingreifen könnte, bevor er mit uns spricht.

Oh, Leo, ich hätte nicht gedacht, dass es so weit kommt.

Als ich das Haus betrat, kam Offizier Schmid aus der Küche. Leo stand am oberen Ende der Treppe zu den Schlafzimmern und schaute zu mir hinunter. Seine Augen waren weit aufgerissen. Er fuhr sich mit der Hand vor Schreck über die Kehle. Der Polizist konnte Leo von dort wo er stand nicht sehen. Ich war einen Moment lang verwirrt und schaute von einem zum anderen. Warum war Leo oben auf der Treppe?

«Ah, guten Tag, Frau Reed. Könnten sie bitte einen Moment hereinkommen?»

Ich folgte Schmid in die Küche wo Oliver am Tisch saß, die Fäuste vor sich geballt. Ein anderer Polizist lehnte an der Spüle.

«Was ist passiert? Was ist los Oliver?» fragte ich.

Er war aufgeregt, aber nicht weinerlich.

«Mum, es war alles Alexs Schuld. Ich war es nicht. Ich...» Schmid hielt seine Hand hoch, um Oliver am Sprechen zu hindern.

«Ihr Sohn ist beim Ladendiebstahl erwischt worden,» sagte er.

«Oh nein, Oliver...» Meine Stimme sank ungläubig. *Mein braver kleiner Junge?*

«Mum hör zu. Ich war es nicht,» sagte Oliver unnachgiebig.

Ich sah den Polizisten fragend an. Es kam mir seltsam vor, dass er in unserem Haus war, ohne dass ich es wusste. Aber vielleicht war das die Art wie sie hier Dinge handhabten.

«Er sagt, er hat es nicht getan. Was genau soll er denn gestohlen haben?» fragte ich.

«Es war ein Schokoriegel,» sagte Schmid. «Von der Molki, der örtlichen Molkerei. Normalerweise würde sich die Ladenbesitzerin selbst darum kümmern, so etwas passiert so selten. Aber ich glaube sie wollte an ihrem Sohn ein Exempel statuieren. Die Wahrheit ist Frau Reed, dass ihr Sohn etwas gestohlen hat. Er hat dann versucht uns zu täuschen, indem er uns sagte, er hätte es nicht gestohlen. Frau Besmer und ihre Assistentin haben ihn dabei mit eigenen Augen gesehen. Zwei Zeugen. Wir ignorieren seine Ausreden jetzt Frau Reed. Er ist ein Dieb und ein Lügner. Natürlich werden wir ihn nicht strafrechtlich verfolgen. Er ist zu jung. Aber sein Name wird in unseren Aufzeichnungen über diesen Vorfall festgehalten werden. Wir hoffen, dass sie und ihr Mann mit seiner Disziplin vernünftig umgehen können. Was er getan hat, ist gegen das Gesetz,» schloss er.

Ich zuckte zusammen als ich an Olivers Namen auf einer Liste von Jugendstraftätern dachte.

«Natürlich, Offizier ... Herr Schmid. Wir werden mit ihm reden,» sagte ich.

Ich wartete bis Simon an diesem Abend von der Arbeit nach Hause kam, um das Thema mit Oliver anzusprechen. Nachdem Leo nach dem Abendessen in sein Zimmer gegangen war um Hausaufgaben zu machen, sprachen wir mit Oliver am Küchentisch. Er erklärte uns was passiert war. Es war ein Schuljungenstreich, der böse ausging.

«Es ging um diese Wette. Alex und die anderen. Wir haben nach der Schule herumgealbert. Sie haben mich gezwungen es zu tun. Ehrlich. Ich weiß es war falsch. Aber es war als hätten sie mich gezwungen.»

«Die einzigen Menschen, die dich zu irgendetwas zwingen können Oliver ist deine Mutter und ich,» sagte Simon mit ein wenig Humor.

Wir sprachen über Vertrauen, die Wahrheit und die Notwendigkeit, sich selbst zu fragen, ob etwas richtig ist, bevor man den Anweisungen anderer folgt. Wir kamen überein, dass wir am Samstag früh zur Molkerei gehen würden, um uns persönlich bei der Ladenbesitzerin zu entschuldigen. Ich konnte Oliver ansehen, dass er sehr enttäuscht von sich selbst war. Ich war mir sicher, dass sich so etwas nicht wiederholen würde.

«Ich möchte, dass du mir versprichst, dass so etwas nie wieder passieren wird,» sagte ich.

«Ich verspreche es Mum, Dad.»

Er umarmte uns, und die Tränen flossen nach der Aufregung des Tages endlich in Strömen. Als ich Oliver umarmte, war meine Sorge nicht so sehr, dass er dieses Vergehen wiederholen könnte. Ich war sicher, dass er das nicht tun würde. Es war die Sorge, dass der Ruf meines Sohnes in den Augen der Polizei nun befleckt war.

19

JULI 2002

Seitdem wir den Marathon als Ziel vor Augen hatten, ging ich häufiger mit Kathy laufen. Es gab einige Tage an denen eine Wetterumkehr dazu führte, dass sich im Tal um Zug ein Frühnebel niederließ. Da Ägeri oft schon am frühen Morgen in die Sommersonne getaucht war, kam sie zu mir und wir liefen von zu Hause aus los.

Eines Morgens, nach einem gemütlichen Lauf über einen Teil des örtlichen Panoramaweges, fielen bizarrerweise ein paar dicke Tropfen vom sonst wolkenlosen Himmel. Ein sommerlicher Regenschauer.

«Mist! Meine Wäsche wäre trocken gewesen,» sagte ich.

«Wir machen ein Wettrennen,» sagte sie. «Wir können sie noch retten.»

Als wir in unsere Einfahrt einbogen, gluckste Kathy.

«Sieht aus als hätte schon jemand deine Wäsche abgenommen.»

Die Wäscheleine an der Seite des Hauses war leer und drehte sich langsam in der Brise.

«Du hast die besten Nachbarn,» fuhr sie fort. «Meinst du, ich kann sie einstellen? In meinem Haus gibt es jede Menge Wäsche zu falten.»

In dem Korb auf der Bank in unserer Veranda lagen zwei sauber gefaltete Wäschestapel, die von der Leine genommen worden waren, bevor sie vom Regen durchnässt wurden. Das hatte noch nie jemand für mich getan. Ich nahm den Korb wortlos mit ins Haus und versuchte herauszufinden, welcher meiner wohlwollenden Nachbarn so etwas getan haben könnte. Ich würde jeden von ihnen später fragen und mich bei demjenigen bedanken, der es war.

«Bleibst du auf einen Tee?» fragte ich.

«Natürlich, Süße, das Übliche,» antwortete Kathy.

Ich stellte die Teekanne auf den niedrigen Tisch und ließ mich neben Kathy auf das Sofa fallen. Sie hatte sich ein frisches Baumwoll-T-Shirt angezogen, um ihr Lycra zu ersetzen.

Als der Regen aufhörte, öffnete ich die Fenster. Ich hörte die ländlichen Sommergeräusche des Bauern, der die Koppel vor dem Haus mähte. Das sanfte Putten drang mit einem Hauch von Kiefernpollen ins Wohnzimmer, den ich später aufräumen wollte.

«Ich bin so froh, dass wir uns für diesen Marathon angemeldet haben,» sagte ich.

Kathy nickte.

«Es wird gut sein, sich auf etwas anderes zu konzentrieren als auf Einkaufsbummel und Damen mit Perlen und Twinsets zum Mittagessen. Da fällt mir ein...» Kathy schaute auf ihre Uhr. «Ich muss los, obwohl ich eigentlich noch bleiben wollte bis deine Jungs hier sind. Ich habe sie schon so lange nicht mehr gesehen. Ich weiß nicht, wie du es aushältst, dass sie jeden Tag zum Mittagessen nach Hause kommen. Ich bin so froh, dass Matts Firma das internationale Schulgeld bezahlt und Tommy in der Kantine zu essen bekommt.»

«Du hast meine Jungs schon lange nicht mehr gesehen. Du würdest dich wundern, wie groß Leo ist,» sagte ich. «Es wird nicht lange dauern, bis er mich überholt und Simon auch.»

«Ihr seid beide groß Al. Also es ist klar, dass sie in der nächsten Generation Riesen sein werden. Vor allem, wenn es jeden Tag in der Woche ein gekochtes Mittagessen gibt.» Kathy zwinkerte mir zu.

Ich stellte meinen Becher auf den Tisch und erhob mich vom Sofa.

«Es muss hier irgendwo sein,» sagte ich abwesend. «Ich hatte ein Foto von mir mit den Jungs, hier...» Ich zeigte auf das Bücherregal. Ich hob ein gerahmtes Foto von Simon und mir an unserem Hochzeitstag auf, das auf die Seite gefallen war. Ich stellte es wieder auf seinen Ständer neben einen meiner Leichtathletikpokale.

«Das Foto wurde auf unserer Reise im letzten Herbst vor den Toren von Versailles aufgenommen. Es zeigt Leo bis auf wenige Zentimeter an meine Nase heran. Selbst ich war schockiert, als ich es sah. Wo ist das verdammte Ding? Tja, nun. Tommy muss jetzt groß werden. Matt ist auch groß.»

Kathy lächelte. «Er scheint ein bisschen ins Stocken geraten zu sein ... na ja, überall, außer an den Füßen. Zu Weihnachten habe ich ihm ein neues Paar Keds gekauft und zu Ostern mussten wir wieder einkaufen gehen. Seine Füße waren noch eine Nummer größer geworden. Das kostet ein Vermögen an...»

Kathy redete weiter, aber ich hörte nicht mehr zu. *Wo war das Foto?* Jemand muss es weggebracht haben. Ich überprüfte die Rückwand des Bücherregals, um zu sehen ob es umgefallen war. Ich hatte den Verdacht, dass die Jungs in meiner Abwesenheit mit einem Fußball im Wohnzimmer herumgespielt hatten.

«Ich bringe dich zu deinem Auto,» sagte ich als Kathy ihre Sachen zusammenpackte um zu gehen.

Als wir aus dem Haus kamen, herrschte eine ungewöhnliche Stille. Der Bauer hatte seinen Rasenmäher mitten auf dem Feld angehalten. Er saß am Steuer, die Hand am Kinn. Er betrachtete ein Braunvieh, die sich von der Herde auf einer benachbarten Koppel entfernt hatte. Die Glocken waren für einen Moment verstummt und die Herde war seltsam still. Die Kuh hob ihre blasse Schnauze in den Himmel. Ihr schokoladenbraunes Fell schimmerte. Ihre flauschigen Ohren wackelten. Sie schlurfte seltsam auf der Stelle. Ein rosa-braunes, nasses Bündel schlitterte ins Gras. Meine Augen weiteten sich vor Staunen.

«Heiliger Strohsack!» kreischte Kathy und wir lachten beide.

«Du warst gerade Zeuge des Wunders der Geburt meine Liebe,» sagte ich. «Kinderleicht.»

Wir beobachteten das neugeborene Kalb, das nun von seiner Mutter beschnuppert und gestupst wurde, während es im Gras lag. Die Geburtsmembran dehnte sich, während das Jungtier zaghaft seine Gliedmaßen bewegte. Die anderen Kühe versammelten sich in einem bizarren rituellen Kreis um das Kalb. Sie beobachteten die stolze Mutter mit ihren traurigen Augen.

«Verdammt, ich wünschte Tommy wäre so einfach zur Welt zu bringen gewesen. Wir hätten vielleicht ein Geschwisterchen in Betracht gezogen.» Kathy lächelte.

Als der Bauer sah, dass das Kalb gesund war und sich bewegte, eilte er zurück in den Stall um seinen Pritschenwagen zu holen. Ich wusste, dass er das Neugeborene herausnehmen und in den Stall bringen würde. Bald würde ich von den herzzerreißenden Muhs der verwaisten Mutter heimgesucht werden. Diese Neuigkeit verheimlichte ich Kathy.

«Und hier kommt dein zweites Kalb,» sagte sie.

Oliver schlenderte die Einfahrt hinunter, schwang seine Schultasche und war in Gedanken versunken. Plötzlich entdeckte er das Kalb auf dem Feld. Ich lächelte als er stehen blieb und mit offenem Mund auf das kleine Geschöpf starrte, das sich nun auf seine kräftigen Beine stürzte.

Der Bauer fuhr von der Scheune zurück und hielt auf dem Weg zum Feld vor uns an.

«Du musst deinem jungen Mann sagen, dass er sich nicht nähern soll,» sagte er.

Ich sah Oliver an, der sich zögernd auf die Kuhgruppe zubewegte, um einen besseren Blick zu erhaschen. Kathy griff in ihre Tasche nach ihren Autoschlüsseln, als der Bauer fortfuhr.

«Diese alten Mädchen scheinen jetzt so fügsam und freundlich zu sein. Aber stell dich nie zwischen eine Mutter und ihre Jungen, sonst gibt es großen Ärger. Hoi Junge!» rief er Oliver zu, der auf die Einfahrt zurücktrat auf die Kühe zeigte und aufgeregt plapperte.

«Eine Kuh, die ihr Kalb beschützt, kann einen Menschen töten,» schloss der Bauer.

20

Die Jungs hatten schon vor langer Zeit deutlich gemacht, dass sie nicht mehr im Bett kuscheln wollten. Ich schaute trotzdem immer noch nach ihnen, bevor ich mich schlafen legte. Mehr als einmal hatte ich die Kopfhörer sanft aus Leos widerspenstigem Haar entfernt während er schlief. Ich musste das Kabel in einem aufwendigen Manöver aus seinem Gesicht und seinen Armen entwirren.

An Wochentagen schliefen beide schon, bevor ich ins Bett ging. Aber eines Nachts als ich nach Oliver sah, zeigten ein kaum hörbares Schnüffeln und eine Bewegung der Bettdecke an, dass er noch wach war. Ich wollte gerade die Tür schließen, weil ich dachte es sei nur eine Unterbrechung seines Schlafverhaltens, als er nach mir rief.

«Mum? Ich kann nicht schlafen,» flüsterte er.

«Geht es dir gut? Kann ich dir einen Glas Wasser bringen?

Ich setzte mich auf die Bettkante in der Nähe seines Kopfkissens und begann ihm die Haare aus der Stirn zu streichen. Oliver seufzte und räusperte sich.

«Erinnerst du dich an den Mann, von dem ich sagte, dass er vor ein paar Wochen vor der Schule war?»

Das regelmäßige Kämmen meiner Finger durch seine Locken hielt kurz inne, bevor ich fortfuhr, um keine Sorge zu vermitteln.

«Ja, Schatz, ich erinnere mich. Hast du ihn wiedergesehen?» erkundigte ich mich, wobei ich meinen leichten Ton beibehielt.

«Ich habe ihn nicht nur gesehen, Mum. Er ist mir die Straße hinauf gefolgt. Ich weiß, dass du uns immer gesagt hast, dass wir nicht mit Fremden sprechen sollen. Aber er hat mich überrascht als er irgendwie neben mir aufgetaucht ist. Dann fing er an zu reden, als ob er wüsste wer ich bin. Es war seltsam und er stellte ein paar bizarre Fragen.»

«Bist du sicher, dass es derselbe Mann war?»

«Ziemlich sicher, obwohl er nicht dieselbe Kleidung trug. Vielleicht sein Haar anders war, länger als beim letzten Mal,» überlegte Oliver.

«Was für seltsame Fragen hat er gestellt Oli? Hat der Mann dich angefasst?»

«Er hat seine Hand auf meine Schulter gelegt, wenn du das meinst. Er ließ sie dort liegen, während wir liefen.»

Oliver beäugte mich misstrauisch, als ob er wüsste was ich wirklich meinte.

«Er hat die Hunde von Frau Biedermann angebrüllt, als sie wie immer bellend am Zaun auf und ab liefen. Das hat mich zum Lachen gebracht, weil sie mich immer erschrocken haben. Aber es war als ob er *wüsste,* dass mich die Hunde stören.»

«Was war die seltsame Frage, die er dir gestellt hat Oli?»

«Er hat nach dir gefragt. Er fragte ob ich glaube, dass du glücklich bist. Glücklich in der Familie. Er fragte mich als ob es etwas gäbe worüber du *nicht* glücklich sein *solltest.* Als ob er wollte, dass ich dich verrate oder so. Du weißt schon, so wie wenn du und Dad über irgendetwas *diskutiert* habt.»

Wow. Ich erkannte meine eigene Verwendung des Wortes «Diskussion». In letzter Zeit gab es gelegentlich angespannte Gespräche, hauptsächlich über Themen, die ich nicht mit Simon teilen wollte. Aber ich glaube nicht, dass wir irgendwelche *Diskussionen* geführt haben, von denen Oliver etwas mitbekommen hätte.

«Du weißt, dass du nicht mit Fremden reden solltest.»

«Ich weiß, Mama, aber er ist mit mir spazieren gegangen. Es ist ziemlich schwer, jemanden zu ignorieren, der praktisch deine Schultasche für dich nach Hause trägt.»

«Hat er über irgendetwas anderes gesprochen? War noch jemand bei dir? Letztes Mal hast du gesagt, dass Sara ihn auch gesehen hat.»

Ich machte mir plötzlich Sorgen darüber, dass Oliver allein nach Hause gehen würde.

«Ich glaube, er hat gewartet, bis Sara ihre Straße hinaufgegangen ist. Vielleicht ist er einsam. Er hat mir irgendwie ein komisches Gefühl gegeben Mama, aber bei dir klingt es beängstigend. Warum sollte er so viele Fragen über dich stellen? Was gibts denn? Du musst diese Person doch kennen, oder?»

Ich räusperte mich. Ich war kurz davor, Oliver zu sagen, dass dieser Mann wahrscheinlich derselbe war, den ich gerettet hatte. Ich dachte, dass er dadurch vielleicht noch mehr Angst bekommen würde.

«Es ist nichts Schatz. Er ist nur jemand, den ich flüchtig kenne. Ich möchte aber nicht, dass du mit ihm sprichst. Kannst du mir einen Gefallen tun? Kannst du für den Rest der Woche über Saras Weg nach Hause kommen? Ich weiß, es ist eine kleiner Umweg. Aber ich würde mich wohler fühlen, wenn ich wüsste, dass du auf diesem Teil des Weges mit jemandem zusammen bist.»

«Mu-um. Das ist ein steiler Pfad, den sie hinaufgeht. Das wird meinen Heimweg um zehn Minuten verlängern. Komm schon!»

«Bitte Oli, nur für ein paar Tage, okay? Und Oli du musst es deinem Vater nicht sagen. Er ist im Moment so mit seinem Projekt beschäftigt, dass wir ihn nicht damit belästigen müssen.»

Der Puls tickte an meinen Schläfen.

«In Ordnung,» sagte er mürrisch, aber schläfrig.

Die Alltäglichkeit einer unerwünschten Anweisung verdrängte die Dämonen, die in Olivers Kopf spielten, durch die normale Müdigkeit. Ich wusste, dass er in wenigen Minuten einschlafen würde. Ich küsste ihn auf die Stirn, zerzauste sein Haar, zog die Bettdecke hoch und zog seine Tür zu, als er sich auf die Seite drehte und seufzte.

Irgendetwas bedrückte mich schon seit langem. Seit Oliver mir zum ersten Mal erzählt hatte, dass er Manfred Wochen zuvor vor der Schule gesehen hatte. Woher hatte Manfred gewusst, wer er war und wo er sein würde?

Am Computer im Büro klickte ich ein neues Fenster an und rief das Telefonbuch auf dem Bildschirm auf. Ich wusste, dass die Schweizer *Telefon-Suche* mir weit mehr Informationen liefern würde als nur Nummern und Adressen. Ich tippte *Staatsanwalt* und *Aegeri* in das Suchfeld ein. Ich erinnerte mich daran, dass der Polizist mir gesagt hatte, Manfred wohne im selben Haus wie der Staatsanwalt. Ich notierte mir die Adresse einer Familie Steinmann auf einem Zettel und stockte, als ich die Straße erkannte - *Alisbachweg*. War das ein Zufall? Der Name war unheimlich. Und er war nur einen Steinwurf von unserer Straße entfernt.

21

Ich wartete nicht auf das Wochenende. Manfred hat entweder Urlaub genommen oder er war vielleicht sogar krankgeschrieben, wenn er tatsächlich unter psychologischer Betreuung stand, was ich bezweifelte. Aber ich war mir ziemlich sicher, dass er an diesem Tag in seinem neuen Zuhause sein würde.

Die Häuser im Alisbachweg gehörten zu den prächtigsten im Dorf. Sie gehörten Ärzten, Anwälten oder CEOs internationaler Konzerne in Zug. Es gab viele, die in der Nähe der ungewöhnlich kleinen globalen Finanzboomtown nach immer grösseren und protzigeren Häusern für ihre Familien suchten.

Das Haus der Steinmanns fand ich leicht. Es war ein vierstöckiges, weiß getünchtes, modernes Gebäude mit großen Fenstern. Von denen aus hatte man einen Blick über das Tal, der dem unseres Bauernhauses nicht unähnlich war. Ich wusste, dass ich dieses Haus von unserem Haus aus nicht sehen konnte. Obwohl mir die Nähe zu unserem Haus ein mulmiges Gefühl bereitete, war ich erleichtert, dass man uns hinter den meterhohen Glasscheiben nicht sehen konnte.

Ich überprüfte den doppelten Briefkasten am Fuß der Treppe die zum Haus führt. Manfreds Name Guggenbühl, war handschriftlich auf eine Karte geschrieben und an den Kasten geklebt. Er wartete wohl darauf, dass sein Vermieter ein entsprechendes Schild eingravierte. Die breite Treppe führte hinauf zum Haupteingang des Hauses. Ein unauffälliger Weg führte an der Seite des Hauses entlang. Als ich näher kam, sah ich seinen Namen wieder über dem Summer neben der Tür.

Ich strich mit den Händen über meine mit Jeans bekleideten Oberschenkel. Ich holte tief Luft, um mein klopfendes Herz zu beruhigen. Ich war so zuversichtlich gewesen, aber jetzt war ich mir nicht mehr sicher. Ich musste wissen, was ihn dazu bewogen hatte in unsere Gemeinde zu ziehen.

Ich griff nach oben und drückte den Knopf. Ich hörte eine dreistimmige elektronische Klingel hinter der Tür. Noch bevor der leiseste Ton verklungen war, schwang die Tür auf. Manfred trug ein T-Shirt und eine Jeans. Sein Bart war einen Tag gewachsen. Sein dichtes Haar war zerzaust, als wäre er gerade aus dem Bett gekommen.

«Alice! Du bist zu Besuch gekommen!»

Ich hatte plötzlich das Gefühl, dass er auf mich gewartet hatte, als hätte er gewusst, dass ich genau in diesem Moment hierher kommen würde. Meine Wut stieg und ich stürmte hinein, ohne auf eine Einladung zu warten.

Ich ging den Flur entlang, der auf der Rückseite dunkler war, weil seine Kellerwohnung in den Hang unter dem Haupthaus gebaut war. Ich kam an einer Küche und einem kleinen Wohnzimmer vorbei und sah im hinteren Bereich ein Badezimmer mit einem Handtuch auf dem Boden, das mich an Leo erinnerte. Auf der rechten Seite befand sich ein Schlafzimmer mit einer Matratze auf dem Boden. Die Bettdecke um die Kante des Holzparketts war ordentlich gemacht.

«Ich warte noch auf ein paar Möbel. Ein Bett,» sagte er. Ich spürte unerklärlicherweise wie mir die Hitze ins Gesicht stieg.

Ich griff nach den Schlafzimmertür um sie fest zu schließen und seinen Schlafplatz aus meinem Blickfeld zu verbannen.

«Manfred, diese Farce muss aufhören. Ich weiß nicht was du denkst, was ich dir geben kann. Ins Dorf zu ziehen ... das ist keine gute Idee. Ich weiß nicht was du von mir willst. Aber ich will, dass du aufhörst mich anzurufen. Und vor allem, dass du dich von meinen Kindern fernhältst.»

«Oh, komm schon, Alice. Es war eine harmlose Sache, hierher zu ziehen. Vergiss nicht, dass du diejenige warst, die es mir gezeigt hat. Das war der Tag an dem ich beschlossen habe, dass dies der perfekte Ort für mich ist.»

Nein, ich konnte diesen Tag nicht vergessen. Ich fragte mich, ob ich ihn jemals vergessen würde. Mein Pferdeschwanz löste sich aus dem Haargummi, als ich mich herumschwang. Meine Haare flogen mir ins Gesicht und betonten meine Wut. Ich wich von seiner Zimmertür zurück und ging zurück in die Küche. Ich schaute mich in seiner aufgeräumten, allein lebenden Wohnung um. Die Nespresso-Maschine mit den Kapseln in einem an die Wand geschraubten Drahthalter. Tassen auf dem Regal. Eine Mikrowelle.

«Du weißt, dass wir eine Verbindung haben Alice. Gib es zu. Wir waren beide schon an der Grenze. Wir haben in den Abgrund unseres Lebens geblickt.»

«Hör auf, Manfred. Mein Fehler als Teenager ist einfach nicht dasselbe wie deine Entscheidung als Erwachsener. Das kann man nicht vergleichen.» Ich wünschte, ich hätte es ihm nie gesagt. Gott, ich hatte es nicht einmal Simon gesagt. Ich hielt es für eine so unbedeutende Sache und hatte es nur benutzt um Manfred zu überzeugen nicht zu springen. «Das ist... das ist Wahnsinn, Manfred. Ich bitte dich. Ich bin mir nicht sicher, was du willst. Aber *ich* kann es dir nicht geben.»

«Du kannst es Alice. Du kannst mir die Welt geben. Ich weiß, dass du auch Gefühle für mich hast. An dem Tag auf der Brücke und später, als wir uns im Café trafen. Ich habe die Leidenschaft in deinen Augen gesehen. Wir sind wie Seelenverwandte. Ich glaube, du brauchst nur Zeit.»

«Was? Nein! Hör auf damit!» Meine Stimme wurde in der kleinen Wohnung gefährlich laut. Ich lehnte mich an den schmalen Granittisch, der als Teil seiner Einbauküche aus dem Tresen ragte. Meine Handflächen drückten gegen die Oberfläche, als ob ich sie wie einen Schutzschild zwischen uns schieben wollte.

Manfred kam um den Tisch herum, den Kopf auf eine Seite gelegt. Ein Arm streckte sich nach mir aus. Seine Hand legte sich wie eine zärtliche Geste um mich. Einen schrecklichen Moment lang dachte ich, ich würde zu ihm gehen, wurde irgendwie von dem kranken Willen seiner Besessenheit angezogen.

«Du weißt doch, wer oben wohnt Alice? Er ist der Staatsanwalt von Zug. Du weißt, dass ich deinem Mann die Bewilligung entziehen lassen kann. Er könnte seinen Job verlieren. Er müsste gehen und wir könnten zusammen sein.»

«Was sagst du da? Das ist Wahnsinn! Du bist verrückt!» schrie ich.

Ich trat einen Schritt zurück. Er ging weiter auf mich zu. Plötzlich sah ich den Funken von etwas anderem in seinen Augen, von etwas Bösem. Er kam hinter mich und legte eine Hand auf meine Schulter, die andere auf meinen offenen Mund.

«Verdammt noch mal Alice. Hör auf zu schreien, ja?»

Sogar sein Tonfall war anders, hatte etwas Schärferes. Ich musste weg. Ich griff nach hinten, schnappte mir einen Kaffeebecher von einem der Haken und schleuderte ihn auf den Boden. Das Geräusch des zerbrechenden Porzellans unterbrach den Moment. Er ließ mich los. Ich rannte zur Haustür, riss sie auf und atmete tief ein.

Ich drehte mich um, als ich zügig den Weg hinunterlief.

«Es ist vorbei, Manfred. Die Sache muss ein Ende haben.»

Als ich mich zurückzog, geisterte ein Gesicht durch das riesige Fenster des Haupthauses im Obergeschoss. Eine Frau. Frau Steinmann, vielleicht. Ich rannte den ganzen Weg nach Hause.

Zuhause loggte ich mich mit klopfendem Herzen wieder in den Computer ein. Plötzlich war mir alles so klar. Eine der faszinierendsten Vorlesungen in meinem Psychologiekurs an der Universität hatte sich mit schweren Persönlichkeitsstörungen und Psychosen befasst. Damals hatten wir uns mit den klinischen Merkmalen von Stalkern befasst. Ich konnte mich aber nicht erinnern, jemals die psychologischen Folgen für die Opfer von Stalking untersucht zu haben. Es war schön und gut die Ursache zu kennen. Aber das allgegenwärtige und intensive persönliche Leiden war etwas das wir in einem mit über hundert unbesiegbaren Teenagern vollgestopften Hörsaal nie in Betracht zogen. Nun fühlte ich mich gezwungen Manfreds Beweggründe zu verstehen. Ich begann im Internet auf Stalkerprofile zu klicken.

Es schien kein typisches Profil für einen Stalker zu geben, aber sie fielen in zwei identifizierbare Gruppen. Die häufigste Gruppe waren die «Simple Obsession Stalkers,» bei denen bereits vor Beginn des Stalkings eine romantische oder persönliche Beziehung bestand. Der zweite Typ war der «Love Obsession Stalker». Diese seltene Kategorie von Stalkern entwickelt eine Liebesbesessenheit zu jemandem, den sie vielleicht gar nicht kennen, zu dem sie keine persönliche Beziehung haben.

Jemand wie ich.

Ich hatte Manfreds Besessenheit irgendwie ausgelöst, indem ich ihn auf der Brücke gerettet hatte. Es schien, als würde er seine ganze Aufmerksamkeit auf mich richten. Wahrscheinlich war er nicht gefährlich, sondern nur geistig gestört. Ich dachte an Oliver, der mir anfangs von dem Fremden vor der Schule erzählt hatte. Wie viele von uns waren hier involviert? Ich atmete tief durch und las weiter. Die Passivität eines Stalkers konnte nur gewährleistet werden, wenn das Opfer die ihm zugewiesene Rolle zu spielen schien. Manfred wollte eine Beziehung zu mir aufbauen. Er mochte durchaus glauben, dass er mich dazu bringen konnte, ihn zu lieben. Ich konnte aber nicht damit rechnen, dass ich mich fügen musste, um seine Passivität zu garantieren.

Mich schauderte es. Ich hatte gedacht er sei eine freundliche Seele. Sogar anziehend. Ich konnte mir nicht einmal ansatzweise vorstellen, welche Art von Hilfe diese verdrehte Seele benötigte.

22

Simon und ich saßen am Küchentisch. Eine Tasse Tee und ein doppelter Espresso waren die einzigen Gegenstände die den Raum zwischen uns ausfüllten. Ich fuhr mit dem Finger das Muster des Rankenabdrucks auf der Tischdecke nach. Ich versuchte dieses schreckliche Gefühl zu verdrängen, aber ich wusste, dass ich etwas sagen musste.

Ich hatte Simon in den letzten Tagen genauer beobachtet. Ich spürte einen Anflug von Mitleid, als ich erkannte wie gestresst er von der Arbeit war. Wir hatten vor langer Zeit vereinbart, dass er der Ernährer sein würde. Es war meine Aufgabe die Familie und den Haushalt am Laufen zu halten.

Es erschien mir kleinlich ihm zu sagen, dass ich Manfred verdächtigte, sich auf eine Weise an mich gebunden zu haben, die nicht normal war. Ich sollte beweisen, dass ich in der Lage war damit umzugehen ohne Simons geschäftlichen Erfolg zu stören. Er war bereits der Meinung, dass ich zu viele Gefühle in die ganze Angelegenheit investiert hatte. Aber ich musste meinem Mann, meinem besten Freund, meine Meinung sagen, um zu verhindern, dass sie sich in meinem Kopf festsetzt. Ich wollte seine Unterstützung. Ich wollte aber ihn nicht unter Druck setzen, damit *er* glaubt etwas unternehmen zu müssen.

«Mein Gott Al. Hältst du das nicht für ein bisschen weit hergeholt? Ich weiß, dass er dir eine SMS geschickt hat, aber ich glaube deine Fantasie geht mit dir durch.» *Gott, er weiß nicht mal die Hälfte davon.* «Glaubst du wirklich, dass der Typ den Oli gesehen hat derselbe Mann war? Vielleicht solltest du wieder zur Polizei gehen. Erzähle ihnen alles.

Wenn du wirklich glaubst, dass er eine Bedrohung ist, müssen sie es wissen, auch über diese seltsamen Anrufe mitten in der Nacht.

«Ich weiß nicht mehr weiter. Wenn du so redest, kommt mir das alles so banal vor. Du hast Recht. Ich bin nicht einmal sicher, dass er es war, der diese Anrufe getätigt hat. Vielleicht spielt mir mein Verstand nur einen Streich. Die Sache ist die: Der Typ ist ins Dorf gezogen. Er wohnt jetzt hier. Das macht mir Angst.»

«Du glaubst, er ist deinetwegen hierher gezogen? Komm schon Al. Findest du nicht, dass das ein bisschen zu weit geht? Wir leben in einem schönen Dorf. Jeder will hier leben, sobald er den Ort gesehen hat. Wir haben uns sofort für diesen Ort entschieden und nicht für einen Ort in Zug, der näher an meiner Arbeitsstelle liegt. Es hört sich so an, als ob er nicht in den Aargau zurückkehren würde, egal wie seine Aktionen im April ausgingen. Mach dir jetzt keine Illusionen, meine Liebe. Es ist nur ein Zufall. Ich meine, es ist ja nicht so, dass er an unsere Tür klopft.»

Ich weiß nicht, was mich zum Schweigen gebracht hat. Ich wollte Simon nicht den letzten Rest an Unterstützung entziehen, indem ich ihm erzählte, dass ich Manfred im Café getroffen hatte oder in seiner Wohnung war. Ich wollte sein lockeres Geplauder und unsere Familienroutine. Die Jungs waren immer noch oben. Sie kamen vom Sport nach Hause und stanken fürchterlich. Sie formten ihre Haare vor den Badezimmerspiegeln. Ich genoss Simons lockere Art und konnte mir nicht vorstellen, wie er reagieren würde, wenn er erfuhr, dass ich ein Treffen mit Manfred initiiert hatte. Mir blieben die Worte im Halse stecken. Ich wusste nicht, wie ich anfangen sollte, es ihm zu sagen. Lässige Stimme? Besorgte Stimme?

«Es ist an der Zeit, den Gedanken an diesen Kerl zu vergessen,» fuhr Simon ein wenig ungeduldig fort. «Er ist kein Angreifer. Er ist nur ein bisschen verloren.»

Simons Tonfall grenzte an Sarkasmus. Ich merkte, dass er diese Geschichte satt hatte.

«Nun, du bist keine große Hilfe. Was ist aus deinem Höhlenmenschen-Instinkt geworden, deine Jungfer zu beschützen?»

«Du bist jetzt eine große Jungfer, Alice. Du weißt, was zu tun ist.» Er hielt inne. «Wovor genau kann ich dich deiner Meinung nach schützen?»

Ich biss mir auf die Lippe.

«Ich weiß, dass Stalking nicht ganz eindeutig ist, aber ich hätte gedacht, dass von allen Ländern der Welt die Schweiz bei so etwas ganz vorne mit dabei ist. Du hast recht, ich muss wieder zur Polizei gehen. Aber ich gehe hin, weil ich eine offizielle Beschwerde einreichen muss. Es wäre toll, wenn du mich dabei unterstützen könntest. Ich habe das Gefühl, du glaubst mir nicht.»

«*Stalking*, Alice? Ist das dein Ernst? Es wird ziemlich schwer zu beweisen sein, dass dieser Manfred etwas anstellt, wenn er jetzt im Dorf wohnt.»

Ich warf ihm einen Blick zu. Seine Bemerkungen verunsicherten mich plötzlich.

Schwere Teenagerfüße die die Treppe hinunterpolterten, verhinderten jede weitere Unterhaltung. Die Jungen sollten nicht wissen, dass ihre Mutter, die glaubte einem fremden Mann helfen zu können, ihn tatsächlich dazu ermutigt hatte Teil ihres Familienlebens zu werden.

23

Als ich die Tür des Polizeireviers aufstieß mit einem mulmigen Gefühl, sah ich Schmid hinter dem Schreibtisch. Ich hatte gehofft einen anderen Polizeiverwalter zu sehen. Seine Augenlider flatterten. Ich war wohl die letzte Person, die er an diesem Morgen sehen wollte. Wenigstens erinnerte er sich an mich, so viel war klar.

«Ich bin jetzt hier, um eine offizielle Beschwerde einzureichen Herr Schmid,» sagte ich. «Über Herrn Guggenbühl. Ich glaube dieser Mann könnte uns...» sagte ich.

Der Polizist rutschte auf seinem Stuhl hin und her.

«Warten Sie!» Ich holte mein Wörterbuch aus der Handtasche und blättere es durch. «Pirschen!» verkündete ich.

Schmid schürzte seine Lippen.

«Es ist die falsche Jahreszeit für so etwas, Frau Reed. Haben Sie eine Waffe gesehen?»

Ich war kurz verwirrt und stellte fest, dass ich die wörtliche Übersetzung im Wörterbuch gefunden hatte.

«Ja... nein... nun... *stalking* ist ein Wort, das für Tiere in der Jagdsaison verwendet wird, aber es wird im Englischen auch für eine Person verwendet, die jemandem folgt, ihn ärgert,» sagte ich unsicher. Schmids Reaktion hatte mich verblüfft.

«Das Wort das sie suchen ist *Belauern*. Aber wir benutzen auch das Wort *Stalking*. Aber das ist nichts was in diesem Land passiert.»

Meine Gelassenheit bröckelte und ich fuhr überstürzt fort.

«Was ist mit meinen Kindern? Er hat sich meinem Sohn genähert. Oliver hat ihn beschrieben. Ich bin sicher es ist derselbe Mann. Haben sie keine Vorschriften für Fremde, die Kinder auf der Straße oder vor Schulen beobachten? Das ist doch sicher nicht *normal*? Bitte! Sie müssen etwas *tun*! Diese Person braucht Hilfe.»

Meine Stimme zitterte als mir klar wurde, dass ich das Ausmaß von Manfreds Absichten nicht kennen konnte, besonders nach seinen bedrohlichen Worten in seiner Wohnung.

«Wir haben kein Gesetz das besagt, dass sich jemand in diesem Land nicht an einem öffentlichen Ort aufhalten darf,» fuhr Schmid fort. «Das sind alles... wie soll ich sagen... sehr schwache Beweise Frau Reed. Es ist uns nicht möglich Herrn Guggenbühl zu beobachten. Es sei denn er hat sie bedroht und es klingt nicht so, als hätte er ihren Jungen *bedroht*. Sie sind sich nicht einmal absolut sicher, dass der Mann vor der Schule Herr Guggenbühl war.» Diesen letzten Satz zischte er.

Meine Schultern sackten in sich zusammen. Zum ersten Mal zeigte sich auf dem Gesicht des Polizisten etwas Mitleid. Er stand auf und wühlte in einer der Kisten neben seinem Schreibtisch. Er zeigte mir einen amtlich aussehenden Folianten mit dem Wort *Protokoll* auf dem Umschlag. Es wäre zwecklos mir den Text auf den Seiten zu zeigen, denn ich würde kein Wort verstehen.

«Ich sehe sie sind nicht überzeugt. Wenn es ein Problem gäbe, dann gelten die Regeln die wir in solchen Situationen haben, normalerweise für Probleme oder Streitigkeiten zwischen Eheleuten. Es gibt nichts was Probleme zwischen Fremden definiert. Davon habe ich noch nie etwas gehört. Manchmal haben wir körperliche Probleme zwischen Menschen. Dabei kann es sich um einen Streit handeln. Sehr selten haben wir Probleme bei denen jemand angegriffen wurde. Aber für die Situation die sie beschreiben, haben wir keine Formel. Es tut mir leid Frau Reed. Ich kann nicht leugnen, dass sie vielleicht Probleme mit diesem Mann haben, aber... vielleicht kann ihr Mann mit ihm reden?»

Ich seufzte. Ich lebte in einer von Männern dominierten Land, in der Frauen von der Arbeit abgehalten wurden. Die Frauen hatten erst in den 1970er Jahren das Wahlrecht erhalten. Seine Worte bewiesen einfach, dass ich machtlos war. Ich war eine Frau *und* eine Ausländerin.

«Mein Mann ist ein vielbeschäftigter Mann. Er ist zuversichtlich, dass ich das Problem lösen kann. Er hat keine Zeit. Vor allem mache ich mir Sorgen um diesen Mann. Er hat einmal einen Selbstmordversuch unternommen. Ich glaube, er ist immer noch labil.»

Jetzt war ich verzweifelt.

«Wenn man sich in der Schweiz über jemanden beschwert, ist das ein sehr komplizierter Vorgang Frau Reed. Sie haben ihn vor einigen Wochen tatsächlich in ihr Haus eingeladen. Hat ihn seither jemand anderes dort gesehen? Und was die Annäherung an ihren Sohn betrifft, so können wir uns nicht auf die Fantasien eines elfjährigen Jungen verlassen.»

«Fantasien? Ich kann nicht glauben, dass ich das höre!»

Der Polizist hob die Hand.

«Ich werde eine Anzeige machen. Aber ich kann keine Akte über den Wunsch eines Menschen anlegen sich umzubringen, wenn er noch lebt. Wenn im Spital eine Anzeige erstattet wurde, wird die *Stadtpolizei* Zug mit ihm gesprochen haben.»

«Ist es möglich, herauszufinden ob sie ihn kontaktiert haben? Er muss in die Obhut eines Psychologen kommen. Vielleicht können Sie wenigstens dafür sorgen, dass das geschieht.»

Ich konnte das Wimmern in meiner Stimme hören. Die Worte tote Pferde und reiten kamen mir in den Sinn. Ich überlegte kurz ob ich das Messer erwähnen sollte, wusste aber, dass Manfreds flüchtige Bemerkung von vor ein paar Wochen jetzt noch unglaubwürdiger wäre. Es zu erwähnen, würde einfach komisch klingen.

«Leider sind Informationen über Krankenhauspatienten vertraulich. Bei solch sensiblen Themen werden die Unterlagen nicht veröffentlicht, es sei denn es wird eine Anfrage gestellt. Das kann ich nicht, wenn die Person kein Verbrechen begangen hat. Ich fürchte ich kann ihnen nur wenig helfen Frau Reed. Ihr heutiger Besuch wird zur Kenntnis genommen. Sollte jemand anderes ähnliche Meldungen machen oder sie in irgendeiner Weise körperlich oder verbal bedrohen, dann haben wir natürlich die Pflicht uns an diese Person zu wenden und einzuschreiten.»

«Er hat sich einem meiner Kinder mehr als einmal genähert. Mein Sohn ist traumatisiert,» übertreibe ich. «Ich bestehe darauf, dass sie etwas unternehmen. Die Kinder sollten doch geschützt werden? Ich kann meine Kinder nicht jeden Tag zu Fuß zur Schule bringen und wieder abholen. Sie sind doch die Leute die uns am Anfang gesagt haben, dass wir das nicht tun sollen.»

«Also müssen wir ein Protokoll erstellen,» sagte er seufzend. «Aber ich muss sie darauf hinweisen Frau Reed, dass es in unserem Land keine Gesetze für diese Art von Verhalten gibt. Wo sie herkommen mag das anders sein. Wie auch immer, solange sie mir keine handfesten Beweise liefern können, können wir keine Anklage erheben.

Er zog seine Tastatur ein wenig abrupt zu sich heran. Wir hatten beide eine kurze Lunte.

«Ich habe die Profile dieser Leute studiert. Menschen, die stalken. Finden sie es nicht ein wenig seltsam, dass dieser Mann in unsere Gemeinde gezogen ist und das so nahe an unserem Haus? Warum fällt es ihnen so schwer zwei und zwei zusammenzuzählen? Ich habe ein wenig Erfahrung mit psychologischem Profiling. Ich habe einen Abschluss—»

«Als Polizist muss man auch diese Art von Psychologie studieren. Denken sie nicht einen Moment lang, dass wir nicht qualifiziert sind einen bestimmten Typus von Menschen zu identifizieren, der das Gesetz bricht.»

Er hatte mich unterbrochen, während er langsam weiter tippte und auf seinen Computerbildschirm starrte. Ich holte tief Luft, verzweifelt um Geduld ringend.

«Wie ich schon sagte, habe ich mich mit der Art von Stalkern beschäftigt, die sie letztes Mal erwähnt haben. Man nennt sie *Simple Obsession Stalker*. Die Ex-Ehemänner, die ihre Frauen nerven. Aber die Polizei sollte wissen, dass die andere Art von Stalker, der *Love Obsession Stalker* auch gefährlich sein kann. Vielleicht sogar noch unberechenbarer. Sie sollten dieselben Regeln haben...»

«Ich verstehe was sie sagen Frau Reed. Aber ich fürchte das Gesetz besagt eine Sache und wir befolgen das Gesetz. Es gibt noch etwas das sie wissen sollten. Das vielleicht erklärt, warum ihr Sohn ihn in der Schule gesehen hat. Wussten sie, dass Herr Guggenbühl jetzt im Obersten Rat sitzt? Er steigert damit sein Ansehen im Dorf. Wenn sie ihn des *Stalkings* beschuldigen, könnten sie mehr Spannungen in unserer Gemeinde verursachen als sie denken.

«Es ist mir egal ob er der verdammte Präsident der Konföderation ist,» knurrte ich. «Ich will einen Bericht.»

Schmid starrte mich lange und eindringlich an, bevor er sich seinem Computer zuwandte und leise tippte.

«Ich habe ein Protokoll fertiggestellt,» sagte er einige Minuten später und deutete auf den Bildschirm. «Aber ich kann es leider nicht für sie ausdrucken. Unser Drucker ist weggepackt worden. Wir ziehen diese Woche offiziell mit dem Büro um.»

«Können Sie bitte dafür sorgen, dass ich eine Kopie erhalte?»

«Wie sie wünschen.«

Er sagte es in einer Art und Weise die mich glauben ließ, er würde es gar nicht schicken.

24

Ein paar Tage später kam ich nach Hause, die Arme mit Lebensmitteln beladen. Ich stieß die Wohnungstür auf und stellte mit Schrecken fest, dass ich wohl vergessen hatte sie abzuschließen als ich am Morgen gegangen war.

Aufmerksam trug ich die schweren Einkaufstüten in die Küche. Ein kalter Schauer überlief mich. Ich ließ die Tüten auf den Küchentisch fallen, als ich einen Strauß sorgfältig arrangierter Wildblumen in unserem Wasserkrug auf dem Tresen stehen sah. Mein Herz pochte. Ich hielt mir die Hand an die Kehle, während ich den Strauß anstarrte. Mein Blick huschte zum Fenster, in der Erwartung Manfred zu sehen, der draußen auf mich wartete, um sein Geschenk zu erwidern. Ich dachte an die Zeit zurück, als ich glaubte jemanden in der Nähe des Hofes gesehen zu haben.

Ich nahm den Blumenstrauß aus dem Krug. Das Wasser tropfte von den Stängeln. Ich warf ihn auf den gefliesten Boden. Ich trampelte auf ihren zarten Köpfen herum, wobei die rosafarbenen Blütenblätter der wilden Geranien und das leuchtende Blau der Glockenblumen die Keramikfliesen verfärbten. Die Absätze meiner Schuhe zermahlten das Chlorophyll aus den Stängeln, bis die Palette einem faserigen Regenbogenbrei glich.

Dann hörte ich ein Klopfen auf der Treppe. *Oh, mein Gott, er ist immer noch da.* Ich griff nach der Kanne, schüttete das Wasser in die Spüle und drehte mich mit erhobenem Kopf zur Tür.

«Al!» Simon blieb auf der Stelle stehen. «Was glaubst du, was du da tust? Die habe ich für dich gepflückt! Was *tust* du da?»

Mir blieb der Mund offen stehen. Mir wurde klar, dass ich Simon fast die Vase in meiner zitternden Hand an den Kopf geworfen hätte.

«Die waren für dich - es ist unser Hochzeitstag, verdammt noch mal!»

«Oh, mein Gott, Simon, das tut mir so leid.»

«Ich wollte dich überraschen. Ich habe einen Ausflug mit der Fähre auf dem See geplant. Ich dachte, wir könnten einen Nachmittagstee trinken. Ich hatte etwas für dich... Hast du das vergessen?»

«Scheiße, Simon, ja. Oh, das tut mir so leid. Ich hatte keine Ahnung, welches Datum wir heute haben.»

«Mein Gott, Alice. Du bist so abgelenkt. Dieser Typ Manfred beschäftigt dich viel zu sehr mit deinen Gedanken. Dachtest du, die wären von ihm? Glaubst du wirklich, er würde in unsere Wohnung kommen? Das kann er sowieso nicht mehr, weil du die Wohnung immer abschließt. Diese ganze Situation ist außer Kontrolle geraten. Du reagierst so schlecht. Das muss jetzt aufhören.»

Simon bückte sich und begann vergeblich, die schlaffen Stängel zusammenzusammeln, ohne mir länger in die Augen zu sehen.

Ich presste meine Finger an die Schläfen und kniff die Augen fest zusammen.

Er hob die schlaffen Blumen auf und warf sie in die Spüle, dann drehte er sich um und stürmte aus der Küche.

«Da ich mir den Nachmittag frei genommen habe, werde ich eine Radtour machen,» rief er, als er die Treppe hinaufging.

Ich stand da und starrte auf die leere Küchentür, die Arme hingen an meinen Seiten.

Ich dachte mir, ich lasse ihn gehen, damit er seine Wut auf dem Fahrrad ausleben kann. Ich musste einen Weg finden, es später wieder gutzumachen.

Aber eine schwierige Hausaufgabe hielt mich nach dem Abendessen bei Oliver. Als ich nach oben ging um ins Bett zu gehen, war Simon schon tief in etwas für die Arbeit am Computer im Büro vertieft. Ich wusste, dass ich ihn nicht stören durfte. Stattdessen legte ich ihm eine Karte zum Hochzeitstag, die ich gebastelt hatte, auf sein Kopfkissen.

Ich wusste nicht ob er sie gelesen hat. Als er spät in der Nacht ins Bett kam, war ich schon eingeschlafen.

ᗰᗰᗰ

Die Risse in unserer Beziehung begannen sich zu vertiefen.

Um mich davon abzuhalten über mein Versagen Simon zu konfrontieren nachzudenken, erhöhte ich mein Trainingstempo. Ich war immer im Bewusstsein der Verpflichtung die ich mit Kathy eingegangen war, diesen Marathon im Herbst zu laufen. Es fiel mir schwer zu glauben, dass seit meiner Intervention mit Manfred auf der Brücke bei diesem ersten langen Lauf im Frühjahr, fast drei Monate vergangen waren.

Um der Hitze des Tages zu entgehen, stand ich regelmäßig früh auf um zu trainieren. Die Kühe waren oft noch im Stall. Ich konnte das träge Schütteln einer gelegentlichen Glocke über dem Brummen der riesigen Ventilatoren hören, die das Heu auf dem Dachboden über ihnen trockneten.

An einem dieser Morgen als ich den Weg zurücklief, kam ich an dem kleinen Wäldchen an der Abzweigung zur Hofeinfahrt vorbei. Ich ging zurück, um mir den knorrigen Stamm eines alten Pflaumenbaums genauer anzusehen. Seine halb abgestorbenen Äste waren mit Flechten und Moos bedeckt. Der Boden am Fuß des Baumes, der dem Haus zugewandt war, sah ziemlich zertrampelt aus. Der Bereich davor war vom regelmäßigen Sitzen oder Stehen verkümmert. Dort, wo sich jemand ständig gegen einen Zaunpfosten lehnte, hatte sich eine leichte Senke gebildet. Ich beugte mich hinunter und strich mit der Hand über das Stück Boden. Sie sah einladend aus und lud mich ein mich zu setzen. Dann riss ich meine Hand weg.

Auf den Fersen hockend, blickte ich zurück zu unserem Haus. Meine Hand flog zu meinem Mund. Ich konnte direkt in unsere Küche sehen. Aus dieser Entfernung konnte ich den Kalender und die Uhr an der Wand ausmachen. Ich konnte sogar mehrere Kunstwerke von Oli sehen, die an den Schrank in der Nähe des Herdes geheftet waren. Ich hatte auch einen Blick auf die Straße, die von unserer Einfahrt wegführt. Ein

Beobachter würde wissen, wie jeder in unser Haus ein- und ausgeht. Ich erschauderte bei dem Gedanken, so genau beobachtet worden zu sein. Die Realität, die mir jetzt so deutlich vor Augen stand.

Jetzt, wo er in unserem Dorf lebte, bezweifelte ich, dass Manfred jemals in seine Heimat im Aargau zurückkehren wird. Er würde nicht die Beziehung zu seinem Sohn und seiner Schwester wieder aufnehmen. Die Hoffnung, dass er seinen Selbstmordversuch gestanden und sich mit seiner Familie versöhnt hatte, war gering. In einer idealen Welt würde er sie um Verzeihung für seinen Egoismus bitten und seinen Sohn mit seinem Kummer umfangen. Aber er täuschte sie. Er täuschte uns alle.

Als ich in der Wohnung ankam, ging ich direkt an den Computer ohne zu duschen. Ich googelte seinen Namen. Es war kein Name den man leicht vergessen würde. Ein Online-Telefonbuch ergab etwa dreihundert Guggenbühls in der Schweiz. Abgesehen von dem nagelneuen Eintrag in Aegeri, dreißig weitere die im Kanton Aargau wohnten. Ich dachte mir, dass er dort noch präsent sein musste. Seine Familie. Die Familie seiner verstorbenen Frau. Es gab einen Matthias Guggenbühl in Wohlen und einen M & G Guggenbühl in einem Ort namens Buttwil.

Wenn dieses «M» Manfred war, wofür stand dann das «G»? Für seine Schwester? Für seinen Sohn? Ich schaute auf Google Maps nach. Buttwil war ein kleines Dorf gleich oberhalb der Stadt Muri. Es war ein Ort von dem ich wusste, dass Simon bei seinen Wochenendausflügen mit seinen Kumpels durch das große Reusstal schon oft mit dem Rad durchgefahren war. Spontan griff ich zum Telefon und rief die Nummer auf dem Computerbildschirm an. Ich weiß nicht was ich getan hätte, wenn jemand abgenommen hätte. Nach dem achten Klingeln legte ich auf.

Wo hat Manfred vor seinem Selbstmordversuch gearbeitet? Hatte sein Chef oder die Firma ihn freigestellt? Krankheitsbedingter Urlaub? War er entlassen worden, hatte man ihm gekündigt? Wie konnte er noch so viel Zeit und Energie für *mich* verwenden? Welche Erwartungen hatte er wirklich?

25

Ich kenne diesen Mann nicht, aber dein Treffen mit der *Polizei* ist nicht normal,» sagte Esther. Nach dem nächsten Chat-Club-Treffen hatte ich ihr anvertraut, dass Manfred die Kinder vor der Schule angesprochen hatte. «Jeder Besuch oder Anruf bei der Polizei erfordert einen schriftlichen Bericht.»

«Er hat mir keinen Bericht gegeben und ich habe auch nichts per Post erhalten.»

«Das verstehe ich nicht. Wir Schweizer sind süchtig nach Verwaltung. Es ist seltsam, dass du nicht aufgefordert wurdest etwas zu unterschreiben.»

«Du musst denken, dass ich ein bisschen paranoid bin, weil dieser Mann mit Oliver gesprochen hat. Vielleicht hat es nichts zu bedeuten. Nachdem ich so viele Jahre in England gelebt habe, bin ich sehr vorsichtig. Als ich ein Kind war, sind wir auch zu Fuß zur Schule gegangen. Aber die Dinge dort haben sich drastisch verändert.»

«Ich gebe zu es klingt überraschend. Ich werde Sara fragen, ob sie sich an diesen Mann erinnert. Auch werde ich Freunde, die ich in der Schulkommission kenne, fragen wer er ist und was sie denken.»

«Ich kann nicht glauben, dass er in unser Dorf gezogen ist Esther. Das ist es was mich am meisten beunruhigt. Innerhalb weniger Wochen hat er sich in eine Gemeinschaft integriert in der ich Jahre gebraucht habe, um mich überhaupt zugehörig zu fühlen.»

Esther presste die Lippen zusammen, in der Hoffnung, dass sie Mitgefühl zeigte. In ihrem Land fühlten sich alle so sicher. Ich war mir sicher, dass es jedem schwer fallen würde zu glauben, dass es in einem ländlichen Alpendorf Bedrohungen geben könnte. Ihr Tonfall war zurückhaltend. Immerhin war ich eine ausländische Frau, die das System in Frage stellte. Es war nicht das erste Mal, dass ich mir wünschte, von den Einheimischen mehr akzeptiert zu werden, oder im Dorf Freunde zu finden. Esther war eine Bekannte, die Mutter eines Kindes aus Olivers Klasse. Kathy wohnte nicht in der gleichen Gemeinde, so dass ich sie nicht so oft sah, wie ich es gerne getan hätte. In England hätten wir wahrscheinlich nicht die Freundschaft geschlossen, die wir hatten, da wir außer dem Laufen wenig gemeinsam hatten.

«Aber wenn jemand die Kinder verdächtig beobachtet hat, wie sehen dann die Gesetze für solche Fälle aus?» beharrte ich.

«Ich werde meinen Bruder nach den hiesigen Gesetzen fragen. Er ist juristischer Mitarbeiter bei einer Firma in Zug. Vielleicht hat er Zugang zu Informationen über diese Vorschriften. Ich kann nicht glauben, dass die Polizei auf die Anzeige eines Fremden, der mit einem Kind spricht, nicht reagieren wird. Ich denke, du musst das auch dem Lehrer von Oliver in der Schule sagen. Mit unseren beiden Berichten wird die Schule vielleicht etwas unternehmen.»

Esther legte mir beruhigend die Hand auf den Arm, bevor wir uns trennten. Ein Gefühl der Wärme durchflutete mich. Dieses einfache Zeichen des Mitgefühls von jemandem, die ich vielleicht eines Tages meine neue Freundin nennen durfte.

Als ich den Parkplatz mit dem Auto verließ, fiel mir die Gestalt eines Mannes im Eingang des Coop auf, der neben stapelweise mit Geranien und Ringelblumen beladenen Pflanzenschalen stand. Das Quietschen der Reifen und ein kurzes Hupen ließen mich erschrocken auf die Bremse treten. Ich hatte nicht gesehen, dass ein Auto um die Kurve fuhr. Wäre einer von uns beiden schneller gefahren, wäre mein linker Frontflügel jetzt zerknittert. Mit hochrotem Gesicht ließ ich das Fenster herunter, setzte meinen besten entschuldigenden Blick auf und rief dem Fahrer «Entschuldigung, sorry!»

Als ich den Gang einlegte, blickte ich zurück zum Laden. Der Mann war verschwunden.

Auf dem Rückweg von unserer regelmäßigen Dienstagslauferei in der folgenden Woche wurde ich langsamer. Ich holte tief Luft, als Kathy und ich an dem alten Pflaumenbaum am Ende der Einfahrt des Bauern vorbeikamen. Es war niemand da, aber in der Luft lag das unheimliche Gefühl, dass dort vor kurzem jemand gewesen war.

«Hey, Al, was ist los?»

«Erinnerst du dich an den Mann den ich daran gehindert habe von der Tobelbrücke zu springen?»

«Natürlich, wie könnte ich den vergessen? Das ist die Geschichte des Jahres.»

«Ich habe den Verdacht, dass er uns belästigt hat - mich - und eine Art von Scherzanrufen gemacht hat. Und er ist mir gefolgt.»

«Oh Gott, ein Perverser.» Kathy lachte und schüttelte den Kopf.

«Das ist nicht lustig, Kath. Er hat sich Oli neulich in der Nähe der Schule genähert. Ich glaube nicht, dass es Zufall war,» sagte ich.

Wir betraten gemeinsam das Haus. Ich zog den Schlüssel aus der Innentasche meiner Lycra-Laufhose. Kathy hob kommentarlos die Augenbrauen.

Während sie auf der Toilette war, machte ich uns unsere übliche Tasse Tee nach dem Laufen. Wollte Kathy die Sache mit Manfred auf die leichte Schulter nehmen wie alle anderen? Sie hatte keine Ahnung, wie ernst ich die Sache nahm. Ich fühlte mich, als hätte ich niemanden, dem ich mich anvertrauen konnte. Als sie zu mir ins Wohnzimmer kam, studierte sie mein Gesicht.

«Sag ihm einfach, er soll sich verpissen Al. Glaubst du wirklich, dass es derselbe Typ ist?»

«Ich bin mir ziemlich sicher. Es fing an, als er mir eine SMS schrieb, nachdem ich ihn gerettet hatte. Ich rief ihn an um nach ihm zu sehen um sicherzugehen, dass er okay war.»

Es war nicht so sehr eine Lüge. Es war eher so, dass ich einen großen Teil der Wahrheit übersehen hatte. Ursprünglich wollte ich meine Bedenken teilen. Aber das Unbehagen das ich nach den Ereignissen empfand, erschien mir jetzt vor Kathy trivial. Ich konnte es nicht erklären. Jedes Mal wenn ich von meinen Handlungen erzählen wollte, von dem Treffen mit ihm im Café und der Konfrontation mit ihm in seiner Wohnung, konnte ich mir nur vorstellen wie dumm und unrealistisch ich klingen würde.

«Als ich im Frühjahr die Grippe hatte, rief er aus heiterem Himmel an. Er gab mir ein komisches Gefühl, nicht dass ich mich nicht schon komisch genug gefühlt hätte, aber er sagte mir, dass er mir sein Leben verdanke. Es ist als ob er in diesem seltsamen Ehrenkodex gefangen wäre. Weißt du, wenn man jemandem das Leben rettet, gibt es ein verbindliches Band.»

«Ich kann nicht glauben, dass du mir das nicht schon früher gesagt hast,» sagte Kath und sprach damit meine eigenen Gedanken aus.

«Ich war mir bis vor kurzem nicht sicher darüber. Das macht mir eine Gänsehaut.»

Wie aufs Stichwort begann das Telefon zu klingeln. Selbst nach all dieser Zeit schreckte ich zusammen. Ich blinzelte auf das Display im Regal und sah, dass die Nummer unterdrückt war. Kathys Augen weiteten sich, als ich schnell den Hörer abnahm und ihn direkt wieder auf die Ablage legte, um das Klingeln zu unterbrechen.

«Meinst du, das war er? Mein Gott Al. Wie oft passiert das denn?»

«Abgesehen von dem einen Mal als er mit mir gesprochen hat, gab es mehrere Anrufe bevor und seit ich krank war. Wer auch immer es ist, er sagt nichts. Es ist immer eine unterdrückte Nummer. Ich kann es nicht mit Sicherheit sagen, aber ich bin mir ziemlich sicher, dass er es ist.»

«Mensch, erkennst du sein schweres Atmen?» fragte sie mit Sorge, während ich den letzten Schluck meines kalten Tees trank.

Ich merkte, dass sie die Unterhaltung aufrecht erhalten wollte und sich nicht mit der Tatsache auseinandersetzen konnte, dass solche Dinge in unserem sicheren kleinen Schweizer Hafen passieren könnten.

«Du solltest die Pfeife des Schiedsrichters neben dem Telefon aufbewahren. Das wird ihn bald stoppen. Hast du die Polizei gerufen?» fragte sie nüchterner.

«Ich habe sie aufgesucht, aber sie waren nicht sehr hilfreich. Das Problem ist, dass ich keine konkreten Beweise habe. Aber ich denke, ich sollte noch einmal zu ihnen gehen, wenn ich glaube, dass er im Haus war.»

«*Im Haus?* Wann könnte er denn ins Haus gekommen sein? Ich hoffe, du hältst die Tür jetzt immer verschlossen. In der Vergangenheit war sie immer offen. Gott, wenn du glaubst, dass er hier drin war, solltest du wirklich die Polizei einschalten. Bist du sicher...?»

Kathy zählte die vernünftigen Lösungen auf, die ich hätte ausprobieren *sollen*. Ich biss mir auf die Lippe und sah auf das Regal, in dem die Bilder unserer Familie aufgereiht waren.

«Scheiße, du meinst das fehlende Foto,» sagte sie. «Meinst du, er hat es genommen?»

Sie stand auf, um zu gehen. Sie sah sich um, als könnte sie einen Fremden in den Raum kommen sehen.

26

AUGUST 2002

Die Schulferien begannen. Simon wollte mit den Jungs den neuen Transformers-Film in Zürich sehen an einem Tag an dem ich sagte, ich hätte etwas zu erledigen. Ich hatte vereinbart, sie am Bahnhof Zug abzusetzen und später wieder abzuholen, nachdem sie nach dem Film eine Pizza gegessen hatten.

Als wir die kleine Straße hinauffuhren, klopfte mein Herz als ich Manfred in der Ferne am Feldweg sah. Er lehnte sich an den mit Flechten bedeckten Stamm des alten Pflaumenbaums. Ich öffnete den Mund um etwas zu sagen, wusste aber, dass ich die Jungs nicht beunruhigen sollte. Sie diskutierten angeregt über mögliche Szenarien in dem Film, den sie gleich sehen würden. Sie achteten nicht auf die Umgebung außerhalb des Wagens. Simon war auf seinem Handy abgelenkt und tippte eine Bestätigung für eine Sitzung, die er in der folgenden Woche vergessen hatte.

Ich biss mir auf die Lippe und war kurz davor, Simon auf Manfred hinzuweisen, schwieg aber wegen der Jungs. Manfreds Augen folgten uns als wir auf die Straße hinunter ins Dorf einbogen. Er trug ein übergroßes Sweatshirt. Sein Haar kräuselte sich im Wind als er sich umdrehte und unserem Auto hinterherstarrte. Ich schaute Simon an, aber der hob nicht einmal den Kopf. Manfreds Gestalt sah erbärmlich aus, als sie sich in meinem Rückspiegel verkleinerte. Seine Anwesenheit bestätigte meinen Verdacht bezüglich seines Beobachtungspunktes. Keiner der anderen hatte ihn gesehen.

Nachdem ich die Jungs am Bahnhof verabschiedet hatte, fuhr ich in den Kanton Aargau. Eine halbe Stunde lang folgte ich der Reuss bis mich die Landstrassen einen Steilhang hinauf zum Dorf Buttwil brachten. Ich hatte mir die Adresse aus dem Internet gemerkt und fand die Strasse auf dem Dorfplan neben dem Gemeindehaus. Ich ließ das Auto auf dem Parkplatz der Post stehen und ging zu Fuß weiter.

Als ich mich der Abzweigung nach Franzenmatt näherte, kam ich mir angesichts der Spontaneität meiner Reise dumm vor. Hatte ich gedacht, Manfreds Schwester könnte mir helfen? Hatte er eine Nachricht hinterlassen, als er an jenem Sonntag zur Brücke aufbrach? Hatte sie versucht ihn zu suchen? An ihrer Stelle würde ich nicht mit einem völlig Fremden sprechen wollen. Ich verlangsamte meinen Schritt. Mein Gesicht errötete, aber nicht wegen der körperlichen Anstrengung. Ein Rinnsal Schweiß fand einen freien Kanal neben meiner Wirbelsäule.

Der triste, unauffällige Bau der Nummer vier war ein typisches Backstein- und Putzhaus der späten 1970er Jahre, als Beton billig war und es der Schweizer Architektur an Inspiration mangelte. Der Garten vor dem Haus war mit Betonpflastersteinen zugemauert worden. Eine Reihe struppiger Zedernsträucher in großen Töpfen verbarg die Wasserflecken unter den Fenstern. Auf der einen Seite des Hauses stand ein offener Carport, der bis auf die Kompost- und Mülltonnen leer war. Ein Ölfleck auf dem Betonboden des Carports zeigte, dass der leere Platz normalerweise von einem Fahrzeug genutzt wurde.

Da ich schon so weit gekommen war, schritt ich zur Tür und klingelte. In dem unsichtbaren Innenraum war ein starkes Klirren zu hören. Ich vermutete, dass niemand zu Hause war. Ich klingelte trotzdem noch einmal, da meine Zuversicht bei dem Gedanken, dass jemand an die Tür kommen könnte, schnell schwand. Nach einer halben Minute wandte ich mich zum Gehen, wobei meine nervöse Erleichterung allmählich von der Enttäuschung abgelöst wurde, dass ich bei meinen Bemühungen Manfred aufhalten mit dem Stalking, wieder einmal wenig erreicht hatte.

Als ich auf den gepflasterten Vorplatz trat, raste ein junger Mann auf einem Mountainbike vor den Zaun, der den Garten vom Bürgersteig trennte. Er trat in einem scharfen Bogen in die Pedale und bog abrupt in die Einfahrt ein. Wir überraschten uns beide gleichermaßen.

«Oh!» rief ich aus, als er um mich herumschleuderte und fast das Gleichgewicht verlor.

«Ops!» sagte er gleichzeitig.

Er bremste scharf und sprang im Laufschritt vom Rad. Er machte eine Bemerkung darüber, dass er mich nicht gesehen hatte. Er lehnte das Fahrrad gegen die Wand des Carports und kam auf mich zu, wobei er seine Handflächen an seiner Jeans abrieb. Normalerweise hätte er mir nicht die Hand zur Begrüßung gereicht – vielleicht hatte ich einen Brief oder ein Paket ins Haus gebracht – aber seine Augen verengten sich und ein Lächeln umspielte seine Lippen, als er den Kopf zur Seite neigte.

«Es tut mir leid. Ich kenne sie, aber ich kann mich nicht erinnern, woher,» sagte er.

Ich hatte diesen jungen Mann noch nie in meinem Leben gesehen.

«Sprechen sie Englisch?» fragte ich, immer noch verwirrt.

«Ja, das tue ich, aber woher kenne ich sie?» Er war nun ebenso verwirrt.

«Ich glaube, sie müssen sich irren. Wir sind uns noch nie begegnet. Ich hatte gehofft, mit einer Frau Guggenbühl, der Schwester von Herrn Manfred Guggenbühl sprechen zu können.»

Der junge Mann zog den Kopf zurück und runzelte nun die Stirn.

«Mein Vater hat keine Schwester.»

Er schüttelte langsam den Kopf. Eine Locke gewellten dunklen Haares schwang über seine Stirn.

«Oh! Dein Vater? Dein Vater ist Manfred Guggenbühl?» fragte ich, plötzlich nervös, weil ich mich daran erinnerte, dass Manfred gesagt hatte, *er hätte einen Jungen.*

Ich hatte sicher nicht erwartet, dass sein *Junge* ein großer junger Erwachsener sein würde. Ich hatte mir einen Jungen vorgestellt, der nicht viel älter als Leo war. Und dann sah ich, dass dieser hübsche junge Mann die gleichen grünen Augen hatte wie sein Vater. Ich klappte den Kiefer zusammen, als ich merkte, dass mein erster Gedanke war, *wenn ich fünfzehn Jahre jünger und ledig wäre...*

«Ich... ich wollte mit deiner Tante sprechen. Wäre das Frau G. Guggenbühl? Ich habe Ihre Adresse im Telefonbuch gefunden.»

Ich wollte nicht mit Manfreds *Sohn* sprechen.

«Nein. Ich habe zwar eine Tante, aber sie ist die Schwester meiner Mutter, Katrin Hegi. Aber G. Guggenbühl ist meine Mutter - Gertrude - Trudi.»

Seine Mutter?

«Aber sie ist nicht da. Sie ist bei der Arbeit. Entschuldigung, aber kenne ich sie? Mein Name ist Gerhard, aber alle nennen mich Gerry.» Er streckte schließlich seine Hand zum Schütteln aus. «Und sie sind?»

Ich dachte nochmals: *Seine Mutter? Manfreds Frau?*

«Ich heiße Alice Reed. Sie kennen mich nicht...» Als ich seine Hand schüttelte, sah ich wie sich Gerrys Augen weit öffneten mit einem Blick den ich nicht begreifen konnte, fast entsetzt oder schockiert.

«Ich kenne sie...,» sagte er, ließ meine Hand fallen und führte seine eigene zum Mund.

«Nein...»

Ich war nun verwirrt. Ich wollte mit Manfreds Schwester sprechen. Jetzt erzählte mir dieser Junge, dass sein Vater keine Schwester hatte, aber dass seine Frau, Gerrys Mutter, noch am Leben war. Ist es das, was er gerade gesagt hat? *Manfreds Frau ist am Leben?* Warum sollte Manfred gelogen haben, dass sie tot war? Ich dachte schon, ich hätte nicht kommen sollen.

«Ich glaube, ich habe einen schrecklichen Fehler gemacht. Ich muss gehen, es tut mir so leid,» sagte ich eilig.

«Nein, bitte, warten sie. Ich bitte sie. Ich muss nachsehen, ich muss sie etwas fragen. Aber gehen sie nicht weg. Ich möchte ihnen etwas zeigen.»

Gerry nahm seine Schlüssel heraus und ging ins Haus, wobei er die Tür offen ließ. Bevor er aus dem Blickfeld verschwand, drehte er sich um.

«Bitte, warten sie,» sagte er wieder etwas herrisch, weil er spürte, dass ich bereit war wegzurennen. Aber er war nachdrücklich. Ich fragte mich, was er mir zeigen wollte.

27

Innerhalb einer Minute war er wieder da und hielt etwas in der Hand. Als er auf mich zukam und von seinen Händen zu mir und wieder zurück schaute, wirkte sein Gesichtsausdruck fast schmerzhaft, oder bitter. Er drückte mir einen Bilderrahmen in die Hand. Ich betrachtete mein eigenes Gesicht und das von Leo und Oliver, die vor den Toren von Versailles standen. Ich keuchte auf und das Gesicht des jungen Mannes runzelte verzweifelt die Stirn. Ob für ihn oder für mich, konnte ich nicht sagen.

«Woher haben sie das?» fragte ich mit zusammengekniffenen Augen.

«Es war in den Sachen meines Vaters,» sagte Gerry mit einem Blick voller Verachtung.

Eine Welle der Feindseligkeit ging nun von ihm aus.

«Daher kenne ich sie. Das Foto.»

«Ihr Vater kommt immer noch hierher?» fragte ich.

Eine unsichtbare Mauer baute sich zwischen uns auf. Dabei war ich diejenige, die wütend sein sollte. Das bestätigte, dass Manfred das Foto aus meiner Wohnung mitgenommen hatte.

«Nein, ich habe es aus seinen Sachen genommen, bevor er endgültig abgereist ist. Meine Mutter und mein Vater waren sich einig, dass sie sich nie wieder sehen wollten. Aber er hat auch hier noch eine Familie, wissen sie. Vergessen das nicht.»

Seine Wut richtete sich nun gegen mich. Ich war verwirrt. Was hatte ich getan? *Er hat hier auch eine Familie?* Ich verstand plötzlich.

«Glauben sie, das sind seine Kinder?» fragte ich.

Gerry starrte mich an und zuckte mit den Schultern.

«Oh, Gerry, nein! Hören sie, das ist eine lange Geschichte. Können wir uns hier auf die Treppe setzen?»

Ich ging auf die Veranda zu, Gerry folgte mir unsicher. Wir setzten uns. Er strich sich mit einer Hand das Haar aus der Stirn in einer Geste die der seines Vaters nicht unähnlich war, bevor er beide Hände zwischen die Schenkel klemmte. Durch die Bitterkeit hatte sich das Weiß seiner Augen gerötet und seine Iris färbte sich auffällig grün. Hier war ein attraktiver junger Mann, nur ein paar Jahre älter als Leo. Wie würde er wohl auf das reagieren, was ich ihm gleich sagen würde? Ich neigte den Fotorahmen zu ihm hin.

«Mein Mann Simon hat dieses Foto gemacht,» sagte ich sanft. «Das sind unsere beiden Söhne Leo und Oliver. Ihr Vater hat dieses Foto aus meinem Haus entfernt – gestohlen».

Gerrys Gesichtsausdruck wurde weicher, die Mauer senkte sich augenblicklich. Doch statt erleichtert zu seufzen wie ich es erwartet hätte, presste er die Lippen zusammen und verzog die Mundwinkel nach unten.

«Ich weiß, sie denken ich sollte erleichtert sein, dass er keine geheime Familie hat,» sagte er, «Aber ich habe mir schon eine Weile Gedanken über sie und diese Jungs gemacht. Ich dachte, es könnte sein, dass ich Halbbrüder habe.» Er zögerte. «Ich wollte immer ein Geschwisterchen haben. Meine Mutter war nicht in der Lage nach mir, weitere Kinder zu bekommen. Aber nach meinem Vater ... Jedenfalls weiß ich jetzt, dass sie nicht seine andere Familie sind. Aber warum sollte mein Vater ihr Foto haben?»

Gerry wischte sich unsichtbaren Staub von den Oberschenkeln.

«Wann wird ihre Mutter nach Hause kommen?» fragte ich und ignorierte seine Frage.

«Samstags kommt sie spät nach Hause. Das ist nicht ihr normaler Job. An den meisten Wochenenden hilft sie ihrer Schwester – meiner Tante Katrin – in ihrem Laden in Muri,» antwortete er.

«Ich glaube, ich sollte mit ihrer Mutter über... über ihren Vater sprechen.»

«Das ist in Ordnung,» sagte er zuversichtlich. «Ich bin neugierig darauf, die Teile dieser Geschichte zusammenzusetzen. Ich weiß, dass es meinem Vater nicht... gut gegangen ist. Wenn sie auf meine Mutter warten, können sie vielleicht nicht mit ihr reden. Sie hat ihn aus ihrem Leben verdrängt, ist weitergezogen.»

Er griff nach dem Bilderrahmen, dann zog er seine Hand zurück als er merkte, dass er bei seinem rechtmäßigen Besitzer war.

«Zuerst kam er hierher, wenn meine Mutter bei der Arbeit und ich an der Universität war,» fuhr er fort. «Jetzt, wo ich im Urlaub bin und öfter hier bin, dachte ich, ich könnte ihn vielleicht eines Tages erwischen. Aber ich glaube, er hat eine andere Bleibe gefunden. Auf jeden Fall spricht meine Mutter kein Englisch, also müssten sie mir sowieso alles erzählen, damit ich es ihr übersetzen kann.»

«Ich muss ihnen von dem Tag erzählen, an dem ich ihren Vater zum ersten Mal gesehen habe,» begann ich zögernd, um Gerry nicht zu schockieren.

Es bestand eine geringe Chance, dass dieser junge Mann mir helfen konnte. Ich konnte nicht genug in ihm lesen, um zu wissen, was er für seinen Vater empfand. Aber die familiäre Verbindung musste doch noch bestehen. Wenn ich meine Karten richtig ausspielte, war dies eine Gelegenheit Manfred loszuwerden.

«Vor einigen Monaten habe ich ihr Vater auf der Tobelbrücke im Kanton Zug gefunden,» fuhr ich fort. «Er sagte mir, er wolle sich das Leben nehmen.»

Ich hielt inne und sah Gerry an. Anstatt schockiert zu sein, rollte er mit den Augen, legte den Kopf in die Hände und rieb mit den Handflächen die Augenhöhlen.

«Nicht schon wieder,» flüsterte er.

Schon wieder? Überrascht fuhr ich fort.

«Seit diesem Tag glaubt ihr Vater, dass ich eine Art Retterin bin. Er sagt, er müsse mich beschützen. Er glaubt fälschlicherweise, ich hätte... Gefühle für ihn. Er sagt, er hat Gefühle für mich. Er hat mich beobachtet.»

Ich hielt inne, als Gerry sich aufsetzte und mich ansah.

«Er beobachtet sie? Das kommt mir bekannt vor,» sagte er und mir wurde flau im Magen. «Wie genau?»

«Er ist immer in der Nähe unseres Hauses. Manchmal folgt er mir wenn ich draußen laufe. In meinem Land nennen wir das *Stalking*. Ich habe ihn bei der Polizei angezeigt.»

Gerry schüttelte den Kopf.

«Sie sind eine Läuferin?

«Ja. Ich trainiere für einen Marathon,» sagte ich abschätzig.

Gerry sah mich bewundernd an, aber ich ignorierte seine stumme Aufforderung mehr zu erzählen.

«Ich möchte ihren Vater dazu bringen, aufzuhören. Ich weiß, dass es ihm psychisch nicht sehr gut geht. Er hat mir nicht gesagt, was ihn an jenem Sonntag im April auf die Brücke getrieben hat. Ich hatte gehofft, dass ihre Tante... Entschuldigung, ich meine ihre Mutter... etwas Licht in seine Probleme bringen und ihm helfen könnte.»

«Wir können meinem Vater nicht helfen. Sie haben Recht, es geht ihm nicht gut. Er leidet an einer manisch-depressiven Erkrankung, er ist bipolar,» erklärte Gerry schlicht. «Jetzt hat er noch eine weitere Obsession, die zu seiner Liste hinzukommt. Da war diese Frau. Eine Nachbarin. Aber sie ist weggezogen.»

Er sah mein schockiertes Gesicht, als er so unsentimental sprach.

«Als ich achtzehn Jahre alt war, hatte mein Vater schon einige schlimme Zeiten hinter sich. Einmal hat er versucht, sich zu schneiden, weil er meinte es wäre besser für alle wenn er sich das Leben nehmen und uns allein lassen würde. Die Nachbarin, die ich erwähnte? Sie hat ihn gefunden und es ihm ausgeredet.»

«Ist ihr Vater behandelt worden? War er bei einem Arzt?» fragte ich.

«Er hatte eine Psychoanalyse. Die Familie wurde hinzugezogen um zu versuchen ihm zu helfen. Ich wurde erst hinzugezogen, als ich achtzehn Jahre alt war. Sein Arzt sagte, er solle die von ihm empfohlenen Medikamente weiter einnehmen. Das schien die einzige Lösung zu sein. Mein Vater war aber sehr unberechenbar und undiszipliniert bei der Einnahme seiner Tabletten. Er verfiel wieder in sein unberechenbares Verhalten. Er konnte keine Arbeit finden. Für meine Mutter und auch für mich wurde es sehr frustrierend. In den glücklichen war alles in Ordnung. Sie dauerten manchmal Monate. Es war als ob er sich nicht daran erinnerte, dass er diese gegenteiligen Momente hatte, diese Momente der Verzweiflung.»

Gerry hielt inne und schaute auf die Straße als ob er ahnte, dass sein Vater irgendwann in unser Gespräch eingreifen würde.

«Während eines Streits sagte meine Mutter meinem Vater, dass sie ihn verlassen wolle. Es war das erste Mal, dass ich ihn wirklich wütend sah und nicht nur sehr deprimiert. Er zerbrach einige Dinge und schrie meine Mutter an. Er fuchtelte mit unserem Brotmesser wie mit einem Schwert herum. Er wusste nicht, wie er mit mir reden sollte. Obwohl er klar genug war um zu erkennen, dass es nicht meine Schuld war. Ich glaube, er liebte mich sehr und wusste nicht, wie er reagieren sollte. Er weiß immer noch nicht, wie er reagieren soll. Also ging er. Meine Mutter möchte seinen Namen nie wieder hören. Sie hat ihm durch so viele seiner schmerzhaften Jahre geholfen. Sie ist froh, nicht mehr so arbeiten zu müssen, nicht mehr an ihn gebunden zu sein.»

Gerrys Augen verfinsterten sich.

«Er hat mir gegenüber das Messer erwähnt,» sagte ich. «Glauben sie, er wollte sie verletzen?»

«Nein... Ich weiß nicht. Er würde es wahrscheinlich eher bei sich selbst, als bei einem von uns benutzen.»

«Haben sie Mitleid mit ihrem Vater?»

«Natürlich tue ich das. Aber wenn er sich nicht selbst heilen will, dann kann er nicht geheilt werden.»

Ich wollte die Möglichkeit nicht ausschließen, dass Gerry irgendwie verhindern konnte, dass Manfred mich verfolgte.

«Hat es einen Unterschied gemacht, wenn er seine Medikamente genommen hat?»

«Natürlich. Aber wenn er sich weigert, kann man sie ihm nicht aufzwingen.»

«Haben sie noch welche hier, irgendwelche seiner Rezepte?»

«Ich kann nachsehen, vielleicht im Badezimmerschrank.»

«Vielleicht kann ich ihn überreden, sie wieder zu nehmen.»

«Viel Glück dabei,» schnaubte er, stand aber trotzdem auf und ging ins Haus.

Ich zog mein T-Shirt von meiner Brust weg und schlug damit, um Luft zu holen. Die Veranda war eine Sonnenfalle und ich fühlte mich plötzlich sehr heiß. Gerry kam zurück und hielt mir eine Schachtel mit Pillen hin. Ich nahm sie ihm ab.

«Ihr Vater kann geheilt werden, Gerry. Viele Dinge zwischen ihnen können geheilt werden. Die Dinge könnten sich für immer ändern.

Aber die Menschen sind schnell bereit, zu vergeben. Es gibt immer die Möglichkeit, eine Familie wieder aufzubauen.»

Ich klammerte mich an einen Strohhalm.

«Wirklich, das hat keinen Sinn. Sie haben meinen Vater erst in den letzten Monaten gesehen. Im Frühjahr hat er seinen letzten Job verloren, einen von vielen. Ich habe mein ganzes Leben bei ihm gelebt, bis auf die letzten Monate. Es tut mir leid, dass er sie belästigt, aber ich weiß, worum sie bitten. Wir haben versucht, ihm zu helfen. Ich kann nicht erkennen, dass er sich ändern wird. Wir sind alle sehr müde. Wir wollen nicht länger in seine Welt hineingezogen werden. Es ist besser, dass er gegangen ist. Nicht für sie, natürlich, aber für uns. Jetzt können wir ein normales Leben führen. Ich weiß, sie halten mich für gefühllos, wenn ich das sage. Aber meine Mutter lächelt wieder, sie hat sich ein besseres Leben aufgebaut. Obwohl ich sie dafür bewundere, dass sie so lange bei ihm geblieben ist, denke ich, dass sie zu Unrecht in der Falle saß. Ich möchte sie glücklich sehen. Er darf nicht in unser Leben zurückkehren. Er ist nicht willkommen.»

Mir schnürte sich die Kehle zu, bei der Erinnerung an die herzliche Beziehung, die ich zu meinem eigenen Vater gehabt hatte, bevor er zehn Jahre zuvor an einem plötzlichen Herzinfarkt starb. Es dauerte nicht lange, bis meine Mutter zu ihm ging, nachdem bei ihr Leberkrebs diagnostiziert worden war. Es war ein schwacher Trost, dass sie nicht in der Lage gewesen war, ohne ihn zu leben. Die Unvorstellbarkeit, dass meine eigenen Kinder jemals Gerrys Worte über mich aussprechen würden, ließ mich kalt.

Wir saßen schon seit über einer Stunde auf der Treppe. Ich schob das Päckchen mit den Pillen in meine Handtasche und schaute auf meine Uhr. Ich musste Simon und die Jungs am Bahnhof abholen. Ich holte meine Schlüssel heraus und fummelte mit ihnen in der Hand herum.

«Meinen sie, er wäre von der Tobelbrücke gesprungen?» fragte ich.

Ich musste wissen, ob meine Anwesenheit ihm das Leben gerettet hatte.

«Ich weiß es nicht. Vielleicht. Wahrscheinlich.»

Ein Windhauch brachte eine willkommene Abkühlung von der Wärme.

«Ich hätte gedacht er wäre zu schwach um so etwas zu tun,» fuhr er fort. «Wie sein Versuch sich selbst zu schneiden. Aber er hat es bis zur Brücke geschafft. Das ist schon eine ganz schöne Reise.»

Gerry schien plötzlich unsicher zu sein. Vielleicht erweckte ich ein Gefühl, das er nicht fühlen wollte. Ich schaute wieder auf meine Uhr.

«Ich sollte besser gehen. Es tut mir leid, dass ich sie belästigt habe,» sagte ich, unerklärlich verärgert darüber, dass dieser Junge seinem Vater nicht mehr helfen wollte und vergaß dabei, dass ich nicht diejenige war die seit Jahren damit gelebt hatte.

«Es tut mir leid, dass ich ihnen nicht helfen kann Frau Reed. Ich bin froh, dass sie ihr Bild wieder haben,» sagte Gerry, als er mir die Hand schüttelte. Und im Nachhinein: «Wissen sie, es wäre vielleicht für alle besser gewesen, wenn sie an diesem Tag nicht in der Lorze-Schlucht gelaufen wären.»

28

Wir beschlossen in den Schulsommerferien nicht wegzufahren.
Wir lebten bereits in einem Ferienparadies. Da Simon so viel
unterwegs war, war es schwierig den richtigen Zeitpunkt zu finden. Ich
wäre gerne für zwei Wochen weggefahren um von *ihm* wegzukommen.
Stattdessen einigten wir uns auf eine Reise ins Ausland in den Herbstferien der Jungs, wenn das Wetter in der Schweiz kühler war und sich mein
Trainingsplan vor dem großen Rennen entspannt hatte.

Meine Nachmittage verbrachte ich mit den Jungs. Während Simon
arbeiten musste, gingen wir drei oft ins örtliche Lido, einen grasbewachsenen Park am Ufer des Ägerisees mit einem kleinen Kieselstrand,
einem Steg und einem Sprungturm. Wir gingen fast täglich mit einem
Picknick, aufblasbarem Spielzeug für die Jungs und Lesestoff für mich.
Wir verbrachten die Tage in der Sonne am Wasser. Die Kinder freuten
sich dort ihre Schulfreunde zu treffen und ich sah einige der Frauen aus
dem Dorf.

Dann kam *er*.

Dies war mein öffentlicher Bereich, ein gemeinschaftlicher Ort. Es
fiel mir schwer zu glauben, dass er es riskieren würde sich regelmäßig zu
zeigen. Aber er machte keine Anstalten, seine Anwesenheit zu verbergen.
Als ich ihn das erste Mal sah, wies ich Esther auf ihn hin. Er saß in der
Nähe einer Hecke am hinteren Ende des Rasens, trug eine Baseballmütze
und ein Paar rot-blaue Boardshorts. Er stützte sich auf die Ellbogen und
entblößte so seinen gebräunten Oberkörper. Es war das erste Mal, dass
ich seinen Körper sah. Ich wandte meinen Blick ab, als hätte ich ihn

nackt gesehen. Ich dachte er würde vielleicht den Kopf drehen, verlegen wegschauen. Aber er starrte uns nur an.

«Er ist nicht so, wie ich erwartet hatte,» sagte Esther. Ich wusste sofort, dass sie ihn nicht abstoßend fand. «Ignoriere ihn,» fuhr sie fort. «Gib ihm nicht die Genugtuung ihm zu zeigen, dass er uns nervt.»

Ich behielt Manfred im Auge und achtete darauf, dass er nicht ins Wasser ging wenn meine Kinder dabei waren. Ich konnte mich nicht entspannen. Das war nicht mehr die Schulferienatmosphäre die ich mir erhofft hatte. Esther sah, dass ich ängstlich war.

«Glaubst du nicht, dass du dich in diesem Mann irrst?» fragte sie. «Er sieht nicht schädlich aus. Er sieht uns nur sehr wenig an. Ich glaube, du reagierst in dieser Situation vielleicht etwas übertrieben.»

Ich schluckte und blieb stumm. Ich wollte nicht den einzigen Verbündeten verlieren, den ich glaubte in der Gemeinschaft zu haben. Seine bloße Anwesenheit hier war sicherlich nicht der Beweis, für eine Anzeige wegen Belästigung bei der Polizei.

Irgendwann gegen Ende des Nachmittags ging Manfred. Dies war der einzige Ort im Dorf, von dem ich dachte, dass er mich nicht belästigen würde. Aber jetzt machte er seine Absichten öffentlich.

⚊⚊⚊

Ein paar Tage später tauchte er wieder auf. Ich war allein mit den Jungs. Simon war wieder unterwegs. Kopenhagen, Amsterdam, London. Ich konnte mich nicht mehr erinnern. Ich hätte scherzen können, dass er in jeder Stadt eine Geliebte hatte. Aber angesichts des derzeitigen emotionalen Klimas zu Hause wusste ich mit absoluter Sicherheit, dass man so etwas niemals sagen durfte.

Manfred besaß die Dreistigkeit, die Hand zu heben und von seinem Platz im Park aus zu winken. Die Jungs waren direkt zum Wasser gelaufen und schwammen bereits zum Sprungturm. Ich hatte die Strandtasche noch nicht ausgepackt. Zitternd vor Wut marschierte ich zu ihm hinüber wo er saß.

«Du musst uns in Ruhe lassen,» schrie ich, die Hände in die Hüften gestemmt.

Ich starrte auf ihn hinunter, er saß auf seinem Handtuch. Ich vergaß dabei völlig meine Entschlossenheit passiv zu bleiben und mich nicht einzumischen. Die Leute um mich herum hörten auf zu reden und sahen zu mir hinüber.

«Dieses Stalking macht uns wahnsinnig. Es ist zu viel und jetzt bist du hier, in *unserem* Lido. Du musst damit *aufhören*!»

In der darauf folgenden Stille flüsterten die Leute auf dem Rasen um uns herum miteinander. Ein Mädchen zerrte ihr Badetuch weiter weg von der Stelle an der ich stand. Wenn ich genug wütend war, würde er sich mir vielleicht körperlich nähern, etwas tun das ein Eingreifen der Polizei rechtfertigen würde. *Ja! Jemand muss die Polizei rufen!*

Ich sah mich nach den Leuten um, die mich anglotzten.

«Er ist ein Stalker! Er folgt mir überall hin!» Mit wildem Blick wandte ich mich an die starrenden Schaulustigen und streckte den Arm nach Manfred aus.

Aber sie schauten nicht auf Manfred. Sie starrten *mich* an und wunderten sich über diese verrückte Frau, die schlechtes Deutsch sprach. Eine Frau drehte sich zu ihren Kollegen um und sagte: «Der Arme Mann!» Mit einem mulmigen Gefühl erkannte ich sie. Die Frau des Elektrikers. Ich konnte es in all ihren Augen sehen. Sie dachten, *ich* sei die Verrückte. Manfreds Ellbogen stützen sich auf seine angewinkelten Knie. Mir fiel auf, dass er erschreckend normal aussah. Ein harmloser, unschuldiger Kerl, der versucht die Sonne am See zu genießen. Ich ging zurück zu unseren Taschen. Eine der Frauen im Chat-Club wandte ihren Blick ab, als ich vorbeiging. Mein Gesicht rötete sich, als meine Wut nachließ und durch Verlegenheit ersetzt wurde.

Die Jungs kamen lachend aus dem Wasser und verlangten nach Badetüchern, ohne zu wissen, was gerade passiert war. Sie beschwerten sich als ich sagte, dass wir gehen müssten.

«Aber wir sind doch gerade erst gekommen,» stöhnte Oliver, als ich ihn kräftig mit dem Badetuch abtrocknete. «Mama, hör auf. Ich kann das machen. Warum müssen wir jetzt gehen?»

Ich gab ihnen eine faule Ausrede, etwas das ich zu Hause vergessen hatte zu tun. Wir mussten das Lido verlassen.

Später in der Nacht klingelte das Telefon. Ich ahnte, dass es Simon sein würde. Vielleicht rief er an, um nach uns zu sehen. Ich war in der Küche und nahm den Hörer genau in dem Moment ab, als Leo den Anschluss im Schlafzimmer abnahm. Zunächst befürchtete ich es könnte Manfred sein. Doch dann lächelte ich, als ich Simon und Leo über die Sommerferienaktivitäten sprechen hörte. Ich dachte kurz darüber nach, dass es meinem ältesten Sohn so viel leichter fiel, mit seinem Vater zu kommunizieren als mit mir. Nach einigen Minuten hörte ich Leo sagen:

«Ich mache mich besser fertig fürs Bett Dad. Ich bin schon ein paar Nächte hintereinander lange wach gewesen und du weißt, dass Mama mich nerven wird, wenn ich anfange launisch zu werden. Willst du mit ihr reden? Ich glaube, sie ist unten.»

Ich wollte sie gerade unterbrechen, als Simon das Wort ergriff.

«Nein, schon gut, Leo, ich habe noch etwas zu tun. Ich rufe in ein paar Tagen wieder an. Grüß Oli von mir. Genieße den Sommer, solange er noch andauert. Ich liebe dich.»

«Ich liebe dich auch Dad. Machs gut.»

Es gab zwei leise Klicks, als jeder von ihnen den Hörer auflegte. Ich hielt das Küchentelefon an mein Ohr und lauschte dem Zischen. Meine Kehle zog sich zusammen und ich spürte eine trostlose Traurigkeit. Natürlich wollte er nicht mit mir, seiner distanzierten, gleichgültigen Frau sprechen. Genauso wie Leo nicht mit mir, seiner distanzierten, verwirrten Mutter reden wollte.

Was war mit uns geschehen?

29

SEPTEMBER 2002

Kathy und ich trafen uns auf der Laufbahn im Zuger Stadion zu unserem wöchentlichen Intervalltraining. Wir hatten eine Reihe von Sprinteinheiten geplant um zu versuchen, unsere Gesamtgeschwindigkeit bei unseren längeren Läufen zu erhöhen.

Wir saßen auf der überdachten Tribüne am Rande der Bahn. Ich hatte ein Notizbuch auf dem Plastiksitz zwischen uns aufgeschlagen und zeichnete unseren Pyramidenplan für die Nachmittagseinheit.

«Okay, wir machen dreimal vierhundert Meter, dreimal sechshundert, dreimal achthundert, zurück auf sechs und dann auf vier. Dazwischen eine langsame Joggingrunde zum Aufwärmen.»

«Mein Gott Al, das ist ja riesig,» sagte Kath. «Ich bin mir nicht sicher, ob ich das alles schaffe. Ich werde sowieso langsamer sein als du. Du bist ein harter Lehrmeister. Wir werden uns nicht einmal am Anfang dieses Rennens sehen. Du wirst in einem anderen Startblock stehen als ich.»

«Das ist nicht so schlimm. Es ist erstaunlich, wie sehr das unseren beiden individuellen Zielen hilft. Du wirst es sehen. Was das Rennen angeht, so werde ich am Ende mit einer Flasche Sprudel für dich da sein.» Ich lachte.

Wir begannen eine sanfte Aufwärmrunde. Als wir gemeinsam das westliche Ende der Strecke umrundeten, stupste Kathy meinen Arm an.

«Um elf Uhr ist hier ein ziemlich hübscher Kerl zu sehen,» sagte sie.

Ich drehte mich um und sah einen Mann auf der grasbewachsenen Bank hinter dem Maschendrahtzaun sitzen. Ich holte tief Luft.

Mit dieser Reaktion habe ich nicht gerechnet! Kathy lachte und verzog das Gesicht, als sie meinen Blick sah. «Geht es dir gut?»

«*Er* ist es,» zischte ich.

«Du meinst Manfred, den Brückentyp? Oh Gott, was willst du denn jetzt machen? Kannst du die Polizei anrufen?» fragte sie. «Er sieht nicht besonders gestört aus. Ich dachte, er wäre irgendwie unheimlicher.»

Ich schaute ihn verstohlen an, als wir um die Kurve kamen. Er trug ein Paar Jeans und eine Art Windjacke. Sein Haar war ungekämmt und an seinem Kinn wuchs mindestens eine Woche lang ein Bart. Für mich sah er aus, als hätte er sich gehen lassen. Aber ich konnte verstehen, warum Kathy ihn für gutaussehend hielt.

Wäre ich auf mich allein gestellt gewesen, hätte ich wahrscheinlich aufgegeben und wäre nach Hause gegangen. Aber Kathy wollte unabhängig von seiner Anwesenheit weitermachen.

«Lass dich von einem neugierigen Fremden nicht abschrecken Mädchen. Wir haben einen Job zu erledigen.»

Woher zum Teufel hatte er gewusst, dass ich hier war?

Ich spürte wie sich seine Augen jedes Mal in meinen Rücken brannten, wenn ich das Ende des Weges erreichte und vor ihm weglief. Je mehr mich seine Anwesenheit nervös machte, desto mehr geriet ich in Panik. Wieso wusste er, dass ich heute hier sein würde, zwanzig Autominuten von meinem Zuhause entfernt, in der Stadt. Es war schon schlimm genug, dass er Zugang zu meinen Telefonnummern hatte. War er mir im Auto gefolgt, oder hatte er auf andere Weise gewusst, dass ich hier sein würde. Zum Beispiel durch mein Tagebuch?

Der Gedanke ließ meinen Kopf heiß werden. Ein Adrenalinstoß erhöhte meine Geschwindigkeit. Ich zog an Kathy vorbei und beendete die nächste Trainingseinheit weit vor ihr. Als ich zum Wasserbrunnen ging um meinen Durst zu stillen, sah ich wie Kathy ihren Kopf zu Manfred drehte. Er hatte etwas zu ihr gesagt. Als sie neben mir anhielt, hob ich die Augenbrauen.

«Er fragte, ob ich dafür sorgen könnte, dass du nicht übermüdet wirst. Als ob! Es ist offensichtlich, dass du schneller laufen kannst als ich. Meinst du, er wollte mich auf den Arm nehmen? Weiß er denn nicht, dass Sarkasmus die niedrigste Form des Witzes ist?»

«Ich kann nicht mehr hierbleiben, wenn er uns beobachtet. Ich werde für heute Schluss machen müssen.»

«Oh Al. Das ist unsere letzte Chance vor deinem Urlaub nächste Woche. Danach ist es nicht mehr lange bis zum Wettkampf.»

«Ich kann nicht Kath. Es tut mir leid. Mir wird schlecht, wenn ich ihn nur sehe. Ich kann das nicht. Wir werden vor dem Marathon noch mindestens ein Treffen haben. Wenn ich aus dem Urlaub zurück bin, können wir einen anderen Tag wählen.»

«Okay Schatz. Ich würde ja weitermachen und den Rest des Splits selbst machen, aber ehrlich gesagt bin ich jetzt nicht mehr sehr motiviert.»

Er scheint meine Routine zu gut zu kennen, dachte ich. Die Sache läuft allmählich aus dem Ruder.

«Vielleicht hat er deine Schritte mehr verfolgt, als du weißt.»

Als wir uns verabschiedeten und ich in die entgegengesetzte Richtung von Kathy fuhr, fragte ich mich, wie viel Zugang er zu meinem Leben hatte.

30

Als ich den Gang zu meinem Sitz hinunterging, ließ ich meinen Blick über die Passagiere gleiten und scannte unbewusst die 737 von Backbord nach Steuerbord. Ich war mir sicher, dass ich bei der Buchung dieses Urlaubs meine Spuren verwischt hatte, indem ich meine Bewegungen, Verhandlungen und Zahlungen geheim gehalten hatte. Aber ich konnte nicht wissen, wann mein Blick auf dieses gefürchtete Gesicht fallen würde. Nicht wissen, wie weit Manfred gehen würde, um die nächsten zwei Wochen unseres Lebens zu infiltrieren.

Da die Jungs und Simon bereits auf den drei Plätzen rechts saßen, ließ ich mich links gegenüber auf meinen Platz sinken und schloss die Augen. Über die Sprechanlage wurden die üblichen Prozeduren in mehreren Sprachen angekündigt und ich schnallte mich an, ohne die Augen zu öffnen.

Als das Flugzeug rollte, aufheulte und abhob, drehte ich den Kopf, um meine Familie zu sehen. Der Gang erschien mir plötzlich sehr breit, die drei Männer in meinem Leben in einer Reihe von staubgrauen Polstern und statischen Antimakassaren eingeschlossen. Leo starrte aus dem Fenster. Simon drehte sich auf dem mittleren Sitz um ihn herum, um das faszinierende Bild der unter uns versinkenden Stadt Zürich zu teilen. Oliver beobachtete mich. Ich lächelte, froh, dass ich meine Familie eine Weile für mich allein hatte. Er griff über den Gang und drückte in einer ungewöhnlich erwachsenen Geste meine Hand.

«Wir werden viel Spaß haben Mum. Ich bin schon ganz aufgeregt. Du nicht auch?»

«Ja, Schatz. Ich freue mich so sehr auf diesen Urlaub,» versicherte ich ihm im Gegenzug.

Siebenhundert Meter lang und vierhundert Meter breit, nur fünfzehn Minuten dauerte es um unser maledivisches Atoll zu Fuß zu umrunden. Entlang pudriger silberner Strände inmitten üppiger Vegetation. Bungalows schmiegten sich zwischen die Palmen oberhalb der Küstenlinie. Die Barfußpolitik auf der gesamten Insel musste von den Jungs nicht durchgesetzt werden. Da sie so viel Zeit an den Ufern eines Alpensees verbracht hatten, waren sie beide gute Schwimmer. Sie liebten das milde türkisfarbene Wasser und die faszinierende Unterwasserwelt des Riffs, das das Atoll umgibt. Ein perfekter Kontrast zu den nebligen, herbstlichen Bedingungen in unserer alpinen Heimat.

Als ich meine Zehen tief in den weichen weißen Strand vergrub, erfrischte der kühlere Sand darunter meine Fußsohlen und machte sie weich wie Balsam. Das Rauschen des Meeres, das seine Wellen sanft ans Ufer spühlte, und das vergnügte Kreischen der Kinder vermischten sich zu einem Gefühl glückseliger Zufriedenheit, das ich lange vermisst hatte. Das Klappern der Palmenblätter in der Meeresbrise klang wie Regen, obwohl keine einzige Wolke am kornblumenblauen Himmel zu sehen war. Ich lehnte mich auf der Sonnenliege zurück, die Helligkeit der Sonne brannte orange gegen meine geschlossenen Augenlider. Die Spannung, von der ich nicht gewusst hatte, dass sie ein fester Bestandteil meines Lebens war, begann sich langsam in mir zu lösen.

Ich hoffte verzweifelt, dass Simon und ich den Zauber wiederfinden würden, der unserer Beziehung in letzter Zeit abhanden gekommen zu sein schien. Hier war ein Ort, an dem ich mir sicher war, dass *er* keine geisterhafte Präsenz sein würde. Ich hätte für immer auf dieser abgelegenen Insel bleiben und mich in dem Wissen entspannen können, dass er uns unmöglich an diesen Ort gefolgt sein konnte.

Aber tief in meiner Psyche war er da.

Jeden Abend nach dem Abendessen gingen Simon und ich in die palmenüberdachte Bar und wählten immer raffiniertere Cocktails aus der Karte aus, wobei wir uns im Stillen einen Wettstreit lieferten, wer dem Bedürfnis nach oberflächlichen Gesprächen entgehen konnte, indem er als Erster ins Bett ging. Bevor wir auch nur daran denken konnten, eine verlorene Leidenschaft wieder aufleben zu lassen, fielen wir beide in einen alkoholbedingten Schlummer.

Mir war nicht bewusst gewesen, dass unsere Beziehung so fadenscheinig geworden war. Aber es war mir auch nicht klar, wer von uns beiden dem Elefanten im Zimmer aus dem Weg ging, wobei die Ironie darin bestand, dass der Elefant zum ersten Mal seit fünf Monaten physisch abwesend war. Unsere Ausflüge in die Bar waren ein guter Weg, um eine Diskussion über unerledigte Angelegenheiten zu Hause zu vermeiden. Wir fühlten uns viel wohler, wenn wir uns mit anderen Gästen über Belanglosigkeiten unterhielten. Wenn wir uns herabließen, miteinander zu sprechen, war es leicht, im tropischen Morgenlicht zu vergessen, was gesagt worden war.

Eines Nachmittags, nach einer entspannenden Behandlung im Spa, gesellte ich mich zu Simon und den Jungs an den Pool. Ich hörte ihre spielerischen Stimmen durch die Palmen. Ich zog meine Flipflops aus und warf mein Buch und meinen Sarong auf eine freie Liege am Pool. Ich drehte mich zu ihnen um und sprang ins Wasser, um mit ihnen zu toben. Aber ich vergaß, dass ich meine Sonnenbrille aufhatte und sie flog mir vom Kopf. Ich fing sie auf, bevor sie auf den Grund sank und musste dann wieder zur Seite schwimmen, um sie am Beckenrand abzulegen. Ich versuchte, gelassen zu wirken, aber mein falsches Timing war komisch.

Simon tauchte vor den Jungs auf der anderen Seite des Wassers auf, brüllte wie ein Seeungeheuer und ließ sie vor Freude kreischen. Diese Spiele versetzten sie in die Kindheit zurück und befreiten sie von den Fesseln der jugendlichen Coolness. Ich schwamm langsam auf das Trio zu. Aber sie setzten ihr Spiel fort, als wäre ich nicht da. Keiner kam, um mir ins Gesicht zu spritzen, meinen Kopf unter Wasser zu drücken oder meine Beine von unten zu packen. Früher hätte man mich vielleicht zu irgendwelchen Albernheiten verleitet. Jetzt fühlte ich mich unerklärlicherweise aus diesem engen Dreieck ausgeschlossen, als wären meine Reaktionen zu unberechenbar. Die Jungs waren offensichtlich begeistert, Simons ungeteilte Aufmerksamkeit zu haben, und ich wusste, dass ich nicht anfangen sollte, mehr in diese Aktionen hineinzuinterpretieren, als beabsichtigt war.

Aber es gab keine Erklärung für meine jüngste Irrationalität.

Später am Abend schlurften die Jungs widerwillig ins Bett. Simon und ich saßen wieder einmal in gepolsterten Rohrsesseln an der Bar mit Sandboden unter dem Palmenwedeldach. Das machte mich sofort müde und ließ meine düsteren Augenlider sinken. Ich nahm einen Schluck von dem starken Cocktail, den ich bestellt hatte. Bevor ich überhaupt darüber nachdenken konnte wie er reagieren würde, streckte ich meine Hand aus, um Simon am Knie zu berühren.

«Was denkst du über diese schreckliche Sache mit Manfred?» fragte ich.

Simons Gesicht verdüsterte sich.

«Allein dieser Satz scheint die Situation zu verharmlosen. Ich weiß es nicht Al. Das Problem ist, dass du gesagt hast du würdest etwas gegen ihn unternehmen. Ich weiß, dass du bei der Polizei warst. Ich weiß, dass die Schule Bescheid weiß. Aber niemand scheint etwas zu unternehmen. Wenn ich denke, dass das Problem verschwunden ist, wirkst du mürrisch und distanziert. Ich bin sicher, dass er derjenige ist der dich beeinflusst. Ich dachte, du wärst stärker als das, hättest den Mumm zu handeln oder zumindest mit mir zu reden, als die Dinge anfingen aus dem Ruder zu laufen. Du hast dir eingeredet, dass dieser Typ ein Stalker ist. Er ist ein kranker Mann, der dich verfolgt hat. Ich weiß, dass du gute Absichten hattest und ich weiß, dass du denkst, ich gebe dir die Schuld...»

«Und, tust du das?» fragte ich.

Simon kämmte sein kurzes Haar mit den Fingern.

«Ich sollte es nicht tun, aber ich tue es irgendwie. Ich kann dieses Gefühl nicht abstellen. Ich weiß, dass es nicht direkt deine Schuld ist, dass es diesen Kerl noch gibt. Aber ich habe das Gefühl, dass ich *jemandem* die Schuld geben muss. Ein egoistischer Teil von mir denkt, dass die natürliche Auslese an diesem Tag ihren Lauf hätte nehmen müssen. Der Idiot hätte springen sollen. Aber ich kann sehen, dass dich das schockiert.»

Er sah auf meine hochgezogenen Augenbrauen.

«Ich weiß nicht Al. Ich schätze ich bin einfach sauer, dass du dich so sehr mit ihm beschäftigst und dass du mir vielleicht nicht alles sagst.»

Er nahm einen Schluck von seinem Getränk und sah mich eindringlich an. Ich hatte keine Ahnung, dass er dachte ich sei so sehr mit Manfred beschäftigt. Was würde er denken, wenn er wüsste, dass ich mich mit Manfred getroffen und seine Familie aufgesucht hatte?

«Ich wollte dich nicht mit Nebensächlichkeiten belästigen. Ich hoffe, dass sich die Sache klärt und zwar bald. Simon du weißt, dass du und unsere Familie für mich an erster Stelle stehen.»

Ich wandte mich ab, mein Gesicht rötete sich. Ich hatte hier eine romantische Gelegenheit ruiniert. Das sollte der Urlaub unserer Träume werden. Ich traf weiterhin unergründliche Entscheidungen. Ich war es leid, mir in Gedanken einen Tritt zu verpassen.

«Ich weiß Al. Ich bin mir nur nicht sicher, für wie trivial du diese *Trivialitäten* hältst.»

Er stand unsicher auf und wandte sich der Bar zu. Es hatte keinen Sinn, ein mit Alkohol angeheiztes Gespräch fortzusetzen.

«Ich bin müde, Simon. Ich gehe jetzt ins Bett.»

«Okay. Ich glaube, ich bleibe noch ein bisschen an der Bar. Wir sehen uns später.»

31

Gegen 02.00 Uhr morgens wachte ich auf und stellte fest, dass der Platz im Bett neben mir leer war. Ich schlüpfte in ein Sommerkleid und ging zurück, um Simon zu suchen. Er saß immer noch an der Bar und stützte sich mit einer Hand auf seinen zerzausten Kopf. Er nippte an einem Glas Whisky, und sein Zeigefinger jagte einen Eiswürfel im Glas herum. Er war sturzbetrunken. Der Barmann schien ihm zuzuhören und seine Anwesenheit zu tolerieren, während er das letzte Glas polierte.

«Ah,» sagte Simon und lallte. «Das ist meine reizende Frau. Kennen sie meine Frau?»

Der Barmann neigte den Kopf, unsicher ob er antworten sollte.

«Ja, meine reizende Frau. Sie hat einen Freund, wissen sie. Jemanden, der mehr Zeit mit ihr verbringt als ich. Ich bin kein sehr guter Ehemann. Ständig bin ich unterwegs. Sie verdient jemanden, der sich mehr um sie kümmert. Jemanden, der die ganze Zeit auf sie aufpassen kann.»

Simon lallte, die Bosheit des Alkohols verursachte diese Schärfe. Ich stellte mich neben ihn.

«Hör auf Simon.»

«Ja, sie scheint es zu genießen, *beobachtet* zu werden. Sie scheint nicht viel tun zu wollen, um diese Affäre zu beenden. Ach, was bin ich denn schon? Nur der Ernährer. Scheiße.»

Seine Stimme klang traurig und herablassend und er schwankte gefährlich auf seinem Barhocker.

«Ich sagte, hör auf, Simon. Du bist nicht fair. Komm ins Bett. Das liegt am Alkohol. Dieser Herr muss die Bar schließen.»

Ich nickte dem Barmann zu und nahm Simons Arm, als er halb vom Barhocker rutschte, halb hüpfte. Wir machten uns auf den Weg zurück zum Bungalow.

Während ich ging und Simon langsam den Sandweg neben mir entlangschlenderte, legte er mir in einer unbedachten Geste der Aufmerksamkeit seine Hand auf den Arm. Ich war mir sicher, dass er meine Hand halten wollte. Aber nach seinen grausamen Worten wollte ich ihm nicht so leicht nachgeben.

«Es tut mir leid Al,» sagte er. Seine Wut war verbraucht, und seine Stimme überschlug sich in einem ungewöhnlichen Anflug von Unsicherheit. «Tut mir leid. Es ist nur so, warum willst du nicht mit mir darüber reden? Du bist so distanziert. Ich habe das Gefühl, dich nicht mehr zu kennen, nicht zu wissen, was in deinem Kopf vorgeht. Trotz deiner Ausbildung als Psychologin bist du eine verdammt gute Kommunikatorin, nicht wahr. Es ist wirklich so, dass du mehr mit ihm zusammen bist als mit mir, mephatorisch, ich meine metaphorisch gesprochen.»

Er schnaubte über seinen eigenen verbalen Fehler, aber der komische betrunkene Spruch konnte nicht einmal ein Lachen in meiner Kehle hervorrufen. Es fiel mir schwer zu glauben, dass von allen Emotionen die Simon unter Alkoholeinfluss zeigen konnte, die Eifersucht ihr hässliches Haupt erhoben hatte. Ich konnte nur hoffen, dieses Gespräch heute Abend nicht fortzusetzen. Vor allem konnte sich Simon nicht mehr an alles erinnern, was wir heute Abend zu klären versucht hatten. Es war gut möglich, dass er den ganzen Vorfall am nächsten Tag schon wieder vergessen hatte.

ⅢⅢ

Wir füllten unsere zwei Wochen mit Meeresaktivitäten, Schwimmen, Segeln, Schnorcheln, Fischen und Tauchen. Mein spitzes Marathontraining bestand aus einem gelegentlichen Joggen auf dem Laufband im Fitnessstudio.

Es war unser letzter Tag im Paradies. Leo saß am Ende des Holzstegs in der Nähe der Bungalows und blickte in die türkisfarbenen Untiefen. Hunderte von Pfeifenfischen schwammen im Einklang um die Pfeiler. Ich trat auf die gebleichten Holzlatten und setzte mich etwas unbeholfen neben ihn. Ich zog meine Bikinihose ein wenig herunter, um meinen Hintern vor dem heißen Holz zu schützen. Ich hockte mich auf die Kante und schaute mit ihm auf die Fische hinunter.

«Leo es ist fast Zeit, wieder in die Schule zu gehen. Hat sich die Lage gebessert?»

«Ich wusste, dass du mit mir über die Schule reden würdest,» sagte er mürrisch. «Kannst du es nicht lassen? Es sind ja schließlich Herbstferien. Das ist eine *Pause* Mum. Gib *mir* eine Pause. Wie kommst du dazu, mir auf die Nerven zu gehen? Es waren nur ein paar schlechte Noten im letzten Schuljahr, das ist alles.»

«Nun, das ist vielleicht nicht alles Leo. Ich dachte, dein Vater hätte mit dir darüber gesprochen. Ich habe deine Lehrerin in der Schule vor den Sommerferien gesehen. Sie hat mir gesagt, dass du vielleicht Ärger mit einem anderen Jungen hast. Es ging um Hänseleien, die bei den jüngeren Kindern etwas zu weit gingen.»

«Mobbing Mum. Das ist es was du meinst. Warum sagst du nicht einfach was du meinst? Diese Bauernkinder sind solche Idioten die uns ständig hänseln. Es ist ja nicht so, dass wir nur auf *ihnen* herumhacken, weißt du?» Seine Verdrossenheit grenzte an Sarkasmus.

«Aber Leo du bist vier Jahre älter als sie. Du bist fast fünfzehn. Du kommst dem Erwachsensein näher. Da kannst du doch sicher über ein paar aufgeregte Kinder hinwegsehen, die dich ärgern. Ich hoffe, das ist nicht mehr so. Ich möchte nicht zum Schulberater gerufen werden.»

«Ach, komm schon! So schlimm ist es doch gar nicht.»

Ich sah ihn weiter an, aber sein Blick verließ das Wasser nicht.

«Es ist totaler Blödsinn,» sagte er schließlich.

«Ich will jetzt nicht darüber reden, wo wir doch so viel Spaß in den Ferien haben...»

«Und das ist noch etwas Mum,» unterbrach Leo sie wütend. «Du tust so, als wäre alles perfekt, dass wir auf dieser tollen Insel mitten im

Nirgendwo sind und in der einen Minute bist du glücklich und lächelst, weil wir alle zusammen sind und in der nächsten bist du verdammt mies drauf. Wegen *irgendetwas* total seltsam verhältst du dich, ich weiß nicht, was. Die Atmosphäre zu Hause ist einfach unmöglich. Vielleicht liegt es daran, dass du und Dad euch nicht zusammenraufen könnt.»

Ich holte tief Luft.

Leo fuhr fort: «Du hast uns ans Ende der Welt geschleppt, wo wir *nichts* zu tun haben, außer ein paar mickrige Fische zu beobachten und du glaubst, du könntest *meine* Probleme lösen? Sieh dich doch selbst an. Kümmere dich zuerst um deine eigenen Probleme Mum. Das ist ein Witz.»

Ich schluckte. Leo hatte noch nie so mit mir gesprochen. Eigentlich hatte noch nie jemand so mit mir geredet. Mein Herz schlug schwer in meiner Brust. Ich wollte nicht vor meinem ältesten Sohn weinen, also blieb ich still. Ich wartete bis die drohenden Tränen versiegten. Ich erhob mich von der Kante des Stegs, wobei meine entblößte Haut schmerzhaft am Holz klebte.

«Es tut mir leid, dass du so denkst Leo. Ich bin gerade dabei, ein paar Dinge zu klären. Aber es gibt Dinge, über die du dir keine Sorgen machen musst.»

Leo schnaubte wieder und Wut ersetzte meinen Schmerz. Ich konnte nicht weiterreden, sonst hätte ich geschrien. Ich wollte ihm sagen, dass er nie wieder so mit mir sprechen sollte.

Aber die Wahrheit in seinem Ausbruch ließ mich schweigen.

Ich joggte ein paar Mal am Strand auf und ab. Nachdem ich mich im Wasser abgekühlt hatte, betrachtete ich die milchige Untiefe des Atolls, die in der Nähe des Riffs in ein tiefes Türkis überging. Ich hatte das Gefühl eine Rolle in einem Film zu spielen. *Robinson Crusoe* vielleicht. Synonym für Ort und Gefühl. Ganz gleich, wie viele Kilometer ich zwischen mich und das Hauptproblem legte, es ließ sich nicht aus der Welt schaffen. Und statt von meiner einsamen Insel gerettet zu werden, hatte ich Angst, morgen nach Hause zu fliegen.

Simon hielt Siesta und schlief immer noch seinen Kater aus. Ich versprach mir selbst, dass ich daran arbeiten würde die Überreste von etwas zu retten das furchtbar schief lief. Leos Paroxysmus war längst überfällig. Wenigstens hatten wir beide unserer Frustration Luft gemacht.

Sicherlich würde die Kommunikation jetzt einfacher werden. Für den Moment konnte er in seinem Saft schmoren.

Simons Ausbruch in der Bar war jedoch ein Gefühl, das noch viel länger hätte schwären können. Ich konnte nicht darauf warten, dass irgendein Polizist Manfred dabei erwischt, wie er meine Kinder belästigt. Meine Familie war mir wichtiger als alles andere auf der Welt und ich musste mich wieder in die Gleichung einfügen. Ich musste die Mammutaufgabe des Marathons hinter mich bringen und dann mit dieser Absurdität aufräumen. Zeit, die Koffer zu packen, nach Hause in die Schweiz zu fliegen und im übertragenen Sinne ein paar Alpen zu besteigen.

Als ich nach unserer Rückkehr vom Flughafen die Wohnungstür öffnete, blickte ich auf ein Haus, in dem sich in den zwei Wochen unserer Abwesenheit nicht ein Staubkorn niedergelassen hatte. Die Kleider, die in der Packorgie auf dem Boden verstreut worden waren, lagen nun fein säuberlich in den Schränken. Die Waschbecken und Wasserhähne im Bad und in der Küche glänzen und die Spülmaschine war ausgeräumt.

Während Simon im Flur die Post durchblätterte und die Jungs ihre Koffer nach oben in ihre Zimmer schleppten, starrte ich entgeistert auf eine Vase mit frisch geschnittenen Blumen, die mitten auf dem Küchentisch stand und mir lief die Galle über.

32

OKTOBER 2002

Nach der Schwüle im Auto war es schwer sich warm zu halten. Simon setzte mich in der Nähe des Anmeldezelts ab, damit ich meine Startnummer abholen konnte, bevor er mit den Jungs in die Stadt zum Frühstück fuhr. Er hat sich nur ungern an der Logistik meines Rennens beteiligt, aber die Jungs wollten die Atmosphäre genießen und mich im Ziel sehen. Ich war mir nicht einmal sicher, ob ich sie vor dem Start des Rennens wiedersehen würde.

Eine Kombination aus kühler Morgenluft und Nervosität ließ meinen Brustkorb schwirren und vergeudete wertvolle Energie. Das war weit entfernt von der tropischen Wärme an unserem maledivischen Strand. Ich steckte mir meine Startnummer ans Hemd, nahm eine kostenlose Flasche Energydrink und ging zügig zum Startbereich des Rennens.

Ein herbstlicher Dunst lag über der Stadt Lausanne, ein kühler Chiffonwirbel. Die Sonne war aufgegangen, aber die Kälte sickerte mir in die Knochen. Meine Bewegungsfreiheit war eingeschränkt, umgeben von so vielen Menschen. Die Nervosität ließ Adrenalin in meine Glieder fließen. Ich hatte das Bedürfnis, auf und ab zu springen und Hampelmänner zu machen. Ich stellte mir vor, dass ich die Menschen um mich herum wie Bowlingkegel durch die Luft schleuderte.

Ich bedauerte, dass ich meine Windjacke im Auto gelassen hatte. Einige der Läufer trugen schwarze Müllsäcke aus Plastik. Sie hatten Löcher für Arme und Kopf geschnitten, um sie am Straßenrand zu entsorgen, wenn der Lauf begann. Alles, um den Körper warm zu halten.

Die Wartezeit war unendlich lang, aber die Aufregung war spürbar. Als die riesige Uhr über dem Banner in Richtung Start tickte, schlurften die Läufer nach vorne und rückten erschreckend dicht zusammen. Eine Armee von Fremden, die durch die Klaustrophobie eines dünnen Bandes über der Startlinie vereint waren. Wenigstens konnte ich etwas Wärme von den Körpern der anderen aufsaugen. Verschiedene Aromen überfielen mich. Das strenge Menthol von Muskelcreme, der milde Körpergeruch von abgetragenen Lycra-Oberteilen, die für diesen besonderen Tag gewaschen wurden. Die Spuren eines harten Trainingsprogramms konnten sie nicht verbergen. Der Geruch von nervöser Aufregung.

Ich drehte mich um, um die Menge der Zuschauer zu betrachten. Freude breitete sich in meiner Brust aus, als ich Simon und die Jungs inmitten der Fans sah. Simons Gesicht war neutral, während er die Menge beobachtete. Oliver sah mich und schlug zur Ermutigung mit der Faust in die Luft. Ich konnte sogar hören, wie Leo zwischen den Anfeuerungsrufen der anderen Zuschauer *Allez allez»* rief: «Go, Mum, go!» Simons Gesicht blieb kühl, als sich unsere Blicke trafen, aber ich wusste, dass er verstand wie viel Arbeit ich in diese Sache gesteckt hatte. Ich hob kurz meine Hand und schenkte ihnen ein nervöses Lächeln.

Der Moderator stand auf einer erhöhten Plattform eines Gerüsts an der Startlinie. Er verkündete die letzte Minute vor dem Start des Rennens und ich verspürte sofort das Bedürfnis, noch einmal die Toilette aufzusuchen. Hatte ich genug getrunken? Hatte ich genug gegessen? Wenn ich doch nur mehr Frühstück in meinen nervösen Magen hätte stopfen können. Hatte ich die richtigen Klamotten an? Spürte ich eine Falte in meiner Socke oder einen Splitter in meinem Schuh?

«Trois, deux, un...» Der Startschuss schickte einen weiteren Adrenalinstoß durch meinen Körper. Trotz des Drangs aus den Startblöcken zu springen, musste ich warten, während sich die Läufer vor mir langsam über die Startlinie schoben. Eine menschliche Ziehharmonika, die sich auf der breiten, leeren Allee öffnete.

Wir setzten uns alle gemeinsam in Bewegung, erst zaghaft einen Fuß vor den anderen. Dann schnelles Gehen. Schließlich langsames Vorbeischreiten an der Startlinie, während das Piepsen von tausend Mikrochips unsere individuellen Zeiten startete. Die Hände umklammerten gleichzeitig die Startknöpfe der Uhren an den Handgelenken. Das unregelmäßige Tweeten der verschiedenen Herzmonitore mischte sich mit dem schweren Atmen der Läufer. Jetzt wurde nicht mehr geredet. Es gab etwas zu erledigen. Alle zweiundvierzig Kilometer.

Auf den ersten fünf Kilometern blieb ich bei einer Gruppe von Läufern, deren Metronom-Tempo einen gleichmäßigen Takt auf die Straße schlug. Als das Adrenalin nachließ, begannen die Läufer sich auf ein angenehmeres Tempo einzustellen. Die Strecke begann mit einem sanften Anstieg entlang der Riviera, entlang einer Straße die hier Corniche genannt wird. Wir durchquerten eine Reihe von Waadtländer Dörfern, in denen die Schlösser der Weindomänen die Ansammlungen alter Steinbauten dominierten.

Auf beiden Seiten des Weges reihten sich die Weinstöcke an den Steinmauern auf, die voller praller Trauben waren die geerntet werden konnten. Als ich in Richtung des Sees zu meiner Rechten schielte, war ich froh über den Schirm meiner Mütze. Die Sonne brannte den letzten Nebel weg und glitzerte auf dem Wasser des *Lac Léman*. Die Aussicht war atemberaubend, eine Schönheit die ich zu schätzen wusste, da ich erst ein Viertel der Strecke hinter mir hatte und noch voller Energie und Hoffnung war.

Es war nicht meine Absicht gewesen, den Lausanne-Marathon zu wählen. Ich wäre lieber einen Rundstreckenmarathon gelaufen als einen Hin- und Rückmarathon. Ich hätte mich normalerweise für Zürich oder Luzern entschieden. Aber ich wollte so weit wie möglich von zu Hause weglaufen, ohne das Land zu verlassen. Weit weg von Manfred.

Kathy war verärgert, dass ich meine Meinung in letzter Minute geändert hatte. Ursprünglich hatten wir beide beschlossen, den Marathon in Luzern zu laufen, der näher an unserem Wohnort liegt. Alles war arrangiert worden. Als ich ihr erzählte, dass ich mich in letzter Minute für Lausanne angemeldet hatte, konnte ich die Enttäuschung in ihren Augen sehen. Zusammen mit dem Gedanken, dass ich es zu weit treiben würde, nur um Manfred aus dem Weg zu gehen. Ich hatte Glück, dass Simon und die Jungs mich noch unterstützen wollten.

Endlich auf der Straße, war ich froh, hier allein zu sein.

Bei der zunehmenden Hitze wusste ich, dass ich am nächsten Verpflegungsstand Flüssigkeit zu mir nehmen musste. Es konnte nicht schnell genug gehen. Wir erreichten den Wendepunkt in La Tour-de-Peilz und machten uns auf den Rückweg. Die nächste Getränkestation befand sich am Beginn einer steilen Steigung. Die leichte Steigung auf dem Hinweg hatte sich auf dem Rückweg in eine Alp verwandelt.

Die Läufer überholten mich in immer größerer Zahl. Ich hielt mitten im Rennen an, um einen ganzen Becher Energydrink hinunterzuschlucken. Er war zu konzentriert, ein radioaktives Blau. Er schwappte herum in meinem Magen, was es nicht besser machte. Jetzt brauchte ich Wasser, aber mein Magen war bereits voll von dem süßen Getränk.

Meine Schritte fühlten sich an wie nutzlose Schläge auf den Asphalt. Mein Motor lief nicht mehr rund. Wir hatten Corseaux erreicht, kaum fünfundzwanzig Kilometer im Rennen, noch siebzehn zu laufen. Die Teufel des Zweifels begannen meine Psyche zu überfallen.

Ich drosselte das Tempo noch mehr, als sich eine meiner Achillessehnen verkrampfte. Ich massierte sie hilflos, während ich weiterjoggte. Mir wurde leicht übel und ich geriet in Panik, als verschiedene Teile von mir eine Kette körperlicher Proteste auslösten. Der Pace-Monitor auf meiner Uhr zeigte mehrere Minuten Rückstand an. Ich wusste, dass mein persönliches Ziel in weite Ferne rückte. Mein Körper schrie förmlich danach, aufzuhören. Die Beine waren wie fester Beton. Das war mir schon bei früheren Läufen passiert. Ich konnte aber nicht glauben, dass ich so schnell an die «Wand» gekommen war. Die Mauer – den Ort, an dem Marathonläufer von den Teufeln der Selbstzweifel und der Unfähigkeit in ihrem Kopf herausgefordert werden. Der Verstand sagt ihnen, dass es Wahnsinn ist weiterzumachen und setzt sich über das Herz hinweg das sagt, dass diese Sache noch möglich ist.

Ich ging weiter und wusste, dass ich nur noch fünf oder sechs Kilometer vor mir hatte. Ich begann, mich wieder gut zu fühlen. In dem Wissen, dass ich fast am Ziel war, keimte ein Funken Hoffnung auf. Obwohl ich nichts tun konnte um mein Tempo zu erhöhen, schien ich die Mauer überwunden zu haben. Meine Beine fanden ihren eigenen Rhythmus, denn ich wusste, wenn ich irgendetwas änderte oder anhalten musste, würde mein ganzer Körper einfach krampfen.

Als ich durch das Dorf Lutry joggte, sah ich einen Läufer, der sich frontal durch die inzwischen versprengten Teilnehmer drängte. Er sah aus wie jemand, der frisch auf der Straße war und noch nicht ins Schwitzen gekommen ist. Er trug eine Trainingshose und ein weißes Baumwoll-T-Shirt, eine Ausrüstung, die für einen Marathonläufer völlig untypisch ist. Er hatte keine Startnummer auf der Brust. Wir befanden uns auf Kollisionskurs.

Mir wurde flau im Magen und ich dachte, ich müsste mich übergeben. *Das kann doch nicht wahr sein.*

«Ich glaube, ich kann dir jetzt helfen.» Manfred lächelte und machte eine Kehrtwendung um mit mir zu laufen, als ich näher kam.

33

Weg! Weg von mir,» knurrte ich zwischen zwei Atemzügen, mit zusammengebissenen Zähnen und aufgerissenem Kiefer, um keine wertvolle Energie zu verschwenden. «Was zum Teufel glaubst du, was du da tust? Wie hast du herausgefunden, dass ich hier laufe?»

Ich verlangsamte mein Tempo, aber ich behielt den Blick auf die Strecke vor mir gerichtet.

«Ich weiß die ganze Zeit wo du bist Alice. Du kannst mich nicht täuschen, indem du dich für zwei Marathons anmeldest. Wenn ich dich heute nicht gesehen hätte, würde ich dich nächste Woche in Luzern sehen. Ich bin hier um zu helfen. Die letzten fünf Kilometer sind die schwierigsten. Ich werde dir helfen.»

«Du hilfst nicht. Du darfst nicht einmal die Strecke betreten. Geh einfach weg.»

Heiße Tränen stachen mir in die Augen. Vor mir sehe ich einen Rennleiter mit Warnweste am Straßenrand. Ich bleibe vor ihm stehen.

«*Excusez-moi*, entschuldigen sie. Dieser Mann, er belästigt mich.»

Der Freiwillige schaute verständnislos von mir zu Manfred, der sich in eine unbedrohliche Entfernung begeben hatte.

«Er verfolgt mich! *Il est fou!*» sagte ich und holte etwas Schulfranzösisch hervor.

Manfred wandte sich an die Gruppe und sprach.

«*Désolé, Messieurs, je n'avais aucune intention d'emmerder la dame, je suis un ami, je voulais l'encourager à l'arrivée...*»

«Mein Gott, natürlich sprichst du Französisch!» Ich ballte meine Fäuste. «Lass mich in Ruhe!» schrie ich.

Ich blickte mich verzweifelt um, in der Hoffnung jemanden in Uniform zu sehen der eine autoritärere Rolle einnahm. Der Gedanke, meine Situation in einer weiteren Fremdsprache erklären zu müssen, ließ meine Augen brennen. Ich wandte mich wieder an den Beamten im gelben Mantel.

«Polizei! Ich will die Polizei, können Sie...?»

Ich deutete auf das Funkgerät, das aus einer Brusttasche seiner Jacke herausschaute. Er drückte auf den Knopf oben, schaute von Manfred zu mir und schüttelte den Kopf.

«*Non*, Madame, das ist nicht nötig. Möchten Sie etwas zu trinken? Es sind nur noch vier Kilometer bis zum Ziel. Können sie es schaffen?»

«Komm schon, Alice, du schaffst das. Ich bin hier, um dir zu helfen,» fügte Manfred hinzu.

«Geh mir aus den Augen!» kreischte ich und meine Kehle schmerzte von der Anstrengung.

Das Delirium trieb meine Wut über das Irrationale hinaus. Meine linke Wade hatte sich verkrampft, mein Rücken war steif, und meine Hüften taten plötzlich weh. Ich hob meine bleiernen Arme, die Schultern brannten vor Unbehagen, weil ich in den letzten drei Stunden keine einzige ungewöhnliche Bewegung gemacht hatte. Ich rammte die Seiten meiner geballten Fäuste in Manfreds Brust. Er stolperte durch die Wucht nach hinten, stürzte dann auf mich zu und umklammerte meine beiden Handgelenke mit einem eisernen Griff. Ich war schockiert von seiner plötzlichen Kraft. Er grub seine Daumen in die weichen Stellen neben den verkrampften Sehnen an meinen Armen. Ich schrie und starrte in seine Augen, die vor Wahnsinn glühten. Seine Augenbrauen zogen sich in Falten, als er seinen Kiefer zusammenbiss, und mein erschöpftes Herz beschleunigte sein Hämmern. Ich wollte mich gerade umdrehen und den Beamten um Hilfe schreien, als Manfred mich mit einem Stoß losließ und sich abwandte, um eine Konfrontation mit dem Beamten zu vermeiden.

Der Abprall brachte mich aus dem Gleichgewicht und ich trat rückwärts gegen den unsichtbaren Bordstein. Mein Fuß landete unerwartet auf dem erhöhten Pflaster und rutschte zur Seite. Mit einem unangenehmen Knirschen, von dem ich sicher war, dass es jeder hören konnte, fiel mein ganzes Körpergewicht auf meinen Knöchel, der im rechten

Winkel zur Straße stand. Ich öffnete den Mund und stieß schließlich einen Schrei aus.

Das Geräusch hatte den gewünschten Effekt. Ein Zuschauer kam herüber und schirmte Manfred vor mir ab. Er fuchtelte mit beiden Händen in einer abweisenden Geste, die wie Ekel aussah, nach unten und ging weg. Der Freiwillige nahm mich am Arm.

«Du wirst deine Meinung ändern, Alice. Du wirst schließlich zu mir kommen,» rief Manfred über die Schulter, als er sich zurückziehen musste, nicht ahnend, dass mein Aufschrei nun mehr ein Schmerzensschrei als eine Frustration war.

Ich war meilenweit von zu Hause entfernt, umgeben von französisch sprechenden Fremden, die alle als Zeugen für Manfreds obsessives Verhalten hätten benannt werden können, wenn ich daran gedacht hätte. Ich hatte aber kaum die Kraft, mich auf den Bordstein zu setzen und nach meinem Fuß zu greifen, der bereits anschwoll. Mein ganzer Körper protestierte gegen die abrupte Veränderung der Haltung und der Bewegung. Das intensive Pochen in meinem Knöchel war eine masochistische Erleichterung gegenüber den allgemeinen Schmerzen im Rest meines Körpers. Ich war an die Bordsteinkante gefesselt und dachte, ich könnte mich nie wieder bewegen.

So weit gekommen zu sein und dann wegen eines dummen Ausrutschers aufgeben zu müssen. All die harte Arbeit. All die Zeit, die ich in das Training für diesen Tag, diesen Punkt in meinem Leben investiert habe. Ich fühlte mich elend. Ich schluchzte. Gedanken an Kathys bevorstehende Enttäuschung schossen mir durch den Kopf. Ich dachte an Simon und die Jungs, die mich zu einer bestimmten Zeit erwarteten mit der Gewissheit, dass ein Schweizer Zug eintreffen würde. Jede Minute die über meine erwartete Endzeit hinausging, würde sie beunruhigen. Sie würden sich fragen was passiert war. Mein Körper begann zu zittern denn ich stand unter dem Schock der Verletzung. Ich musste ins Ziel kommen. Ich blickte die Straße hinunter. Manfred war verschwunden. Ich versuchte aufzustehen, aber es war zu schmerzhaft.

Der Helfer bestand darauf, dass ich stillhalte. Ich darf meinen Fuß nicht absetzen. Er griff nach unten und öffnete vorsichtig die Schnürsenkel meines Schuhs.

«Madame, wir müssen den Schuh von den Fuß entfernen...» Er hielt seine Hände um einen imaginären Ball vor meinem Gesicht und bewegte sie auseinander, um die Schwellung anzuzeigen. Ich fragte mich, ob er ein Arzt war. Wenn ja, dann war er jetzt in seinem Element.

«Sie können nicht laufen. Es tut mir leid. Nicht gut.»

Vorsichtig löste er die Schnürsenkel an meinem Schuh und spreizte ihn auf. Gekonnt umklammerte er meinen Knöchel mit unerwarteter Sanftheit und zog mir den Schuh aus, ohne ihn zur Seite zu bewegen. Mein befreiter Fuß fühlte sich einen Moment lang köstlich erleichtert an, als ich versuchte mit den Zehen zu wackeln. Ein scharfer Schmerz durchdrang das Fußgewölbe und wanderte zum Außenband. Ich wusste, dass es gedehnt worden war, vielleicht sogar gerissen.

Und dann wurde das Pochen noch stärker. Ich stützte mein Gesicht in die Hände, als der Freiwillige schließlich nach dem Funkgerät in seiner Tasche griff. Es folgte ein abruptes Gespräch zwischen ihm und einem unsichtbaren Helfer. Als ich mich bewegen wollte, streckte er seine Hand aus und befahl mir, stehen zu bleiben.

«Warten sie, Madame,» sagte er. «Vielleicht haben wir Glück. Es kommt jemand für Sie. Warten sie, bitte.»

Frische Tränen mischten sich nun mit der salzigen Schweißkruste auf meinem Gesicht. Ich fühlte ein schreckliches Gefühl des Versagens. Jemand streifte mir eine Mylar-Notfalldecke über die Schultern. Ich hielt zwei Ecken an meine Brust, um zu verhindern, dass die dünne Decke im Wind wegwehte. Ich versuchte meinem erschöpften Körper etwas Wärme zu erhalten. Mir wurde klar, dass ich Simon Bescheid sagen musste. Der Freiwillige war gerne bereit mir sein Handy zu leihen. Jetzt, wo ich ein echtes Problem zu lösen hatte. Ich wählte Simons Nummer.

Es klingelte lange, bevor er sich mit einem neugierigen «Hallo?» meldete, als er eine Nummer auf dem Display sah die er nicht kannte.

«Simon, hallo, ich bin es,» sagte ich und meine Kehle schnürte sich mit einem erneuten Anfall von Tränen zu. «Ich hatte einen kleinen Unfall, habe mir den Knöchel verstaucht.»

«Gott, geht es dir gut?» Er war wirklich besorgt denn er wusste, wie wichtig es für mich war dieses Rennen zu beenden.

«Nun, ich bin… ja, abgesehen von meinem Knöchel geht es mir gut. Ich muss vielleicht auf einen Kehrwagen warten der mich reinbringt. Ich kann nicht laufen.»

«Mensch Al, was ist passiert?»

«Ich bin auf einem Bordstein ausgerutscht, als ich etwas trinken wollte. Ist schon gut. Mir gehts gut. Aber du kannst das Auto nicht hierher bringen. Die ganze Straße ist abgesperrt. Ich hoffe, ich bin so schnell wie möglich da. Es tut mir leid,» sagte ich kläglich und meine Stimme brach in einem Schluchzen.

«Wir werden warten, es ist okay,» sagte er mit überraschend mitfühlender Stimme. «Mach dir keine Sorgen um uns. Pass einfach auf dich auf, trink etwas und erkälte dich nicht. Kümmert sich jemand um dich?»

Ich beantwortete seine Fragen in monotonem Tonfall, immer in dem Bewusstsein, dass die eigentliche Ursache meines Unfalls Manfred gewesen war und nicht irgendein unsichtbarer Bordstein am Straßenrand. Die Tatsache, dass Simon so viel Mitgefühl zeigte, brachte mich dazu noch mehr zu weinen, aber ich hatte keine Kraft mehr für Tränen.

Während ich auf den Kehrwagen wartete, fand jemand einen heißen Früchtetee in einem Styroporbecher und ein Zuschauer zauberte einen Mars-Riegel hervor. Schließlich half man mir auf die Wellblechpritsche des Kehrfahrzeugs. Ich saß mit hängenden Beinen auf der Ladefläche des kleinen Lastwagens, hielt mich immer noch an der Mylar-Decke fest und hatte meinen rechten Schuh im Schoß. Als das Fahrzeug langsam wegfuhr, winkte der Helfer und lächelte mitfühlend. Ich war sicher, dass er froh war, mich los zu sein.

Das Fahrzeug fuhr in die letzte Kurve der Strecke in der Nähe des Olympischen Museums in Ouchy. Als ich über die Schulter blickte und mein Nacken vor Steifheit knarrte, konnte ich in der Ferne den riesigen, aufblasbaren, orangefarbenen Torbogen der Ziellinie sehen. Im Hintergrund ragten die Masten des Yachthafens auf. Wie demütigend, auf diese Weise ins Ziel zu kommen.

Plötzlich tauchten die Jungs am Rande der Allee auf und winkten mit den Armen. Ihre besorgten Gesichter wippten mit, während sie im gleichen Tempo wie das Fahrzeug rannten. Ich behielt sie im Auge, als sie zwischen den Lücken der Rosskastanienbäume, die die Straße säumten, hindurchblitzten. Meine Kehle schnürte sich zu und Tränen stiegen mir in die Augen. Leo ließ sich von der Begeisterung seines jüngeren Bruders anstecken. Mir wurde kurzzeitig warm ums Herz, als er sich so ungezügelt zeigte. Der Fahrer stieg aus um die Metallabsperrung beiseite zu schieben. Er fuhr von der Strecke um nicht durch den Torbogen der Ziellinie zu fahren.

Ich rutschte vorsichtig von der Ladefläche des Lastwagens. Leo rannte zu mir und schlang seine Arme um meinen Hals. Ich klammerte mich an ihn, genoss diesen seltenen Ausdruck von Zuneigung. Ich biss mir auf die Lippe um einen neuen Schwall von Tränen zurückzuhalten. Olivers Lächeln von vorhin verschwand. Er starrte entsetzt auf den getrockneten Schweiß und die Tränen auf meinem müden Gesicht.

Simon umarmte mich flüchtig und ignorierte den abgestandenen Geruch meines Körpers. Es war das erste Mal seit Wochen, dass er mich berührte. Seine jüngsten Frustrationen waren in dieser Zeit der Urbedürfnisse vergessen. Ich war traurig, wütend. Ich hatte eine Fülle von Gefühlen, die ich nicht zuordnen konnte. Ich traute meiner Stimme nicht. Ich beantwortete aber die Fragen von Simon und den Jungs mit so wenigen Worten wie möglich. *Wie? Wann? Wo?*

Für eine Erfrischung angehalten. Bin zur Seite gegangen. Stolperte über den Bordstein. Knöchel verstaucht.

Ich hielt mein Gesicht gesenkt. Die Wahrheit war, dass ich meinen Kopf nicht heben konnte, aus Angst ein Gesicht in der Menge zu entdecken.

Ich wollte mich an Simons Brust lehnen. Aber seine halbherzigen Worte des Mitgefühls waren in der Sorge verpufft, wie wir im dichten Verkehr aus der Stadt kommen würden. Stattdessen umklammerte ich die Mylar-Decke, als wir uns langsam auf den Weg zurück zum Auto machten.

«Geht es dir gut, Mum? Tut es wirklich weh? Es wird bald besser werden.»

Oliver berührte meinen Arm. Ich lächelte, weil ich mein Leid vor ihm verbergen wollte.

«Oliver Schatz, natürlich wird Mum wieder gesund.»

Ich sprach in der dritten Person. Eine Eigenschaft die alle Mütter haben die ihre Kinder anlügen.

Wir hielten kurz an, um den elektronischen Chip abzuschneiden der an meinem Schuh befestigt war. Als ich zuckte, schlug die Freiwillige vor, das Sanitätszelt am Ausgang des Geheges aufzusuchen. Sie warf meinen Chip in die Sammelbox innerhalb der Absperrung. Ich blickte an ihr vorbei zu den Läufern, die an den angrenzenden Ständen ihre Medaillen und Souvenir-T-Shirts abholten. Ich drehte mich um, um zu sehen wie mein Chip unter einem immer größer werdenden Haufen in der Box verschwand. Mein Chip mit achtunddreißig Kilometern registrierter Anstrengung. Mein Chip für einen unvollständigen Marathon. Der Chip, der meinen Status auf der Ergebnisliste als DNF, *Did Not Finish*, bestätigen würde.

Ich humpelte zum Sanitätszelt, unterstützt von Leo und Simon. Ein Mann deutete mir an, mich hinzusetzen und schimpfte, während er meinen Knöchel untersuchte.

«Ich gebe ihnen etwas gegen die Schmerzen und die Entzündung, aber sie müssen direkt zu Ihrem *Arzt* gehen, wenn sie zu Hause sind. Vielleicht sieht er sie erst morgen wieder. Er wird das hier abtasten müssen.»

Der Mann legte eine Schachtel mit Tabletten neben sich auf den Boden, während er mir fachmännisch den Knöchel verband.

«Halten sie das so gut wie möglich,» sagte er, hielt meinen Fuß mit einer Hand und hob die abgeflachte Handfläche der anderen.

Während er den Verband mit einer elastischen Klammer befestigte, schaute ich mich das Chaos im Zelt an. Der Boden war mit Pappbechern übersät, und der Mentholgeruch des Muskelrelaxans überdeckte den Schweißgeruch. Die anderen Helfer waren beschäftigt. Sie gab den erschöpften Läufern Elektrolytgetränke und den Läufern mit blauen Lippen Rettungsdecken. Sie beeilten sich nun ihre Sachen zusammenzupacken, da sie von der Polizei angewiesen worden waren, das Gelände wieder für den Verkehr freizugeben. In seiner Eile reichte mir der Sanitäter eine ganze Schachtel mit Tabletten. Ich drehte sie in meiner Hand um. *Co-Dafalgan.*

«Ist in Ordnung,» sagte er. «Sie essen erst etwas, dann nehmen sie zwei davon. Nicht mehr als zwei alle vier Stunden. Nehmen sie die Packung mit zu ihrem Arzt, wenn sie einen Termin haben.»

Ich bedankte mich bei dem Arzt und wir gingen langsam zum Auto, das Simon in einiger Entfernung geparkt hatte. Es gab nichts mehr zu sagen. Meine Familie konnte mir ansehen wie enttäuscht ich war, dass ich das Rennen nicht beenden konnte. Sprechen konnte ich sowieso nicht.

Jedes Mal, wenn ich die Augen schloss, ging mir die Vision von Manfred durch den Kopf, zusammen mit der Frage woher er die Startliste des Marathons kannte.

34

Wir saßen zu viert an einem quadratischen Tisch, der kaum groß genug war um die vielen Gläser, Bestecke und Teller aufzunehmen. Der Widerhall der hohen Decke hob die konkurrierenden Gespräche in dem mexikanischen Restaurant auf das Niveau eines Rockkonzerts. Ich saß Simon gegenüber und Kathy saß Matt gegenüber. Wir alle vermieden jedes Gespräch über den Rennen. Kathy war eine Woche nach mir den Luzern-Marathon gelaufen und hatte dabei eine respektable Zeit erzielt. Sie war immer noch verärgert, dass ich meine Pläne im letzten Moment geändert hatte, auch wenn ich ihr das mit Manfred erklärt hatte. Am Ende hätte es keinen Unterschied gemacht. Er hat trotzdem herausgefunden, an welchem Marathon ich teilnehmen würde.

Ich erzählte die Ereignisse unseres letzten Urlaubs. Wir lehnten uns aneinander, um gehört zu werden und umklammerten schwitzende Bierflaschen mit Limettenscheiben. Kathys Füße in High Heels berührten besitzergreifend die von Matt unter dem Tisch. Sie machten Platz für meinen stark bandagierten Knöchel, der neben Simons eigenen Füßen lag. Simon und ich stützten uns mit den Ellbogen auf dem Tisch ab, ohne uns zu berühren. Ich war froh über die warme, schwüle Atmosphäre, denn ich hatte mutig ein kurzärmeliges Hemd angezogen um meine schwindende Bräune zu zeigen.

Das Gespräch verstummte, als unser Essen kam. Der Tisch füllte sich zunehmend mit Burritos, Taco-Salaten und all den Utensilien, die man für die Zubereitung von Fajitas braucht. Als Matt eine Tortilla mit einem

Haufen zerkleinertem Rindfleisch aus der brutzelnden Pfanne vor ihm belegte, begann er einen neuen Gesprächsfaden, der sich von Palmen, Korallenriffen und Sandburgen ableitete.

«Was ist aus dem Arschloch geworden, das dir nachgestellt hat Alice?» fragte er. «Kath hat mir von dem schmierigen Kerl erzählt. Er hätte bald das raue Ende meiner Faust zu spüren bekommen, wenn ich etwas damit zu tun gehabt hätte.»

Ich zuckte in meinem Sitz zusammen, spürte wie mein Gesicht rot wurde. Der Hunger verließ mich und wurde durch einen festen Knoten in meinem Magen ersetzt. Ich schaute Simon an, der den Kopf leicht zur Seite legte, die Augenbrauen hochgezogen. Er wartete auf meine Antwort. Matt schaute von Simon zu mir und merkte, dass er ein heißes Eisen im Feuer hat. Anstatt einen Rückzieher zu machen und die dicke Luft zwischen Simon und mir zu ignorieren, stürzte sich Matt noch tiefer in den Sack mit den Vipern.

«Kath sagte, er konnte Sachen aus deinem Haus klauen,» fuhr Matt fort. «Jesus, ich wäre stinksauer, wenn so etwas bei uns zu Hause passieren würde.»

«Es war nur ein Foto Matty,» unterbrach Kathy, «Und das ist schon lange her. Er kann jetzt nicht mehr ins Haus kommen, nicht wahr Al?»

Kathy warf mir einen entschuldigenden Blick zu. Sie erkannte, dass sie ihren Possenreißer von einem Ehemann hätte informieren sollen, bevor sie sich für den Abend auf den Weg machte. Ich wollte, dass sich der Boden öffnet und mich verschluckt. Simons Gesichtsausdruck wechselte von Neugierde zu Irritation. Der Lärm im Restaurant wurde lauter und hämmerte in meinen Ohren im Rhythmus meines Herzens.

«Es wird alles geklärt Matt. Die Polizei weiß Bescheid, die Schule weiß Bescheid, er wird bald aus unserem Leben verschwunden sein,» sagte ich selbstbewusster, als ich mich fühlte.

«Er war in unserem *Haus*?» fragte Simon. «Was ist denn los gewesen? Welches Foto genau?» Die Fragen prasselten auf mich ein. «Ich glaube es gibt ein paar Dinge, die du mir nicht erzählt hast. Erklärst du es mir bitte.»

Er sprach mit der herablassenden Stimme eines Elternteils, der ein widerspenstiges Kind ausquetscht. Ich konnte es ihm nicht verübeln.

«Matt hat es ein wenig übertrieben. Ich werde es später erklären. Gott, es ist so laut hier drin. Ich gehe nur schnell aufs Klo,» sagte ich und stand plötzlich auf.

Der Holzstuhl rutschte geräuschvoll nach hinten und meine Krücken krachten auf den Boden. Der Lärm im Restaurant wurde kurz leiser als ein paar Leute um uns herum ihre Gespräche unterbrachen und sich umdrehten, um uns anzustarren. Matt hob die Krücken auf und reichte sie mir. Ich lächelte vage in die Richtung der umstehenden Tische und hüpfte zur Damentoilette.

Ich spritzte mir Wasser auf mein heißes Gesicht und trocknete es mit einem Papiertuch ab. Ich atmete ein paar Mal tief durch, bevor ich mit einem hoffentlich ruhigen, kontrollierten Gesichtsausdruck zum Tisch zurückkehrte. Ich war nicht mehr hungrig. Ich wollte aber nicht, dass die anderen mein Unbehagen spürten. Ich zwang mein Essen durch die Kehle und hielt mein Gesicht so neutral wie möglich.

Nachdem wir mit dem Essen fertig waren, unterhielt sich Kathy munter im Falsett. Matt merkte gar nicht was für einen Ärger er ausgelöst hatte. Simon saß schwelend da und das Schweigen lag wie eine nasse Decke zwischen uns.

Am Ende des Abends kletterten wir ins Auto. Die Türen klapperten in dem engen Raum in dem wir uns befanden. Als wir uns anschnallten, konnte ich sehen, dass er kurz davor war, zu explodieren. Er steckte den Schlüssel ins Zündschloss, verfehlte aber beim ersten Versuch. Ich schloss die Augen, um mich auf den Angriff vorzubereiten, wie Marie-Antoinette die auf die Klinge wartet.

«Was zum Teufel ist hier los Alice? Simons Stimme war in der Enge des Wagens gefährlich hoch, seine Wut war wie ein Messer. Dass er meinen vollen Namen nannte, verriet das Ausmaß seiner Wut. «Es scheint eine Menge zu geben, was du mir nicht erzählt hast. Er ist in unserem *Haus* gewesen? Komm schon, es geht nicht mehr nur um dich. Es ist unser Haus das er irgendwie beschmutzt hat. Warum hast du mir nicht die ganze Geschichte erzählt? Welches Motiv hattest du, mir das vorzuenthalten? Wie eine Art intellektuelle Täuschung.»

Ich fühlte mich als würde ich auf die Guillotine blicken.

«Nun ... Ich weiß es nicht genau Simon. Es gab ein Foto. Es stand auf unserer Anrichte im Wohnzimmer. Als wir von den Malediven zurückkamen hatte ich das Gefühl, dass er im Haus gewesen ist. Die Blumen... Ich weiß, dass du immer verwirrt warst weil ich ihn nach Hause brachte, bevor ich ihn ins Krankenhaus brachte. Aber ich hätte nie gedacht, dass er später wieder *ins Haus* kommen würde. Ich habe ihn nie *hereingebeten* Simon.» Ich erinnerte mich an das Treffen im Café, von dem ich Simon nie erzählt hatte. «Ich wollte ihm helfen. Ich hatte die ganze Sache offensichtlich nicht durchdacht.» Ich strich mir die Haare aus der glatten Stirn. «Simon, es tut mir so leid. Ich weiß nicht, was ich sagen soll. Anfangs dachte ich, ich würde ihm helfen. Ich dachte er klammert sich an mich, weil ich ihm etwas gegeben habe, an das er glauben und für das er leben kann. Dann wurde bestätigt, dass er ein Foto von uns hatte, also muss er im Haus gewesen sein und es genommen haben.»

«Wie genau? Wer hat es bestätigt?» Simons Augen verengten sich.

«Sein Sohn. Ich habe mir das Haus angesehen in dem er gewohnt hat. Sein Sohn hat es mir zurückgegeben.»

«In was hast du dich da nur verwickelt Alice? Das klingt verdächtig ironisch. Was hast du dir dabei gedacht? Den Stalker stalken!»

«Es gibt viele Dinge die ich damals nicht wusste. Und manche Entscheidungen die ich getroffen habe waren falsch. Ich wünschte ich könnte die Zeit zurückdrehen. Wenn ich damals gewusst hätte, was ich heute weiß ... Es tut mir so leid.» Meine Stimme klang erbärmlich.

«Entschuldigung, Entschuldigung, Entschuldigung. Das wird das Problem nicht aus der Welt schaffen, Alice. Es muss etwas unternommen werden,» fuhr Simon fort. «Mein Gott! Hör zu, ich will heute Abend nicht mehr darüber reden. Ich muss darüber nachdenken, was hier los ist. Wir reden morgen Abend nach der Arbeit, wenn ich mir über ein paar Dinge klar geworden bin.»

Die Drohung in seiner Stimme erschreckte mich. Was genau musste er sich noch durch den Kopf gehen lassen? Das fühlte sich an wie eine Drohung von innen, etwas das er plötzlich über *mich* dachte, nicht über Manfred. Ich wünschte mir so sehr ich könnte die Zeit zurückdrehen.

Die Flucht. Die Brücke. Dieser erste Blick nach oben.
Ich hätte ihn springen lassen sollen.

175

35

Als der Arzt den Verband von meinem Knöchel abnahm, legten seine Hände meinen Fuß auf den Boden. Sogar ohne Gewicht darauf konnte ich meinen Puls durch die geschwollene gelbliche Verletzung pochen spüren. Ich konnte nichts tun, um die Tränen zu unterdrücken, die plötzlich in großen schluckenden Schluchzern kamen. Der Arzt sah mich entsetzt an.

Er wippte auf seinen Fersen und schob seine Brille auf den Nasenrücken.

«Es ist nicht so schlimm Frau Reed. Bitte weinen sie nicht. Haben sie starke Schmerzen?» Ich zuckte mit den Schultern. «Sie werden in ein paar Monaten wieder joggen können. Aber sie müssen verstehen, dass es Zeit braucht. Sie haben noch ein ganzes Leben vor sich um zu laufen.»

Ich schniefte laut. Er reichte mir ein Taschentuch von seinem Schreibtisch.

«Das... das ist es nicht,» sagte ich und wedelte mit der Hand vage zu meinem Fuß. «Nun, es ist das... aber es ist nicht die Tatsache, dass ich nicht laufen kann.»

In Wirklichkeit wünschte ich mir langsam, ich könnte vor all dem weglaufen.

Und dann kam die ganze traurige Geschichte heraus. Als ich dem Hausarzt alles erzählte, fragte ich mich warum ich nicht früher daran gedacht hatte zu ihm zu gehen. Er war unser Hausarzt seit wir in das Dorf gezogen waren. Ich hatte ihn ursprünglich ausgewählt, weil er der einzige Arzt im Tal war, der Englisch sprach. Wir haben seine Dienste nicht oft in Anspruch genommen, aber er kannte die Krankengeschichte der Jungs wahrscheinlich besser als ich und sprach in seinem Schweizerdeutsch mit ihnen, wenn sie geimpft oder wegen kleinerer Beschwerden behandelt werden mussten.

Wahrscheinlich erleichterte sein semiprofessioneller Status das Gespräch für mich. Ich hoffte, er würde mir nicht vorschlagen, einen Psychologen aufzusuchen. Obwohl ich wusste, dass Simon das vielleicht im Hinterkopf hatte.

«Es hört sich an, als stünden sie unter großem Druck, mit dem ungewöhnlichen Verhalten dieser Person und jetzt dieser Verletzung.»

«Das Schlimmste daran ist, dass es sich auf die Beziehung zu meinem Mann auswirkt. Es treibt uns irgendwie auseinander.»

«Ich kann sehen, dass das sehr stressig für sie ist. Sie haben offensichtliche Symptome von Angstzuständen. Jetzt, wo sie nicht mehr für das Marathon trainieren, könnte ich ihnen etwas geben, das sie ein wenig beruhigt. Es hilft ihnen nachts besser zu schlafen. Es ist erstaunlich, wie ein guter Schlaf dazu führen kann, dass man die Dinge am Tag anders sieht. Aber das wäre nichts Langfristiges.»

Ich schüttelte den Kopf. Ich würde mich nicht auf Medikamente einlassen. Dann würden mich alle ernsthaft für verrückt erklären.

«Oh, ich vergaß, ich sollte die Tabletten mitbringen, die mir die Sanitäter beim Marathon gegeben haben.»

«Was haben diese Leute ihnen gegeben?» fragte der Arzt.

«Ich glaube, es war Co-Dafalgan.»

«Das ist ein leichtes Schmerzmittel und Entzündungshemmer, wie Paracetamol, gegen Kopfschmerzen, Regelschmerzen und so weiter. Wenn das Datum noch gültig ist, gibt es für sie keinen Grund sie mitzubringen. Nehmen sie sie immer noch gegen die Schmerzen?»

Ich schüttelte den Kopf.

«Die Schwellung ist jetzt zurückgegangen. Sie brauchen nur noch eine sanfte Massage und kleine Bewegungen um den Heilungsprozess fortzusetzen. Außerdem gebe ich ihnen etwas Kytta Salbe. Sie enthält Wallwurz. Ich glaube, ihr nennt sie Beinwell. Die Salbe enthält auch Arnika und wird die Heilung unterstützen.»

Er bewegte meinen Knöchel sanft in kleinen Kreisen. Der Schmerz war nicht mehr so schlimm. Und es war gut, dass ich einige meiner seelischen Sorgen mit ihm teilen konnte. Aber das würde sie nur eine gewisse Zeit lang lindern.

Der Geruch der Salbe, die der Arzt auf meinen Knöchel aufgetragen hatte, verursachte mir Übelkeit. Jeder Hauch von Menthol erinnerte mich an meinen missglückten Marathon. Als ich nach Hause kam, stellte ich mich unter die Dusche und wusch den Geruch weg. Dies war der einzige Ort im Haus, an dem ich mich nicht so erstickt fühlte, obwohl der Dampf immer dichter wurde. Ich hoffte immer noch, dass die Nadeln des heißen Wassers irgendwie all meine Sorgen wegspülen würden.

Ich dachte daran, dass ich keine Anrufe mehr angenommen hatte. Ich konnte es nicht ertragen mit Simon zu sprechen. Und ich konnte es nicht ertragen mir von Kathy irgendwelche Vorwürfe oder Entschuldigungen anzuhören. Ich hatte ihre Gefühle verletzt, weil ich sie bei der schwierigsten Sache ihres Lebens nicht unterstützt habe. Ich konnte nicht umhin zu denken, dass Matts Versprecher mit dem Foto im Restaurant eine Art umgekehrtes Karma war. Ich hatte das alles verdient. Und es war erbärmlich, dass die einzige Person mit der ich reden konnte war mein Schweizer Familienarzt.

Ich stieg aus der Dusche und föhnte mir die Haare. Ich fuhr mit den Fingern durch die feuchten Locken und begutachtete mein Spiegelbild. Mein Mund sah angespannt aus und meine Augen waren müde. Die Falten um sie herum waren zu Beginn des Jahres noch nicht da gewesen. Mein Haar war durch die Feuchtigkeit der Dusche dunkel gefärbt, aber ich wusste, dass es auch graue Strähnen enthielt. Ich wickelte mir das Handtuch um den Kopf, verließ das Bad mit einer Dampfwolke und ging ins Schlafzimmer. Als ich abrupt stehen blieb, keuchte ich.

Was zum...?

Manfred stand vor meinem offenen Kleiderschrank und berührte zaghaft eines meiner längst abgetragenen Cocktailkleider.

Fassungslos blieb ich wie angewurzelt stehen, stumm vor Entsetzen. Hitze überflutete mein Gesicht, als ich mich daran erinnerte, dass ich nackt war. Ich zerrte das feuchte Handtuch aus meinem turbanartigen Haar. Fummelnd bedeckte ich meinen Oberkörper. Ich hatte nicht gehört, wie er das Haus betreten hatte. Ich war mir aber sicher, dass ich die Tür hinter mir abgeschlossen hatte. Ich hatte das vertraute Knarren auf der vierten Treppe nicht gehört. Er hörte sicher mein Herzklopfen.

Die Seide des Rocks glitt durch seine Finger.

Ich konnte fast das Spiegelbild meines eigenen nackten Bildes in seinen Augen brennen sehen.

36

*W*as zum Teufel machst du hier?» schrie ich.

Manfred zuckte bei meinem Tonfall zusammen, als er sich zu mir umdrehte. Es fiel mir schwer, seinen Gesichtsausdruck zu deuten. Schuldgefühle? Verwunderung? Genugtuung? Sicherlich jetzt Verwirrung, als er die Angst in meiner Stimme hörte.

«Ich kann es erklären. Nur keine Panik Alice. Du solltest wissen, dass es für mich wichtig ist, etwas Beständiges zu finden. Dein Leben, es ist so beständig, so normal. Das ist etwas wonach ich strebe.»

«Mein Gott, Manfred! Meinen verdammten Kleiderschrank in meinem Schlafzimmer zu durchwühlen, ist wohl kaum normal! Raus mit dir! Geh nach unten! Verschwinde verdammt noch mal aus meinem Schlafzimmer. Das ist... das ist... geh einfach!»

Mein Körper geriet in einen Schüttelkrampf. Der plötzliche Temperaturwechsel vom dampfenden Bad ins Schlafzimmer und die unangenehme Erkenntnis, dass Manfred keineswegs stabil war. Die Gedanken kämpften in meinem Kopf. Selbst wenn er glaubte, dass die Einhaltung einer gewissen häuslichen Normalität helfen würde, war das völlig inakzeptabel. *In meinem Schlafzimmer.*

Ich drückte das Handtuch fest an meine Brust und wollte ihn mit großen Augen aus meinem Zimmer vertreiben. Ich ging zum oberen Ende der Treppe und schnappte die Luft nach unten. Ich schluckte, als er langsam hinunter ging. Die Haut seiner Handfläche, die über das

Geländer raspelte, war das einzige Geräusch in dem nun stillen Haus, abgesehen von dem Blut das in meinem Kopf pochte.

«Raus!» rief ich.

Auf halbem Weg die Treppe hinunter drehte er sich um und sah mich an. Ich spürte das kalte Frösteln von etwas, das außer Kontrolle geraten war.

Denn in diesem Sekundenbruchteil, in dem Manfreds Blick auf meinen nackten Körper in meinem Schlafzimmer gefallen war, wurde mir klar, dass ich mehr als nur Verzweiflung in seinen Augen gesehen hatte. Da war ein Aufflackern von Lust. Und zum ersten Mal fragte ich mich wie weit er gehen würde um sein Ziel zu erreichen. Wie weit würde er gehen um mich zu bekommen?

Als er am Fuß der Treppe ankam, bog er nach links in den Flur ab, anstatt nach rechts zur Haustür zu gehen, und mein Herz schlug mir noch heftiger im Hals.

«Nein! Nein! Nein! Du musst gehen!»

Ich ging zurück ins Schlafzimmer und lief zwischen den Schubladen und dem Kleiderschrank hindurch. Schnell zog ich mir Unterwäsche, Jeans und ein Sweatshirt an. Der Rock des Kleides das er berührt hatte, ragte noch immer schräg aus dem Bügelwirrwarr heraus. Ich fühlte mich krank. Mein nasses Haar grob durch den Hemdkragen ziehend, humpelte ich barfuß die Treppe hinunter da ich Manfred keinen Moment länger in meiner Wohnung allein lassen wollte.

Er stand im Wohnzimmer und studierte mehrere Fotos meiner Jungs auf dem Regal. Er schenkte jedem Bilderrahmen die gleiche Aufmerksamkeit, bevor er sich dem nächsten zuwandte. Er erreichte das Foto von mir und den Jungs, das ich nach dem Besuch bei Gerry wieder an seinen Platz gestellt hatte. Manfred zog die Augenbrauen hoch und drehte sich fragend zu mir um. Ich wollte ihm nicht die Genugtuung geben, zu erfahren wie ich es zurückbekommen habe.

Ich wollte, dass er sie nicht mehr ansah. Ich wollte, dass er sich von meinen kostbaren Kindern entfernte, als würde er ihr Bild mit seinem Blick beschmutzen. Mein Gefühl der Nächstenliebe für diesen Mann war schon lange verblasst. Die Nervosität breitete ihre nagenden Finger in meiner Magengrube aus.

Mein Blick flackerte zu dem Telefon das hinter Manfred auf dem Regal stand. Ich wollte ihm nicht zu nahe kommen. Ich konnte mich nicht erinnern wo ich mein Handy gelassen hatte.

«Du musst jetzt gehen, Manfred. Bitte verlasse mein Haus.»

Er drehte sich zu mir um und hielt eine Handfläche hoch. Er konnte die funkelnde Angst in meinen Augen sehen.

«Es tut mir so leid Alice. Es tut mir so leid für dieses Missverständnis. Ich weiß nicht, was mit mir passiert ist. Hör zu, ich gehe jetzt. Ich sehe ich habe dich schockiert. Bitte nicht...»

Ich machte Anstalten an ihm vorbei zu huschen um das Telefon aus dem Regal zu holen. Er blockierte mich. Er muss gewusst haben, dass es da war. Wir begannen einen seltsamen Tanz. Er bewegte sich auf die Tür zu. Ich trat zur Seite, damit er mir nicht zu nahe kommt. Ich hielt meine Arme fest an den Seiten damit er nicht sehen konnte, wie ich zitterte.

«Ich werde dich anrufen. Wenn du dich beruhigt hast. Ich sehe du bist noch nicht bereit dafür. Aber am Ende wirst du es verstehen. Du wirst sehen, dass wir füreinander bestimmt sind.»

Es lag keine Verzweiflung in seiner Stimme. Aber sein bedrohlicher Ton bekräftigte seine absolute Überzeugung, dass wir zusammen sein würden.

«Nein, Manfred. Es wird keine weiteren Anrufe geben. Du musst uns jetzt allein lassen. Simon, mein Mann ... Ich kann nicht vorhersehen was er tun wird, wenn du mich weiter belästigst. Du musst wegbleiben. Du musst einen Arzt aufsuchen. Geh. Sofort. Bitte.»

Manfred ging schließlich den Flur entlang zur Haustür, öffnete sie und ging hinaus. Er blieb noch einen Moment auf dem Treppenabsatz vor unserer Wohnung stehen, bevor er die Tür hinter sich schloss. Ich hörte seine Schritte auf der Treppe, die zum Haupteingang des Gebäudes führte. Das vertraute Geräusch der sich schließenden Haustür verriet mir, dass er endlich aus unserer Wohnung verschwunden war.

Mit klopfendem Herzen lehnte ich mich gegen die Wohnungstür, drehte das Schloss und presste meine Handflächen gegen das Holz. Ich eilte zum Wohnzimmerfenster und schlug mit dem Kopf gegen die Scheibe um zu sehen wo er war. Dann rannte ich in die Küche und stieß dabei einen Stuhl um, um dort dasselbe zu tun. Manfred ging unsere Fahrweg entlang und machte sich auf zur Hauptstraße. Er ging nicht zurück zu seinem Ausguck; er musste nach Hause gehen. Ich atmete erleichtert auf, bevor ich hektisch auf die Uhr schaute. Es war in Ordnung. Die Jungs würden noch in der Schule sein. Ich wollte nicht, dass er ihnen auf dem Weg dorthin begegnete.

Er hat mich nackt in meinem Schlafzimmer gesehen!

Ich fragte mich, was seine wahre Absicht gewesen war. Wie glaubte er, sein Vorhaben in die Tat umsetzen zu können? Ich war mir sicher, dass ich die Antwort nicht wissen wollte. Dies war mehr als ein gegenseitiger Hausbesuch. Unsere Visitenkarten hätten nicht unterschiedlicher sein können.

Aber ich konnte nicht vergessen, dass ich vor kurzem auch in sein Haus eingedrungen war.

Ich konnte mir gut vorstellen, wie das Gespräch mit der Polizei verlaufen würde.

Als ich die im Schlafzimmer verstreute Kleidung aufräumte und das nasse Handtuch aufhob das ich auf den Boden hatte fallen lassen, fiel mein Blick auf die halb geöffnete Tür meines Kleiderschranks. Das Kleid ragte noch immer zwischen meinen Kleidern hervor. Wenn ich die Augen schloss, konnte ich sehen, wie Manfreds Finger den Rock zwischen seinen Fingern durchstreiften.

Er sah mich nackt.

Mit einem Klacken riss ich das Kleidungsstück von seinem Bügel. Das Kleid zusammengerollt, ging ich die Treppe hinunter, schloss die Wohnungstür auf und ging in die Waschküche im Keller. Ich schob das Kleid in die Waschmaschine und schüttete eine Extraportion Waschmittel in das Seifenfach. Um es von dem Virus seiner Berührung zu heilen.

Ich wusste, dass ich es Simon sagen sollte, aber ich konnte mich seinen Sticheleien nicht länger aussetzen.

Mit einem Schauer wurde mir klar, dass ich Manfred wegen eines Schlüssels hätte zur Rede stellen sollen. Jetzt war ich sicher, dass er hier gewesen war. Aber wie hatte er sich Zugang verschafft?

Könnte ich nun Simon erzählen, meine Dummheit über die Art und Weise, wie sich die ganze Sache entwickelt hatte? Wahrscheinlich. Aber das würde weder Manfreds Fingerabdrücke von meinem Chiffon entfernen noch die Erinnerung an seine Augen auf meinem Körper löschen.

37

Als Simon an diesem Abend von der Arbeit zurückkam, warf er seine Aktentasche auf die Bank und zog sein Jackett aus. An diesem Morgen hatte er in seinem Anzug, den er extra für ein Geschäftstreffen angezogen hatte, ungewöhnlich elegant ausgesehen. Sein Leben schien derzeit eine einzige Aneinanderreihung von Meetings zu sein, bei denen er von einem Land zum anderen hüpfte. Doch heute Abend sah er zerzaust aus. Er atmete schwer und war verzweifelt.

«Nun, jetzt habe ich es dem Bastard aber gründlich gezeigt. Hoffen wir, dass er sich hier nicht mehr blicken lässt. Ich glaube, der Bauer dachte ich sei verrückt geworden. Er fuhr mit seinem Traktor an mir vorbei als ich offenbar eine Kuh auf dem Feld anschrie. Aber ich habe *ihn* gesehen Alice.»

«Er ist immer da Simon,» sagte ich kläglich. «Er ist wie ein Wächter an dem Baum am Ende des Weges. Du hast ihn nur noch nie gesehen. Vielleicht liegt es daran, dass du früher zurück bist als sonst. Aber nach dem was ich über Menschen mit seinem psychologischen Profil gelesen habe, sollten wir keine Wut zeigen oder ihn in irgendeiner Weise verärgern. Er könnte unberechenbar sein.»

Er sah mich nackt.

Ich stand am Waschbecken mit dem Gesicht zum Fenster und war überrascht, als ich Simons Arme um meine Taille legte. Er lehnte sich an mich. Es war ein seltsames Gefühl nach der Schroffheit, die nach unserem Restaurantbesuch herrschte. Ich wusste nicht, ob ich mit ihm verschmelzen oder mich abstützen sollte. Die Signale waren verwirrend.

«Ich wünschte, du wärst öfter hier,» hörte ich mich wieder jammern.

Simon hatte eine Hand um meine Taille gelegt und sein Kinn auf meine Schulter gestützt. Ich schaute ihn von der Seite an. Ich drehte den Kopf, folgte seinem Blick, meine Augen suchten das Dämmerlicht draußen ab. Ohne nachzudenken, schlug ich seine Hand weg.

«Nein Alice, lass ihn sehen. Warum hast du Angst ihm zu zeigen, dass du nicht zu ihm gehörst?» Simon drückte mich ein wenig fester.

Dieser neue Groll, die Eifersucht die ich in der Bar auf den Malediven aufgeschnappt hatte, beunruhigte mich. Er zeigte Gefühle, die ich nicht mehr kannte.

«Ich... ich weiß es nicht, Simon. Es scheint einfach so schäbig zu sein. Wie eine Peepshow oder so.»

Ich befreite mich aus seinen Armen und schlich mich vom Waschbecken. Simon wurde immer bissiger.

«Wenn ich es nicht besser wüsste, würde ich sagen, dass du ihn auf irgendeine Weise beschützt. Gefällt dir das? Dass er immer für dich da ist? Ist es das, worum es hier geht?»

Simons Wutausbruch in der Bar im Urlaub schien sich zu wiederholen. Aber diesmal war er nüchtern.

«Nein! Das ist es nicht ...» Mir fehlten die Worte.

«Was ist es dann? Dieser Kerl muss aufgehalten werden. Bitte gib ihm nicht die Genugtuung zu denken, dass er dich irgendwie für sich gewinnen kann. Er ist ein Widerling. Er ist nur auf dich fixiert. Er braucht dringend Hilfe. Aber trotz deiner Qualifikationen bist du definitiv nicht diejenige die ihm die Hilfe geben kann.»

Ich hätte nicht schockiert sein sollen, dass sich seine Frustration endlich manifestiert hatte. Aber ich war immer noch erschüttert, dass auch er auf seine Weise verletzt war. Gott weiß was Simon tun würde, wenn er herausfände, dass Manfred mich aus der Dusche kommen sah.

«Das weiß ich. Ich habe nur ...»

«Wer ist ein Widerling, Mum? Von wem redet ihr?»

Oliver kam in die Küche und warf seine Fußballtasche in den Türrahmen.

«Was gibts zum Abendessen?»

Ich war dankbar, dass Oliver auf seine ersten beiden Fragen nicht wirklich eine Antwort brauchte. Meine Dankbarkeit war jedoch nur von kurzer Dauer, als Simon sich bemüßigt fühlte etwas zu erzählen, was meinen Kopf zum Kribbeln brachte.

«Ich habe den Kerl gesehen, der deiner Mutter nachgestellt hat,» sagte er.

Mir fiel das Herz in die Hose. Ich wusste, dass ich jetzt in Schwierigkeiten steckte, denn Olivers Augen verdrehten sich vor Anerkennung.

«Der Verrückte? Und *ich*, Dad, der hat mich auch *verfolgt*!»

«*Was?*» Simon war jetzt wütend. «Und wieso hat mir niemand etwas davon erzählt? Ich dachte, ein paar Kinder hätten nur einen Typen vor der Schule gesehen.»

«Simon, ich... ich habe Oli gesagt, dass er dich nicht damit belästigen soll. Es war keine große Sache. Er hat eines Tages auf dem Heimweg von der Schule mit ihm gesprochen. Bitte, sei nicht sauer. Du warst so viel unterwegs, so beschäftigt mit dem Projekt.»

Ich legte meine Hand auf Olivers Schulter, um ihm zu versichern, dass dieser Ausbruch nicht seine Schuld war.

«Ach so, und jetzt werde ich nicht mal mehr über meine *Kinder* informiert? Alice es sind auch meine Kinder. Ich habe jedes Recht zu wissen, was los ist. Dieser Kerl ist ein totaler Spinner. Du musst seine Instabilität ernster nehmen. Hör zu, ich bin nächste Woche wieder weg. Ich wünschte, das Projekt würde sich schneller entwickeln und könnte abgeschlossen werden. Aber das Kopenhagener Büro hat eine Panne auf der rechtlichen Seite gefunden, so dass diese Sache Monate dauern könnte, da so viele Parteien beteiligt sind. Ich möchte nicht weg sein. Es ist für mich genauso frustrierend, wie für dich. Aber ich kann es nicht vermeiden. Es muss etwas gegen diesen Kerl unternommen werden. Wir müssen *handeln*, verdammt noch mal.»

Simons Wut war nun ungebremst.

Ich spürte, wie sich meine Mundwinkel unwillkürlich nach unten zogen. Hinter meinen Augen pochte es. *Reiß dich zusammen.* Wieder einmal fühlte ich mich getadelt und wusste, dass es völlig berechtigt war. Aber mein Handeln konnte nicht rückgängig gemacht werden. Simons Frustration äußerte sich in einer cholerischen Reaktion. So hatte ich ihn noch nie erlebt und es war beunruhigend. Ich wandte mich dem Kühlschrank zu. Ich hatte keine Ahnung, was ich für die Familie zum

Abendessen kochen sollte. Ich hatte keine Ahnung was ich tun sollte. Ich wusste aber, dass ich irgendwie die Kontrolle übernehmen musste.

«Warum muss *ich* handeln? Warum können *wir* nicht handeln? Ich war schon bei der Polizei - zweimal - und die Schule hat sich eingeschaltet und Maßnahmen versprochen. Was kann ich allein noch tun? Hast du schon mal daran gedacht, dass ich jetzt auch deine Hilfe brauchen könnte?»

Der offene Kühlschrank kühlte mein brennendes Gesicht. Ich drehte mich wieder zu ihm um. «Wenn du so verdammt verklemmt bist, dass du etwas unternehmen musst, warum kannst du dann nicht einen Termin vereinbaren, um mit mir zur Polizeiwache zu gehen? Gib mir Rückendeckung. Du hast ihn jetzt gesehen. Zumindest kannst du ihnen sagen, dass ich nicht halluziniere oder mir Geschichten ausdenke.»

«Das ist richtig. Schiebst du die Schuld ab,» sagte er. «Machst du es jetzt zu meinem Problem.»

«Oh, Gott. Sei doch nicht so kindisch. Du weißt, dass ich dir nicht die Schuld gebe! Ich weiß, ich weiß. Du hast keine *Zeit*. Du bist viel unterwegs und daran können wir nichts ändern.» Ich holte tief Luft, um mich zu beruhigen. «Ich werde es nicht noch einmal sagen, aber du musst wissen, dass ich bedauere, wie sich die Dinge entwickelt haben. Ich werde nicht sagen, dass es nicht meine Schuld ist. Es war dumm von mir, nicht die ganze Wahrheit gesagt zu haben.»

Ich hatte ihm immer noch nicht alles gesagt. Simons Augen leuchteten, als er sich von mir abwandte und seine Krawatte aus dem Kragen riss, wobei das Geräusch von gespannten Fäden in seinem Hemd oder seiner Krawatte zu hören war. Er griff nach seiner Jacke, die Schlüssel fielen auf den Boden und verließ die Küche. Ich hob seine Schlüssel auf, legte sie sanft auf den Tisch und starrte auf den statischen, knisternden Raum in der Tür.

Oliver stand da und starrte mich an. Ich zog ihn in einer engen Umarmung zu mir.

«Es ist okay, Oli. Es ist nicht deine Schuld. Alles wird wieder gut,» sagte ich ohne Überzeugung.

Als ich Simons schwere Schritte auf der Treppe und das anschließende Poltern der Badezimmertür hörte, wurde mir klar, dass wir gar nicht so verschieden waren, er und ich, die wir vor unserer Verantwortung davonliefen.

Später lag ich auf dem Rücken im Bett, die Augenlider geschlossen, aber mit der Anstrengung Schlaf vorzutäuschen flatterten sie. Das einzige Geräusch im Zimmer war das gelegentliche Rascheln, Rutschen und Umblättern von Papier, wenn Simon eine weitere Seite seines Romans las. Ich wollte mein Bein ausstrecken und meinen Knöchel kreisen lassen. Ich atmete weiter tief durch, in der Hoffnung Simon davon zu überzeugen, dass ich schlief. Ich dachte über dieses neue prekäre Gefühl nach, das ich hatte, wenn ich in der Nähe meines Mannes war. Die Stille zwischen uns schwirrte in meinem Kopf herum.

Ich hatte so lange Gespräche und Konfrontationen vermieden, dass ich nicht mehr wusste, wie ich anfangen sollte. Wie eine Freundin, die beim ersten Date erfolglos versucht, zu viel Eindruck zu schinden. Die Räume um uns herum wurden immer größer, während wir uns in der Wohnung unbewusst aus dem Weg gingen. Der heutige Abend in der Küche war ein seltener Körperkontakt gewesen und selbst der hatte schlecht geendet.

Er schien nicht zu bemerken, dass ich mich fast ständig unglücklich fühlte. Ich wollte wissen was er fühlte. Ich wusste, dass die Enttäuschung über mich ganz oben auf seiner Liste stehen musste. Er wusste nichts von den kindischen Geschenken, die ich weiterhin im Briefkasten hatte. Er wusste nicht, dass ich Manfred in unserem Haus gesehen hatte. Und er wusste nicht, dass Manfred mich nackt in unserem Schlafzimmer gesehen hatte.

Ich wollte ihm die ganze traurige Wahrheit sagen. Ich fürchtete aber seinen Zorn, wenn er wieder einmal von den schrecklichen Folgen einer schicksalhaften Begegnung erfuhr. Ich hätte mir für meine Unentschlossenheit und Untätigkeit einen Tritt verpassen können. Ich wollte ihn berühren, traute mich aber nicht, die statische Ruhe zwischen uns zu stören.

Ich bewegte mich wie auf Eierschalen.

꧁꧂

«Verpiss dich doch! Hör verdammt noch mal auf anzurufen, du gruseliges Arschloch!» schrie Simon in den Hörer, bevor er auf den Ausschaltknopf drückte und ihn in die Halterung fallen ließ. Ich stellte mir die heisere, brennende Wunde in seinem Kehlkopf vor, als er in einem Tonfall sprach den ich nur bei Rugbyspielen gehört hatte.

Das Telefon hatte mitten in der Nacht geklingelt. In der Absicht das Klingeln zu beenden, bevor es den ganzen Haushalt aufweckt, nahm ich den Hörer ab und lauschte kurz der Stille, bevor Simon sich vorbeugte und ihn mir abnahm.

Ich schaltete die Nachttischlampe ein. Der Schock über das Geschrei und die Sprache tat meiner Bewunderung für die vielen harten Beleidigungen keinen Abbruch. Ich unterdrückte den Anflug eines Lachens. Zu spät, er hatte mein Gesicht gesehen.

«Das ist nicht lustig, verdammt. Du solltest daran denken, dass du uns in diesen Schlamassel gebracht hast,» sagte er.

Ich verschluckte mich an dem Moment der Hysterie, ähnlich wie wenn man erfährt, dass jemand gestorben ist. Die Unangemessenheit des Lachens verstärkt den Zwang zum Kichern. Simons Erwiderung stach härter, als ein Schlag auf meine Wange.

Ich wünschte mir fast er würde mich schlagen, damit ich etwas hätte um meinen Schmerz zu rechtfertigen.

38

Ich hatte den Schlüsseldienst noch nicht lange aus dem Haus gesehen, als mein Handy klingelte.

«Alice bist du zu Hause?» Es war Simon. Ich sagte ihm ja. «Warum bist du dann nicht ans verdammte Telefon gegangen? Hör zu, du musst mir einen Gefallen tun.»

Er klang beunruhigt. Ich habe ihm nicht gesagt, dass ich selten ans Haustelefon gehe.

«Klar. Was gibts?»

«Ich bin in der Werkstatt. Es gab ein kleines Problem mit den Bremsen des Autos. Ich hatte einen kleinen Unfall. Ich musste auf dem Weg nach Zug auf ein Feld ausweichen.»

«Oh, mein Gott Simon, bist du okay?»

Das kann doch nicht wahr sein. Würde Manfred so weit gehen?

«Ja, ja, mir gehts gut. Ein bisschen geschockt, das ist alles. Ein Zaunpfahl hat meinen vorderen Kotflügel ziemlich stark beschädigt. Gott sei Dank war ich nicht in der Nähe der Schlucht. Kannst du das glauben? An dem einen Tag in der Woche an dem ich mit dem Auto zur Arbeit fahre.»

«Und Gott sei Dank waren die Jungs nicht bei dir.»

Würde er das?

«Du musst mir die Versicherungsnummer für den Land Rover besorgen und herausfinden, ob wir gegen Marderschäden versichert sind. Der Mechaniker sagt, das sei in diesem Kanton üblich. Da steht dann *«Marderschaden»* oder so ähnlich. Aber ich muss mich vergewissern.»

«Okay. Warte mal.»

Ich rannte nach oben in unser Büro und holte den Ordner für die Hausratversicherungen heraus. Ich blätterte die Police durch und hob die Verlängerung auf.

«*Marderschaden*. Ich denke schon, Simon. Es sieht so aus, als wären wir versichert. Aber was bedeutet das?»

Der Mechaniker sagt die kleinen Biester müssen in unserer Garage gewesen sein. Sie haben einige Kabel durchgekaut und die Bremsleitungen mit ihren Zähnen durchbohrt, was bedeutet, dass die Flüssigkeit ausgelaufen ist. Mein Gott, ich hatte so ein verdammtes Glück.»

«Ist er sicher, dass es Marder waren?»

«Natürlich! Was sollte es denn sonst sein?»

Ich konnte nicht sagen, was ich in diesem Moment sonst noch gedacht habe.

ᴍᴍ

Als ich den Land Rover ein paar Tage später abholte, fragte ich den Mechaniker ob er glaube, dass es etwas anderes als Marder gewesen sein könne, das diesen Schaden verursacht habe.

«Um ehrlich zu sein, habe ich noch nie gesehen, dass sie sich durch Bremsleitungen beißen, denn die meisten modernen Bremsleitungen sind aus Metall geflochten. Normalerweise greifen die Viecher Elektrokabel oder Kühlmittelschläuche an. Aber das ist nicht ungewöhnlich und diese hier sind alt. Sie haben noch ein Stück Gummischlauch um den Anschluss. Der Schaden passt also zu einem Marderschaden, ja.»

Er holte eine Akte hervor und zeigte mir Fotos, die sie für die Versicherung von dem Schaden gemacht hatten. Die Bilder zeigten, dass die Leitungen wahllos durchlöchert waren.

«Die Tiere haben sehr scharfe Zähne,» fuhr der Mechaniker fort. «Dieser alte Land Rover hat nur zwei Trommelbremsen. Ein modernes Auto hätte die Unterstützung einer Scheibenbremse an jedem Rad gehabt. Ihr Mann hatte großes Glück. Diese verfluchten Kreaturen sind in unserem Land geschützt, aber sie bereiten allen mehr Kopfzerbrechen als alles andere – den Fahrern, uns und den Versicherungsgesellschaften.

Ich starrte die Fotos an. Ich wollte so gerne glauben, dass es unmöglich war, dass ein Mensch diese Schnitte mit einem scharfen Gegenstand gemacht hatte. Aber mein Magen kochte.

39

NOVEMBER 2002

Ich ging aus dem Dorf hinauf, blickte abwesend auf den See. Ich trug ein paar Vorräte die ich im Coop gekauft hatte. Ein Fischerboot war auf dem ruhigen Wasser auf der Suche nach Rötel unterwegs. Vor seinem Heck breitete sich ein Wellenkamm aus.

Ein Schrei schallte über das Feld und mein Blick schweifte zu dem Geräusch. Zwei Gestalten rangen miteinander auf dem Grünstreifen neben der Straße, ein paar hundert Meter vom Haus entfernt. Mein erster Gedanke war, dass Leo und Oliver einen Streit hatten. Gliedmaßen flogen, Kleidung flatterte, und das Geschrei wurde lauter. Als ich mein Tempo erhöhte und näher kam erkannte ich, dass es Manfred war. Er hatte eine körperliche Auseinandersetzung mit... *Oh mein Gott, es ist Oliver!*

Ich sah wie Olivers Bein nach Manfred ausschlug. Eine erhobene Faust raste auf seinen Körper zu. Ich hörte ein kindliches Quieken. Oliver stolperte in gebückter Haltung davon, bevor er gegen einen Zaunpfosten fiel und auf den Rand stürzte.

«Oli! Oli!» rief ich und rannte auf die beiden zu.

Ein scharfer Schmerz stach in meinem Knöchel und der Rucksack mit meinen Einkäufen prallte gegen meinen Rücken als ich die Straße hinaufstapfte. Die kalte Luft blieb mir im Hals stecken. Ich wusste, dass ich meinen Atem für das Laufen aufsparen sollte, aber ich war gezwungen zu schreien und verbrauchte dabei wertvolle Energie.

«Halt! Manfred, bleib stehen!» rief ich atemlos.

Und dann sah ich das unverwechselbare Aufblitzen einer Klinge. Panik verstärkte meine Angst. Mit der Erkenntnis, dass Manfred ein Messer hatte, stiegen mir die Tränen in die Augen vor dem heftigen Gefühl der Selbstvorwürfe, dass ich diese ganze Stalking-Sache von Anfang an falsch verstanden hatte. Manfred stolperte auf Oliver zu der auf dem Randstreifen lag.

Ich versuchte schneller zu laufen. Es war wie in einem dieser Träume in denen man versucht vor einer unsichtbaren Bedrohung zu fliehen. Aber die Ironie war, dass ich nicht schnell genug ankommen konnte. Ich konnte nicht begreifen was da geschah. Es ergab keinen Sinn. *Er darf meinem Sohn nichts antun!*

Als ich näher kam, wurde mein erstickter Schrei endlich wahrgenommen. Manfred sah auf, wobei sich eine Handvoll von Olivers T-Shirt von seinen Fingern löste. Er sah mich und seine Augenbrauen zogen sich hoch. Was ich nur als Schock deuten konnte, weil er von der einzigen Person die er nicht als Zeuge haben wollte, bei seiner Tat ertappt worden war. Ich dachte, dass es wohl Schuldgefühle waren die ich in seinem Gesicht sah. Er starrte auf das kleine Messer in seiner Hand und hielt in einem Moment der komischen Kapitulation beide Arme vom Körper weg. Ich überprüfte kurz meinen Schritt bevor ich weiter auf ihn zuging.

Plötzlich ließ er die Waffe fallen und sie schlitterte über den Bürgersteig. Ich erkannte den roten Plastikgriff eines Schweizer Taschenmessers.

«Er will mir etwas antun Alice. Er will verhindern, dass wir zusammen sind,» rief Manfred, während er sich zurückzog. «Niemand darf sich zwischen uns stellen. Wir sind dazu bestimmt zusammen zu sein. Er macht alles kaputt. Das musst verstehen.»

«Was?» Ich schnappte nach Luft. «Geh weg von ihm. Geh weg von meinem Sohn! Das hat nichts mit ihm zu tun!»

Er warf mir einen neugierigen Blick zu, ein schiefes Lächeln auf seinem Gesicht. Dann drehte er sich schnell um und trottete in Richtung Wald davon.

Ich kam endlich am Ort des Geschehens an. Ich blickte auf Oliver hinunter der mir den Atem raubte. Ich war hin- und hergerissen zwischen der Jagd nach Manfred und der Sorge um meinen Sohn. Oliver stand langsam auf, die Hand auf seinem Rücken. Ich griff nach unten um das

Schweizer Taschenmesser aufzuheben und schaute zu den Bäumen in der Richtung in die Manfred gegangen war.

«Du verdammtes Monster!»

Meine Energie war nun völlig aufgebraucht. Der Satz kam als ersticktes Keuchen heraus. Manfred war jetzt zu weit weg um ihn zu verfolgen und er war verschwunden. Ich griff nach Oliver und strich ihm mit der Hand über den Rücken.»

«Mama. Lass das. Das ist meins.»

«Mein Gott, Oli, was ist passiert? Was hat er getan? Was hat dieser Mann dir angetan?»

Oliver zitterte vor Schluchzen. Er verbarg sein Gesicht in der Ellbogenbeuge um seine Tränen zu verbergen.

«Oli, bist du verletzt? Es tut mir so leid, dass ich ein wenig zu spät gekommen bin. Ich dachte ich erwische dich vielleicht noch auf dem Heimweg von der Schule. Oli bitte sag mir was passiert ist.»

Ich streichelte seinen Rücken und spürte, wie die Anspannung nachließ und sich die Muskeln lockerten.

«Mum hast du mich nicht gehört? Ich sagte, das Messer gehört mir.» Er schluchzte wieder.

«Das ist *dein* Messer? Was hast du damit in der *Schule* gemacht?» fragte ich verwirrt.

«Wir hatten heute ein Projekt im Garten. Wir haben einen lebenden Unterstand aus Weidenzweigen gebaut. Du weißt schon, wie in der Geschichte mit Kröte und Ratty die Wasserratte.»

Ich schüttelte den Kopf.

«Oli. Ich bitte dich! Ist schon okay. Das ist nicht wirklich das Problem hier. Was ist denn passiert? Mit *ihm*?»

Ich nickte in Richtung Wald mit dem blitzenden Bild der Klinge in meinem Kopf. Zu erfahren, dass das Messer von Oliver stammte hatte meine Nerven nicht beruhigt. Er holte tief Luft.

«Ich sah ihn, als ich nach Hause ging und... Mama ich weiß, dass du ihn für ein bisschen seltsam hältst. Ich wollte... ich wollte ihn erschrecken. Ich habe ihn angeschrien. Du weißt schon nachdem du und Dad diesen Streit hattet. Das Messer war in meiner Tasche aus der Schule. Ich fühlte mich irgendwie stark, beschützt und hielt es in der Hand. Ich will nicht, dass er dich weiter belästigt. Ich will, dass er verschwindet. Es war ein dummer Plan... Ich glaube es ist schief gegangen.»

Er drehte sich zu mir um, schlang seine Arme um meinen Hals und vergrub sein Gesicht in meiner Brust. Mein fröhlicher lustiger Vor-Teenager fiel vor lauter Verwirrung erschreckend in den Zustand eines Kleinkindes zurück. Er sprach in meinen Pullover.

«Er wollte mir das Messer aus der Hand nehmen. Ich habe mich gewehrt wie man das in Filmen macht. Er packte meinen Arm und verdrehte ihn. Es tat weh, also habe ich losgelassen und er hat ihn genommen und... und...»

Er schluchzte wieder und wir standen gemeinsam auf. Ich spürte Nässe an meiner Jeans und sah hinunter. Er hatte sich nass gemacht. Mein Herz schlug für ihn. Ich schämte mich mit ihm, für ihn.

«Wo bist du verletzt?» wiederholte ich und er schüttelte den Kopf.

«Ich... weiß es nicht. Ich bin ... nicht sicher,» sagte er zwischen seinen Schluchzern.

Welcher körperliche Schaden auch immer angerichtet worden war, würde zu diesem Zeitpunkt von den seelischen Qualen in den Hintergrund gedrängt werden. Aber ich konnte die Vision von Manfred, der das Messer hochhielt, nicht abschütteln.

Oh Gott.

Wenn er meinen Schrei nicht gehört hätte, hätte er die Waffe vielleicht gegen meinen Sohn eingesetzt. Ich stellte mir vor wie sich die Klinge in Olivers Brust bohrte.

40

Wir müssen diese Hose ausziehen. Komm, wir müssen zum Haus. Bringen wir dich ins Bad, damit du dich waschen kannst.»

Oliver schluchzte, große Luftkrämpfe strömten in Dreiergruppen in seine Lungen zurück. Es war eine unwillkürliche Reaktion, die mich an ihn als Vierjährigen mit einem aufgeschürften Knie erinnerte. Verschiedene Szenarien gingen mir durch den Kopf. Entweder war er sich bewusst, dass er einer schrecklichen Gefahr entkommen war, oder er reagierte auf die Demütigung sich eingenässt zu haben.

Wir erreichten das Badezimmer im Obergeschoss des Hauses und Oliver fummelte am Reißverschluss seiner Jeans herum. Ich war erleichtert als ich sah, dass der oberste Knopf noch zu war. Von all den Alptraumszenarien die mir immer noch im Kopf herumschwirrten, hatte Manfreds Übertretung *das* nicht beinhaltet. Ich schluckte. Oliver stapfte seine Jeans bis zu den Füßen hinunter, kurz darauf auch seine Unterhose, die feucht an seinen Beinen klebte. Ich wartete bis er sprach und ließ die Dusche in der Badewanne laufen bis das Wasser warm war. Seine Beine zitterten.

«Ich weiß du hast gesagt, dass ich das Messer nie mit in die Schule nehmen darf, aber Herr Iten hat gesagt, dass wir es dieses eine Mal dürfen, weil wir draußen arbeiten und Äste schneiden. Wir durften das Messer mitnehmen, Mutti. Es ist das, das du und Papa mir letztes Jahr zum Geburtstag geschenkt habt.»

«Schon gut, Oli. Es tut mir nur leid, dass ich so spät nach Hause gekommen bin.»

«Herr Iten hat uns früher gehen lassen. Er sagte, es lohne sich nicht, noch einmal für zehn Minuten ins Klassenzimmer zu gehen. Ich habe versucht dich zu beschützen Mum. Ich weiß, dass er dich bedrängt hat, besonders nach den Fragen die er letztes Mal gestellt hat. Ich hatte das Gefühl, dass es falsch war. Ich wollte ihm nicht wehtun. Ich habe es einfach rausgenommen und...»

Ich erbleichte als mir klar wurde, dass ich ihn, meine beiden Kinder, vor der Unberechenbarkeit Manfreds hätte warnen müssen. Eine weitere Fehleinschätzung.

Er hörte auf zu sprechen. Ich wartete geduldig, stellte keinen Blick-kontakt her, weil ich befürchtete er würde sich verkrampfen, wenn er meine Augen sah. Ich war damit beschäftigt ihm mit dem Rest seiner Kleidung zu helfen. Die Schnur seines Sweatshirts war auf einer Seite der Kapuze durchgerissen, die halb aus dem Kragen gerissen war. Ich fragte mich wie lange der Kampf schon andauerte, bevor ich es bemerkte. Manfred hatte offensichtlich eine gewisse Gewalt angewendet um den Stoff zu zerreißen.

Ich klopfte an den Rand der Badewanne, und Oliver kletterte gehor-sam hinein. Er erschauderte als die heiße Dusche auf seinen Kopf traf und sein Haar an Wangen und Nacken plattdrückte. Ich warf einen kurzen Blick auf seinen Körper und schätzte den Schaden schnell ein. Vorne sah alles normal aus. Er hörte auf zu zittern und schloss seine Augen im Dampf der Dusche. Ich hielt seine Hand. Das Wasser lief mir den Arm hinauf während ich neben der Wanne hockte um mein Baby nicht loszulassen.

«Was hat er gesagt, als das alles passierte?» fragte ich, als Oliver ruhig genug schien.

«Er sagte, er wurde geschickt um auf dich aufzupassen. Ich habe es nicht verstanden Mama, aber er sagte, dass wir eines Tages alle eine Familie sein würden. Er sagte, ich stünde ihm im Weg. Ich glaube er ist verrückt. Irgendwie macht er mir jetzt Angst.»

Während er sprach, spritzte ihm Wasser an das Gesicht und er schloss die Augen. Ich drückte seine Hand und war entsetzt darüber was hätte passieren können, wenn ich in diesem Moment nicht aufgetaucht wäre. Tränen stiegen mir in die Augen, als ich an Oliver dachte der versucht hatte, mich zu verteidigen. Der wusste, dass er keine Chance gehabt hätte, als das Messer in Manfreds Händen war.

«Mir wurde klar, dass die Sache mit dem Messer wirklich schlimm aussah. Dann bin ich über das Gras gestolpert und gegen den Pfosten gefallen. Ich bin hier gelandet.»

Oliver zeigte auf seine Seite, ein gelegentliches Schluchzen nach innen war das Überbleibsel seines früheren Traumas. Ich betrachtete die roten Kratzer und den violetten Fleck auf dem Rücken seiner Hüfte. Ich sog den Atem ein, ein Pfeifen erklang zwischen meinen Zähnen. Diese Wunden an seiner Hüfte und seinem Rücken stammten nicht nur von einem Zaunpfahl. Mein Kopf fühlte sich an, als würde er gleich explodieren. Manfreds Hände waren auf Olivers Körper gefallen. Aber in der Aufregung fragte ich mich, wessen Geschichte man bei einem Verhör glauben würde. Ich war zu weit weg um zu sehen was vor sich ging. Und die geschwungene Waffe war tatsächlich Olivers Messer.

«Es ist okay, Oli, es wird alles gut.»

Ich zwang mich für ihn ruhig zu klingen. Ich war erleichtert, dass er trotz seiner Demütigung noch genug jugendliche Unschuld besaß um über die Sache zu reden. Wäre es Leo gewesen, hätte ich vielleicht nie einen so detaillierten Bericht über das Gespräch erhalten. Ich konnte diesen Blick in Manfreds Augen nicht vergessen. Ich fragte mich erneut, hätte er das Messer wirklich benutzt. Mir wurde klar, dass es dumm von mir war die Sache so lange auf sich beruhen zu lassen. Ein pyroklastischer Schwall von Wut baute sich nun in mir auf. Noch nie hatte ich eine solche Wut verspürt.

«Mum warum geht er nicht weg? Ist es das, was einen Stalker ausmacht? Weißt du noch, als Papa und du an dem Tag in der Küche darüber gesprochen habt? Ich dachte, das wäre nur jemand der Leute *beobachtet*.»

Während Oliver mir diese Fragen entgegenschleuderte, griff ich nach dem Handtuch auf der Reling, als er die Dusche abschaltete.

«Aber jetzt macht er mir Angst,» sagte er.

Ich schluckte.

«Ich wusste nicht, dass dieser Mann wieder versuchen würde mit dir zu reden Oli. Er ist mir gefolgt. Ja, das nennt man *Stalking*, aber normalerweise kommt eine Person, die so etwas tut, nicht so nahe. Es tut mir so leid, dass ich nicht genug getan habe um das zu verhindern. Es tut mir so leid.»

Als wäre der Spieß umgedreht und ich diejenige die Aufmerksamkeit brauchte, schlang Oliver wieder seine Arme um meinen Hals und ich wickelte das Handtuch vorsichtig um seinen Rücken. Während ich mich an ihn klammerte, durchnässte seine Vorderseite meine Kleidung aus der Dusche. Ich musste meine Wut kontrollieren um Oliver meine Liebe geben zu können.

Es war kurz vor der Mittagszeit. Leo war immer noch nicht von der Schule zurückgekommen. Ich ließ Oliver vor einem Zeichentrickfilm im Fernsehen sitzen. Ich marschierte aus dem Haus hinauf zum Bauernhof. Ich ging auf das Wäldchen in der Nähe des alten Pflaumenbaums zu. Ich konnte niemanden sehen. Ich ging auf den Wald zu, in dem ich Manfred zuletzt gesehen hatte und blieb vor den Bäumen stehen.

«Wo bist du, du Freak? Komm sofort her, komm raus und stell dich mir, du Perversling. Das wirst du mir büßen,» schrie ich, wobei meine Stimme vor Wut heiser und zittrig wurde. Spucke flog zwischen meinen Zähnen hervor.

Manfred hatte sich rar gemacht, musste wohl wissen, dass er dieses Mal zu weit gegangen war. Ich ging die Straße zurück, stellte mich in Sichtweite des Fußweges der aus dem Dorf hinaufführte und wartete auf Leo. Minuten vergingen, mein Herzschlag beruhigte sich und ich versuchte die Muskeln in meinem Gesicht zu entspannen, meine Kiefer zu lockern. Manfred war nirgends zu sehen.

Pünktlich sah ich Leo die Straße hinaufwandern.

«Hey. Was machst du hier? Was gibts zu essen? Ich bin am Verhungern.»

Die bekannten Fragen. Zurück zur Normalität.

«Ich bin spazieren gegangen und dachte, ich warte auf dich. Alles in Ordnung in der Schule?»

Ich versuchte, meine Stimme normal klingen zu lassen. Leo ging weiter in Richtung Haus.

«Äh, ja, keine Probleme.»

Ich ging neben ihm her und legte meinen Arm um seinen. Er lächelte mich unsicher an, während meine Augen die Felder absuchten.

«Was ist dein Problem? Du verhältst dich ein wenig seltsam.»

«Oh, es ist nichts. Ich war heute Morgen zu spät zurück. Es wird nur Brot und Käse zum Mittagessen geben, nichts Besonderes.»

«Das ist okay für mich. Bleib mal locker Mum.»

Er sah mich von der Seite an, wich aber nicht von meinem Arm. Ich drückte ihn liebevoll. Wir betraten gemeinsam das Haus. Leo ließ seine Schultasche im Flur fallen. Er ging in Richtung Küche, kehrte aber um als er den Fernseher im Wohnzimmer hörte.

«Hey Rotzlöffel, was machst du so früh zu Hause? Bist du krank?» fragte Leo Oliver.

Ich hielt den Atem an und fragte mich wie es Oliver wohl gehen mochte, was er seinem Bruder wohl sagen würde.

«Iten hat uns früher gehen lassen. Wir könnten nach Hause gehen, wenn wir wollten,» antwortete Oliver.

Nichts über das was passiert ist. Es schien ihm gut zu gehen. Ich lächelte ihn über Leos Schulter hinweg an. Er zuckte mit den Schultern und lächelte zurück. Es würde zwischen uns bleiben, aber das bedeutete nicht, dass ich nichts dagegen unternehmen würde.

41

Nach dem Mittagessen zogen Oliver und Leo ihre Mäntel an, um zur Schule zu gehen. Ich schnappte mir meine Jacke. Als ich mich bückte um meine Schuhe zu binden, legte Oliver seine Arme um mich.

«Bist du sicher, dass du wieder in die Schule gehen kannst?» fragte ich leise.

Er nickte zögernd.

«Ich muss noch ein paar Besorgungen im Dorf machen,» log ich. «Ich treffe dich nach deiner letzten Stunde. Ich fahre dich dann auch nach Hause, okay?»

«Komm schon, du Rotzlöffel,» sagte Leo humorvoll. «Hör auf mit dem Schmusekram, lass uns zur Schule gehen.»

Als wir gemeinsam das Haus verließen, warf Leo mir einen neugierigen Blick zu. Ich fuhr das Auto rückwärts aus der Garage und die Jungs stiegen ein. Manfred war nirgends zu sehen, aber ich wollte die Jungs nicht aus den Augen lassen.

Fast hätte ich meine Hand auf Olivers Knie gelegt. Ich wusste aber, dass die unausgesprochene Etikette zwischen den beiden Brüdern nur einen weiteren Kommentar von Leo hervorrufen würde. Die Jungen unterhielten sich über ein Fußballturnier, das einige Klassen in der folgenden Woche in der Mittagspause auf dem Schulhof veranstalteten. Ich stieß einen Stoßseufzer für Oliver aus. Er schien sich von der Begegnung erholt zu haben. Zumindest sprach er normal mit Leo. Seine Arme hoben sich kurz, als er seinem älteren Bruder etwas beschrieb. Ich setzte sie am Eingang zum Schulhof ab. Als sie im Gebäude verschwunden waren, fuhr ich nach Hause.

Ich setzte mich an den Küchentisch, stützte den Kopf in die Hände und presste die Handflächen in die Augenhöhlen.

Was zum Teufel hatte ich mir vor all den Monaten dabei gedacht diesem Mann zu helfen? Ich konnte ihn nicht heilen. Das war so lächerlich. Hatte ich gedacht, ich könnte der Therapeut sein, der Behandler? War mein Leben so leer, dass ich nichts Besseres zu tun hatte? Nun, hatte es nicht geklappt. Es war ja nicht so, dass ich überhaupt Medizin studiert hätte. Ich konnte mich kaum als Arzt bezeichnen. Alle meine bisherigen Entscheidungen waren aus Dummheit getroffen worden. Ich kam mir wie ein Narr vor, bis hin zur Selbstgefälligkeit gegenüber seiner Anwesenheit, ohne zu erkennen, in welche Gefahr ich meine Familie wirklich brachte.

Ich stand abrupt auf. Der Stuhl schrammte über die Bodenfliesen. Ich kramte hinter einigen Töpfen und Pfannen im Schrank und holte eine Flasche Spiritus heraus, mit der ich normalerweise den Docht unter dem Fonduebrenner anzündete. Ich holte ein paar alte Zeitungen aus dem Papierkorb und eine Schachtel Streichhölzer. Ich verließ das Haus, ohne mir eine Jacke überzuziehen.

Ich humpelte die Auffahrt hinauf und die Straße entlang zum Feldweg. Ich knüllte die Zeitungsblätter zusammen, verteilte sie auf dem Boden in der Nähe des alten Pflaumenbaums und bestreute sie mit dem gesamten Inhalt der Brennstoffflasche. Ich ließ erst ein Streichholz fallen, dann ein zweites, als das erste nicht brannte und das Papier ging zischend in Flammen auf. Bald knisterte totes Gras.

Ich hoffte, dass dieser pyromanische Akt kathartisch sein würde, dass er nicht nur dazu beitragen würde, das physische Nest zu zerstören, von dem aus wir alle beobachtet wurden. Sondern auch Manfreds Vorstellung zerstören würde, dass er irgendeine Kontrolle über unser Leben hätte. Doch als ich die Flammen beobachtete, die an der Baumrinde leckten, wurde mir klar, dass diese vergebliche Geste die Bedrohung, der meine Familie nun ausgesetzt war, nicht aus der Welt schaffen würde. Sie würde den Kern des Problems nicht aus der Welt schaffen.

Zurück im Haus öffnete ich meine Handtasche und durchwühlte ihr chaotisches Durcheinander. Lippenbalsam, Taschentücher, Büroklammern, Kreditkartenbelege und Stifte, die nicht mehr funktionierten.

Ganz unten fand ich was ich suchte. Manfreds bipolare Medikamente. Ich hatte nie die Gelegenheit gehabt ihn zu überreden sie zu nehmen.

Ich starrte auf die Schachtel, studierte den Markennamen, Quilonorm und dachte darüber nach, was Gerry einmal gesagt hatte.

Es wäre für alle besser gewesen, wenn du an diesem Tag nicht in der Lorze-Schlucht gelaufen wärst.

Vom Küchenfenster aus konnte ich sehen wie hinter dem Pflaumenbaum Rauch aufstieg. Ab und zu aufleuchtete ein Flammenschein. Der Baum ging nicht wie eine Fackel in Flammen auf, wie ich es von etwas Halbtotem erwartet hätte. Sondern schwelte etwa eine Stunde lang enttäuschend vor sich hin bis ein landwirtschaftliches Fahrzeug auf dem Weg anhielt. Irgendjemand, der Bauer oder seine Frau oder ein Knecht, rief die Feuerwehr an. Die kam und löschte das Feuer. Der Baumstumpf stand noch zwei Meter hoch, die geschwärzten Äste zeigten anklagend auf den Hof, die Scheune, unser Haus, vielleicht auf Manfred.

Ich wollte unbedingt mit Simon sprechen, aber er befand sich auf einer zweitägigen Reise nach London um endlich den Vertrag zu unterzeichnen, auf den er seit Monaten hingearbeitet hatte. Es war ein entscheidender Moment sowohl für das Unternehmen als auch für seine Karriere. Ich sollte ihn nicht stören. Auf jeden Fall hätte er mir gesagt, ich solle die Polizei rufen. Ich wusste, dass ich das tun sollte, aber das Scheitern meiner früheren Versuche Manfred zu stoppen ging mir nicht aus dem Kopf. Würde Polizist Schmid immer noch nicht an die «Phantasien eines elfjährigen Jungen» glauben? Oliver war jetzt zwölf, hatte vor einem Monat Geburtstag gefeiert. Würde man ihm deshalb eher glauben? Ich glaube nicht, zumal Schmid ihn jetzt für einen Lügner *und* Dieb hielt. Außerdem Oliver würde nicht wollen, dass die ganze schmutzige Sache unter Fremden hochgezogen wird.

Ich war ein unglaubliches Risiko eingegangen, indem ich mich mit Manfred belastet hatte. Am Anfang war ich zu naiv gewesen um zu erkennen, dass er meine Hilfe nicht annehmen würde. Und jetzt, wo er dieses gefährliche Verhalten an den Tag legte, konnte ich nicht riskieren, dass er einbricht und beiläufig unser Brotmesser in der Küche aufhebt. Oder noch schlimmer, am Auto herumfummelt und uns alle in Gefahr zu bringen. Schließlich gab ich zu, dass die ursprüngliche Einschätzung seines eigenen Sohnes richtig gewesen sein musste. Ihm war nicht mehr zu helfen. Außerdem schien es als würde er vor nichts Halt machen um mich zu haben. Selbst auf Kosten meiner Familie.

Die jüngste Begegnung mit Oliver hatte Manfreds Wahnsinn nur noch vergrößert. Ich muss ihn aufhalten, bevor er unser aller Leben ruiniert. Ich musste von meinem ursprünglichen Fehler entlastet werden. Er muss gehen und zwar für immer. Es war nicht möglich, ihn für eine Stunde oder einen Tag loszuwerden, nur um eine ständige Bedrohung in unserem Leben zu sein. Diese Sache musste von Dauer sein. Ich hatte die Mittel dazu. Nun musste sich zeigen, ob ich auch die nötige Überzeugungskraft besaß.

42

Nachdem die Feuerwehr zusammengepackt und den Hof verlassen hatte, fuhr ich zurück ins Dorf. Ich setzte mich auf die Mauer vor der Schule und wartete darauf, dass Oliver und Leo ihren letzten Unterricht beendeten. Wir fuhren gemeinsam nach Hause. Oliver wirkte etwas nervös, aber tapfer und stoisch. Leo machte keinen Kommentar zu meiner Anwesenheit, da er annahm, dass ich meine Besorgungen im Dorf erledigt hatte.

Während wir unsere Jacken auszogen und an den Kleiderständer hängten, lief Leo die Treppe zu seinem Zimmer hinauf. Ich versicherte Oliver leise, dass so etwas nie wieder passieren würde. Ich würde dafür sorgen, dass wir Manfred Guggenbühl ab morgen nie wieder sehen würden.

Ich konnte nicht wissen, was in Olivers Kopf vorging. Vielleicht stellte er sich vor ich hätte die Macht die Polizei oder einen Arzt kommen zu lassen, um diesen Mann wegzubringen. Ich war seine Mutter. Er würde annehmen, dass ich alles tun könnte. Er nahm mein Versprechen an, ohne zu fragen wie und schien sich wohler zu fühlen.

An diesem Abend saß ich noch eine Weile neben ihm, bevor er einschlief. Ich konnte ihn nicht oft genug fragen, ob es ihm gut ging, ob er über das Geschehene sprechen wollte. Er hatte sich in sich selbst verschlossen. Vielleicht merkte er, dass seine Offenheit mir gegenüber vorhin mir genauso viel Kummer bereitet hatte wie ihm. Als ich neben ihm auf dem Boden neben seinem Bett saß und von Schlittenfahren,

Skifahren und Weihnachtsplänen sprach, tätschelte er mir sanft den Kopf und sprach, als wären unsere Rollen vertauscht.

«Ist schon gut Mama. Ich bin ziemlich müde. Du kannst jetzt gehen. Ist ja gut.»

Ich schaute noch einmal nach ihm, bevor ich ins Bett ging. Er gab im Schlaf ein paar wimmernde Laute von sich, während ich ihn beobachtete. Ich wollte zu ihm unter die Bettdecke klettern und ihn festhalten, wie ich es getan hatte, als er noch ein kleines Kind war. Meine Brust zog sich zusammen, als ich mich an seine staunenden Augen beim Anblick des neugeborenen Kalbs auf dem Feld neben dem Haus erinnerte.

Ich ging in mein Schlafzimmer, setzte mich auf die Bettkante und wählte Simons Handynummer. Keine Antwort. Er muss noch beim Abendessen sein, vielleicht um den Geschäftsabschluss zu feiern. Als es klingelte, ging seine Mailbox an und mein Mund wurde trocken. Ich beendete den Anruf bevor seine Nachricht beendet war. Obwohl ich bereit war ihm alles zu sagen, hatte ich immer die Gedanken, dass Simon mir jetzt mehr denn je die Schuld für all das geben würde.

▥▥▥

Der nächste Tag war Dienstag. Ich wachte mit trüben Augen auf. Ich fühlte mich, als hätte ich nicht mehr als ein paar Stunden geschlafen. Während ich das Frühstück für die Jungs vorbereitete, rief Simon an.

«Hey Al. Ich habe gesehen, dass du gestern Abend angerufen hast. Tut mir leid, dass ich nicht rangegangen bin. Wir waren in einem lauten Restaurant. Als ich deine Nummer sah dachte ich, dass es vielleicht zu spät ist um zurückzurufen.»

Er wusste, wenn ich ihn dringend gebraucht hätte, hätte ich eine Nachricht hinterlassen. Ich hörte, wie er sich in seinem Hotelzimmer bewegte, mit seiner Aktentasche klickte und seine Sachen packte.

Er nannte mich «Al».

«Ist schon gut. Hast du den Vertrag unterschrieben? Kommst du heute zurück?»

«Ja, wir haben den Vertrag unterschrieben, endlich, Gott sei Dank. Ich muss heute Morgen nur noch ein paar Dinge klären und dann fliege ich mittags zurück.»

«Ich gratuliere dir Simon. Ich weiß wie viel Mühe du dir gegeben hast. Du kannst sehr stolz auf dich sein.» Ich machte eine Pause. «Ich wollte nur fragen ob es dir etwas ausmacht, wenn ich heute Abend einen Spaziergang mache. Ich weiß, dass du vielleicht feiern willst, aber die Wettervorhersage ist nur bis morgen gut. Meinem Knöchel geht es besser, wenn ich mich ein wenig bewege. Ich hatte vor ein paar Fotos zu machen bevor die Jahreszeit wechselt. Die Herbstfarben sind noch so schön.»

«Kein Problem. Nach all dem Stress bin ich total kaputt. Wir können mit dem Feiern bis zum Wochenende warten.» Er zögerte. «Geht es dir gut Al? Du klingst nicht ganz so gut.»

«Ist schon gut. Mir gehts gut. Gut gemacht mit dem Deal Schatz. Alles wird gut werden.»

Ich hörte wie er seine Tätigkeit unterbrach um sich auf unser Gespräch zu konzentrieren, aber ich wusste, dass er nicht sicher war was er fragen wollte. Wenn er mein Gesicht hätte sehen können... Ich atmete leise ein. Ich hasste die entfernte Neutralität des Telefons. Bevor ich etwas sagen konnte, fuhr er fort.

«Wo wirst du wandern?»

«Oberhalb dem Bauernhof auf dieser Seite des Sees. Wie immer. Um den Sonnenuntergang zu sehen...»

Ich befürchtete, dass er fragen würde, ob er mich begleiten könnte. Ich hatte in den letzten Wochen das Gefühl, dass er richtig mit mir reden wollte. Wollte er herausfinden was zwischen uns vorging? Er wusste, dass er ein Gespräch nur ohne die Jungs beginnen konnte. Ich wollte unbedingt wieder mit Simon in Kontakt treten, aber es gab noch eine Sache die ich tun musste, bevor ich mich frei fühlen konnte. Mit Erleichterung sagte er, dass er auf dem Heimweg Pizzas mitnehmen würde für sich und die Jungs. Er betonte erneut, dass er erschöpft sei und eine gute Nachtruhe brauche.

«Tschüss dann, wir sehen uns heute Abend,» sagte ich.

«Wir können meinen Erfolg später feiern. Hoffentlich gehe ich nicht wieder für eine Weile weg mein Schatz.»

Es war das erste Mal seit Wochen, dass er einen Kosenamen benutzt hatte.

Es fühlte sich so fröhlich an wie ein Kuss.

43

Als ich den Pfad neben der Straße, der um den See herumführte entlangging, schwirrten meine Sinne. Ich hielt meinen Blick meist auf die Erde gerichtet im einen Moment aus Angst, Manfred zu sehen, in der nächsten aus Angst, ihn nicht zu sehen. Aber ich wusste ohne Zweifel, dass er mir folgen würde.

Um diese Zeit herrschte reger Verkehr, die Leute waren auf dem Heimweg von der Arbeit. Die Sonne stand tief am Himmel. Sie streifte den fernen Grat des Zugerbergs in meinem Rücken. Ein Radfahrer überholte mich auf dem Trottoir und ließ mich zusammenzucken, als ich aufblickte. Er rief eine joviale Entschuldigung und fuhr weiter, ohne sich umzudrehen, während sein Rücklicht den Weg entlang blinkte. Die Riemen meines Rucksacks bohrten sich in meine Schultern und brannten.

Zwei Fischer saßen auf einem Steg am See, einer rauchte eine Krumme. Beide Männer betrachteten schweigend ihre unbeweglichen Angeln. Ich lächelte nervös, als ich vorbeiging und der Nichtraucher murmelte ein schroffes «Grüezi».

Ich folgte dem Weg um die Südseite des Sees, vorbei am Weiler Morgarten und bog von der Hauptstrasse ab. Zehn Minuten zügiges Gehen auf der einspurigen Straße in Richtung Westen und ich hatte noch keine Menschenseele gesehen. Ein Windhauch ließ das Schilf am Seeufer rascheln und ein Teichhuhn zwitscherte so laut, dass mir das Herz bis zum Hals schlug.

Die Spätherbstsonne war bereits hinter den Hügeln verschwunden, als ich den steilen, mit Laub bedeckten Pfad durch den Wald hinaufstieg.

Ich ging langsam und nahm Rücksicht darauf, dass Manfred vielleicht kein geeignetes Schuhwerk trug. Ich war fest entschlossen, dass er mir heute Abend folgen konnte.

Als ich höher in den Wald hineinkletterte, musste ich bei jedem Schritt tief in mich gehen, um meinen Mut zu bewahren. Meine kurze Schauspielerkarriere stand auf dem Spiel. Wenn ich mir das Bild von Oliver vor Augen hielt – nicht ihn, wie er schluchzend in meinen Armen lag, sondern seine neugierige, unbeschwerte Sicht auf die Welt – würde ich mein Vorsprechen mit Bravour bestehen. Doch als ich irgendwo hinter mir das leise Rauschen von Blättern und das Poltern eines rollenden Steins unter meinen Füßen hörte, dachte ich, mein Kopf würde platzen.

Ich erreichte den höchsten Punkt des Weges wo eine Lücke in den Bäumen einen spektakulären Blick über den Ägerisee freigab. Vorsichtig schritt ich auf den Rand zu und hielt mich am rostigen Geländer der Barriere fest. Die war errichtet worden, um zu verhindern, dass übermütige Menschen den Halt verlieren und mehrere hundert Meter tief in den sicheren Tod stürzen. Das steile Gefälle zum See, der Hunderte von Metern unter mir lag, rief das vertraute Gefühl hervor springen zu wollen. Ich ließ das Geländer los, wischte mir den Schweiß von der Schläfe und atmete den Geruch des rostenden Eisens an meinen Fingern ein.

Es erinnerte mich an die Kettenglieder einer Parkschaukel. Die Gefahr, sich auf den Spielplätzen meiner Jugend so hoch wie möglich zu schwingen, bildete in meinem Kopf eine bizarre Symmetrie mit dem Fliegen von Klippen und Brücken. Ich ging weiter den Pfad hinauf, angetrieben von dem Geräusch, das Manfred hinter mir auf einer freiliegenden Baumwurzel machte.

Ich überquerte eine Alm, die längst von Kühen verlassen war und erreichte eine Lichtung in den Bäumen. Ein hölzerner Picknicktisch und eine Bank standen neben einer Feuerstelle. Von unserem Haus auf der anderen Talseite aus, hatte ich manchmal eine dünne Rauchfahne von diesem Ort aufsteigen sehen und mir geschworen, eines Tages anzuhalten und ein Feuer zu machen.

Ich setzte mich auf die Bank und wartete.

Es kam mir wie eine Stunde vor.

Er war da. Ich konnte ihn spüren. Als die Dämmerung einsetzte, wurden meine Sinne schärfer. Das gelegentliche Knirschen von trockenem Laub verriet mir, dass er sich dem Picknickplatz näherte. Mein Atem dampfte. Ich rieb mir die Arme in der Kälte.

«Hilfst du mir, ein Feuer zu machen?» rief ich schließlich.

Meine Stimme klang zu laut und hallte durch die Bäume. Es kam mir dumm vor, mit einem leeren Raum zu sprechen.

«Wir brauchen ein Feuer, wenn wir nicht frieren wollen,» sagte ich, wobei das «wir» meine Unsicherheit verbarg.

Es war schwer mein Zittern zu kontrollieren, eine Mischung aus Nervosität, Angst und tiefer kochender Wut. Ich stellte meinen Rucksack vorsichtig unter den Tisch und lehnte ihn gegen die massiven Holzbeine. Ein kleiner Stapel gehackten Holzes lag ordentlich gestapelt in einem behelfsmäßigen Unterstand am Rande der Lichtung.

«Wir brauchen etwas Anzündholz. Kannst du mir beim Suchen helfen?»

Als ich anfing, Reisig und Rindenstücke aufzusammeln, hörte ich einen Fußtritt in meiner Nähe und Manfreds neugierige Stimme.

«Anzündholz?» fragte er. Mein Herz raste.

«Das Reisig, getrocknete Zweige. Schau mal.»

Ich sammelte eine Handvoll getrocknetes Reisig aus dem Unterholz rund um die Lichtung. Es war, als wäre er schon seit Beginn der Wanderung neben mir hergelaufen. Der flüchtige Blick von den Zweigen in meinen Händen zu seinen manischen Augen war so geschmeidig wie ein gut gespielter Film.

Er trat aus dem Schatten eines nahen Baumes hervor. Freude strahlte aus seinem Gesicht, als er sich daran machte sich nützlich zu machen. Er blickte oft zu mir zurück, vielleicht um sich zu vergewissern, dass ich nicht einfach in einem Moment der List verschwinden würde. Ich spürte, wie sich die Intensität seines Blicks in meinen Rücken brannte, als ich mich bückte um am Rande der Lichtung weiteres Reisig zu sammeln.

Als ich zur Feuerstelle zurückkehrte, zerknüllte ich eine Seite der gestrigen Zeitung, die ich aus meinem Rucksack gezogen hatte. Ich legte sie in die Mitte des Steinkranzes. Die methodische Aufgabe der Pfadfinderin beschäftigte mich, ich war konzentriert. Ich streute wahllos ein paar Zweige darauf und zündete die Zeitung in der Nähe des Bodens mit einem Feuerzeug an. Die Zeitung kräuselte sich und färbte sich rot. Aschgraue Federn schwebten nach oben. Als die Zweige mit einem Knacken und Knistern die Flamme erfassten, atmete ich erleichtert auf.

Als ich größere Geäste auf den winzigen Haufen Glut legte, begleitete das geräuschvolle Verbrennen ein orangefarbenes Licht auf der kleinen Lichtung. Die einhüllte Farbe des Herbsthimmels auf der anderen Seite des Sees nahm zu, die hereinbrechende Dämmerung im Wald betonte.

«Du machst das gut. Mir gefällt das Feuer. Es wird uns beide wärmen.»

Manfreds Stimme ließ mich zusammenzucken. Ich konnte mich des Eindrucks nicht erwehren, dass wir durch eine Zeitschleife gegangen waren. Dieser Mann war mir jetzt so nahe wie ein Kollege oder Freund. Mein Hass auf ihn verdrängte jegliches Gefühl der Sympathie das ich in der Vergangenheit gehabt hätte. Es fühlte sich surreal an.

Unter dem klaren Himmel bildete sich bereits eine kühle, taufrische Feuchtigkeit in der dicken Herbstluft. Der berauschende Geruch von verrottendem Laub mischte sich mit dem rußigen Geruch des frisch entfachten Feuers. Ich legte zwei gespaltene Holzscheite vom Holzstapel auf die orangefarbene Glut. Ich wippte schließlich auf meinen Fersen zurück. Ich setzte mich auf die Bank neben Manfred. Mein Herz klopfte. Er hatte die Hände zwischen die Schenkel geklemmt wie ein kleines Kind.

Sobald das Feuer loderte, öffnete ich meinen Rucksack und holte eine Flasche Rotwein heraus, einen kräftigen italienischen Ripasso. Aus einer Seitentasche zog ich einen Korkenzieher.

Manfred klatschte in die Hände, was mich aufschrecken ließ.

«Ein Fest, eine Feier,» sagte er mit einer kindlichen Stimme.

Ich war erschrocken über diese neue Eigenschaft. Als ich mich zu ihm umdrehte, presste er die Hände zusammen. Er berührte die Lippen wie zum Gebet und auf seiner Stirn erschien ein besorgtes Stirnrunzeln. Das Funkeln in seinen Augen sprach von einem aufgeregten Kind das eine verbotene Handlung in Erwägung zieht.

Alles, woran ich denken konnte, war der Wein.

44

Als ich den Korkenzieher über der Mitte des Korkens ansetzte, klatschte Manfred erneut.

«Normalerweise trinke ich Bier,» sagte er und mir fiel das Herz in die Hose. «Ich habe keinen Wein mehr getrunken, seit ich auf der Kaufmännischen Schule war. Das wird ein Spaß. Wie zu meiner Studienzeit.»

Ich atmete erleichtert auf und hoffte Manfred würde nicht darauf bestehen die Flasche zu öffnen. Mein Herzschlag beschleunigte sich, als sich der Korken im Flaschenhals drehte und die Spiralschraube nur einen Zentimeter weit hineinreichte. Ich zog vorsichtig daran. Das schwache Knallen klang authentisch wie das Öffnen eines guten Jahrgangs bei einer Dinnerparty.

Es war eine Weile her, dass wir miteinander gesprochen hatten. Der Klang und der Anblick des Feuers waren beruhigend und hypnotisierend. Er hatte nicht gefragt, warum ich plötzlich das Bedürfnis verspürte, unsere Freundschaft zu feiern. Warum hatte ich diese paradoxe Entscheidung, ihn mit offenen Armen zu empfangen. Ich nahm an, dass sein Gehirn in seiner derzeitigen manischen Phase, die vielleicht schon seit Monaten andauerte das Negative irgendwie herausgefiltert hatte.

Ich räusperte mich, was mich verlegen klingen ließ. Es war schwer zu wissen was ich ihm sagen sollte.

Ich schüttelte zwei Picknickbecher aus ihrer Supermarkt-Plastikverpackung. Ich deutete Manfred an, dass er einen nehmen sollte. Ich schüttete Wein in unsere beiden Becher.

«Ein Trinkspruch!» verkündete ich mit gezwungener Fröhlichkeit. Ich konnte kaum glauben, dass dies geschah. Ein ekelhafter Kontrast zu dem was ich in meinem Herzen fühlte.

«Auf uns! Unsere Freundschaft. Unsere Zukunft!» Manfreds Augen leuchteten.

«Ja, unsere Zukunft!»

Er hielt den Becher Wein in der Hand und packte plötzlich meinen anderen Arm, als ich die Flasche auf dem Tisch abstellte und sie fast umkippte. Mein Herz pochte. Bevor ich wusste wie mir geschah, drückte er mir einen unbeholfenen und leicht deplatzierten Kuss auf den Mund. Seine weichen Lippen waren unmerklich geöffnet. Ich war so überrascht, dass ich fast meinen Becher fallen ließ. Ich war aber dankbar, dass ich keine Zeit zum Reagieren gehabt hatte. Ich überzeugte mich davon, dass der Geschmack seiner Lippen der Geschmack des Wahnsinns war. Ich hob mein Getränk zum Mund und tat so, als wollte ich den ersten Schluck Wein hinunterschlucken. Mein Blick blieb an Manfred haften, der stillschweigend das Gleiche tun sollte.

Als er einen zaghaften Schluck nahm, zog sich eine unwillkürliche Grimasse über sein Gesicht. Er nippte erneut.

«Ich bin kein Experte, aber das ist kein sehr guter Wein Alice.»

Ich kaute auf meiner Lippe. Er grinste, als würde er mir meinen schlechten Geschmack verzeihen.

«Aber das ist in Ordnung, wir müssen auf unser Fest trinken. Trink! Zum Wohl!»

Manfred lachte und nahm einen größeren Schluck, während ich lächelte und so tat, als wollte ich einen Schluck Wein nehmen. Wobei ich merkte, dass die Flüssigkeit an meinen Lippen so beißend war wie der Rauch des Feuers.

«Es wird kühl. Setzen wir uns in die Nähe der Wärme,» sagte ich, während ich die Flasche vom Tisch nahm.

Manfred breitete seinen Mantel auf dem Boden vor einem behauenen Baumstamm aus, so dass wir beide mit dem Rücken an die glatte Rinde gelehnt sitzen konnten. Wie weit würde ich gehen müssen, um diese Pantomime aufrechtzuerhalten? Während wir saßen, schüttete ich den Wein aus meinem Becher diskret auf den Boden hinter mir in die Dunkelheit.

Ich entschied mich für das weltweit allgegenwärtige Gesprächsthema. Das Wetter.

«Es war ein schöner Herbst,» meldete ich mich.

«Was hältst du von meinem feinen Jungen Gerry?» fragte Manfred ohne Groll.

Da er sofort auf die Banalitäten des Wetters verzichtete, schien er meine Bemerkung nicht gehört zu haben. Seine Frage musste so laut in seinem Kopf geklungen haben. Ich zog die Augenbrauen hoch und atmete scharf ein.

Woher wusste er, dass ich seinen Sohn besucht hatte?

«Mmm.» Ich versuchte, gleichgültige Zustimmung vorzutäuschen. Ich wollte nicht über Gerry sprechen. Er war mein einziger Schwachpunkt in diesem Plan. Manfred nippte weiter an seinem bitteren Wein. Ich schenkte noch etwas nach. Er schien es zu brauchen, um sich Mut zu machen. Er schluckte den Wein, um seine Zunge zu lockern. *Ja!*

«Ich glaube, du wirst eine bessere Mutter sein als Trudi. Auf jeden Fall eine bessere Ehefrau,» sagte er.

Ich fragte mich ob er sich eingeredet hatte, seine Frau sei tot. Vielleicht glaubte er, sie auf diese Weise leichter ersetzen zu können mich in die Rolle zu stecken, die sie einst in seinem Leben eingenommen hatte.

«Vielleicht wird mein Gerry, wenn er dich besser kennt, auch zu mir zurückkehren... hierher.» Manfred schlug sich zweimal mit der geschlossenen Faust leicht auf die Brust in der Nähe seines Herzens. «Er hat mich die letzten Jahre nicht verstanden. Hat dir mein feiner Sohn gefallen?»

«Ich ... ja, Manfred, er ist ein netter Junge.»

«Gerry hat von uns gesprochen, ja? Ich hoffe, dass er dich auch mag Alice. Er wird wissen, dass wir füreinander geschaffen sind. Und ich werde deine Jungs willkommen heißen. Ich glaube, dein jüngster Sohn sieht in mir eine gute Vaterfigur. Es war sehr mutig von ihm mir sein Taschenmesser zu zeigen. Und jetzt weiß er wie wichtig du für mich bist.»

Ich biss mir auf die Lippe, kontrollierte meinen Atem bei der Erwähnung von Oliver. Ich stellte fest, dass Manfred mich unmöglich gehört haben konnte, als er vor Angst schreiend davonlief. Oder er wählte aus, was er ignorieren und was er schätzen wollte.

Ich fragte mich, wie viel Manfred von meinem Gespräch mit Gerry wusste, konnte aber nicht fragen aus Angst etwas zu hören, was ich nicht hören wollte. Ich wusste, dass ich neutral bleiben und niemals die Bitterkeit preisgeben durfte mit der Gerry über seinen Vater sprach. Ich riskierte es und setzte mein Spiel fort.

«Ja, Manfred. Wir haben über dich gesprochen. Ich glaube, er würde sich gerne mit dir versöhnen. Er liebt dich wirklich. Er weiß nur nicht, wie er es zeigen soll. Ich glaube, er mochte mich. Ich habe ihm gesagt, dass ich Gefühle für dich habe und er schien das zu akzeptieren.»

Die Sternstunde des Theaterspielers.

«Das hast du? Oh Alice, das macht mich so glücklich.»

Ich knirschte mit den Zähnen hinter einem falschen Lächeln. Er hatte sich wirklich eingeredet, dass seine Frau nicht existierte. Ich betrachtete das Feuer, als Manfred fortfuhr. Ich spürte, wie mir die Galle hochkam.

«Deshalb weiß ich, dass unsere Zweisamkeit gute Gründe hat. Am Ende werden wir alle zusammen sein,» sagte er. Er nahm einen weiteren Schluck seines Weins. Ich füllte unsere beiden Becher nach, wobei mir das Blut in den Ohren rauschte.

Ja, am Ende werden wir alle zusammen sein...

45

Die alte Fabel vom Pferd nur zum Wasser führen hatte etwas für sich. In meinem Fall konnte ich Manfred zwar zur Brücke zurückbringen, aber ich konnte ihn nicht zum Springen zwingen. Plötzlich so kalkuliert, war es mir nach seiner Beschimpfung von Oliver durch meine tiefrote Wut eingefallen. Der Kreis schließt sich zurück zum Anfang. Trotzdem ein Selbstmord. Nur nicht seine Wahl.

Das war mein Plan, aber konnte ich ihn wirklich umsetzen? Ich musste stark sein. Trotz dessen, was man uns in der Populärkultur ständig eintrichtert, war der Gedanke ein anderes Menschenleben zu nehmen, abscheulich. Die große Mehrheit von uns war genetisch nicht zum Morden veranlagt. Wie konnte ich mir jemals vorstellen, dass ich zu einem solchen Verbrechen fähig sein würde?

Aber immer wieder tauchten Visionen vor mir auf, die mich erschütterten. Mein gescheiterter Marathon. Meine schwankende Ehe. Und das, was mit Oliver geschehen war – all das machte mich noch entschlossener, Manfred aus meinem Leben zu vertreiben. Aus unserem Leben. Die Polizei würde keine Hilfe sein, da war ich mir jetzt sicher. Es gab keine Hoffnung, ihn zu heilen. Die Welt würde ohne ihn besser dran sein. Ich musste daran glauben, dass ich diese Sache schaffen konnte.

⅏

Als ich die Jungs an diesem Dienstagnachmittag nach dem Mittagessen wieder in die Schule gebracht hatte, stand ich in der Küche und hielt mich mit nervöser Unsicherheit an der Spüle fest. Gedanken, dass mein Plan scheitern könnte, kämpften in meinem Kopf ständig mit denen, dass er tatsächlich funktionieren würde. Ich holte tief Luft, rieb meine Hände aneinander und machte mich an die Arbeit.

Vorsichtig entfernte ich die Folienkappe und zog den Korken mit einem neu gekauften Korkenzieher aus einer Flasche Ripasso. *Ein kräftiger Wein mit den süßen Untertönen der Amarone-Traube.* Aus Gewohnheit schnupperte ich an der offenen Flasche, um sicherzugehen, dass sie nicht verkorkt war und stellte sie auf den Küchentisch. Ich kämmte mein Haar mit den Fingern aus dem Gesicht. Mit einem unruhigen Blick aus dem Küchenfenster stellte ich die Flasche auf den Küchentisch, weg vom Nachmittagslicht und den neugierigen Augen, die durch die Scheiben schauten.

In einem Mörser und Stößel, der normalerweise für die Zerkleinerung von getrockneten Chilis oder Koriandersamen reserviert war, stieß ich die restlichen Pillen aus Manfreds Quilonorm-Packung heraus.

Eine nachmittägliche Pharmaziestunde mit Google hatte mich gelehrt, dass das Mischen von Manfreds Lithiumtabletten mit Alkohol einen potenziell tödlichen Cocktail ergeben würde. Mit einer Handvoll entzündungshemmender Tabletten, die ich noch von meiner Verletzung hatte und die überall rezeptfrei erhältlich waren, würde ich den Trank noch verstärken.

Als ich einen Schluck Wein in die Spüle kippte, um Platz zu schaffen, erfüllte der Duft von Rotwein die Küche. Vorsichtig schüttete ich die Hälfte des Pulvers in die Flasche. Es glitt geräuschlos in den Wein, und die Flüssigkeit stieg stetig den Glashals hinauf, während ich immer mehr nachfüllte. Am oberen Rand der Flasche klebten weiße Staubkörner. Ich schnupperte an der Öffnung und war überrascht, dass ich den Wein noch riechen konnte. Ein Sakrileg, sich an einem guten Jahrgang zu vergreifen. Ich wünschte, ich könnte die Ironie mit Simon teilen. Ich kicherte nervös, als eine Welle heißer Angst über mich hinwegschwappte. Die Tropfen, die ich von meinem Finger abschleckte nachdem ich ihn in die Flasche getaucht hatte, hinterließen einen bitteren Geschmack auf meiner Zunge. Ich hatte meine Flasche alten Ripasso in ein zweifelhaftes billiges Gesöff verwandelt.

Ich lehnte mich gegen das Waschbecken, als mich eine Welle von Gewissensbissen überkam. Ich redete mir immer wieder ein, dass es das Beste war. Es war das, was er an jenem Tag im April gewollt hatte. Es war seine Entscheidung gewesen.

Ich griff nach dem Korken, legte ihn der Länge nach hin und sägte mit dem Brotmesser eine dünne Linie an ihm entlang. Dann schob ich den Korken wieder in die Flasche und drückte ihn mit dem Handballen bündig an den Rand. Sorgfältig faltete ich die Folie über und um den Deckel.

Ich warf einen Blick auf die Uhr, als ich meinen Rucksack zuklappte. Es war fast 16 Uhr. Simon würde heute Abend nach seiner Rückreise aus London früh das Büro verlassen. Ich wollte nicht dabei sein, wenn meine Jungs nach Hause kamen.

Ich hatte keine Ahnung, ob das funktionieren würde. Zunächst einmal wusste ich nicht, ob Manfred überhaupt Wein trinken würde, ob er nun verarztet wurde oder nicht. Was, wenn er ein Weinkenner war? Stellen sie sich seine Erwiderung vor:

«Willst du mich etwa vergiften?»

Wäre Manfred am Vortag in der Nähe geblieben, um meinen Ausbruch vor dem Haus mitzuerleben, würde er eine brennende Wut in mir spüren. Wenn er auch nur einen Funken gesunden Menschenverstand hätte, könnte er nicht glauben, dass ich jemals bereit wäre, eine Beziehung mit ihm einzugehen. Aber der Wahnsinn bringt seine eigene Art von Irrationalität hervor.

Ich musste mich darauf verlassen, dass er davon ausging, dass Oliver zu stolz, zu ängstlich oder zu verlegen sein würde, um mir etwas über sein Verhalten zu sagen, bevor ich am Vortag auf der Bildfläche erschien.

All diese Vorteile habe ich auf meine Seite gezogen. Dieses Mal brauchte ich Manfred, um mir zu folgen. Ich musste stark sein. Ich musste den tief sitzenden Abscheu vor meinem eigenen Handeln überwinden. Ich musste dieses Monster anlocken, ohne Verdacht zu erregen. Ihn glauben lassen, dass seine Absichten Früchte getragen haben und er keine Verdacht hat. Diese Sache die ich tat, war mehr als meine persönliche Gerechtigkeit. Ich durfte nicht von meinem Weg abkommen. Ich behielt einen klaren Kopf, bettelte im Stillen um Konzentration. Ich schwor, dass es richtig war, glaubte es von ganzem Herzen.

Aber ich war mir bewusst, dass die Wahrheit mich eher verunreinigen als rechtschaffen machen würde.

Stell dich nie zwischen eine Mutter und ihre Jungen, sonst gibt es großen Ärger.

46

Ein Tipi aus glühenden Zweigen und Ästen bewegte sich und ließ einen Fächer tanzender Funken in die Baumkronen steigen. Das Feuer brach in seinem eigenen Haufen erstickender Asche zusammen. Ich fragte mich, ob jemand den Schein der Flammen vom Dorf auf der anderen Seite des Sees gesehen hatte.

Manfred lag unbeholfen auf dem Baumstamm und lehnte sich schwer an meinen Körper. Sein Mantel bündelte sich zwischen uns an meinem Oberschenkel. Sein Kopf neigte sich schräg zu mir. Ich schürzte die Lippen und schnaufte sanft durch sie hindurch. Ich wollte nicht nur ein verirrtes Haar, sondern diesen ganzen Tag eine Million Meilen weit weg zu pusten, um von den Funken in den Himmel getragen zu werden.

Ich wagte es nicht, irgendeinen anderen Teil meines Körpers zu bewegen. Ich konnte Manfreds Gesicht nicht sehen, zu wissen ob er immer noch die sterbende Glut beobachtete. Die leere Weinflasche lag auf der Seite neben der Asche. Ich schob sie mit dem Fuß vom Rand des Feuers weg und streifte mit meinen Stiefeln die weiße Asche ab. Obwohl ich mich bemühte ruhig zu bleiben, geriet mein Oberkörper durch die Bewegung leicht ins Wanken und Manfreds Kopf rutschte in die Beuge meines rechten Ellenbogens. Mit klopfendem Herzen stellte ich fest, dass er schlief. Ein Stein blieb mir im Hals stecken.

«Manfred?» rief ich leise.

Keine Bewegung, kein Zucken im Schlaf oder plötzliches Aufwachen aus dem Schlummer. Ich rief wieder lauter und bewegte meinen Ellbogen zweimal auf und ab. Sein Kopf hüpfte gegen meinen Arm. Er wachte immer noch nicht auf, stieß aber ein kurzes Schnauben aus. Ich schlurfte von ihm weg und drehte mich um, dann legte ich seinen Kopf auf seinen Mantel, wobei ich den Stoff zusammenraffte, um ein behelfsmäßiges Kissen auf dem Boden zu schaffen.

Mit einer Mischung aus Verwunderung und Entsetzen schlug ich die Hände vor den Mund. Sein Gesicht war entspannt, fast engelsgleich. Sein struppiges Haar lag über der gefalteten Jacke und sein kantiges Kinn war locker, was den Eindruck vollerer Lippen erweckte. Seine Bedrohung war verflogen und hinterließ das Bild der Unschuld. Ich dachte daran, dass der Abstand zwischen dem, was wir wollen und dem was wir fürchten, manchmal nur die Breite einer Tannennadel hat. Aber ich konnte nie vergessen, was er getan hatte.

Dies war sicherlich der Anfang vom Ende. Es schien alles so einfach, so furchtbar leicht umzusetzen. Und während mir das Warten mit Manfred am Feuer wie eine Ewigkeit vorgekommen war, raste die Zeit nun auf mich ein. Ich schluckte nervös. Ich dachte, mir könnte schlecht werden. Ich atmete einige Male tief durch um mich zu beruhigen. Ich wieder-holte im Stillen ein Mantra: *Das ist das Beste für alle.*

Ich hatte keine Ahnung, ob dieser Pillencocktail Manfred tatsäch-lich umbringen würde. Ich wusste aus meiner Erfahrung mit alpinen Outdoor-Aktivitäten, dass die Kälte ein heimlicher, stiller Killer war. Sobald die Körpertemperatur auf ein Niveau gesunken war, bei dem die Anatomie nicht mehr funktionierte, fielen alle Teile des Körpers in einen ewigen Schlummer. Sie schaltet schließlich das Gehirn aus, wie ein Licht das ausgeht. In der Kälte zu sterben war offenbar die am wenigsten schmerzhafte oder traumatische Art zu sterben. Die Pillen sollten sich-erstellen, dass Manfred nicht mehr aufwachen würde.

Als ich mich von ihm entfernte, konnte ich im letzten Schein der Glut kaum noch etwas erkennen. Sein Arm war auf die Seite gesunken. Zwei Finger lagen in dem Picknick-Picknickbecher, als ob er ihn jeden Moment aufheben und als Fingerpuppe benutzen würde um einen Witz zu erzählen. Seine Hand sah unangenehm gekrümmt aus. Die Finger drückten grausam auf den Rand des Plastikglases, aber das störte ihn nicht aus seinem Schlummer.

Er war mehr als nur am Schlafen.

Und endlich, endlich ließ ich mich von einem Gefühl des Sieges leiten. Ich hatte dies für die Menschen getan, die ich liebte. Es gab nichts Wichtigeres.

Ich würde meine Familie um jeden Preis beschützen.

Als der Wind nachließ und die Glut sich nicht mehr im Blätterdach des Waldes spiegelte, richteten sich meine Augen in den kalten indigoblauen Schatten auf.

Aus der obersten Tasche meines Rucksacks zog ich eine Stirnlampe heraus und legte sie mir um den Kopf. Ich schaltete sie ein und sofort wurden die gezackten Silhouetten der kahlen Äste vom kalten Licht der Lampe erfasst.

Ich vermied es, in Manfreds Gesicht zu sehen. Ich beschäftigte mich mit neuen Aufgaben. Ich zog mir ein Paar Handschuhe an, holte eine leere Flasche die ich mitgebracht habe und wischte die Fingerabdrücke sorgfältig ab. Ich zog den Korken heraus, den ich nur halb hineingesteckt hatte. Ich ging zu Manfreds anderer Seite und kniete mich neben ihn. Ich nahm seinen Arm und legte seine Hand auf den Flaschenhals und streichelte mit den Fingern über das grüne Glas, das wie eine Stoffpuppe herumflatterte.

Ich konnte immer noch nicht in sein Gesicht sehen.

Ich legte die Flasche neben seine Füße. Ich wischte den Korkenzieher ab, schob den Korken vorsichtig zurück auf die Spirale, drückte seine Finger auf den Griff und stellte ihn in seine Reichweite. Ich hob die andere leere Ripasso-Weinflasche auf, die noch etwas warm vom Feuer war, und steckte sie vorsichtig in meinen Rucksack.

Ich nahm die leeren Blisterblätter von Quilonorm und Co-Dafalgan heraus und steckte sie in die Tasche von Manfreds Jacke. Ich konnte Manfreds Becher nicht erreichen, ohne seinen Körper zu stören. Ich glaubte nicht, dass ich ihn berührt hatte, aber ich wollte seinen anderen Arm nicht berühren, um ihn zu bewegen. Ich wollte ihn nie wieder anfassen. Es war ein Risiko, aber ich ließ es neben ihm stehen. Meinen eigenen Weinbecher verstaute ich in meinem Rucksack.

Schließlich warf ich einen letzten Blick auf Manfreds schlafendes Gesicht. Mein Strahl der Lampe leuchtete über seine Züge. Ich glaubte, seine Augen flackern zu sehen und holte tief Luft. Der Lichtstrahl leuchtete in sein Gesicht, seine Helligkeit warf einen blassen wächsernen

Schimmer auf seine Haut. Keine Bewegung. Meine Augen brannten heiß vor Tränen. Ich hätte ihn fast wachgerüttelt.

Mein alter Begleiter, die Schuld, hatte mich auf jedem Schritt dieser Reise begleitet. Meine ständige Unsicherheit hatte mich dazu gebracht, an jeder Ecke wieder umkehren zu wollen. Doch auf meiner Schulter saß der Teufel der Entschlossenheit, meine Familie zusammenzuhalten. Eine schwelende Wut auf diese Person, die auf dem Boden lag und uns etwas Wertvolles gestohlen und so viel Schmerz und Leid verursacht hatte. Ich blinzelte die brennenden Tränen weg, als eine letzte dünne blaue Rauchfahne aus der Feuergrube aufstieg und mir der beißende Geruch der abkühlenden Asche im Hals stecken blieb.

Ich hob den Rucksack auf meine Schultern und wanderte vorsichtig den Berg hinunter. Der Abstieg in der Dunkelheit war ein wenig tückischer, aber weniger atemraubend. Sobald ich die Lichtung verlassen hatte, wollte ich so schnell wie möglich von Manfred weg sein, aber ich war vorsichtig. Mein Knöchel schmerzte, weil ich in der Dunkelheit auf den steilen geschwungenen Kieseln und Schotter das Gleichgewicht halten musste. Das spärliche Licht meiner Stirnlampe mich verwirrte. Ich wollte rennen, aber ich wusste, dass ich einen Unfall riskierte, wenn ich nicht vorsichtig war. Ich spürte einen dumpfen Schmerz in meinem verletzten Knöchel. Das Echo meiner eigenen Schritte auf dem Waldweg veranlasste mich immer wieder zum umdrehen, weil ich dachte Manfred sei erwacht und eile mir den Berg hinunter.

Als ich den Fuß des steilen Hügels erreichte, schaltete ich meine Stirnlampe aus, als ich aus dem Schutz der Bäume hervortrat. Ich blieb stehen und wartete, bis sich meine Atmung beruhigt hatte. Ich richtete Augen und Ohren auf den Wald und lauschte auf das Geräusch nachfolgender Schritte. Der ferne Schrei einer Eule drang mit dem Rauschen des Windes durch die Kiefern zu mir.

Der Weg führte mich um die Rückseite eines Campingplatzes herum, der jetzt am Ende der Saison geschlossen war, bevor ich die befestigte Oberfläche der schmalen Asphaltstraße erreichte auf der wir hergekommen waren. Es war eine mondlose Nacht. Meine Augen schmerzten von der Anstrengung den steinigen Weg zu erkennen. Ich ließ meine Stirnlampe ausgeschaltet. Ich überließ es dem Sternenlicht und dem Umgebungslicht der Straßen und Häuser auf der anderen Seite des Sees, mir den Weg zurück zur Hauptstraße zu weisen. Als ich den glatten schwarzen Asphalt betrat, fühlten sich meine Wanderschuhe schwerfällig und klumpig an. Der Weg nach Hause war endlos.

Ich legte mich so vorsichtig wie möglich ins Bett um Simon nicht zu wecken. Es war spät, aber ich schaltete das Licht nicht an um die Zeit zu überprüfen. Meine müden Augen fühlten sich an als würden sie mit Sekundenkleber zusammenkleben sobald ich sie schloss. Ein schwacher rußiger Geruch schwebte um meinen Kopf. Ich dachte das Geräusch des Zurückklappens der Daunendecke könnte Simon aus seinem Schlummer wecken, aber er lag still auf der Seite und wandte sich wie immer von mir ab.

Ich legte mich auf den Rücken. Mein müder Nacken war dankbar für die Kühle des Kissens unter mir. Es war eine große Erleichterung für meinen schmerzenden Körper ins Nichts zu sinken. Ich beruhigte meine Atmung bis ich nur noch das leise Surren eines Wasserhahns in einer anderen Wohnung irgendwo im Gebäude hörte.

Dann zischte die Bettdecke. Simons Hand fand meine Handfläche die unten auf der Matratze lag. Ein Weg zwischen zwei Körpern. Eine Brücke über den Abgrund. Er drückte meine Hand und streichelte sie zweimal sanft. In seinem halbbewussten Zustand rollte er sich wortlos auf die Seite und kehrte in den bequemen Schlaf zurück. Die einfache Geste ließ mir die Kehle zuschnüren und meine Lippen in der Dunkelheit unwillkürlich zusammenpressen. Ich führte meine Hand zum Gesicht und hielt mir den Mund zu um zu verhindern, dass das drohende Schluchzen entweicht.

Dieses Signal des Waffenstillstands, des wiedergewonnenen Vertrauens, von etwas Gerettetem. Die einfache Geste brachte einen Funken Hoffnung, ein Samenkorn. Das sollte ich begreifen, nachdem ich mich wochenlang elend gefühlt hatte und nach einer Nacht, in der ich die Schwere des Bösen spürte das mich überkam. Diese urzeitliche Tat die ich kalkuliert ausgeführt hatte um meine Familie zu schützen, könnte irgendwann zurückkommen und mich heimsuchen. Es gab genug Leute die wussten, dass es so weit kommen konnte, auch wenn sie mir so etwas nicht zutrauten.

Die Samariterin Alice.

47

Ich warf einen Blick in den Spiegel und eilte ängstlich zur Tür. Das Läuten der Glocke hallte noch immer im Flur wider. Mehrere unruhige Nächte hatten ihren Tribut gefordert. Dunkle Schatten sammelten sich unter meinen Augen. Mein linkes Unterlid gipfelte in einem geschwollenen Paket das den Eindruck erweckte, ich hätte geweint. Ich öffnete die Tür und atmete scharf ein, als ich in das Gesicht von Reto Schmid blickte.

«Frau Reed, guten Tag,» sagte er.

Ich dachte, er würde mit den Absätzen klappern. Sein Hochdeutsch war brüsk. Stattdessen reichte er mir die Hand zur Begrüßung. Ich versuchte meine Unsicherheit durch einen festen Griff zu verbergen. Kühle Luft wehte vom Haupteingang durch das Treppenhaus hinauf. Der Schnee war im Anmarsch. Ich konnte ihn fast riechen. Nervosität die ich nicht vermitteln wollte, durchströmte meinen Körper.

«Grüezi, Herr Schmid,» sagte ich vorsichtig.

Ich hielt mit der linken Hand die Türkante fest, eine Barriere zwischen dem Polizisten und meiner Wohnung. Er rieb seine Hände aneinander und kauerte sich ein wenig zusammen. Er war allein.

«Darf ich bitte eintreten?»

Seine Stimme war neutral, nicht unfreundlich, nicht übermäßig aufdringlich.

Ich führte ihn in die Küche, wo auf der Arbeitsplatte eine Reihe halbfertiger Mittagessen verstreut lagen. Ich wies ihm einen Stuhl zu, auf den er sich setzen konnte.

«Ich hoffe, es macht ihnen nichts aus, ich bin ein wenig verspätet,» sagte ich. «Meine Jungs werden bald zu Hause sein. Ich kann kochen, während wir reden.»

Ich brauchte eine Ausrede um mich von ihm abzuwenden, um den Blickkontakt zu vermeiden. Er durfte nicht lesen was in mir lauerte. Es war gut, dass ich meine Hände beschäftigt hatte. Ich dachte, ich wüsste, warum er hier war. Aber ich durfte ihm nicht zeigen, dass ich das wusste.

«Es tut mir leid. Ich sehe, sie sind beschäftigt,» sagte er.

Entschuldigend, das ist ein gutes Zeichen. Ich nahm eine Karotte in die Hand und griff nach dem Sparschäler.

«Ich dachte, sie würden gerne über den Tod von Manfred Guggenbühl informiert werden,» sagte er.

Meine Hand wanderte unwillkürlich zum Mund. Die Augen wurden groß. Ein Teil von mir wollte glauben, dass Manfred friedlich für immer im Wald schlief, gefangen in der bequemen Illusion, dass er und ich für immer aneinander gebunden sein würden. Mir wurde schlecht, ich musste mich hinsetzen. Ich konnte aber nicht zulassen, dass dieser Polizist die Schuldgefühle sah die mich durchfluteten. Ich hoffte, er würde meine Reaktion lesen wie jeder der vom Tod eines Bekannten erfährt. Ich versuchte, mir etwas Angemessenes zu sagen.

«Wie? W... wann?»

Ich war mir nicht sicher welche Emotion ich zum Ausdruck bringen sollte. Ich vergaß meine Rolle als Schauspielerin und war entsetzt, dass meine schreckliche Tat funktioniert hatte und nun bestätigt worden war.

Alice die Mörderin.

Mein Herz pochte. Mein Gesicht brannte. Eine neue Welle von Schuldgefühlen hätte mich fast dazu gebracht dem Mann, der jetzt an meinem Küchentisch saß, meine Handgelenke zu präsentieren. Doch das Geschnatter der Jungen die in der Ferne zum Mittagessen nach Hause kamen, brachte mich abrupt zu meinem Pflichtbewusstsein zurück. Durch das offene Küchenfenster konnte ich sie die Auffahrt hinunterschlendern sehen.

Ich habe diese schreckliche Sache für sie getan.

Diese stumme Rechtfertigung die ich wie ein Mantra wiederholte seit ich vor drei Nächten nach Hause gekommen war. Es stimmte; ich würde *alles* tun um sie zu beschützen. Meine Augen wurden feucht. Ein verzerrtes Lächeln spielte auf meinen Lippen, als ich die Jungs beobachtete. Schmid räusperte sich.

«Ja nun, ich sollte betonen, dass dies eine menschliche Tragödie ist. Aber ich wusste nicht genau, wie sie sich fühlen würden,» sagte er, während ich mein Lächeln schnell wegpackte.

Die Stimmen der Jungs kamen immer näher. Sie stritten sich über irgendetwas. Ich konnte hören, wie Oliver auf Schweizerdeutsch etwas klarstellte, während Leo ihm auf Englisch antwortete.

«Es scheint, dass Herr Guggenbühl sich das Leben genommen hat,» sagte er.

Ich öffnete den Mund um eine weitere Frage zu stellen, aber der Polizist fuhr fort bevor ich sprechen konnte.

«Ich kann ihnen zu diesem Zeitpunkt keine Einzelheiten nennen. Sie sollten wissen, dass sie im Laufe der nächsten Woche befragt werden können...»

Meine Augen weiteten sich und Schmids Hand hob sich in einer beruhigenden Geste.

«...Weil sie vor einiger Zeit eine Stalking-Anzeige gegen das Opfer erstattet haben.»

Die Jungs waren jetzt unten auf der Eingangshalle. Ich presste die Lippen zusammen und schaute den Polizisten flehend an, wobei ich den Kopf schüttelte um anzuzeigen, dass ich nicht wollte, dass meine Söhne dieses Gespräch mitbekamen. Er verengte die Augen, verstand aber ohne Erklärung die stumme Bitte den Kindern solche Schrecken nicht anzutun. Er stand auf, verließ die Küche und ging den Flur hinunter, wobei er eine Karte aus der Tasche zog wie ein Vertreter der von Tür zu Tür geht.

«Geht es ihnen gut Frau Reed?» fragte Schmid und schaute mich neugierig an, als er mir die Karte hinhielt.

Ich spürte wie meine Kehle eng wurde und ich sah wohl etwas verwirrt aus.

«Wenn sie mit mir oder einem meiner Kollegen sprechen wollen, ist dies die beste Nummer, die sie wählen können.»

Ich nickte, als ich ihm die Karte abnahm und sie in die Gesäßtasche meiner Jeans steckte. Die Jungs standen unten an der Treppe. Ich konnte mich den neugierigen Fragen der Teenager nicht stellen, von denen ich wusste, dass ich sie mit einer Reihe von Lügen beantworten musste, vor allem nicht in seiner Gegenwart. Schmid zögerte.

«Er wird sie nicht mehr belästigen. Ich denke, sie werden erleichtert sein das zu erfahren.»

«Ja, danke, natürlich. Auf Wiedersehen,» sagte ich hastig. Ich schüttelte kurz seine Hand und wollte, dass er so schnell wie möglich ging.

Ich fühlte mich berauscht von Leichtigkeit und Schwere zugleich. Die Leichtigkeit, weil ich frei war, aber auch das Wissen, dass ich an die Last der Täuschung gebunden war, die Monate, Jahre brauchen würde, um zu verblassen.

Ich beobachtete die Jungs wie sie die Treppe hinaufkamen. Olivers Mund verzog sich zu einem Briefkastenrechteck, in dem knirschende Zähne zu sehen waren. Leo starrte mit offener Neugier auf den Offizier, der ihnen ein joviales «Hoi, Zäme» zuwarf, als er an ihnen vorbeiging. Oliver warf einen Blick über die Schulter, als Schmid zur Tür hinausging. Er hat sich sicher erinnert, dass der Polizist nicht zum ersten Mal bei uns zu Hause gewesen war.

«Wow Mum, was hat der denn hier gemacht? Ist in der Nachbarschaft jemand ermordet worden?» fragte Leo.

Ich erbleichte, schwankte auf der Stelle und zwang mich zu einem Lachen.

«Er hat nur ein paar Erkundigungen eingezogen,» sagte ich und merkte wie Oliver sich entspannte.

Der Alptraum war wirklich vorbei. Aber mir war schwindelig von der Anstrengung, mir eine neue Geschichte auszudenken. Ich ging zum Küchentisch, wandte mich von ihnen ab und strich mit den Fingern über den Schweiß auf meiner Wange.

«Ich dachte, der Löli hier wurde vielleicht wieder beim Ladendiebstahl erwischt.» Leo drehte sich zu seinem Bruder um, als dieser am Tisch saß. «Du bist so behindert.»

«Leo!» Meine Stimme klang ein wenig zu laut in der Enge unserer niedrigen Küche. «Wie oft habe ich dir schon gesagt, dass du das nicht sagen sollst? Nenn deinen Bruder oder andere Personen nicht behindert.»

Ich schwang einen Löffel und schnippte Perlen von Salatsoße auf die Bodenfliesen. Meine Erwiderung wurde ignoriert und das brüderliche Gezänk eskalierte. Aber Leos Sticheleien verlagerten den Schwerpunkt des Gesprächs. Anstatt ihren Streit zu beenden, ließ ich sie weitermachen. Ich beschloss nur dann einzugreifen, wenn die Auseinandersetzung handgreiflich wurde.

Der Trick hat funktioniert. Sie waren so abgelenkt, dass die Erinnerung an den Polizisten in unserem Haus bereits in ihrem Hinterkopf verschwand.

Ich dachte, sie würden gerne über den Tod von Manfred Guggenbühl informiert werden.

Die Ankündigung des Polizisten hallte noch in meinen Gedanken nach. Die typische Sterilität seiner Rede ließ nicht erahnen, was ihm durch den Kopf ging. Sein starrer Blick hätte ein Ausdruck der Besorgnis sein können. Wahrscheinlich wollte er meine Reaktion auf seine Nachricht abwarten. Ich war froh über die Ankunft der Jungs die dafür sorgten, dass sein Besuch nur kurz war.

Ich hörte nur halb zu, wie sich die Jungs am Tisch unterhielten, die auf beiden Seiten Schweizerdeutsch sprachen. Ich fuhr fort das Mittagessen vorzubereiten. Ich holte ein Tablett mit Chäs-chüechli aus dem Ofen und schob einen Rüeblisalat auf den Tisch. Als ich den Schrank öffnete um zwei Teller für die Mahlzeit herauszuholen, schweifte mein Blick zum Fenster. In der Ferne, am Ende des Feldweges, konnte ich die abgestorbenen Äste des halb verbrannten Baumes sehen und mir stieg die Röte in die Kehle.

«Hey Mum, ist es fertig? Träumst du, oder was?»

Ich drehte mich um. Beide Jungs sahen mich erwartungsvoll an. Olivers Augen war auf mich gerichtet, Leos auf den Teller mit dem Essen den ich gerade servieren wollte.

«Entschuldigung, bitte sehr,» sagte ich abwesend.

«Geht es dir gut Mum? Hat der Polizist etwas gesagt?» fragte Oliver vorsichtig.

Ich konnte nicht vergessen, dass seine Beziehung zu unserem örtlichen Polizisten genauso prekär war wie meine eigene. Er hatte es also nicht vergessen. Ich ignorierte seine Frage.

«Bon Appetit!» sagte ich übermütig, als Leo seinen ersten Bissen mit Messer und Gabel abschnitt. Oliver nahm eine der kleinen Käsequiches in die Hand um sie mit den Händen zu essen.

«Du meinst En guete!» stellte Leo fest, bevor er das Gespräch mit einem Bissen zum Schweigen brachte.

«Man sagt, dass heute Nachmittag ein heftiger Schneesturm kommen soll,» sagte ich. «Vielleicht solltet ihr nach dem Mittagessen eure Schneestiefel in die Schule anziehen. Und ihr werdet Mützen brauchen. Der Wind ist kalt.»

Ich schluckte. Wieder einmal verließ ich mich auf die Gleichgültigkeit einer Familienroutine, die auf der einen Seite heller war, weil es keine Bedrohung in unserem Leben gab und auf der anderen Seite dunkler, weil die Fasern der Schuld die mich zu ersticken drohten, mich erdrückten.

«Es ging um *ihn*, nicht wahr?» zischte Oliver, als er nach dem Essen seinen Teller in die Spüle stellte.

Das Geräusch des Bestecks auf dem Teller ließ mich zusammenzucken. Ich hatte erwartet, dass er losstürmen würde um seine Handschuhe zu suchen, aber ich hätte ihn besser kennen müssen. Ich legte meine Hand auf seine Schulter, während er auf eine Antwort wartete.

«Oli, der Mann, der mir nachgestellt hat, der dir letzte Woche diese schrecklichen Dinge angetan hat ... er ist tot. Er hat Selbstmord begangen. Er ist in den Wald gegangen und hat zu viele Pillen geschluckt... oder so... Er ist eingeschlafen und nicht mehr aufgewacht.»

Ich hielt unruhig inne. Der Polizist hatte mir nicht gesagt, wie Manfred gestorben war. Ich wandte mich ab und räumte methodisch das schmutzige Geschirr in den Geschirrspüler. Olivers Neugier war verständlich, aber ich hatte schon zu viel für seinen jungen fantasiebegabten Verstand gesagt.

«Er wird uns nicht mehr belästigen,» sagte ich abschließend und hoffte, dass er nicht mehr nach Einzelheiten fragen würde.

«Mum du hast Herrn Schmid doch nicht erzählt, was mir letzte Woche passiert ist, oder?» zischte er theatralisch. «Ich dachte, wir waren uns einig, dass du das nicht tust.»

Ich hob meine Hände um zu zeigen, dass ich mich ergeben hatte.

«Nein Oli, ich habe dem Polizisten nichts gesagt. Dein Geheimnis ist bei mir sicher.»

Seine Schultern sanken vor Erleichterung.

«Du musst auch nach deinen Handschuhen sehen Oli. Es wird später richtig kalt werden.»

Aber er ließ nicht locker. Seine Augen weiteten sich, als er meinen Arm festhielt.

«Er hat... Mum, meinst du... War es derselbe Mann den du im Frühjahr auf der Brücke gerettet hast? War es derselbe Mann der uns gefolgt ist? War *er* es? Oh...»

«Ja, es war derselbe Mann. Und ich habe es dir nie gesagt, weil ich nicht wollte, dass du dir Sorgen machst. Du bist zu jung um dir über solche Dinge Gedanken zu machen. Ich wünschte nur... ich wünschte er hätte sich früher das Leben genommen, bevor er dir wehgetan hat,» sagte ich wehmütig.

«Mum – Pillen? Welche Art von Pillen? Glaubst du, er hat das wegen mir getan?»

«Nein, nein Oli. Es war nicht deine Schuld. Du darfst nicht denken, dass er das wegen dir getan hat, wegen uns. Ich weiß nicht welche Pillen er genommen hat. Er war bereits ein kranker Mann. Wir haben im April darüber gesprochen, weißt du noch? Viele Menschen, die einen Selbstmordversuch unternommen haben, versuchen es später noch einmal. Er war furchtbar unglücklich und du darfst dir nie die Schuld geben.»

«Es ist nur so, dass er nicht... traurig wirkte. Er war definitiv wütend, besonders auf mich, aber nicht traurig. Eins ist sicher, er war ein Freak. Vielleicht hätte er einen Arzt aufsuchen sollen,» überlegte Oliver. «Aber solche Freaks gehören nicht in unsere Welt, nicht wahr, Mum?»

«Nein Oli, nicht, wenn sie nicht geheilt werden wollen, das wollen sie bestimmt nicht,» sagte ich.

Ich beugte mich hinunter und legte meine Hände um seine Taille. Ich drückte ihn fest an mich, aber er befreite sich aus meiner Umarmung. Ich nahm an, dass er sich durch die Begegnung mit Manfred noch immer gedemütigt fühlte. Die roten Flecken auf seinem Rücken und seinen Hüften waren inzwischen zu gelben blauen Flecken geworden, aber sie erinnerten mich immer noch mit Schwefel an die Brutalität.

«Einige der Kinder könnten in der Schule darüber sprechen, zumal der Mann im Dorf wohnte. Vielleicht ist es besser, wenn du nicht darüber sprichst, falls man dich fragt was dir letzte Woche passiert ist, okay Oli? Vieles von dieser Geschichte lässt man am besten ungesagt, sonst muss man vielleicht viele Fragen beantworten.»

Oliver nickte weise und dachte an seinen eigenen Ruf.

48

Die Stunden, die ich an diesem Abend auf Simon wartete, erinnerten mich an die Zeit, als ich ihm sagte, dass ich mit Leo schwanger war. Dieselbe nervöse Anspannung, nicht mehr zu wissen, ob er mit *allem* einverstanden war, *was* ich ihm jetzt erzählte. Vor fünfzehn Jahren, als der positive Schwangerschaftstest auf dem Küchentisch lag, hatte ich ihm im Stillen gewünscht, dass er sich freuen würde. Ich war mir sicher, dass er sich freuen würde, obwohl wir gesagt hatten, dass wir noch ein paar Jahre warten würden, bevor wir eine Familie gründen. Damals vertraute ich darauf, dass er es akzeptieren würde. Aber es gab immer die unterschwellige Angst, dass die Nachricht eine unerwartete Reaktion auslösen würde. Dies war nicht viel anders. Aber warum ich dachte, dass die Nachricht von Manfreds Tod alles andere als Erleichterung, ja sogar Freude auslösen würde, war mir ein Rätsel. Vielleicht lag es an der verschwommenen Verwirrung zwischen Fakt und Fiktion, die sich in meinem Kopf aufbaute. Aber es war ein gutes Gefühl, die Nachricht endlich überbringen zu können, nachdem Schmid sie bestätigt hatte. Simon war an diesem Morgen nichts ahnend zur Arbeit gegangen.

Er kam nach Hause, als ich gerade ein Bananenbrot aus dem Ofen nahm das Oliver gebacken hatte. Die Wohnungstür schloss sich so fest, dass ich mich fragte, ob sein Tag nicht ganz nach Plan verlaufen war. Simon brachte seine Frustrationen selten nach Hause, aber jetzt, da der Joint-Venture-Deal vereinbart und unterzeichnet worden war, hatte sich die Euphorie nach dem Erfolg schnell in einen Dämpfer verwandelt. Während die monumentale Aufgabe harter Arbeit die nötig war um den

Wert des Unternehmens zu beweisen, zunahm. Das Familienleben ging weiter und wir erfüllten immer noch unsere alten Pflichten zu Hause. Obwohl wir stolz auf seine Leistungen waren, war es schwierig die Jungs an einem geschäftlichen Erfolg teilhaben zu lassen den sie nicht ganz verstanden. Obwohl Leo zuhörte tapfer den Erklärungen seines Vaters über Fusionen und Übernahmen.

Während Oliver vorsichtig ein Messer um den Rand des Brotes schob um es aus der Backform zu lösen, kam Simon in die Küche. Er legte seine Handfläche zwischen meine Schulterblätter und küsste mich auf die Wange. Ich lächelte bei diesem unerwarteten Zeichen der Zuneigung. Ich spürte wie meine Anspannung etwas nachließ, als Oliver uns beide anstrahlte. Ich hoffte, dass dies bedeutete, dass es so gut wie jeder andere Zeitpunkt war, es ihm zu sagen. Aber bevor ich auch nur daran denken konnte Sätze zu formulieren, meldete sich Oliver zu Wort.

«Hey Dad. Heute gibt es gute Neuigkeiten. Du kennst doch den unheimlichen Typen, den Stalker?»

Olivers Aufregung überdeckte die Wolke die über Simons Gesicht zog.

«Nun, er hat sich umgebracht. Er wird nicht mehr da sein und uns belästigen... Mama belästigen.» Oliver sah mich eindringlich an und legte eine mehlbestäubte Hand kurz auf meinen Arm.

Mein junger Beschützer. Ich wünschte er würde aufhören. Aufhören, den Teil mit dem «wir» zu betonen, weil ich Simon immer noch nicht erzählt hatte was Manfred ihm angetan hatte.

Simon wandte sich mit hochgezogenen Augenbrauen an seinen jüngsten Sohn.

«Wow, ja, ich schätze damit ist das Problem aus der Welt geschafft. Er hat sich *umgebracht* Oli? Das ist ziemlich grausam. Wann ist das passiert?»

Simon schnupperte an dem Bananenbrot. Ich war überrascht, dass er nicht schockiert wirkte. Oliver hätte seinem Vater genauso gut sagen können, dass er ein tapferer Junge beim Zahnarzt war. Seine Reaktion wirkte zu lässig, zu distanziert. Es sei denn er wollte seinen Sohn vor den Schrecken des Todes bewahren und eine Gräueltat auf die leichte Schulter nehmen.

Oliver schlug auf Simons Hand ein, als dieser versuchte an einer verkrusteten Ecke des Brotes zu knabbern.

«Du musst warten Dad. Das ist für den Nachtisch,» sagte er mit gespielter Strenge bevor er Simons Frage beantwortete.

«Es ist vor ein paar Tagen passiert, glaube ich. Er hat ein paar Pillen geschluckt, weißt du wie dieser Brad Renfro, eine *Überdosis.*»

Ich sah Simon an der verwirrt dreinschaute, als sich unsere Blicke trafen. Ich merkte, dass er dachte: *«Wer zum Teufel ist Brad Renfro?»* und ich brachte ein Lächeln zustande.

Meine eigene Neugierde konzentrierte sich darauf, woher Oliver den Begriff «Überdosis» kannte. Simon drehte sich wieder zu ihm um und schenkte seiner Geschichte mehr Aufmerksamkeit. Ich sah eine Bestürzung in seinen Augen die ich vorher nicht gesehen hatte und fragte mich, wie ich so immun gegen die Signale meines Mannes geworden war. Wahrscheinlich dachte er, dass *wir* diese Angelegenheit mit zu viel Gleichgültigkeit behandeln würden.

«Das ist ein ziemliches Drama,» sagte er. «Wie hast du es herausgefunden?»

«Mama hat es mir gesagt. Die Polizei war heute hier. Sie haben es Mum gesagt, weil der Typ uns verfolgt hat – sie und so,» fuhr Oliver fort.

Ich fühlte mich plötzlich ein wenig außer Kontrolle und erinnerte mich wieder daran, dass der Polizist die Details von Manfreds Selbstmord nicht erwähnt hatte.

Später am Abend kroch ich unter die Bettdecke und suchte mit meinen Füßen etwas Wärme auf Simons Seite des Bettes. Mit dem Wechsel der Jahreszeit sank die Temperatur draußen. Unsere uralte Heizungsanlage hatte ihren Winterplan noch nicht vollständig umgesetzt. Der Nordwind wehte so stark, dass die hölzernen Fensterläden knarrten. Ich notierte mir, dass ich die Thermostate an den Heizkörpern am Morgen ändern würde.

«Aua!» rief Simon lächelnd aus, als mein kalter Fuß sein Bein berührte.

Er drehte sich auf die Seite und sah mich an, während ich die Bettdecke unter mein Kinn schob. Er streckte seinen rechten Arm über mich und zog mich an sich heran. Ich drehte mich zu ihm um und lächelte. Aber ich spürte, dass ich nicht in der Lage war die permanenten Falten in meinem Gesicht zu verbergen, in denen sich noch immer die Last meiner eingesperrten Gedanken spiegelte. Simon hielt sie fälschlicherweise für ein Stirnrunzeln.

«Was?» fragte er. «Al es ist jetzt Zeit dich zu entspannen. Eine Bedrohung hat sich bequemerweise aus unserem Leben entfernt. Dieses Ding hat uns alle … na ja, hauptsächlich dich … monatelang genervt und jetzt ist es weg. Er ist weg. Lass ihn gehen.»

«Ich weiß, Liebes, es war nur so ein Stress. Dann noch die Polizei und Olivers kleines Abenteuer vor einer Weile im Laden an der Ecke. Manfreds Anwesenheit wurde zu einer Art einschüchternder Gewohnheit. Es ist ein komisches Gefühl. Ich kann nicht ganz glauben, dass er… tot ist. Weg.»

«Alice du kannst dir unmöglich vorstellen, dass du irgendetwas hättest tun können um seine traurige Seele ein zweites Mal zu retten. Du klingst, als würdest du mit ihm sympathisieren.»

«Simon, ich …»

Ich spürte wie ich mich überschlug und meine Gefühle herauslassen wollte. Aber er brachte meine gefährlich unterdrückten Worte mit einem Kuss zum Schweigen. Das Letzte worauf ich Lust hatte, war mit ihm Sex zu haben. Wenn ich aber Simon jetzt eine Absage erteile, könnten Monate des Wiederaufbaus des zarten Vertrauens und der Liebe, die wir irgendwie verloren hatten, zunichte gemacht werden.

«Ich fühle mich seltsam, Simon. Kannst du mich einfach umarmen?» flüsterte ich.

Er zog sich zurück um mein Gesicht zu betrachten. Ich zwang mich meine Stirn zu glätten und lächelte ihn an. Ich wartete auf eine irritierte Bemerkung die nicht kam. Er zog mich zu sich heran.

«Löffeln?» flüsterte er.

Ich nickte und drehte mich auf die Seite, den Rücken an seine Brust gepresst, dankbar für seine Sensibilität. Ich schloss die Augen, zog seinen

Arm zu mir heran und drückte seine Hand an mein Herz. Ich war bereit die Seite in unserem Leben umzudrehen und so weiterzumachen, als hätte Manfred nie existiert.

Nachdem am nächsten Morgen alle zur Arbeit und zur Schule gegangen waren und die Schneestiefel auf dem enttäuschend grauen Asphalt des Bürgersteigs klackerten, beschloss ich eine kleine Runde zu joggen. Es war das erste Mal seit vielen Wochen denn ich trug immer noch die Verletzung mit mir herum. Es war schwer vorstellbar, dass ich mich bis vor zwei Monaten noch auf einen Marathon vorbereitet hatte.

Ich dachte mir, dass ein anstrengendes Jogging auf einem Waldweg helfen würde meine Dämonen zu vertreiben. Mein Knöchel war sicher bereit für diesen Test. Ich zog eine zusätzliche Schicht gegen die klirrende Kälte an und fügte meiner Uniform Handschuhe und ein Stirnband hinzu. Die Wolken zogen hoch über dem Tal auf, mit den weißen Juwelen des Winters beladen.

Ich rannte den Hügel hinauf. Meine Kehle brannte von der Anstrengung in der Kälte. Der Wind zischte durch die Wipfel der Kiefern hinter den Bauernhof. Jede Kurve und jeder Wegweiser war mir auf diesem Hügelpfad so vertraut. Ich empfand eine ungezügelte Euphorie, weil ich jedes Objekt, jeden Ausblick frei betrachten konnte und nicht starr zur Erde blickte, um den Augen auszuweichen die mir sonst überallhin folgten. Ich lief eine Schlucht hinauf, die sich auf offene Felder ausbreitete und vom Kamm im Norden des Ägeritals einen spektakulären Blick auf die Voralpen ermöglichte.

Die Kälte ließ meine Nase laufen und meine Ohren schmerzten, als der Wind die Lücken an der Seite meines Stirnbandes erfasste. Aber schlimmer noch, mein Knöchel fing an zu schmerzen. Ich drehte mich um, um nach Hause zu kommen und verlangsamte mein Joggen auf ein Schritttempo. Die ersten zaghaften Schneeflocken schwebten wie von Zauberhand vom Himmel. Perfekte winzige Kristalle ließen sich auf meinem Haar nieder, das über mein Stirnband fiel. Ich hob mein

Gesicht, blinzelte die Flocken von meinen Wimpern und streckte meine Zunge heraus, um kindlich eine an der Spitze zu erwischen.

Als ich durch die Tür nach Hause kam, klingelte das Telefon. Ich nahm ab, während sich mein Herzschlag beruhigte und ich fragte mich, wann meine Angst nachlassen würde.

«Hallo Al. Oh, mein Gott, ich habe gerade einen Artikel in den 20 Minutes gelesen,» sagte Kathy und meinte damit die lokale Gratiszeitung.

Das Telefon wurde heiß in meiner Hand, als sie fortfuhr.

«Ich habe mir sofort mein Wörterbuch geschnappt um den Artikel richtig zu verstehen. Höre dir das an: «Die Leiche des Mannes, der am vergangenen Freitag auf dem Panoramaweg im Ägerital tot aufgefunden wurde, ist als der 55 jährige Manfred Guggenbühl identifiziert worden. Die Ereignisse, die zu seinem Tod führten, werden noch untersucht. Ein Zeuge am Tatort sagte aber, dass es so aussah, als hätte sich das Opfer das Leben genommen. Er hinterlässt eine Frau und einen Sohn.» *Das ist er Al.»*

Mein Herz schlug mir bis zum Hals.

«Ein Zeuge?» fragte ich schwach.

«Ich glaube, sie meinen den der ihn gefunden hat. Ein Jäger ist anscheinend auf ihn gestoßen. Die Leiche wurde am Freitagnachmittag gefunden. Aber sie sagen nicht, wann er gestorben sein soll,» überlegte Kathy.

Aber *ich* wusste es. Er starb höchstwahrscheinlich zwischen Mitternacht und Morgengrauen am Mittwochmorgen.

Drei Tage.

Ich versuchte, mir den Zustand seines verwesenden Körpers vorzustellen, obwohl die Kälte ihn vielleicht konserviert hatte. Wie hätte er wohl ausgesehen? Wie lange würde es dauern, bis ein Körper anfängt zu verwesen?

«Al? Alice? Geht es dir gut? Du solltest doch sicher total erleichtert sein. Der Spinner hat sich endlich selbst übertroffen. Er hat beendet was er vor all den Monaten tun wollte, als du ihn auf der Brücke gerettet hast. Gut, dass wir ihn los sind, kann ich nur sagen. Was gibts denn? Du hast nichts gesagt.»

«Es fühlt sich nur ein wenig seltsam an Kath. Tut mir leid, es ist alles so unwirklich.»

«Sicherlich eine bizarre Geschichte. Aber Al, schau mal, er wird dich nicht mehr belästigen. Dafür kannst du doch sicher dankbar sein...»

Ich war nicht bereit Kathys Aufregung zu teilen. Ich war nicht bereit, all die Monate der Bedrohung und Ungewissheit noch einmal zu durchleben und aufzuwärmen. Ich war nicht bereit meine Lügen auszuschmücken. Es war noch zu früh um mich zu entspannen, meine Wachsamkeit fallen zu lassen und zu riskieren, dass ich noch Fehler mache, wenn ich mit dem allem umgehe.

Ich wusste, dass sie den Kern der Geschichte mit mir teilen wollte, aber ich könnte ihr nicht einmal ins Gesicht sehen.

«Kath, ich habe heute Morgen versucht zu laufen, aber mein Knöchel ist noch nicht wieder fit. Wir werden unsere Ausflüge eine Weile verschieben müssen. Jetzt, wo der Winter kommt, bin ich mir nicht sicher ob ich im Schnee stabil bin, selbst mit Steigeisen. Ich rufe dich bald an. Wir werden bald wieder etwas unternehmen, das verspreche ich.»

Kathy hatte Recht. Ich hätte erleichtert sein sollen. Aber ich hatte so lange mit gebrochenen Erwartungen gelebt, dass es mir schwer fiel zu glauben, dass selbst der Tod in seinem Fall endgültig sein könnte.

49

Hans Müller begleitete mich von der Rezeption des kantonalen Polizeipräsidiums in der Nähe des gleichnamigen Schutzengelviertels in Zug in ein Büro im hinteren Teil des Gebäudes. Sein Ausweis sagte mir, dass er für die KRIPO, die Kriminalpolizei, arbeitete.

Ich war überrascht, Schmid auf dem Flur in der Nähe des Empfangsbereichs zu sehen, wo er sich mit einem Kollegen unterhielt. Er grüßte mich neutral, als ich vorbeiging. Ich stellte mir vor, dass er sich auf einer Berichtsmission befand und diesen Platz im Korridor einnahm. Die Aufregung über den Fund einer Leiche im idyllischen Ägeri bedeutete, dass er seine Zeit mit den großen Jungs in der Großstadt verbringen musste. Er schien weder erleichtert noch misstrauisch zu sein, als ich seinen Gruß erwiderte. Ich spürte aber seine Augen auf meinem Rücken, als ich vorbeiging.

Obwohl die Polizeibeamten keine besonderen Titel trugen – hier gab es keine «Detective Sargeants» oder «Detective Inspectors», strahlte Müller eine höhere Autorität aus, zumal er ein angenehmes Büro mit großen Fenstern hatte. Ich nannte ihn in Gedanken *Detektiv* Müller, um ihm eine höhere Rolle als *Offizier* Schmid zu geben.

Auf einem Aktenschrank stand eine Topfpflanze. Der Bildschirmschoner seines Computers zeigte das Foto eines kleinen Kindes, das mit einem Berner Sennenhund in einem Garten spielte. Ich entspannte mich ein wenig, nachdem ich mir anfangs vorgestellt hatte, dass ich in einem fensterlosen, dunklen Verhörraum mit nur einem Tisch, zwei Stühlen und einem Wachmann an der Tür befragt werden würde. Ich hatte zu viele Krimis gesehen.

Als Müller sich an seinem Schreibtisch niederließ, ich nahm gegenüber ihm Platz. Ich hörte die Telefone in den benachbarten Büros klingeln, das weiße Rauschen eines Walkie-Talkies das sich irgendwo auf dem Korridor bewegte. Ich hörte den normalen Nachmittagsverkehr, der an dem leicht geöffneten Fenster vorbeizog. Er bot mir einen Kaffee an, den ich ablehnte und hielt es für zu kompliziert nachzufragen, ob es Tee gäbe.

«Frau Reed, können sie uns sagen, was sie an dem fraglichen Abend gemacht haben?»

Ich war das Szenario so oft in meinem Kopf durchgegangen. Mein Puls änderte sich kaum, aber ich spürte wie mir die Hitze ins Gesicht stieg. Ich hoffte, dass der Detektiv dies als die Absurdität der Alibiverpflichtung interpretierte. Ich beschloss mich so gut wie möglich an das zu halten, was ich Simon erzählt hatte. Er war während des ganzen Abends mein einziger weiterer Ansprechpartner gewesen.

Müller schlürfte lautstark seine Schale, einen großen Milchkaffee, während er auf meine Antwort wartete.

«Ich war wandern. Meistens gehe ich dienstags spazieren oder joggen,» sagte ich.

«Wo sind sie an diesem Abend gewandert?»

Er hatte die nervöse Angewohnheit seinen Bleistift zwischen Zeige- und Mittelfinger hin und her zu bewegen, so dass die Spitze mit einem lästigen Pat-Pat-Pat seinen Notizblock berührte. Es fiel mir schwer mich zu konzentrieren und mich an jedes Detail zu erinnern, für den Fall, dass ich zu einem späteren Zeitpunkt erneut befragt würde.

«Ich nahm den Pfad hinter dem Bauernhof in der Nähe unseres Hauses. Ich folgte der Rinne flussaufwärts und kam bei der Abzweigung zum Ratenpass auf den Panoramaweg. Das ist ein Weg den ich in den letzten Wochen oft gegangen bin.»

«Haben Sie jemanden gesehen? Gibt es jemanden, der Ihren Weg an diesem Abend bestätigen kann?»

«Nein, ich habe niemanden gesehen. Manchmal sehe ich Leute die auf dem Hof arbeiten, wenn ich vorbeikomme, aber an diesem Abend habe ich niemanden gesehen.»

Ich hatte nicht die Absicht zu sagen, dass ich Manfred an diesem Tag gesehen hatte. Ich wollte sie anschreien, dass ich nie allein war, nicht eine Minute lang. Aber wenn ich das zugäbe, würde ich mich nur selbst belasten.

«Können sie mir bitte genau sagen, wann sie spazieren gegangen sind? Wann haben sie das Haus verlassen und wann sind sie nach Hause gekommen?»

«Ich verließ das Haus gegen 17.00 Uhr. Ich bin mir nicht sicher wie spät es war, als ich nach Hause kam. Es war dunkel. Ich blieb in der Nähe der Passhöhe um den Sonnenuntergang zu beobachten und wartete bis zur Dämmerung. Es war eine klare Nacht. Dann kam ich nach Hause. Ich glaube, es war zwischen 21.00 und 22.00 Uhr. Mein Mann lag schon im Bett, aber ich bin nicht sicher ob er mich kommen hörte.»

Es war schon spät gewesen, erinnerte ich mich. Simon war kaum aufgewacht. Er hatte sich im Schlaf leicht gedreht, hatte diese beruhigende Hand auf meine gelegt. Aber wir hatten nicht miteinander gesprochen und er konnte sich selber nicht an die Zeit erinnern. Mein Herz flatterte. In Wirklichkeit war es näher an Mitternacht gewesen.

«Wie lange, sagten sie, hat das Opfer sie verfolgt?»

Ich wünschte, sie würden ihn nicht als das Opfer bezeichnen. *Ich* war das Opfer, ganz sicher. Und dann fiel mir wieder ein, dass Manfred tot war.

«Er begann mich an dem Tag zu verfolgen, an dem ich ihn daran hinderte von der Tobelbrücke zu springen. Es war an jenem Sonntag im April, der im Polizeibericht angegeben ist. Er kam zurück zum Haus, nachdem ich ihn an der Bushaltestelle abgesetzt hatte. Später an diesem Tag begannen die Telefonanrufe. Auf meinem Handy und auf unserem Haustelefon. Und so ging es mehrere Monate lang weiter.»

«Hatten sie Grund zu der Annahme, dass Herr Guggenbühl immer noch suizidgefährdet sein könnte?»

Ich zwang meine Gedanken zurück in die Zeit, als ich noch glaubte ihm helfen zu können.

«Wie kann ich diese Frage beantworten? Der Mann *verfolgte* mich. Ich war zu seiner Obsession geworden. Er schien zu glauben, dass wir zusammen in ein normales Leben gehörten.»

Meine aufsteigende Wut brachte mich zum Reden. Ich hätte einfach ja sagen sollen. Ich wusste, dass ich meine eigene Meinung nicht mehr äußern sollte. Ich musste *sie* die Psychologie machen lassen. Ich zwang mich, mich zu beruhigen und holte tief Luft.

«Er hat mir nie gesagt, dass er an Selbstmord denkt. Aber es ist nicht leicht, sich über seinen geistigen Zustand zu äußern, wenn ich der Mittelpunkt seiner Labilität war.»

Das fühlte sich langsam wie ein Verhör an. Herr Müller merkte, dass ich unruhig wurde.

«Es tut mir leid, Frau Reed. Mir ist klar, dass es ihnen schwer fallen würde darauf zu antworten.»

Mein Herz schlug allmählich etwas weniger heftig.

«Verdächtigen sie dich wegen irgendetwas Al? Was ist denn los?

Simon und ich waren an diesem Abend nach dem Essen in der Küche. Die Jungs hatten den Tisch verlassen um auf ihre Zimmer zu gehen. Wir teilten uns die Aufgabe, das Geschirr abzuräumen, die Töpfe zu spülen und den Geschirrspüler zu füllen. Wobei diese banalen Arbeiten unsere Unterhaltung auf ein müßiges Geplauder reduzierten. Ich war froh, dass ich meine Hände beschäftigt hatte.

«Nein, nein. Es ist nur so, dass ich kein Alibi habe. Ich weiß nicht, was sie sich dabei denken. Ich denke sie müssen alle Möglichkeiten ausschließen. Kannst du dich erinnern, wann du an diesem Abend ins Bett gegangen bist? Ich weiß nur noch, dass du mich vage erkannt hast als ich ins Bett kam. Ich möchte nicht, dass wir uns widersprechen, wenn sie dich befragen. Der Detektiv der mich befragt hat, sagte es könnte Ungereimtheiten geben. Ich weiß nicht was er damit meint. Ich weiß nicht ob ich darin verwickelt sein könnte. Vielleicht war es nur eine Redewendung. Aber wir müssen unsere Angaben richtig machen, um *jeden* Verdacht zu vermeiden.»

«Verdacht auf was genau? Mist Al, ich kann mich wirklich nicht erinnern. Ich weiß, dass ich früh ins Bett gegangen bin, nicht lange nach den Jungs. Um zehn vielleicht? Ich habe noch ein bisschen gelesen und bin dann eingedöst. Ich weiß, dass du morgens da warst, aber ich muss tief und fest geschlafen haben. Oh Gott. Denken die du hättest versucht, ihn zu ermorden? Denken die nicht, dass du schon genug Ärger hattest?»

«Ich weiß es nicht. Ich hatte gehofft, wir könnten die ganze Sache einfach vergessen. Wir brauchen eine Pause.»

Ich legte meine Hand auf seine Schulter, als er die Tür des Geschirrspülers schließen wollte. Er blickte nicht zu mir auf, sondern starrte auf die Maschine. Ich fragte mich, was in dem Kopf meines Mannes vorging. Sicherlich war dies ein Zeichen für einen Neuanfang. Vor allem nach dem Abflauen der Gefühle an dem Abend, an dem wir erfahren hatten, dass Manfred wirklich tot war. Ein neuer Anfang ohne ihn in unserem Leben.

Komm zurück zu mir.

«Ich muss sagen, dass es sehr passend ist, dass Manfred sich das Leben genommen hat. Es scheint ein wenig ironisch zu sein,» sagte er.

Er drehte sich zu mir um, legte seine Hand kurz auf meinen Oberarm und drückte sie. Als er die Küche verließ, hob ich meine eigene Hand um nach der leeren Stelle zu greifen wo er meiner Berührung entglitten war. Ich hatte noch eine Menge Arbeit vor mir um sein Vertrauen zurückzugewinnen. Um seine Liebe zurückzugewinnen. Ich wusste, dass es ihm immer noch schwer fallen musste, damit fertig zu werden, dass ich ihn von Anfang an belogen und ihm nicht die ganze Geschichte erzählt hatte.

50

Es tut mir sehr leid, dass wir sie noch einmal zu uns rufen müssen Frau Reed. Es gibt ein paar Formalitäten, die wir erledigen müssen. Ich weiß wie schwierig das für sie war. Ich entschuldige mich für den Stress, der für sie und ihre Familie entstanden ist.»

Ich atmete erleichtert auf. Müller lächelte. Als mir diesmal ein Mitarbeiter Kaffee anbot, erkundigte ich mich ob sie auch Tee hätten. Er brachte mir eine Auswahl an Kräutertees und ein Glas heißes Wasser. Nicht ganz das was ich erwartet hatte, aber ich fühlte mich durch die Aufmerksamkeit geschmeichelt. Ich fühlte mich wie ein Gast und nicht wie ein Verdächtiger. Ich entspannte mich sofort.

Der Detektiv zog einen durchsichtigen Plastikbeutel mit Reißverschluss zu sich heran den ich nicht bemerkt hatte. Er schob ihn zwischen uns wie eine Schachfigur auf einem Brett.

«Kennen Sie dieses Kleidungsstück Frau Reed?»

Ich war schockiert. In seinem zerknitterten vakuumverpackten Zustand war es kaum zu erkennen: eines meiner Lieblingsmieder. Ich fühlte mich plötzlich unwohl und fragte mich, ob es mich belasten könnte. Wo zum Teufel hatten sie es gefunden?

Manfred muss es im Sommer von der Wäscheleine genommen haben. Vielleicht an dem Tag, als er meine Wäsche zusammenlegte. Es sei denn er hatte es irgendwie aus der Schublade in meinem Schlafzimmer genommen. Ich konnte mir nicht vorstellen, wie es mit mir in Verbindung gebracht werden konnte. Wenn es frisch gewaschen war würde es keine Spuren meiner DNA mehr enthalten. Obwohl es könnte sich immer ein

Haar in der Spitze verfangen, mein Fingerabdruck auf einem Etikett, als ich es zusammenlegte. Oder *seinen*.

Aber ich musste zugeben, dass es meins war. Das hatten meine Augen bereits verraten. Ich war mir sicher, dass der Detektiv das von Anfang an beabsichtigt hatte. Er wollte mich überrumpeln, obwohl ich mir nicht sicher war, warum das einen Unterschied machen sollte. Der Artikel hätte Manfred belasten sollen, nicht mich.

«Ja, das ist mein Miederoberteil. Ich bin mir ziemlich sicher, dass Manfred - Herr Guggenbühl – es vor ein paar Monaten von meiner Wäscheleine genommen hat. Ich glaube er hat mal meine Wäsche gefaltet, als es geregnet hat.»

Müller warf mir einen ungläubigen Blick zu.

«Wann haben sie denn gemerkt, dass es fehlt?»

«Ich habe nie wirklich darüber nachgedacht,» sagte ich und rutschte unruhig auf meinem Stuhl hin und her.

Ich erinnerte mich daran, dass ich die saubere gefaltete Wäsche wieder in die Waschmaschine gesteckt hatte um den Wahnsinn seiner Berührung wegzuwaschen. Aber ich hatte nicht bemerkt, dass etwas fehlte. Ist das die Art von Dingen an die ich mich erinnern sollte?

«Der Diebstahl wurde uns gegenüber nicht erwähnt Frau Reed. Diebstahl ist ein Verbrechen, auch wenn es sich nicht um einen großen Diebstahl handelt. Vielleicht hätten sie das bei ihrer Anzeige bei der Polizei erwähnen sollen.»

«Aber ich habe es nicht bemerkt. Notieren sie sich jedes Stück Unterwäsche, das sie in ihre Waschmaschine stecken Herr Müller?»

Meine Wut stieg wieder an. Ich klappte den Kiefer zusammen um keine Szene zu machen. Was für eine verdrehte Gesellschaft verfolgte einen Täter wegen eines kleinen Diebstahls, unternahm aber nichts gegen einen Stalker, der von einer Frau und ihrer Familie besessen war?

Ich zwang mich, die Spannungsfalten in meinem Gesicht zu glätten und wartete stoisch auf die nächsten Fragen. Ich war hin- und hergerissen, ob ich meine Frustration äußern sollte. Dies war nicht der richtige Moment für diese Plattform. Ich musste vorsichtig sein. Wer wusste schon, welcher Fehler mich am Ende ins Gefängnis bringen würde?

«Sie sprechen das Opfer mit seinem Vornamen an, als wäre es ein Bekannter von ihnen Frau Reed.»

Ich starrte Müller an und konnte meinen Mund nicht mehr halten.

«Ist ihnen klar, wie dieser Verrückte, dieser Geistesgestörte, unser Leben völlig durcheinander gebracht hat?»

Er schien keine Ahnung von der Psyche eines Stalkers zu haben. Ich hatte mehr Wissen über das Phänomen indem ich mich durch Seiten im Internet klickte, als sie Erfahrung in der Kriminalabteilung der örtlichen Polizeistation hatten.

«Ich denke, es ist an der Zeit, dass ihr die Kurve kriegt und erkennt, dass Stalking ein kriminelles Problem ist.»

Ich verschränkte meine Arme und lehnte mich zurück. Für einen Moment schien es als hätten wir alle vergessen, dass wir über einen toten Mann sprachen.

«Das Problem wird gerade angegangen Frau Reed. Leider sind sie unser erster Fall dieser Art im Kanton. Abgesehen von häuslichen Streitigkeiten und solchen Problemen zwischen Partnern haben wir damit noch nie Erfahrung gehabt. Werden sie morgen Abend wieder spazieren gehen Frau Reed?»

Die Art und Weise wie er das fragte, ließ mich erblassen. Es war als würde er nicht glauben, dass es einen solchen Zufall geben könnte. Spazieren gehen am selben Abend wie Manfreds Selbstmord.

«Etwas verwirrt mich. Wenn sie sagen, dass sie an vielen Abenden spazieren gehen, war ihnen dann bewusst, dass das Opfer ihnen jedes Mal folgte?»

«Ich... ja. Ein- oder zweimal war ich mir dessen bewusst, aber er hat sich mir nicht genähert.»

«Ich finde es seltsam, dass er sich ausgerechnet in dieser Nacht das Leben nehmen wollte und Ihnen nicht auf Ihrem Spaziergang gefolgt ist. Wir kennen seine Beweggründe nicht, denn es gab weder eine Nachricht noch einen Brief.»

Ich zuckte mit den Schultern, unsicher ob er mich wieder nach meiner Meinung fragte. Von da an beschloss ich nur noch direkte Fragen zu beantworten. Ich hatte schon zu viele meiner eigenen Eindrücke wiedergegeben. Mein Tee blieb auf Müllers Schreibtisch kalt. Ich wollte nach Hause gehen.

«Wann werden wir hier fertig sein? Ich möchte zu Hause sein, wenn meine Kinder von der Schule zurückkommen,» sagte ich. «Sie müssen wissen, dass sie jetzt in einer sicheren familiären Umgebung sind. Wie sie sich vorstellen können, war die Situation in den letzten Monaten etwas unsicher für die ganze Familie.»

«Natürlich Frau Reed. Ja, das tut mir leid. Das muss sehr beunruhigend für sie gewesen sein. Natürlich können sie gehen. Wenn wir sie wieder brauchen, werden wir sie kontaktieren. Wenn es ihnen nichts ausmacht...» Müller legte seine Hand besitzergreifend über die Plastiktüte. «...würde ich das gerne behalten bis wir unsere Ermittlungen abgeschlossen haben.»

«Das ist okay, ich will es nicht zurück. Sie können es behalten.» Ich zögerte. «Darf ich fragen, worum es sich bei ihren Ermittlungen genau handelt? Dieser Mann hat doch Selbstmord begangen, oder?»

Ich hoffte ein Ja zu hören, aber seine nächste Bemerkung ließ mir die Nackenhaare sträuben.

«Es gibt noch viele Verfahren die wir einhalten müssen, bevor wir diesen Fall abschließen können Frau Reed. Wir müssen auf das Ergebnis der Obduktion des Opfers warten. Die Familie wurde bereits kontaktiert. Es könnte einige Ungereimtheiten geben. Wir durchsuchen noch immer sein altes Haus, seine Wohnung und seine Habseligkeiten. Wir möchten, dass sie uns zur Verfügung stehen, falls wir sie noch einmal kontaktieren müssen, ja?»

Ich nickte. *Ungereimtheiten?*

Müller erhob sich von seinem Stuhl und öffnete mir seine Bürotür.

«Erinnern sie sich an den Weg nach draußen?»

Ich nickte, steckte meinen Arm durch die Griffe meiner Handtasche und zog sie wie einen Schutzschild dicht an meine Schulter, damit er nicht sehen konnte wie meine Hände zitterten. Ich verließ zügig das Polizeirevier. Eine kühle Brise wehte die letzten abgestorbenen Blätter zwischen den großen Glasbauten der Grafenauer Gebäude hoch in die Luft.

Anstatt zurück zum Busbahnhof zu gehen, lief ich unter einer schmalen Eisenbahnbrücke hindurch in Richtung See und schloss mich dem Weg an, der am Ufer entlang in die Altstadt von Zug führte. Das dunkelgraue Wasser des Zugersees war jetzt vom Wind unangenehm kabbelig und ich fröstelte.

Ich fragte mich auf welche Ungereimtheiten der Polizist anspielte. Sicherlich handelte es sich um einen eindeutigen Fall von Selbstmord. Vielleicht hatten sie ein Tagebuch von Manfred gefunden. Eine schriftliche Aufzeichnung könnte mich belasten, obwohl ich mir nicht sicher war, wie. Jeder wusste, dass er mich verfolgte.

Selbstmord war die natürliche Erklärung, das logische Ende von Manfreds Geschichte. Was konnte da schon eine *Ungereimtheit* sein? Ich hatte gedacht, dass ich mich zu diesem Zeitpunkt besser fühlen würde, sicher zufrieden, dass er keine Bedrohung mehr in unserem Leben darstellte. Aber zu diesem Zeitpunkt begann etwas in meinem Kopf zu zerbrechen.

51

DEZEMBER 2002

Ich hörte die Türklingel kaum, weil die Jungs mit ihren Schulranzen die Treppe hinunterpolterten. Ich begleitete sie in den Hauptflur des Gebäudes und öffnete die Tür. Mein Herz schlug mir bis zum Hals.

«Gerry...» Das harte «G» seines Namens ließ mich amerikanisch klingen.

Als die Jungs an mir vorbeirauschten, rief Oliver «Tschüess, Mum!» und Leo murmelte sarkastisch «*Gary*» und imitierte einen Cowboy-Look.

Trotz der Neckereien über meinen Akzent waren sie nicht im Geringsten an dem Neuankömmling interessiert. Ich beobachtete den Rücken der Jungs bis sie um die Ecke verschwanden. Ein kalter Wind drückte gegen die Tür und die Luft pfiff durch die Scharniere und Fugen. Ich war mir nicht sicher ob ich Gerry hereinlassen sollte. Ich konnte den Ausdruck auf seinem Gesicht nicht lesen, so neutral, so verschlossen. Seine Augen tasteten den Türrahmen ab, als ob er den Zauberspruch suchte, der ihm den Eintritt in eine andere Dimension erleichtern würde. Ich blieb wie angewurzelt auf der Stelle stehen in panischer Unentschlossenheit.

«Komm herein,» sagte ich schließlich und ließ die Tür zufallen, während ich ihn durch den Flur ins Wohnzimmer führte. «Bitte, setzen sie sich. Soll ich ihnen einen Kaffee, einen Tee oder etwas anderes zu trinken bringen?»

«Nein, danke Mrs. Reed – Alice.»

Ich hatte meinen Namen noch nie auf seinen Lippen gehört und fühlte mich ein wenig unwohl bei der Vertrautheit. Er saß selbstbewusst auf dem Sofa, öffnete den Reißverschluss seiner purpurroten Skijacke, lehnte sich zurück und schlug die Beine übereinander. Diese Botschaften verwirrten mich. Es war als würde er es sich hier gemütlich machen. Zu sehr zu Hause in meinem Haus.

Immerhin war er der Sohn seines Vaters.

Ich setzte mich auf einen Sessel mit hoher Lehne und legte den Kopf schief, eine stumme Aufforderung an ihn, zu erklären, warum er hier war.

«Wusstest du, dass mein Vater tot ist?» fragte Gerry abrupt. Er verzichtete auf den Austausch von Begrüßungsworten und Wetterberichten die normalerweise vage Bekannte in ein Gespräch verwickelten.

«Ich... Ja, die Polizei war bei mir. Sie sagen, er ... hat sich das Leben genommen.»

Ich zog die Bluse an meinem Hals zusammen weil ich dachte, dass sich bald Quaddeln der Nervosität bilden könnten.

«Ich hätte wirklich nicht gedacht, dass er den... wie soll ich sagen... *den Mut* hat so etwas zu tun. Er war so schwach, so erbärmlich.»

Gerry zuckte aus seiner Skijacke, legte sie neben sich auf das Sofa und tätschelte sie abwesend. Er trug ein geflochtenes Freundschaftsarmband aus Leder mit einem großen Messingverschluss. Ich starrte kurz auf den Knöchel seines Handgelenks. Die Wärme des Zimmers fühlte sich bedrückend eng an. Ich bedauerte, dass ich vor ein paar Tagen die Heizung aufgedreht hatte.

Ich konnte nicht sagen ob Gerry um Mitgefühl bat oder mit mir die Gründe für Manfreds Tod ergründen wollte. Ich dachte er hätte jeglichen Kontakt zu seinem Vater abgebrochen. Ich dachte es wäre ihm egal, ob Manfred lebte oder starb. Aber allein die Tatsache, dass er hier in meinem Wohnzimmer war, ließ mich darüber nachdenken ob er einen schrecklichen Fehler begangen hatte. Ein Fehler indem er seine eigene Verwandtschaft ausgrenzte. Hier war ein Mann der nur ein paar Jahre älter war als meine eigenen Kinder. Er konnte nicht sicher sein, dass sich seine Ansichten im Leben nicht ändern würden. Es war immer Zeit für Vergebung, für einen Sinneswandel.

Wenn das der Fall war, war es für Gerry zu spät gekommen. Ich bemerkte eine Art frustrierte Traurigkeit in der Art, wie er sich in unserem Familienwohnzimmer umsah. Ich folgte seinem Blick. Sein Blick blieb auf dem Bücherregal hängen, auf dem Foto das mich und die Jungs vor dem Schloss von Versailles zeigt.

«Das Foto passt gut in dein Regal. Es ist wieder an seinem Platz. Du musst glücklich sein, dass mein Vater keine Bedrohung mehr für dich und deine Familie ist,» sagte er, den Blick immer noch auf das Foto gerichtet.

Er klang fast eifersüchtig. Auch ich schaute auf das Foto und wünschte mir, ich könnte mich in die unbeschwerte Zeit in Paris vor über einem Jahr zurückzaubern, in eine Zeit, bevor all dies geschah.

Mit Schrecken stellte ich fest, dass Gerry seinen Vater bedauerte. Bedauern, weil er mir einmal gesagt hatte, er würde ihn nicht vermissen. Selbst wenn er sich von der Tobelbrücke stürzen würde. Damals war es ihm einfach egal.

Die Tatsache, dass er hier auf meiner Couch saß bedeutete, dass es ihm nicht egal war.

Aber jetzt war es zu spät.

52

Gerry, ich habe es geschafft zu einem normalen Leben mit meiner Familie zurückzukehren. Aber ich kann nicht sagen, dass ich glücklich darüber bin was passiert ist. Es wäre für alle viel besser gewesen, wenn dein Vater die Hilfe in Anspruch genommen hätte. Zu der wir alle geraten haben, auch wenn er seine Medikamente genommen hatte. Wenn er mit einem Arzt oder Psychologen gesprochen hätte. Er hätte sich sogar in eine Einrichtung begeben können. Es gibt Fachleute die Menschen helfen die versucht haben, sich das Leben zu nehmen um zu verhindern, dass sie an diesen dunklen Ort zurückkehren.

Ich hielt inne und beobachtete wie Gerry sich mit den Fingern durch die Haarsträhnen fuhr, die ihm über die Stirn hingen. Ich konnte sehen wie er in seinem Kopf einen Kampf ausfachte. Ich wollte ihn nicht leiden sehen. Jetzt, wo Manfred weg war, ging es uns allen besser. Aber ich konnte das seinem Sohn gegenüber kaum aussprechen.

Dieser junge Mann hatte noch so viel vor sich. Ich setzte mich neben ihn auf die Couch und legte meine Hand auf die Spitze seiner Hand, die auf seinem Knie ruhte. Es sollte eine mütterliche Geste sein. Aber als Gerry meine Finger scharf ansah, spürte ich irgendwie, dass meine Berührung eine verbotene Grenze überschritten hatte.

«Du darfst dir nicht die Schuld an dem geben, was passiert ist, Gerry. Wenn dein Vater heute noch leben würde, wäre er wahrscheinlich noch wahnhafter geworden und hätte uns allen das Leben zur Hölle gemacht. Er hat jetzt seinen Frieden gefunden.»

«Ich wusste nicht als ich hierher kam wie ich mich fühlen würde. Ich bin mir immer noch nicht sicher. Ich musste sichergehen, dass du nichts mit seiner Entscheidung zu tun hast. Um sicher zu sein, dass du ihn nicht irgendwie dazu gedrängt hast. Jetzt, wo ich hier bin, sehe ich, dass du das nicht tun würdest. Du wärst nicht, wie soll ich sagen, gefühllos genug. Aber ich kann verstehen, warum mein Vater diese Anziehungskraft, diese Besessenheit von dir hatte.»

Ich spürte wie mir unwillkürlich heiß wurde und mein Puls beschleunigte sich. Aber entgegen der Logik fühlte ich mich nicht angewidert. Er sah wie ich errötete und fuhr eilig fort.

«Was ich meine ist, dass ich dich für einen guten Menschen halte. Ich sehe das Gute in dir und noch etwas anderes. Ich sehe, dass du zerbrechlich bist. Menschen wie wir können immer noch zerbrochen werden.»

Menschen wie wir?

«Gerry es tut mir so leid, dass das mit deinem Vater passiert ist. Du scheinst auch ein guter Mensch zu sein. Wir können nicht für unsere Fehler verantwortlich gemacht werden, die zu seinem Tod geführt haben könnten. Hast du mit deiner Mutter gesprochen? Ihr braucht euch gegenseitig, um das durchzustehen.»

Gerry schüttelte langsam den Kopf.

«Meine Mutter... Ich hätte nicht gedacht, dass wir die Dinge auf die gleiche Weise sehen würden. Zuerst war sie ein wenig, wie soll ich sagen, unbarmherzig, was die Sache mit meinem Vater betraf. Es schien als wolle sie diesen Teil unserer Geschichte verdrängen und so weitermachen als sei nichts geschehen. An dem Tag an dem die Polizei kam um ihr mitzuteilen, dass er tot war, wollte sie alle Sachen meines Vaters wegwerfen. Aber man hat es ihr nicht erlaubt. Sie haben den Lagerraum in unserem Keller in dem sich einige Sachen meines Vaters befanden mit Klebeband umwickelt. Sie haben auch die Tür seiner Wohnung hier im Dorf zugeklebt. Ich komme gerade von dort. Aber nach all dem schien es sie immer noch nicht zu interessieren.»

Gerry strich sich wieder mit der Hand durch die Haare und lenkte mich kurz ab.

«Aber dann konnte ich es nicht glauben,» fuhr er fort. «Am Morgen nachdem die Polizei in unserem Haus war, kam meine Mutter die Treppe hinunter um zur Arbeit zu gehen und sie brach zusammen. Sie ging in den Keller und starrte auf das Klebeband an der Tür zum Abstellraum, als ob sie dort hineingehen wollte um ihn inmitten seiner Sachen zu finden. Sie schluchzte. Sie konnte nicht mit mir sprechen, schüttelte ständig den Kopf. Ich glaube mir ging es genauso. Für uns beide war es eine große Überraschung. Nicht nur, dass mein Vater gestorben ist. Es ist der sinnlose Verlust von Leben für das die Natur so viel Zeit aufgewendet hat um dieses komplizierte Wunderwerk aus Zellen und Chromosomen zu schaffen. Weißt du, ich studiere Wissenschaft. Etwas so Kostbares sollte nicht so einfach weggeworfen werden ... das Leben.»

Gerry schaute weg, seine glasigen Augen konzentrierten sich nicht auf den Blick aus dem Fenster, sondern auf sich selbst, auf eine unsichtbare Vision in seinem Kopf. Ich studierte diskret sein Profil, dann senkte ich den Blick, als er sich mir zuwandte und fortfuhr.

Aber letztendlich machte es mich wütend, diese Zurschaustellung von Elend. Es machte mich wütend, dass mein Vater meine Mutter wieder einmal verärgert hatte. Ich habe ihr immer wieder gesagt, dass er einen besseren Ort gefunden hat, wie du gesagt hast. Dass er seinen Frieden mit sich selbst gemacht hat. Er brauchte *uns* nicht um einen Ausweg zu finden. Ich glaube sie war damals erleichtert. Sie schien sich aufzurichten, wischte sich die Tränen weg und umarmte mich. Seitdem hat sie nicht mehr darüber gesprochen. Aber ich weiß nicht ob das das Ausmaß ihrer Traurigkeit war oder ob sie ihre Gefühle nur vor mir verbirgt um mich glauben zu lassen sie sei stark.»

Gerry bewegte sich in seinem Sitz. Ein verkniffener Blick um seine Augen vermittelte mir den Eindruck, dass er Gefühle zurückhielt, die er nicht zeigen wollte.

Meine Augen füllten sich unwillkürlich mit Tränen. Meine Brust zog sich zusammen, weil ich wusste, dass ich diejenige war die letztlich den größten Teil seines Schmerzes verursacht hatte. Ich lenkte den Fokus unseres Gesprächs auf Gerrys Mutter.

«Vielleicht braucht sie mehr Hilfe, als du denkst, Gerry. Sie *ist* deine Mutter.»

Ich konnte mich in diesem Moment nur in Leo oder Oliver hineinversetzen und hoffte, dass sie mich in einer ähnlichen Situation nicht im Stich lassen würden.

«Ich glaube sie wird es schaffen, aber vielleicht hast du recht,» fuhr er fort. «Vielleicht verbirgt sie, dass sie verärgert ist. Sie hat sich nicht einmal einen Tag krankschreiben lassen. Sie geht zur Arbeit bei der Versicherung in Wohlen, kommt nach Hause, macht das was sie immer gemacht hat, ein bisschen stricken oder lesen. Am Dienstagabend ging sie sogar mit ihren Freundinnen zum *Jassen* als ob nichts gewesen wäre. Sie war schon immer schwer zu deuten. Als ich sie diese Woche besuchte, schien sie weder froh noch verärgert zu sein, mich zu sehen.«

«Gerry, es beunruhigt mich, dass du so verbittert klingst. Es hört sich für mich so an, als gäbe es in deinem Inneren noch viele Konflikte.»

«Weißt du, dass eine Untersuchung im Gange ist?»

«Nun ja, abgesehen davon, dass du mir gerade von dem Polizeiband erzählt hast, wurde ich auch zu seinem Tod befragt.»

«*Du?* Ich weiß, dass ich gesagt habe, dass ich hierher gekommen bin um mich zu vergewissern. Aber wie können sie sich vorstellen, dass du etwas damit zu tun hast?

Und plötzlich sah ich wie sich in Gerrys Kopf ein Rädchen in Bewegung setzte. Er war auch befragt worden. Vielleicht dachte er, sie verdächtigten *ihn* irgendeines Vergehens. Ich hätte nicht verraten dürfen, dass ich befragt worden war. Gerrys Augen verengten sich. Er schaute mich forschend an. Wir saßen einige Augenblicke lang in unbehaglichem Schweigen da, den Blick nach unten gerichtet um Augenkontakt in so unmittelbarer Nähe zu vermeiden.

«Ich fühle mich besser, weil ich mit dir gesprochen habe Alice. Danke, dass du mich empfangen hast.»

Er ließ seinen letzten Gedanken über meine polizeiliche Befragung unbeantwortet, hoffentlich vergessen, eine Art rhetorische Anteilnahme.

«Das ist okay Gerry. Ich bin froh, dass ich dir helfen konnte.»

Er musterte mein Gesicht. Es war nicht das erste Mal, dass mir seine sehr grünen Augen auffielen die durch seine nicht vergossenen Tränen noch heller wurden. Ich spürte ein leichtes Kribbeln in meinem Brustbein. Ich räusperte mich und wollte gerade wieder sprechen, als er sich einmischte.

«Wenn ich, du weißt schon, noch einmal darüber reden muss, wäre es dann in Ordnung, wenn ich dich anrufe? Wir können uns auch woanders treffen, wenn du willst. Ich möchte dich nicht beunruhigen indem ich zu dir nach Hause komme. Ich weiß, wie seltsam es sich anfühlen muss, dass mein Vater so viele Monate lang in der Nähe war. Aber da du mehr Zeit mit ihm verbracht hast als jeder andere, kann ich vielleicht versuchen, diese... diese Gefühle zu ordnen, die ich noch nicht identifizieren kann. Kannst du das für mich tun?»

Was hätte ich sagen sollen? Ich wollte ihm sagen, dass ich es besser fände, wenn wir uns nicht mehr sehen würden. Das hätte ich ihm sagen sollen. Ein Teil von mir konnte nicht glauben wie dreist er war. Es war Zeit für mich die Schrecken der letzten Monate zu vergessen. Zeit für mich, mein Haus und meine Familie wieder in Ordnung zu bringen. Andererseits konnte ich es nicht über mich bringen, seine jugendliche Hoffnung zu zerstören, dass ich ihm irgendwie helfen könnte. Es war als ob er mich als Resonanzboden für etwas benutzte das er eigentlich seine Mutter fragen sollte. Gerry tat mir aufrichtig leid, sein Konflikt, seine nicht identifizierbaren Gefühle. Also sagte ich, ohne wirklich zu wissen warum, ja, er könne mich kontaktieren und ich gab ihm meine Handynummer.

«Aber Gerry, ich denke du solltest mit einem Psychologen sprechen. Ein Fachmann kann dir besser helfen als ich. Ich bin nicht qualifiziert Ratschläge zu erteilen.»

Ich erinnerte mich daran, dass ich genau diese Worte einige Monate zuvor zu seinem Vater gesagt hatte. Die Parallele ließ mich erschaudern. Ich musste diese Assoziation ausbremsen. Ich konnte die Komplikationen einer neuen Gemeinschaft nicht gebrauchen.

«Gerry ich brauche eine Sache. Gib mir einfach etwas Zeit. Ein oder zwei Wochen um mein Leben wieder in Ordnung zu bringen. Ich brauche ein bisschen Abstand um nachzudenken. Ich will nicht, dass du mich jedes Mal an deinen Vater erinnerst, wenn ich dich sehe. Verstehst du das? Kannst du mir diesen Abstand geben?»

Er sammelte sich und merkte vielleicht, dass seine eigenen Bedürfnisse bei mir unangenehme Erinnerungen ausgelöst hatten. Das war offensichtlich nicht seine Absicht gewesen. Er legte seine Hand an die Schläfe, den Mund leicht geöffnet.

«Natürlich kann ich das Alice. Ich werde nicht anfangen dich zu verfolgen, wie es mein Vater getan hat. Bitte denk an eines. Ich bin nicht mein Vater. Ich bin ganz und gar nicht wie er. Ich will auch nicht wie er sein. Ich bin nicht diese Art von Mensch. Es tut mir leid... ich hätte nicht fragen sollen.»

Er war so unnachgiebig, als würde er ein Mantra wiederholen um sich selbst davon zu überzeugen, dass er nie wie sein Vater werden würde.

Er kramte in seiner Tasche und zog einen Zettel hervor.

«Hier ist meine Handynummer falls du mich wegen irgendetwas anrufen wolltest.

Er sah wie ich vor lauter unausgesprochener Verpflichtung blass wurde. Ich wollte ihm den Zettel nicht wegnehmen. Es war als hätte er mir die Nummer schon geben wollen, bevor er überhaupt an meine Tür geklopft hatte. Vielleicht hätte er sie auch in unseren Briefkasten gesteckt, wenn ich nicht zu Hause gewesen wäre. Wahrscheinlich wollte er einfach darüber reden, was passiert war. Und ein Teil von mir dachte, dass ich vielleicht seine Schuldgefühle lindern könnte, was wiederum meine eigenen lindern würde.

«Es ist okay. Ich sage nur, hier ist meine Nummer für den Fall, dass... Weißt du, du hast auch eine Menge durchgemacht mit dieser ganzen Sache mit meinem Vater. Ich weiß nicht was ich tun soll. Ich verstehe, dass du das alles hinter dir lassen willst. Ich habe nicht vergessen, dass du mich vor einigen Monaten um Hilfe gebeten hast und ich habe dich abgewiesen. Das heißt, du hast die Wahl.»

Das ist etwas was Simon gesagt haben könnte. Halte dir alle Möglichkeiten offen. Er erwähnte es oft, wenn ich mich fragte ob ich eine Regenjacke mit auf eine Wanderung nehmen sollte. Ich fragte mich welche Möglichkeiten ich nach Gerrys Meinung hatte.

Ein wenig misstrauisch stand ich auf und ging den Flur entlang zur Tür. Als wir uns die Hände schüttelten, lächelte ich unsicher. Seine Handfläche war warm und trocken, ein kräftiger Händedruck, nicht unähnlich dem seines Vaters. Als ich die Tür schloss und er die Treppe hinunterging, verschwand mein Lächeln und ich klopfte mir auf den Oberschenkel.

Was hatte ich mir nur dabei gedacht, diesem Menschen zu erlauben mich in Zukunft vielleicht zu kontaktieren? Ich wünschte mir nichts sehnlicher als zu vergessen, dass Manfred jemals existiert hatte. Ich legte meine Hand in den Nacken, massierte eine Verspannung, von der ich gar nicht wusste, dass sie da war. Ich wischte die Feuchtigkeit mit meiner Handfläche weg. Ich stand einige Augenblicke im Halbdunkel und starrte auf die geschlossene Tür, dann drehte ich mich um und ging den Flur entlang in die Küche. Ich zerknüllte den Zettel mit seiner Telefonnummer und warf ihn in den Müllsack.

Durch das Fenster sah ich ihm nach wie er die Straße zum Dorf hinunterging. Er zog den wattierten Kragen seiner Skijacke hoch und kauerte sich in die Wärme, während riesige flauschige Schneeflocken dicht, aber lautlos an der Fensterscheibe vorbei fielen und mir schließlich die Sicht versperrten.

53

Außer während des Familienurlaubs im Herbst hatten Simon und ich seit über einem Jahr kein gemeinsames Date mehr gehabt. Seine Firma veranstaltete einen extravaganten Abend in Zürich für das Managementteam, als Dankeschön für den Multimillionen-Dollar-Öldeal, der kürzlich nach monatelangen Verhandlungen mit einem temperamentvollen russischen Konglomerat unterzeichnet und besiegelt wurde.

Wir sollten eine Privatvorstellung von *La Bohème* im Opernhaus besuchen, gefolgt von einem Gourmet-Dinner oberhalb der Stadt im Dolder Grand Hotel.

Ich stand vor dem Badezimmerspiegel. Das helle Neonlicht ließ feine Stressfalten in meinem Gesicht erkennen, die im letzten Frühjahr noch nicht da waren. Ich trug ein wenig Foundation auf, tuschte meine Wimpern und presste meine Lippen zusammen, bevor ich einen Schmollmund zog und den ungewohnten Geschmack des Lippenstifts wahrnahm. Mein widerspenstiges lockiges Haar hatte ich zu einer Falte zurückgekämmt und ein paar wilde Strähnen mit zusätzlichen Haarnadeln befestigt.

«Könntest du mir mit meiner Halskette helfen?»

Ich hielt eine Kette mit einem Amethyst-Anhänger hoch, als Simon ins Bad kam und an einem Manschettenknopf herumfummelte. Er schloss den winzigen Verschluss in meinem Nacken und presste seine Lippen sanft auf die Kurve, die zu meiner Schulter führte.

«Für ein paar Athleten die ins mittlere Alter kommen, sehen wir ganz gut aus,» sagte er. «Du bist immer noch eine schöne Frau Al.»

Ich spürte eine Erregung, die mich nach all den Jahren immer noch nach ihm sehnen ließ. Wärme breitete sich in meinem Bauch aus und ich lächelte ihn im Spiegel an. So waren wir seit Monaten nicht mehr zusammen gewesen.

«Schade, dass wir nicht ein bisschen mehr Zeit haben... Aber ich möchte dein Kleid nicht zerknittern oder deine Frisur durcheinander bringen,» sagte er mit einem verspielten Grinsen.

Mit seinen Händen auf meinen Hüften sahen wir uns noch einen Moment lang an und lächelten schüchtern wie zwei verliebte Teenager. Unsere Geschichte hatte uns nach fast einem Jahr der Hölle zusammengehalten. Ein Jahr der ständigen Angst und Ungewissheit. Wir würden in den nächsten Wochen wieder aufbauen, was zerbröckelt war. Meine Augen beschlugen vor Dankbarkeit, dass wir den Funken nicht verloren hatten. Simons Hände fielen weg und er ging zurück ins Schlafzimmer um seine Krawatte zu holen.

Ich blieb noch einen Moment im Bad und betrachtete mein Gesicht im Spiegel. Das Make-up ließ mich tatsächlich jünger aussehen. Ich drehte meinen Kopf von einer Seite zur anderen. Meine Ohrringe fingen das Licht mit einem Funken auf. Ich nahm an, dass ich immer noch recht attraktiv war, sobald die schwachen, spinnenfadenartigen Fältchen mit ein wenig Concealer überdeckt worden waren. Ich hätte sogar als fünf oder sechs Jahre jünger durchgehen können.

Ich fragte mich, für wie alt Gerry mich hielt. Meine Brauen zogen sich in Falten. Ich fühlte mich sofort schuldig, weil ich zugelassen hatte, dass sich jemand anderes als der Mann, der gerade seine Hände auf meine Hüften gelegt hatte, in meine Gedanken schlich. Ich strich meinen Rock glatt.

✕✕✕✕

Wir saßen in dem abgedunkelten Theater, das Bühnenlicht glitzerte in unseren Augen. Ich hatte das Gefühl als würden die Darsteller uns beobachten und nicht umgekehrt. Das kam wohl daher, dass man uns so lange beobachtet hatte.

Wir waren eine Gruppe von etwa dreißig Personen, die einige Reihen von der Bühne entfernt saßen, während der Rest des Theaters ein klaffendes Universum aus Schatten und leeren Sitzen in der Dunkelheit war. Irgendwann im Laufe des Abends hatte ich das unangenehme Gefühl, dass ich beobachtet wurde. Ich blickte über meine Schulter in die Dunkelheit im hinteren Teil des Theaters, dann zur Seite, als Simon meinen Blick auffing und mir beruhigend zulächelte.

Ich verdrängte meine Angst, als ein Gefühl an das ich mich im Laufe des letzten Jahres gewöhnt hatte. Ich nahm an, dass es eine Kombination aus der Neuheit eines Abends mit einer Gruppe von Simons unbekannten Bürokollegen und dem unheimlichen Gefühl, das das halbleere Opernhaus hervorrief. Aber das Gefühl blieb wie ein Stein in der Magengrube.

Die private Aufführung war in Wirklichkeit eine Generalprobe für die einmonatige Inszenierung, die am nächsten Abend im Opernhaus der Öffentlichkeit vorgestellt werden sollte. Man hatte uns vorgewarnt, dass eine der Sopranistinnen erkältet war. Tatsächlich, nach der Hälfte von Musettas Walzer im zweiten Akt ihre durchdringende Stimme versagte. Ein Hustenanfall ließ sie mitten im Stück zusammenbrechen. Das Orchester kam ins Stocken, die Streicher stolperten. Die Zweitbesetzung musste gerufen werden, bevor die Aufführung fortgesetzt werden konnte.

Das Publikum wälzte sich auf seinen Plätzen. Den Ausführenden war es peinlich. Wir waren uns alle einig, dass es ein Glück für sie war, dass dies bei der Generalprobe passierte. Aber der Vorfall schweißte das Publikum zusammen. Eine Gruppe von relativ Fremden Arbeitskollegen und deren Partnern, die sich kaum kannten. Die Angst, die ich anfangs empfunden hatte, verflog sofort.

Nachdem wir die Gläser Champagner nicht mehr zählen konnten, genossen wir ein Fünf-Gänge-Gourmet-Menü im Restaurant. Wir waren high von diesem seltenen gesellschaftlichen Ereignis, der Alkohol vernebelte unsere Realität. Am Ende des Abends stiegen wir in unser vorbestelltes Taxi und kuschelten wie zwei junge Verliebte auf dem Rücksitz des Wagens, während unser Chauffeur uns nach Hause in eine leere Wohnung fuhr. Die Jungs waren für den Abend zu Freunden gebracht worden, so dass wir den Luxus hatten die ganze Nacht allein zu sein.

Als wir durch die Tür traten, zog Simon sanft an einem Ende des Schals den ich trug. Er drehte mich um, so dass ich ihm im Flur gegenüberstand. Er zog mich an sich und küsste mich tief, mit dem Geschmack eines feinen Bordeaux auf seinem Mund. Ich schlang meine Arme um seinen Hals. Wir schlenderten lustig ins Wohnzimmer wo Simon die Vorhänge schwungvoll zuzog. Er zündete zwei Kerzen auf dem Bücherregal an. Die tauchten den Raum in ein gemütliches, sinnliches Licht. Er schob mich sanft auf das Sofa zurück.

Er kniete sich hin um mir die Schuhe auszuziehen, legte seinen Kopf kurz auf meinen Schoß und umarmte sanft meine Beine. Er hob meinen Rock an, zog meine Strumpfhose und meinen Schlüpfer bis zu den Knien hinab. Er strich mit seinen Handflächen über die Innenseite meiner Oberschenkel. Die Inbrunst in seinen Augen entflammte mich. Ich wusste, dass wir diese seltene Leidenschaft jetzt befriedigen sollten, sonst würde es vielleicht nie wieder passieren. Ich begann seine Hose aufzuknöpfen und zerrte an seinem Reißverschluss, wobei unsere Körperhälften noch vollständig bekleidet waren.

Ich drehte mich um, um ihn auf die Couch zu drücken. Er griff nach oben, um seine Hände in meinen Haaren zu vergraben die mir schon längst wild ins Gesicht fielen. Ich spreizte mich auf Simon. Seine Erektion fand ihren eigenen Weg in meine Vertrautheit und wir pressten uns mit einer Art von Verzweiflung aneinander. Eine seiner Hände drückte auf meine Brust, die sich unter dem Seidenmieder meines Abendkleides frustrierend zusammenzog.

«Es ist Zeit, loszulassen Alice.» Seine Stimme war fast ein Schrei.

Dann keuchte er heiser, sein ganzer Körper war kurz davor, sich zu lösen.

Ich lächelte und fragte mich, ob die Nachbarn uns hören konnten. Ich beugte mich zu ihm, wobei mein Haar gegen seine Brust fiel. Er war kurz davor, die Kontrolle zu verlieren. Um mich bei sich zu halten, drückte er seine Finger gegen mich, wo sich unsere Körper vereinigten. Es löste damit den gewaltigen Höhepunkt aus, nach dem ich mich gesehnt hatte.

Es war Monate her, so lange. Die Kraft längst vergessener Empfindungen trieb mir Tränen in die Augen. Entweder wegen der monatelang verpassten Gelegenheit oder aus Dankbarkeit für diesen Moment. Ich legte meine Wange an seine Brust, während sich unsere Atmung beruhigte.

Simon blies mir eine Haarsträhne aus dem Gesicht und bewegte sich leicht. Ich wusste nicht wie viele Minuten wir dort gelegen sind. Vielleicht war ich sogar eingeschlafen, mein Ohr an seinen immer langsamer werdenden Herzschlag gepresst. Ich war erschöpft, plötzlich erschöpft. Ich spürte wie sich Simons Hand unter uns bewegte. Seine Fingerknöchel fuhren über die Vorderseite eines meiner Beine, während er nach etwas unter seinem Rücken griff. Ich kniete mich aufrecht hin als er den Gegenstand, auf dem er lag, hochhielt.

Es war Gerrys geflochtenes Lederarmband. Mein Herz setzte einen Schlag aus.

«Deins?» fragte Simon beiläufig.

Das lederne Freundschaftsband hing von seinem ausgestreckten Zeigefinger herab.

«Nein... Es muss einem der Jungs gehören,» antwortete ich ohne zu zögern.

Das war so viel einfacher als ihm zu sagen, dass Gerry bei uns zu Hause gewesen war. Ich wollte nicht riskieren, dass er wütend wird. Wenn er erfährt, dass wieder ein Fremder in unserem Haus war, wenn auch unter unschuldigen Umständen.

Simon verengte seine Augen und betrachtete das Armband skeptisch. Ich zwang mich zu einem Lächeln und riss es ihm aus den Händen. Als ich mich zu ihm hinunterbeugte um ihn zu küssen, schleuderte ich es quer durch den Raum so dass es außer Sichtweite von ihm auf dem Bücherregal landete. Aber es lag dort in meinem peripheren Blickfeld.

«Vielleicht hat Leo eine Freundin,» sagte ich jovial. «Es sieht aus wie eines dieser Freundschaftsbänder die alle Kinder im Moment tragen. Vielleicht kommt er nach seinem Vater und kann die Damen nicht in Ruhe lassen.»

Ich lachte um ihn zu necken. Ich zog Simons Hemd hoch um ihn leicht am Bauch zu kitzeln, was ihn zum Lachen und Zappeln brachte.

Während ich die Kissen auf dem Sofa aufräumte und auf dem Weg ins Bett das Licht löschte, nahm ich das Armband aus dem Regal. Ich faltete es in meiner Hand und steckte es in meine Handtasche auf der Bank im Flur.

54

Die Polizei rief wieder an, während ich im Coop einkaufte. Während ich sorgfältig Braeburns aus den Apfelkisten auswählte, ging ich an mein Handy, ohne nachzusehen. Nur eine Handvoll Leute hatten meine Nummer – Simon, die Schule, Kathy und ein paar Frauen aus dem Chat-Club. Manfred hatte sie auch, als er noch lebte. Er wäre die einzige Person, mit der ich wirklich nicht reden wollte. Da ich wusste, dass er tot war, würde er mich nicht anrufen. Ich hatte wieder angefangen zu antworten, ohne auf den Bildschirm zu schauen. Aber ich hatte vergessen, dass ich sie auch der Polizei gegeben hatte und die ungewohnte schweizerdeutsche Stimme machte mich sofort nervös.

Es war unklar, ob meine Anwesenheit am Bahnhof in Zug unbedingt erforderlich war, aber ich sagte so schnell wie möglich zu und vereinbarte einen Termin für den nächsten Tag. Ich wog meine Äpfel und das Preisschild klebte ich an die Tasche.

Ich fühlte mich unwohl, wenn ich in dem kleinen Dorfladen auf Englisch mit meinem Handy sprach. Ich verließ den Laden, ohne die Hälfte der Dinge auf meiner Liste gekauft zu haben.

ⅢⅢ

Diesmal sprach ich mit jemandem, der sich als Rudolf Meier vorstellte - ein Polizeipsychologe. Er trug weder ein Namensschild noch eine Uniform und ich seufzte, weil es mich ärgerte alle Details noch einmal durchgehen zu müssen.

«Es tut mir leid, dass sie wieder nach Zug kommen mussten Frau Reed. Wir hatten gehofft, sie zu Hause besuchen zu können. Aber wir dachten, es wäre vielleicht einfacher für sie, das Gespräch an einem neutralen Ort zu führen, ohne dass ihre Kinder das... Interview stören könnten.»

Einen Moment lang dachte ich, er würde «Verhör» sagen und mein Mund verzog sich kurz zu einem zuckersüßen Lächeln. Herr Meier fuhr fort.

«Jetzt, wo sie Zeit hatten, die Nachricht und die Gespräche mit den Herren Schmid und Müller zu verdauen, fragen wir uns, ob sie emotional weiter auf die Nachricht reagiert haben, dass Herr Guggenbühl... verstorben ist.»

Ich fand das war eine heikle Formulierung für jemanden für den Englisch nicht seine erste Sprache war. Er ließ es so klingen, als sei Manfred nach langer Krankheit an Altersschwäche gestorben. Ich fragte mich worauf er hinauswollte. War er übermäßig neugierig, oder war ich einfach nur übermäßig misstrauisch? Für eine Polizeibehörde die Manfred zu Lebzeiten keine Beachtung geschenkt hatte, wurde ihm jetzt wo er tot war, viel Aufmerksamkeit gewidmet. Der Raum kam mir plötzlich stickig vor. Ich griff nach dem Plastikbecher der für mich auf der Kante von Herrn Meiers Schreibtisch stand. Das Wasser schmeckte metallisch.

«Ich bin mir nicht sicher, ob ich ihr Anliegen verstehe, oder warum ich hier bin Herr Meier.»

«Wir wollten sicherstellen, dass sein Tod keine Auswirkungen hat. Für sie und ihre Familie. Es ist nicht immer leicht vom vorzeitigen Tod eines Menschen zu erfahren der so lange ein Teil ihres Lebens war.

Ich wünschte, ich wüsste, was sie von mir erwarten. Er sprach als hätte ich einen geliebten Verwandten verloren.

«Wie geht es ihrem Sohn?» fragte er.

Ich starrte den Psychologen an. Als ich nicht antwortete, bewegte er sich in seinem Sitz.

«Man hat uns glauben lassen, dass auch er... von Herrn Guggenbühl beeinflusst wurde. Es ist unsere Pflicht dafür zu sorgen, dass er keine Beratung braucht. Wir bitten sie zunächst zu prüfen, ob dies ihrer Meinung nach der Fall sein könnte.»

Etwas Dunkles und Schlüpfriges entlud sich in mir. Bevor ich meinen Mund halten konnte, griff ich nach der Sitzfläche meines Stuhls und beugte mich über den Schreibtisch zu meinem Gesprächspartner.

«Nun, das ist ein guter Zeitpunkt um ihre Hilfe anzubieten! Nach all den Monaten, in denen meine Familie verfolgt wurde! Warum zum Teufel haben sie das nicht schon vor sechs Monaten getan, als dieser Mann Hilfe brauchte und offensichtlich darum gebettelt hat? Dachten sie, es könnte ihnen den Ärger erspart bleiben und mich ihre Drecksarbeit für sie machen zulassen? Oder dachten sie, wenn die erbärmliche kleine Ausländerin einfach verschwindet, dann verschwinden auch die Probleme von Manfred Guggenbühl. Dann müssen sie sich nicht mehr darum kümmern? Nun, wenn ich ihn nicht von dieser verdammten Brücke herunter geholt hätte, hätten sie sich schon viel früher im Jahr mit einer Leiche herumschlagen müssen. Ist es nicht an der Zeit, dass sie uns einfach in Ruhe lassen? Diese ganze Sache ekelt mich an... Sie kümmern sich mehr um eine verdammte Leiche als um einen menschlichen Hilfeschrei.»

Ich hielt mir mit der Hand den Mund zu, als ob zwei Teile meines Körpers gegen die Reaktion ankämpfen würden. Das Blut schoss mir ins Gesicht und die Wut brannte in meinen Augen.

Herr Meier lehnte sich zurück, schockiert von meinem Ausbruch. Es war lange her, dass mich *jemand* so hatte reden hören, nicht einmal meine Familie und Freunde. Ich zuckte zusammen, legte den Kopf auf die Seite und rieb mir mit der Handfläche eine Augenbraue. Sich drehende Lichtsplitter bildeten ein Kaleidoskop vor meinen Augen. Der Schreibtisch des Polizisten schien zu schweben. Die Stifte, Büroklammern und seine Kaffeetasse verschwanden und tauchten vor mir wieder auf.

Das Letzte was ich hätte tun sollen, war die Kontrolle zu verlieren und die Aufmerksamkeit auf mich zu lenken. Die Polizei wusste, dass Oliver von der Schule nach Hause verfolgt worden war. Ich war es gewesen die es ihnen gesagt hatte. Ich war wütend gewesen, weil die Polizei erst dann versprochen hatte im Dorf zu patrouillieren als die Schule selbst eine Beschwerde über Manfred eingereicht hatte.

Aber was ich ihnen nicht gesagt hatte, war was dieses Monster Oliver nur Stunden vor seinem Tod angetan hatte. Mein Blut kochte immer noch, wenn ich daran dachte. Der Gedanke, dass dies alles hätte vermieden werden können, wenn die Polizei früher eingegriffen hätte.

Aber mehr konnte ich nicht sagen für den Fall, dass sich Zufall und Verdacht in der Geschichte die sie jetzt versuchten, zusammenzufügen, vermischen würden.

55

Ich mache mein Doktorat an der ETH,» sagte Gerry.

Ich runzelte die Stirn.

«In Biotechnologie. Das ist die Universität hier in Zürich – gleich da oben auf dem Hügel, um genau zu sein.»

Er deutete mit dem Kinn auf die Zwillingstürme des Grossmünsters dem Wahrzeichen der Stadt.

«Nun, das Hauptgebäude ist dort oben, aber die meisten meiner Laborarbeiten finden auf dem Hönggerberg statt, etwas weiter westlich.»

Ich war mir immer noch nicht sicher was mich dazu bewogen hatte, Gerry anzurufen. Immer wieder sah ich das weich gepolsterte Lederband in der Innentasche meiner Handtasche in der ich mein Mobiltelefon aufbewahrte. Gelegentlich zog ich es heraus, hielt es in der Hand und strich mit dem Daumen über das dicht gewebte Wildleder bis zu dem Messingknopf an einem Ende. Ich fragte mich ob ein Mädchen es ihm geschenkt hatte. Vielleicht war er traurig, dass er es verloren hatte.

Es dauerte eine Weile, bis ich Gerrys Handynummer im Müllsack fand, die für den Recyclinghof bestimmt war. Ich kannte die Telefonnummer seiner Familie, weil ich einige Monate zuvor ihre Adresse recherchiert hatte. Aber jetzt würde ich es nicht mehr wagen ihn zu Hause im Aargau anzurufen, wo er, wie ich wusste, einige seiner Wochenenden verbrachte. Seine Mutter könnte abheben. Ich sollte es tunlichst vermeiden, mit ihr zu sprechen.

Als ich mir eingestand, dass ich Gerry anrufen wollte, geriet ich in Panik als ich die Nummer nicht finden konnte. Ich kippte den Recyclingsack auf den Boden, wobei ich Zeitungen, Zeitschriften und verschiedene abgebrochene Hausaufgaben auf den Küchenfliesen verteilte. Der zerknüllte Papierfetzen steckte zwischen den Seiten eines Möbelkatalogs. Die Tatsache, dass ich ihn gefunden hatte löste eine warme Befriedigung aus. Wie das Lösen eines Kinderpuzzles. Ich lachte in mich hinein. Nicht dass ich mir wirklich Sorgen gemacht hätte, Gerrys Nummer zu verlieren. Ich musste ihn ja nicht anrufen. Ich wollte einfach einen Schlussstrich ziehen.

Er holte mich am Züricher Hauptbahnhof ab. Der Bahnhof war typisch überfüllt, einer der größten Eisenbahnknotenpunkte Europas. Reisende eilten in alle Richtungen, Dutzende verschiedener Sprachen hallten von dem hohen Dach wider. In der großen Halle hinter den Anzeigetafeln für die Zugabfahrten öffneten die Holzhütten ihre Fensterläden für den bevorstehenden Weihnachtsmarkt.

Gerry sah mich zuerst. Ich blickte auf und sah wie er mich anstarrte, als ich den Bahnsteig von meinem Zug herunterkam. Ein kleiner Schauer lief mir über den Rücken. Dieser gutaussehende junge Mann wartete auf *mich*. Ich wischte meine Erregung beiseite, weil ich mich nur wehmütig an meine Jugendzeit erinnerte. Der flüchtige Moment, in dem ich mich durch die Aufmerksamkeit eines anderen geschmeichelt fühlte, ließ mich nicht darüber nachdenken warum ich wirklich hier war.

Wir umgingen den oberen Teil der Bahnhofstrasse, um den Einkaufstouristen auszuweichen die auf den Wegen entlang der teuersten Immobilien und Boutiquen der Welt flanierten und liefen in Richtung Limmat. Vor der Fraumünsterkirche überquerten wir den Fluss auf der Rudolf-Brun-Brücke.

«Wer war das?» fragte ich und las die Tafel auf der hellen Steinbrücke.

«Der erste selbsternannte Bürgermeister von Zürich. Im vierzehnten Jahrhundert.»

Nicht nur ein Wissenschaftler, dachte ich. Gerry kannte auch seine Geschichte. Ich entspannte mich ein wenig. Es war so erfrischend von der häuslichen Routine weg zu sein, über etwas anderes zu reden als über Fußballtermine und schmutzige Wäsche. Ich kam nicht oft in die Stadt und genoss es in die städtische Kultur einzutauchen. Auch musste ich zugeben, dass ich Gerrys lockere Gesellschaft genoss.

Ich wollte nichts von meiner eigenen Geschichte preisgeben. Ich war froh, dass Gerry sich damit begnügte über etwas Neutrales zu sprechen, der Fremdenführer zu sein und keine hundert Fragen über seinen Vater hatte. Obwohl ich wusste, dass es kommen würde. Er war diskret, er würde wissen, dass ich nach seinem letzten Besuch bei mir zu Hause nervös war.

«Was machst du im Labor? Was studierst du?» fragte ich, als seine kurze Geschichtsstunde zu Ende war.

«Ich bin Chemieingenieur. Ich arbeite an einem Nachhaltigkeitsprojekt. Wir untersuchen die Rückverwandlung von Plastik in Öl.»

«Oh! Du solltest wissen, dass ich die Recycling-Königin bin. Es wird Zeit, dass jemand eine Lösung für den ganzen Plastikmüll und die übertriebenen Lebensmittelverpackungen findet. Sehr bewundernswert.»

Er drehte sich um und streckte mir seine Hand entgegen. Ich zuckte halb zusammen.

«Sogar der Fleece den du trägst, wurde wahrscheinlich aus recycelten PET-Trinkflaschen hergestellt,» sagte er und berührte das Markenetikett auf meinem Oberarm.

Ich reichte ihm meine Schulter und sah wie seine Finger kurz auf dem gestickten Edelweiß ruhten. Der Wind wehte vom See den Fluss hinauf und peitschte kleine weiße Mützen gegen die Strömung des Wassers. Möwen stützten sich in der Luft ab und ich zog den Reißverschluss meines Fleece bis zum Hals.

«Lass uns einen Kaffee trinken gehen. Da drüben ist das Grande Café. Da können wir uns warmhalten,» sagte er.

Gerry griff nach meinem Ellbogen. Eine neutrale Berührung, ohne meine Hand zu berühren. Er war so entspannt, zeigte keine der Spannungen, die ich erwartet hatte. Ich wusste, dass die Fragen über seinen Vater kommen würden. Aber er wirkte geerdet, unbesorgt. Sein Verhalten stand im Gegensatz zu dem Aufruhr der in meinem Kopf vor sich ging. Ich presste die Lippen mit den Zähnen aufeinander, nickte und strich mir eine Haarsträhne aus dem Gesicht die mir in die Augen geweht war.

Ich lächelte die Kellnerin an, als sie mir eine Tasse mit heißem Wasser hinstellte. Mein Hagebuttenteebeutel lag in einer kleinen Porzellanschale auf der Tasse. Ich riss den Deckel des Beutels an der Schnur ab, tauchte ihn ins Wasser und sah zu, wie sich der karminrote Strudel wie Blut vermischten. Gerry betrachtete das herzförmige Muster das die

Kellnerin auf seinen Cappuccino verziert hatte und rührte die schaumigen Linien zu einem Kreis. Ich war unerklärlicherweise eifersüchtig auf diese kleine liebenswerte Geste, die die Kellnerin für Gerry vollbracht hatte. Während ich wartete bis mein Tee abgekühlt war, drehte ich den Ehering an meinem Finger.

«Ich erinnere mich gerade an das erste Gespräch das wir vor meinem Haus hatten als ich herausfand, dass mein Vater dich belästigt hatte,» sagte Gerry.

Die plötzliche Erwähnung seines Vaters ließ mich schlucken, als ob mir eine Kruste im Hals stecken geblieben wäre. Ich wünschte wir würden noch immer über die Architektur von Zürich oder über Plastikflaschen sprechen.

«Ich erinnere mich, dass ich sagte ich glaube nicht, dass ich Reue empfinden würde, wenn er sich von der Tobelbrücke gestürzt hätte,» fuhr er fort. «Aber die Sache ist die, ich glaube ich vermisse ihn jetzt. Ich bedaure einige der Dinge die ich gesagt habe. Ich denke die Zeit kann das mit einem machen. Die Kanten werden weicher.»

Meine Augen weiteten sich, als ich ihn über den Tisch hinweg anstarrte. Es war als ob er mich täuschen würde. Zehn Minuten zuvor hatte er noch wie ein entspannter, fröhlicher junger Mann gewirkt. Ein dynamischer Student, der die Welt zu einem besseren Ort machen wollte. Ich hätte nie gedacht, dass ihm diese Gedanken durch den Kopf gehen, während er mir Ausschnitte aus der Geschichte der Stadt Zürich erzählte. Als ich nichts sagte, fuhr er fort.

«Da ist diese Sache die in mir vorgeht Alice. Ich habe das Gefühl, dass meine Gedanken ihn irgendwie dazu gebracht haben, seine Selbstmordmission zu beenden. Ich glaube ich will damit sagen, dass ich mich irgendwie schuldig fühle. Verstehst du was ich meine?»

Ich schaute ihn scharf an. Er nannte mich ständig Alice. Das war beunruhigend. Er hätte mich Mrs Reed nennen sollen. Aber das konnte ich ihm nicht sagen.

«Nein ... Ja ... Ich bin mir nicht sicher, Gerry. Ich bin mir nicht sicher, was du meinst, wenn du sagst du fühlst dich schuldig. Du solltest dich nicht verantwortlich fühlen. Du solltest dir nicht die Schuld geben.»

Obwohl ich dachte ich wüsste was ich sagen wollte, wenn er seinen Vater erwähnte, verließen plötzlich alle Szenarien in meinem Gedächnis die ich geübt hatte.

«Wissenschaftler sind im Allgemeinen keine religiösen Menschen. In der Tat gehen relativ wenige Schweizer in die Kirche. Ich denke, wir haben nichts zu befürchten. Es sind die Menschen die so wenig im Leben haben die dazu neigen einem Gott zu folgen,» sagte er.

Gerry schaute aus dem Fenster des Cafés. Ich folgte seinem Blick auf die Turmspitze des Fraumünsters, die sich seltsam hell türkis vom Grau des Herbsthimmels abhob.

«Weißt du noch als ich dir sagte, dass ich dachte mein Vater hätte Frieden gefunden, indem er sich das Leben nahm? Nun, ich bin zwar kein religiöser Mensch, aber ich denke immer wieder, dass er stattdessen in einer Art Hölle eingesperrt sein könnte, als Strafe für das was er getan hat. Die Leute sagen, dass es Gottes Gesetz ist, dass es falsch ist sich das Leben zu nehmen. Man wird niemals in den Himmel aufgenommen.» Er hielt inne. «Da rede ich schon wieder über Gott. Ich gehe auch nie in die Kirche. Das letzte Mal war ich bei einer Theateraufführung in der Schule.»

Gerrys Stimme wurde immer aufgeregter. Ich zappelte in meinem Stuhl als er fortfuhr.

«Ich glaube die Natur hat es nicht gewollt, dass wir unser kostbares Leben verschwenden. Ich glaube, dass wir nur ein einziges Mal auf dieser Erde sind. Dass wir für uns, unsere Familien und die Menschen um uns herum das Beste daraus machen sollten. Aber diese Visionen vom ewigen Höllenfeuer – ich habe immer wieder diese Träume...»

Ich streckte meine Hand aus, zog sie zurück, streckte sie dann wieder aus und berührte seinen Arm. Er erwartete Trost. Ich sollte ihm dies geben. Aber ich traute mir nicht zu, ihn zu berühren. Seine grünen Augen glitzerten in der Reflexion des Lichts vom Fenster.

«Erzählst du mir von ihm. Darüber, wie er fast auch dein Leben ruiniert hätte,» sagte er.

Ich atmete tief durch, nahm meine Hand weg und lehnte mich ein wenig zurück. Wobei ich mit beiden Handflächen unter dem Tisch über meine Oberschenkel strich.

«Es fing mit den Anrufen an. Meistens in der Nacht. Zuerst sagte er nichts, wenn er anrief. Es herrschte nur Stille. Aber manchmal hörte ich ein Einatmen oder eine Bewegung seines Körpers, seine Kleidung bewegte sich flüsternd. Ich wusste also, dass jemand da war. Ich vermutete, dass es dein Vater war, weil er manchmal Nachrichten auf meinem Handy und kleine Geschenke im Briefkasten hinterließ. Einmal als ich die Grippe hatte, sprach er mich an und wollte sich um mich kümmern. Er bestand darauf, dass er mir etwas schuldete, weil ich ihm das Leben gerettet hatte. Es war wie ein Ehrenkodex. Am Anfang konnte ich das verstehen, aber die Dinge gerieten schnell außer Kontrolle.»

Ich biss mir auf die Lippe. Ich wollte nicht zu viel sagen und dachte ich hätte schon zu viele Details verraten. Doch als ich zum Tisch hinunterschaute, griff Gerry hinüber und nahm mein Kinn sanft zwischen Daumen und Zeigefinger. Er hob mein Gesicht an, damit ich ihn ansah. Seine Berührung versengte meine Haut, ließ mich vorübergehend sprachlos werden. Aber ich konnte sehen, dass er mehr hören wollte. Ich plapperte weiter, weil ich dachte, dass dies nur eine Geste der unschuldigen Sorge war.

«Er fing an, stundenlang vor dem Haus zu warten. Er tauchte an seltsamen Orten auf während ich lief. Er kannte alle meine Trainingsrouten. Es gab einen Ort an dem er häufig auftauchte und zwar am Ende der Einfahrt des Bauern. Es war eine Art Wäldchen neben einem alten Pflaumenbaum. Eines Tages ging ich dorthin, um zu sehen wo er die meiste Zeit des Tages verbrachte. Ich war völlig überwältigt von der Tatsache, dass ich von dort aus direkt in unsere Küche sehen konnte. Es war den Arbeitszentrum unseres Hauses wo wir alle mehr Zeit miteinander verbrachten als irgendwo sonst im Haus.»

«Mein Gott Alice. Das ist so frustrierend. Ich bin überrascht, dass du ihm die Pillen nicht selbst in den Hals gestopft hast.»

Das Blut wich aus meinem Gesicht. Ich spürte wie Schweißperlen auf meiner Stirn kribbelten. Mein Blick senkte sich wieder auf den Tisch zwischen uns. Als ich wieder aufblickte, starrte mich Gerry aufmerksam an, wobei er den Kopf leicht zur Seite legte, was ich als mitfühlende Neugierde interpretierte. Als er meine unwillkürliche Reaktion sah, blickte er auf einen unsichtbaren Punkt über meiner Schulter. Er presste seine Hände auf den Tisch. Er lächelte, lehnte sich zurück und wechselte das Thema.

«Eine Marathonläuferin. Ich erinnere mich, dass du mir das bei unserem ersten Treffen erzählt hast. Ich bin beeindruckt.»

Ich atmete wieder leichter.

«Ich bin mir nicht sicher wie ich mich sportlich betätigen werde, wenn der Schnee erst einmal da ist. In den vergangenen Jahren habe ich gerne Steigeisen an meine Laufschuhe geschnallt und den Elementen getrotzt, wenn Schnee lag. Aber mein Knöchel macht mir immer noch zu schaffen wegen... einer Verletzung. Er ist schwach und ich habe Angst, auf unsicherem und rutschigem Boden zu laufen. Laufst du auch?»

Ich war erleichtert, dass unser Gespräch zu einem neutraleren Thema übergegangen war.

«Manchmal. Wenn ich Zeit habe. Ich habe früher Eishockey gespielt, als ich jünger war. Ich mag alle Wintersportarten. Wir Schweizer sind ein sehr sportliches Volk.»

«Eine Freundin aus dem Dorf – Esther – hat gesagt, dass sie mich zum Skilanglauf mitnehmen will, wenn der Schnee da ist. Sie schwärmt davon und sagt, wenn ich das Laufen liebe, dann werde ich auch den Langlauf lieben.»

«Es wird dich sicher fit halten. Es ist ein toller Sport. Ich hoffe wir bekommen diesen Winter guten Schnee.»

Gerry blickte wehmütig aus dem Fenster. Seine Gedanken schienen jenseits der Türme und neoklassizistischen Gebäude entlang der Limmat, der modernen Glasblöcke und des Netzes von Straßenbahnlinien zu liegen das die Stadt durchzog. Seine Gedanken waren auf einem fernen, unsichtbaren Berg und er wirkte plötzlich fehl am Platz in dieser städtischen Umgebung.

Er schaute zu mir zurück und bemerkte meinen forschenden Blick. Bevor ich reagieren konnte, beugte er sich über den Tisch, um eine Haarsträhne hinter mein Ohr zu streichen. Ich wich zurück, als er dies tat. Es war eine zärtliche Bewegung die seine frühere Berührung meines Kinns noch verstärkte. Ein Elternteil das sich einen Moment Zeit nimmt um sich um sein Kind zu kümmern. Ich empfand dies als eine seltsam taktvolle Geste eines Schweizers. Ich errötete und suchte in meiner Handtasche nach meinem Portemonnaie um die Getränke zu bezahlen.

Als ich in der Tasche kramte, fiel mir der glänzende Niet an Gerrys ledernem Freundschaftsband ins Auge.

«Oh, ich vergaß! Das hast du bei uns zu Hause vergessen.»

Ich hielt das geflochtene Armband hoch. Er nahm es mit einem Lächeln entgegen und steckte es in seine Tasche.

56

Wir verließen das Café und warteten bis ein Tram vorbeifuhr bevor wir die Straße zum Flussufer überquerten. Ein kleines Mädchen in einer blassrosa Pufferjacke und einer flauschigen Pudelmütze warf Brotstücke ins Wasser. Enten stürzten sich auf den wirbelnden Strudeln auf die Brocken. Möwen schwebten darüber und hofften auf weitere Krümel in der Luft. Wir lachten über das Verhalten des Vogels und es war als hätten wir unsere Spannungen im Café vergessen. Es tat gut zu lachen. Ich schüttelte mein Haar im Wind und stellte fest, dass ich mich schon seit vielen Monaten nicht mehr so frei gefühlt hatte. Wir entfernten uns von den Vögeln, überquerten die Brücke und lehnten uns an die Steinbrüstung. Wir beobachteten das graue Wasser das sich aus dem Zürisee ergoss und waren fasziniert von den Strudeln. Ich verspürte einen kurzen Drang, mich in den Fluss zu stürzen.

«Gott, ich hatte gerade das Gefühl, dass ich springen wollte. Mich reinstürzen,» sagte ich.

Kaum hatte ich gesprochen, hielt ich mir die Hand vor den Mund. Ich erinnerte mich an Gerrys Vater der am Rande der Brücke stand. Ich suchte Gerrys Gesicht ab. Er kämmte sich mit den Fingern durch sein Haar und warf den Kopf zurück um zu lachen. Ich nahm meine Hand langsam weg. Bevor ich reagieren konnte, legte Gerry seine Hand in meinen Nacken und drückte seine Lippen auf meine. Ich schloss meine Augen.

In einem Augenblick war es vorbei. Er löste seine Finger aus meinem Haar und schaute bereits über den Fluss, als ich meine Augen öffnete.

Mein Magen verwandelte sich in flüssiges Feuer und das Blut schoss mir in die Wangen. Ich berührte meine Lippen mit zwei Fingern.

Er hatte mich geküsst!

«Das hättest du nicht tun sollen,» sagte ich.

«Nein, ich... Entschuldige. Entschuldigung,» sagte er.

Er beobachtete das Wasser. Irgendeine Erinnerung, vielleicht nicht an mich, brachte ihn zum Lächeln. Dann drehte er sich um und ergriff meinen Arm, hob meine Hand an. Vorsichtig legte er das Freundschaftsband um mein Handgelenk und schloss den Messingknopf. Die Berührung des Leders und seiner Finger auf der Haut meines inneren Handgelenks jagte mir einen Schauer über den Arm. Ich wollte meine Hand wegreißen, weil ich Angst vor den Empfindungen hatte, die mein Körper unwillkürlich erlebte.

«Da,» sagte er. «Freunde».

Ich stieß mich vom Geländer ab und schob meine Hände tief in die Taschen. Gerry legte einen Arm zwischen meinen Ellbogen, als ich zu gehen begann. Die Bewegung ließ unsere Körper zusammenhüpfen. Ich starrte nach vorn und wusste, dass er mich beobachtete. Ich konzentrierte mich auf den Weg vor mir und beschleunigte mein Tempo in Richtung Bahnhof. Schließlich nahm ich die Hände aus den Hosentaschen, wenn auch nur um seinen Griff um meinen Arm zu lösen. *Ich sollte jetzt nach Hause gehen.* Ein kalter Wind peitschte, eine zerknüllte Papiertuch und ein altes Taschentuch in einem kleinen Tornado vor uns her.

«Es kommt nicht oft vor, dass man auf diesen Straßen Müll sieht,» wunderte ich mich. Ich musste etwas sagen, um meine Stimmung zu brechen.

«Alice vergiss das mit dem Müll. Ich muss wieder mit dir reden. Ich muss dich sehen.»

«Gerry, nicht. Ich... ich muss über den Müll reden. Er hält mich auf dem Boden,» flüsterte ich.

Als meine Augen auf unerklärliche Weise im Wind zu tränen begannen, lächelte ich und Gerry lachte.

«Der Müll ist es. Der Müll des Lebens!» rief er schelmisch, woraufhin ich mich umsah um zu sehen, ob wir Aufmerksamkeit erregt hatten. Meine Reaktion bestätigte, dass mir sein Kuss alles andere als gleichgültig war.

«Ich sehe ihn sehr gerne, den Müll,» fuhr er fort. «Es ist wie ein Statement für etwas Freies in unserer eher verstopften Gesellschaft, meinst du nicht? Manchmal verspüre ich den Drang, mich den heimlichen Graffiti-Künstlern auf den Gleisen des Hauptbahnhofs anzuschließen. Das ist einer der wenigen Orte an denen man noch eine Zunahme des so genannten Vandalismus beobachten kann. Ich finde das ist ein schönes Statement gegen all diese erstickte Perfektion.»

Ich runzelte die Stirn. Dieser junge Mann war so unberechenbar. Der Kuss war vergessen. Oder vielleicht auch nicht.

Aber es war zwingend notwendig, dass wir ihn beide auslöschen.

«Das ist genau das was ich an der Schweiz zu lieben gelernt habe,» sagte ich. «Die Sauberkeit. Jedes Mal, wenn ich meine Verwandten und Freunde in England besuche und den chaotischen Verkehr und die angeschlagene Wirtschaft, die schäbigen Häuser und die bröckelnden Straßen sehe, atme ich jedes Mal erleichtert auf wenn ich in Zürich aus dem Flugzeug steige. Es fühlt sich jedes Mal mehr wie eine Heimkehr an.»

«Glaubst du, dass du hier bleibst? Ich meine langfristig?» fragte er.

Ich musste glauben, dass das alles nur Smalltalk war, dass kein versteckter Wunsch oder eine Bedeutung in seinem Geplapper steckte.

Er hat mich geküsst!

«Es ist gut möglich, dass Simon irgendwann das Büro in Zug leiten wird. Die Jungs sind jetzt so gut wie vollständig in die örtliche Schule integriert. Ja, ich könnte mir vorstellen, hier zu bleiben. Es ist ein gutes Leben das wir haben.»

Ich hatte keine Lust, über Simon und die Jungs zu sprechen. Ich wollte sie aus der kleinen Blase heraushalten, in die ich mich heute Nachmittag begeben hatte. Es war meine Schuld. Ich konnte immer noch nicht vergessen, dass Gerry der Sohn von Manfred war. Nachdem ich so viele Monate mit der Anwesenheit seines Vaters gelebt hatte, wollte ich nun Lichtjahre zwischen meine Familie und alles was mit ihm zu tun hatte legen und das schloss seinen Sohn ein.

«Ich kann dir gar nicht sagen wie sehr ich es schätze, dass du dich mit mir triffst Alice. Ich weiß, dass du das nicht hören willst. Es hat mir aber geholfen, meine eigenen Gefühle gegenüber meinem Vater besser zu verstehen. Es hat mir geholfen einen gewissen Frieden in der Tatsache zu finden, dass wir, meine Mutter und ich, nichts über ihn wissen wollten. Und doch, als wir erfuhren, dass er sich das Leben genommen hatte, fühlten wir beide ein wenig von der Schuld die jemand in unserer Situation empfinden konnte. Obwohl wir wussten, dass wir alles für ihn getan haben, was möglich war. Wir hatten versucht ihm zu helfen. Vielleicht hat er uns eines Tages mit seiner eigenen Version des Wahnsinns in den Wahnsinn getrieben.

Bei der Erwähnung des Wortes «Schuld» klopfte mein Herz. Ich beschleunigte meinen Schritt in Richtung Bahnhof. Meine Kehle war heiß. So sehr ich die Gesellschaft dieses gelehrten jungen Mannes auch genoss, wusste ich doch, dass ich mich von ihm entfernen musste. Ich war mir bewusst, dass seine Anziehungskraft sich als gefährlich erwies. Es war schwer sich zu konzentrieren. Ich war mir nicht sicher ob das mulmige Gefühl in meinem Magen daher rührte, dass er mich ständig an Manfred erinnerte, oder weil ich ihn vielleicht nie wieder sehen würde.

Wir betraten den Bahnhof durch den Eingang gegenüber dem Bahnhofsquai. Das geschäftige Treiben des Weihnachtsmarktes begrüßte uns durch die hohen Türen. Die Menschen schlängelten sich durch den Markt, unterbrochen von denen die zu ihren Zügen eilten und ich schaute auf meine Uhr. Es waren noch zwanzig Minuten bis mein Zug abfahren sollte.

«Hast du Zeit, dich umzusehen?» fragte Gerry, als ob er meine Gedanken lesen konnte.

Ich neigte den Kopf zur Seite, um ihm zuzustimmen. Er nahm meinen Ellbogen und führte mich zu einem Stand, an dem würziger warmer Glühwein verkauft wurde. Das Glitzern von hunderttausend Glaskristallen am Swarovski-Weihnachtsbaum funkelte um die kleinen Holzhäuschen der Marktbuden.

«Zum wohl.»

Gerry stieß meinen Plastikbecher an und für einen schrecklichen Moment erinnerte ich mich an eine andere Zeit, eine andere Nacht, an das Aneinanderstoßen von Plastikpicknickbechern an den weniger süßen Rubinwein auf unseren Lippen.

Mein Herz klopfte weiter, bis der Zug lautlos aus dem Bahnhof fuhr. Ich starrte aus dem Fenster über das komplexe Spaghetti-Netz aus Dutzenden von Gleisen. Die prächtigen Gebäude der Versicherungsgesellschaften und Banken mit ihrer alten napoleonischen Architektur standen zwischen hochmodernen Blöcken aus Rauchglas. Der Zug nahm Fahrt auf. Als er in eine Unterführung einfuhr, kam Gerrys Graffiti ins Blickfeld, einige frisch auf eine kürzlich gegossene Betonwand gesprüht, die die Gleise säumte.

Er küsste mich.

Ich hätte mich schrecklich fühlen müssen. Sicherlich war es nur der Streich eines jungen Mannes, ein Scherz? Na gut, er hat mich geküsst, aber ich habe ihn nicht zurückgeküsst. Kaum.

Ich konzentrierte mich auf Simon. Ich versuchte mich an unser Liebesspiel in der Opernnacht zu erinnern. Ich stellte mir Simons treues Gesicht vor. Ich erinnerte mich an die Jahre die wir so angenehm miteinander verbracht hatten. Ich dachte an die Familie die wir zusammen aufgebaut hatten. Ich hatte nicht die Absicht irgendetwas davon zu zerstören. Mit Manfred als septischem Einfluss in unserem Leben, war ich schon einmal zu nahe an den Rand der Vernunft gekommen.

Und dann erinnerte ich mich daran wie Simon mich mit der ganzen Stalking-Herausforderung allein gelassen hatte. Zugegeben, er war mit einem großen Projekt auf der Arbeit beschäftigt. Aber seine Reaktionen waren alles andere als mitfühlend, vor allem je schlimmer Manfreds Besessenheit wurde. Ich dachte an Simon der mir sagte, ich solle mich zusammenreißen, mir klar machen was los war. Dass es an *mir* läge.

Aber jetzt gab es diese Verbindung zu Manfreds Sohn. Das war mir alles zu nahe gegangen.

Er hat mich geküsst.

Worauf hatte ich mich da nur eingelassen?

57

Ich quittierte den Empfang des Pakets und warnte den Postboten vor der rutschigen Schneedecke in der Einfahrt. Er lächelte und sagte ich solle mir keine Sorgen machen. Auf seinem Postwagen seien Spikereifen montiert. Das Fahrzeug könne selbst die glitschigsten Hügel befahren. Der gefährlichste Teil seiner Fahrt war immer der Weg zwischen den Briefkästen und seinem Fahrzeug. Das brachte mich auf den Gedanken, dass er die Steigeisen, die ich noch nicht aus dem Schrank geholt hatte, gut gebrauchen könnte. Ich warf einen Blick auf die Schaufel in der Ecke der Eingangsbereich und drehte mich um, um meine höchst unschweizerische Schaufelarbeit in der Einfahrt zu begutachten.

In der Küche packte ich das Paket aus. Es war eine Flasche Schweizer Rotwein, ein Merlot aus dem Tessin. Ich dachte mir, dass es von einem von Simons Kunden sein musste. Seltsamerweise war es an uns beide adressiert und an unsere Privatadresse geschickt worden. Ich nahm die gepolsterte Verpackung heraus und fand einen Zettel am Boden des Kartons.

An Alice und Simon, Ich wünsche euch eine schöne Adventszeit.
Herzliche Grüße, Gerry Guggenbühl

Einen Moment lang dachte ich, mir würde in der Küche schlecht werden. Ich las nur den Namen Guggenbühl und dachte irrationalerweise das Geschenk käme von Manfred. Gerrys Name auf der Karte holte mich einen Moment später ein. Ich lachte nervös auf, bevor ich tief durchatmete. Diese Geste war den Geschenken, die sein Vater zu hinterlassen pflegte, zu ähnlich. Hatte Gerry eine Tat seines Vaters nachgeahmt? Ich hoffte, dass seine Absicht eine unschuldige Geste der Dankbarkeit war.

Als ich später wieder draußen war, beobachtete ich wie Simon zum Haus fuhr. Ich stützte mich auf meine Schaufel während ich darauf wartete, dass er einparkte. Ich blickte stirnrunzelnd in den Himmel, der meine Arbeit an diesem Abend unsichtbar zu machen drohte. Ich hatte den Schnee von der Garagentür geräumt damit er direkt hineinfahren konnte. Er gab mir einen Kuss auf die Wange als er zu mir kam und wir gingen gemeinsam ins Haus.

Ich hatte vergessen die Flasche und ihre Verpackung von der Küchentheke zu räumen. In meinem Haar knisterte es als ich meine Pudelmütze abnahm. Meine heitere Stimmung kühlte ab, als Simon den Zettel in die Hand nahm. Die Hitze des Hauses überwältigte mich plötzlich und ich riss mir die Skijacke vom Leib.

«Du willst mich wohl verarschen,» sagte Simon. «Glaubt er, er kann da weitermachen wo sein Arschloch von Vater aufgehört hat? Versucht er in seine Fußstapfen zu treten?»

Ich biss mir auf die Zunge, weil ich wusste, dass das auch mein erster Gedanke gewesen war. Simons Sarkasmus führte dazu, dass ich Gerry sofort verteidigen wollte.

«Simon er ist nicht wie sein Vater. Er ist wahrscheinlich genauso erleichtert wie wir, dass sein Vater nicht mehr da ist.»

Ich saugte an meiner Lippe. Das klang harsch. Simon sah mich neugierig an.

«Ich meine das ist entweder ein Friedensangebot oder eine Art Entschuldigung für alles was wir erdulden mussten.»

Ich machte einen Rückzieher und versuchte zu rechtfertigen warum der Sohn unseres Stalkers uns ein Weihnachtsgeschenk geschickt hatte. Das Letzte was ich tun wollte, war ihm zu sagen, dass wir uns getroffen hatten. Normalerweise hätte das Simon nicht stören sollen. Aber ich wusste, dass er die letzten Monate genauso vergessen wollte wie ich. Er wollte vergessen, dass seine Frau einige bizarre und unerklärliche Entscheidungen getroffen hatte. Er wollte vergessen, dass ein Stalker fast unsere Familie zerstört hatte. Beinahe. Und er wollte jede Erinnerung an oder Verbindung zu dieser schrecklichen Person vergessen.

Aber Simon hat damit nicht so gelebt wie ich. Er hatte in diesen Monaten nicht mit der Ungewissheit und Verwirrung zu kämpfen gehabt. Das musste ich allein tun. Er hätte nur mit mir leben müssen. Ich hingegen musste mit allen zusammenleben.

«Wahrscheinlich ein billiger, mieser Wein. Wir können ihn immer noch jemand anderem geben. Du weißt schon die gefürchtete Flasche, die herumgereicht wird und zu jeder Dinnerparty mitgenommen wird.»

Simon schaute mich eindringlich an, bevor er nach oben ging um seine Arbeitskleidung auszuziehen.

Wir würden Gerrys Wein nicht trinken.

Ich hob die Karte auf und las sie noch einmal, wobei mir die zufällige kursive Schleife des «l» in «Alice» auffiel, die auf seine Unbeschwertheit hindeutete. Die Karte war neutral grau und hatte keine Aufschrift. Ich berührte die Schrift, zog meine Hand weg und legte die Karte weg.

Ich starrte die Flasche an und rieb mir die Arme. Das fühlte sich falsch an. Zu viele Botschaften die falsch gedeutet werden konnten. Ich starrte aus dem Küchenfenster, auf die Schneeflocken die wie Kirschblüten in einer bizarren Umkehrung der Jahreszeiten seitwärts über das Feld neben dem Haus wehten.

ᛏᛏᛏ

Während Simon nach dem Abendessen mit Leo am Küchentisch saß und Algebra für einen Test übte, ging ich ins Büro und schrieb einen Brief an Gerry. Das Verteilen von Geschenken, das Bedürfnis nach Kontakt ... diese Dinge sollten keinen Trend auslösen. Ich weigerte mich zu glauben, dass Gerry die gleichen Züge wie sein Vater zeigte. Ich erinnerte mich an kindliche Sträuße mit Wildblumen, die ich im Frühjahr auf den Feldern in der Nähe des Hauses gepflückt hatte. Auch an ein Körbchen Kirschen, das ich auf dem Sommermarkt gekauft hatte. An eine Handvoll Steinpilze aus dem Wald, an deren papiernen Stielen noch torfige Erde klebte. Gabenschauer, die noch vor wenigen Wochen ausgeblieben waren.

Lieber Gerry

Simon und ich danken dir für den Wein den du uns so liebevoll geschickt hast. Wir müssen jedoch darauf bestehen, dass deine Großzügigkeit hier aufhört. So dankbar du auch für meinen Rat und meine Hilfe nach dem Tod deines Vaters warst, so denke ich doch, dass es jetzt für alle Beteiligten klug wäre, wenn wir uns nicht wiedersehen. Es ist an der Zeit, dass ich das Fundament, das sich in den letzten Monaten in unserer Familie verschoben hat, wieder aufbaue. Ich wünsche dir und deiner Mutter ein frohes Weihnachtsfest und ein erfolgreiches neues Jahr.

Wie soll ich mich abmelden? Was zum Teufel sollte ich schreiben? Am Ende unterschrieb ich einfach mit *Alice*.

Das Problem war, dass ich die Regeln nicht mehr richtig im Kopf hatte. An einem zufälligen Tag im Frühling hatte Gerrys Vater Manfred meine euphorische Erleichterung darüber, dass ich ihn auf dieser elenden Brücke vor dem Selbstmord bewahrt hatte, als aufkeimende Zuneigung missverstanden.

Ich war sicher, dass Gerry nichts falsch interpretiert hatte.

Ich war mir sicher, weil ich wusste was er in *meinen* Augen gesehen hatte.

58

Würdest du jemals in Betracht ziehen nach England zurückzukehren?»

Ich schaute Simon an, der sein Buch auf die Brust sinken ließ. Wir lagen Seite an Seite im Bett und warteten darauf, dass die Jungs einschliefen. Unser Plan war es, uns in ihre Zimmer zu schleichen und die Weihnachtsstrümpfe von ihren Betten zu nehmen. In aller Stille füllten wir sie in unserem eigenen Schlafzimmer.

«Ich vermisse Mum in dieser Zeit des Jahres,» fuhr ich fort. «Auch wenn sie nicht mehr da ist. Ich frage mich manchmal ob es nicht besser wäre, wenn wir näher bei unseren Verwandten wären, so spärlich sie auch über England verstreut sein mögen.»

Auf unerklärliche Weise stiegen mir die Tränen in die Augen.

«Sind wir nicht genug für dich Al?»

Simon tätschelte väterlich meinen Arm und in meiner Kehle brannte ein Keim des Unmuts. Ich wusste, dass er nicht gefühllos sein wollte, aber mein plötzlicher Wunsch von all dem wegzukommen, weg von meinen unberechenbaren Gefühlen, war durch die Begegnung mit Gerry ausgelöst worden. Ich wusste, dass wir uns auf gefährlichem Terrain befanden.

«Ich habe auch das Gefühl, dass wir weit weg von hier ziehen sollten, nach all dem was dieses Jahr passiert ist.»

«Weil dir ein übergroßes Kind mit einem Verrückten als Vater eine Flasche Wein schickt? Komm schon Al. Übertreibst du da nicht ein bisschen?»

«Ich schätze, ich bin im Moment einfach mit der ganzen Schweiz-Sache nicht zufrieden. Ich komme nicht darüber hinweg, dass die Polizei nichts gegen Manfred unternommen hat als er noch lebte. Jetzt aber so viel Zeit damit verbringt, herauszufinden was passiert ist, jetzt wo er tot ist. Verstehen die das nicht? Es bringt mich dazu das System zu hassen. Das System das so perfekt und bürokratisch sein soll, in dem alles mit einem feinzahnigen Kamm untersucht wird. Aber wenn es um uns die mickrigen Ausländer in der Gleichung geht, wird uns nicht die geringste Aufmerksamkeit geschenkt. Das ist der Grund warum ich umziehen möchte Simon. Und außerdem... diese Wohnung. Ich weiß sie ist malerisch und traditionell und der Traum jeder Schweizer Familie Robinson, aber sie erdrückt mich. Ich habe das Gefühl, dass es zu viele schlechte Erinnerungen gibt. Ich kann sie nicht abschütteln.

«Ernsthaft? Ich dachte immer du wärst positiv genug um darüber hinwegzukommen Alice. Du überraschst mich.»

Simon drehte sich um und stützte seinen Kopf auf den Ellbogen. Seine Hand schloss sich sanft um mein Handgelenk. Er schob seinen kleinen Finger unter das lederne Freundschaftsband.

«Du trägst das alte Ding das du gefunden hast? Weiß Leo, dass du seine Hippie-Accessoires klaust?»

Ich schob meinen Arm unter die Bettdecke. Es war unvermeidlich gewesen, dass Simon es erwähnen würde. Ich hatte aber es nie abgenommen und fast vergessen, dass ich es noch trug. Wie dumm.

Simon fuhr mit dem Finger über die Knöpfe meines Nachthemdes. Ich legte meine Hand auf seine.

«Wenn du nicht zurück nach England ziehen willst, sollten wir umziehen? Eine neue Wohnung finden,» sagte ich.

In meinem Hinterkopf keimte Erleichterung auf. Mir wurde klar, dass ich im Grunde meines Herzens gar nicht zurück nach England ziehen wollte. Der Grund für meinen drastischen Vorschlag war tot. Die Erinnerung an ihn würde sicher verblassen. Und Manfred *war* der einzige Grund, dachte ich.

Simon streichelte mit den Fingern über meinen Oberschenkel. Er hat mich nicht ernst genommen. Bevor er seine Hand unter mein Nachthemd schieben konnte, kletterte ich aus dem Bett und ging in den

Flur um die leeren Weihnachtsstrümpfe aus den Betten der Jungen zu holen.

Leo lag ganz still. Ich konnte ihn kaum atmen hören, was mich zu der Annahme brachte, dass er noch wach war, aber den Schlaf nur vortäuschte. Ich erkannte die Anspannung in seinem Körper, die mein eigenes Geschick in den letzten Monaten widerspiegelte. Olivers nach außen gerichteter Atem strömte in komischen, gleichmäßigen Zügen durch seine Lippen und bestätigte zweifelsfrei, dass er schlief.

Dieses Kindheitsritual war mehr zu seinem als zu Leos Vorteil. Beide Jungs hatten längst aufgegeben an den Weihnachtsmann oder das Christkind zu glauben, wie der heimliche Gabenbringer hier genannt wurde. Aber ich klammerte mich an die Vorfreude auf Weihnachten. Zumal der sporadische Schneefall der vergangenen Woche bedeutete, dass unsere Alpenweihnacht auch in diesem Jahr wieder richtig weiß sein würde. Wer, der bei Verstand ist, würde zurück nach England ziehen wollen, wenn er diesen Zauber vor der Haustür hat?

Ich kehrte in unser Schlafzimmer zurück und legte die Strümpfe auf unser Bett.

«Diese Wohnung ist großartig für uns,» sagte Simon. «Sie liegt etwas außerhalb des Dorfes mit perfektem Zugang zu den Wanderwegen. Ich liebe es, hier mitten in der Natur zu sein, so nah am Wald. Ich möchte nicht umziehen. Vielleicht solltest du dir mehr Zeit lassen, um darüber nachzudenken. Du warst in den letzten Monaten nicht gerade in der stabilsten Verfassung.»

Ich holte eine Einkaufstasche hervor, die ich früher am Abend hinter der Tür versteckt hatte und leerte den Inhalt auf das Bett.

«Ich komme nicht darüber hinweg, dass unser Raum von Manfred verletzt wurde. Das kannst du doch sicher nachempfinden.» Ich versuchte nicht gereizt zu klingen.

Simons Zunge saugte leicht an seinen Zähnen.

«Mein Gott Al, der Typ ist tot,» sagte er laut und ließ mich zusammenzucken. «Du glaubst doch nicht etwa an Geister, oder? Er ist weg und kommt nicht mehr zurück. Können wir weitermachen, ohne auszuziehen um es mal so auszudrücken? Wie gesagt, wir müssen uns Zeit lassen!»

«Sei still. Du weckst noch die Jungs. Nur ich bin es, glaube ich. Das ist meine Meinung. Meine Meinung zählt doch sicher auch etwas. Ich werde davon geplagt. Ich versichere dir, ich wünschte ich könnte es abschütteln.»

«Und du glaubst, dass ein Umzug das Problem lösen wird? Du hast das nicht angesprochen als er noch lebte.»

Das hatte ich selbst im Hinterkopf gehabt. Ich starrte auf den Stapel mit den kleinen Geschenken, der auf unserem Bett lag. Das plötzliche Aufblitzen von Wut in seiner Stimme war gefährlich. Ich fragte mich vor wem ich eigentlich weglaufen wollte. Heiligabend war nicht der richtige Zeitpunkt um Nägel zwischen uns zu schlagen.

«Wenn es dir so wichtig ist Al, dann könnten wir einen Umzug in Erwägung ziehen. Aber wir nähern uns der Mitte des Winters, es gibt also noch keine Wohnungsinserate. Während der Schneesaison zieht niemand um. Das ist zu anstrengend. In unserem Vertrag steht sogar, dass wir nur dreimal im Jahr umziehen dürfen: im Frühling, im Sommer und im Herbst.»

Wir begannen, die kleinen Geschenke - Mandarinen, Pralinen und Nüsse - auf die beiden Weihnachtsstrümpfe zu verteilen.

«Sind die Jungs nicht ein bisschen zu alt für diesen Quatsch?»

Simon nahm ein Aufziehspielzeug in die Hand – ein klapperndes Gebiss, das er sich letzte Woche in einem Spielzeugladen ausgesucht hatte – und steckte es in Olivers Strumpf.

Es war an der Zeit Frieden zu schließen. Ich wollte das Gespräch nicht mit einem Streit beenden und eine weitere unruhige Nacht erleben in der ich mir Sorgen um unsere heikle Beziehung machte.

«Ich schätze du hast Recht. Mit dem Umzug. Das ist der einzige Nachteil den das Leben in einer Berggemeinde mit sich bringt. Wir können realistischerweise nur während der schneefreien Monate umziehen. Wir befinden uns mitten in der berühmten unkündbaren Zeit.»

«Wenn es dir so wichtig ist, können wir im Frühjahr noch einmal darüber nachdenken. Aber du weißt, dass ich hier wo wir leben, sehr glücklich bin und die Jungs lieben es hier auch.»

Während wir jeder einen Weihnachtsstrumpf nahmen, um ihn auf die Betten der Jungen zu legen, notierte ich mir, dass ich die Lokalzeitungen studieren, die Immobilienmakler kontaktieren und einen Blick auf der Anschlagtafel im Coop im Dorf werfen würde.

Wir schlossen vorsichtig die Tür, trafen uns im Flur. Simon nahm meine Hand, als wir auf Zehenspitzen zurück in unser Zimmer gingen.

Wir legten uns ins Bett und Simon zog mich liebevoll an sich. Ich legte meinen Kopf in seine Schulter. Mein Herz klopfte noch immer von der Spannung unseres Gesprächs. Ich lauschte in die bedeckte Stille jenseits unserer Fenster, die nur durch das Ticken der Heizung unterbrochen wurde und blinzelte angestrengt in die Dunkelheit. Mein Kopf hob und senkte sich sanft, als sich Simons Atem vertiefte. Sein Herz schlug unablässig gegen mein Ohr. Ich fiel schließlich in einen unruhigen Schlaf, wobei ich mich fragte ob ein Umzug meine eigenen inneren Probleme lösen würde.

ௌௌ

Ich liege auf einem Wirbel aus kühler Satin-Bettwäsche. Meine Beine sind mit den muskulösen Schenkeln eines fremden Körpers verschlungen. Der Mann, in dessen Armen ich liege, hat einen gewellten Schopf aus braunem Haar. Die Sehnen in seinen Schultern spannen sich als er sich von mir wegbewegt und meinen Körper hinunterwandert. Seine Küsse flattern wie Schmetterlinge auf meiner Haut. Mein Herz klopft in meiner Brust. Ich bin von einem sehnsüchtigen Bedürfnis erfüllt. Ich will, dass er ein Teil von mir ist. Das ist falsch. Das ist nicht Simon. Aber ich kann mich nicht zurückhalten. Er berührt mich, berührt mich. Die Qualen der Ekstase. Ich blicke auf, in die rauchgrünen Augen von Gerry.

Wo ist Simon? Wie bin ich hierher gekommen? Was mache ich hier eigentlich? Ich gerate in Panik. Wie kann ich Simon nur betrügen? Ich wehre mich, will aber unbedingt, dass dieses Gefühl anhält. Die Leidenschaft durchflutet meine Adern. Ich habe keine Kontrolle mehr. Das fühlt sich so richtig an. Aber es ist falsch. Oh, oh, oh.

Es ist ein Traum.

Ich wachte schwer atmend auf. Meine Beine bewegten sich im Bett übereinander. Mein Herz schlug weiter heftig. Zwischen meinen

Schenkeln pochte es leicht, mein Unterleib war angespannt. Ich lag auf der Seite und drückte meine Beine zusammen um das Gefühl in meinem Bauch zu beruhigen. Als ich meine Knie in eine fötale Position brachte, zischten meine Beine unter der Bettdecke.

«Baby?» murmelte Simon. «Bist du wach?

«Ja, ich... ich hatte einen seltsamen Traum. Ich...»

Bevor ich fortfahren konnte, kam Simon auf mich zu und drückte sich an meinen Rücken. Er war hart. Seine Hand griff um meinen Arm und streifte meine Brustwarze. Ich keuchte und ein Schauer durchfuhr mich. Er spreizte von hinten meine Schenkel und glitt in mich hinein.

«Schatz, ich...» Simon brachte mich mit einem tiefen Stoß zum Schweigen.

Ich wollte ihm sagen, dass ich das nicht wollte. Ich wollte, dass meine Gefühle wegen des Umzugs anerkannt werden. Dieses Problem konnte nicht mit Sex gelöst werden. Als wir das letzte Mal nach dem Betriebsausflug miteinander Sex hatten, wusste ich nicht, wann Simon mich wieder berühren würde. Warum wollte er mich jetzt plötzlich?

Während die Erinnerung an meinen Traum in meinem Kopf aufblühte, verdrängte ein tierisches Bedürfnis nun jede geistige Lösung, die ich im Dunkeln gesucht hatte. Simon bewegte sich rhythmisch. Ich griff hinter mich um seine Hüfte zu fassen und ihn zu ermutigen.

Mitten in der Nacht aufzuwachen und gleichzeitig in Leidenschaft zu verfallen, hatte mich mit einem Gefühl wilder Faszination erfüllt. Es verdrängte alle anderen Gefühle, mein zwanghaftes Bedürfnis nach einem fast gewalttätigen Akt war überwältigend. Es war als hätte mein Traum, der mich nach Erlösung schreien ließ, in Simon eine ebenso große und unerklärliche Leidenschaft geweckt. Meine Pheromone rissen ihn aus seinem eigenen Schlummer.

Plötzlich stieß er fester in mich hinein. So hatte er mich noch nie in Besitz genommen. Das war nicht Liebe machen, das war ... ich wusste es nicht. Er stieß wieder und wieder zu. Ich spürte seine Zähne an meiner Schulter. Er klemmte meine Brustwarze zwischen Daumen und Zeigefinger ein. Der Schmerz war exquisit. Ich schloss meine Augen. Meine Hüften drückten sich nach hinten um seine zu treffen. Unsere Bewegungen wurden dringlicher. Ich wollte schreien. Simon hielt mir die Hand vor den Mund, vielleicht aus Angst ich würde die Kinder wecken.

Die stürmische Erleichterung, nach der ich mich gesehnt hatte, war kurz davor, aufzuspringen. Die Lust. Der Schmerz. Und mit fest zusammengekniffenen Augen schwamm die Vision von Gerry vor mir. Ich ritt auf der Welle eines pulsierenden Höhepunkts, der in Flammen stand. So sehr ich auch versuchte, sein Gesicht aus meinen Gedanken zu verdrängen, es war Gerry, dessen gewundener Körper hinter mir lag, Gerry, der mir die Erlösung geschenkt hatte.

Ich lag mit der zerknitterten Bettdecke um meine Unterschenkel gewickelt da, die Lungen hüpften. Ein Schweißtropfen kühlte den Raum zwischen meinen Brüsten. Unser ungelöstes Gespräch war vergessen, verdrängt von der anhaltenden, erschreckenden Vision einer anderen Person in meinem Ehebett.

Von einem aufsteigenden Selbsthass zutiefst beunruhigt, öffnete ich die Augen und versuchte mich umzudrehen um in Simons Gesicht zu blicken. Aber er war ein Schatten in der Dunkelheit. Ich konnte das Gefühl nicht loswerden, dass es Gerrys heißer Körper war, der sich mit meinem verschlungen hatte.

Mein klopfendes Herz beruhigte sich. Ich stellte mir vor, dass es eine logische Erklärung für die Gedanken an Gerry gab, die sich neben denen an den Ehemann einschlichen, mit dem ich mich so verzweifelt wieder vereinen wollte.

Sollte einer dieser Männer mein Geheimnis entdecken, würde jeder von ihnen ganz anders reagieren. Für den einen würde die Enthüllung meine Familie zerstören, für den anderen meine Freiheit. Wie alle gut gehüteten Geheimnisse war auch dieses zu einer schwelenden Infektion in meinem Kopf geworden. Die Täuschungen türmten sich auf, eine nach der anderen und lösten eine Lawine der Scham aus.

Nur meine verwirrte Erschöpfung hielt mich davon ab, meinen geistigen Ehebruch mit erschreckender Klarheit zu erleben.

59

JANUAR 2003

Ein kindliches Quieken der Frustration entkam meinem Mund, als meine Beine unter mir wegrutschten und ich auf dem Schnee zusammenbrach. Ein anfänglicher Wutausbruch über mich selbst verflog zu einem Kichern. Als ich zu Esther hinübersah die sich eine behandschuhte Hand vor den Mund hielt um ihr eigenes Lachen zu unterdrücken.

«Oh, mein Gott. Das ist so schwer. Diese Ski sind so dünn,» kreischte ich, immer noch lachend.

Sie kam auf mich zu und nahm meinen Arm um mich hochzuziehen.

«Hier, benutze deinen Stock um dich gegen den Boden zu drücken.»

Ich tat was Esther mir sagte und versuchte den zarten und scheinbar zerbrechlichen Stock nicht zu sehr zu belasten. Ich schaffte es mit ihrer Hilfe aufrecht zu stehen. Ich wippte auf den dünnen Ski, sammelte mein Gleichgewicht und strich mir den Schnee vom Hintern.

Es war ein wunderschöner Tag. Über uns erstreckte sich ein wolkenloser, kornblumenblauer Himmel bis zu den schneebedeckten Gipfeln der Glarner Alpen. Die Sonne wärmte unsere Gesichter an einem ansonsten windstillen Morgen mit Minusgraden ein wenig. Die Temperatur hatte den Schnee zwar knirschen lassen, aber weich gehalten. Die geriffelten Linien der präparierten Loipe zeichneten bis in der Ferne. Es war ein geometrischer Gegensatz zu unserer natürlichen alpinen Umgebung. Die Loipe war um diese Zeit noch kaum befahren. Nur wenige Langläufer waren hier.

«Komm schon Alice. Das ist die Zurückzahlung für all die Hilfe die du uns im Chat-Club gegeben hast.»

Wir waren zu viert die kurze Strecke über den Sattel am Ende des Ägeritales gefahren. Mit der umgeklappten Rückbank, waren die Ski auf dem Rücksitz meines Land Rovers verstaut. Esther hatte bereits versucht meine Zweifel an den Tagesausflug zu zerstreuen. Wir nahmen uns eine Auszeit vom Englischunterricht. Einem Unterricht in etwas ganz anderem. Esther, eine begeisterte Langläuferin, war neugierig ob ich ihren Sport erlernen wollte.

«Ich bin sicher das ist gesünder für dich als das ganze Langstreckenlaufen.»

«Ich bin auf jeden Fall offen für eine alternative Möglichkeit mich im Winter fit zu halten. Um ganz ehrlich zu sein habe ich genug vom alpinen Skifahren. Aber bitte sagst du es nicht den Jungs! Ich kann es nicht ertragen, schwere Ausrüstung herumzuschleppen und stundenlang an den Liften anzustehen.»

«Du wirst die Ruhe der Langlaufloipe als viel angenehmer empfinden,» sagte sie.

«Das kannst du ruhig sagen, du bist ja eine Expertin.»

Ich hoffte, dass meine Anfängerqualitäten die Frauen nicht behindern würden.

«Esther ist mit Ski aufgewachsen,» sagte eine der anderen Frauen. «Sie wird deine beste Lehrerin sein. Das liegt in der Familie.»

«Mein Vater stammt aus diesem Dorf, Rothenthurm. Generationen von uns sind mit Langlaufski aufgewachsen. In seinen Zwanzigern hat er mehrmals den örtlichen Volksskilauf gewonnen. Vielleicht sehen wir heute ein paar Rennläufer beim Training. Die jährliche Veranstaltung findet in zwei Wochen statt. Wenn du ein Naturtalent bist, werden wir dich bis zum Ende des Tages für das Rennen anmelden.»

Ich stotterte, wusste aber, dass sie einen Scherz gemacht hatte.

Es war lange her, dass ich mich mit einer Handvoll Frauen über etwas anderes unterhalten hatte, als über den Aufbau der englischen Sprache. Oder die Gefahren des Stalkings. Ich entspannte mich und genoss diesen Moment der schwesterlichen Kameradschaft.

Die beiden anderen Frauen warteten geduldig am Anfang der Skischleife, während Esther sich vergewisserte, dass ich sicher auf meinen Füßen stand.

«Vielleicht hätte ich zuerst mit dem klassischen Stil anfangen sollen. Ist das nicht einfacher?» sagte ich.

«Ich glaube am Ende wird dir das Skaten mehr Spaß machen. Obwohl es hier mehr Kraft kostet...» Sie klopfte mit der Hand auf ihren Oberschenkel. «Du wirst weniger Schmerzen in deinem Knöchel haben.»

«Sie sind so schmal im Vergleich zu Alpinski.»

«Und leichter. Nicht so sehr für die Schlepperei.» Esther lächelte.

Das Gefühl der freien Fersen auf den Ski war ungewohnt. Ich hatte angenommen, dass mir meine Erfahrung mit Alpinski helfen würde. Aber ich war etwas schockiert, dass ich mich mit einer anderen Ausrüstung herumschlagen musste.

Esther zeigte mir geduldig und mit sehr langsamen, übertriebenen Bewegungen, wie ich mich zuerst mit einem Ski und dann mit dem anderen in einer schwungvollen Skating-Bewegung abstoßen sollte. Bei ihr sah es so leicht und anmutig aus. Sie sagte mir ich solle auf den ersten zweihundert Metern der Schleife, die flach und breit und leicht zu fahren war, hin und her üben.

«Nimm dir hier ein wenig Zeit um dich an die Bewegung auf den Ski zu gewöhnen. Ich komme nach einer Weile wieder und sehe nach dir. Das ist gut.»

Esther ließ mich mit ihren aufmunternden Worten allein. Sie schloss sich den beiden anderen Frauen an um eine schnelle Runde auf der kurzen Trainingsstrecke zu fahren.

Ich sah ihnen zu, wie sie anmutig davonfuhren, beneidete sie um ihre Erfahrung und übte weiter. Mein Versuch Skate-Ski zu laufen fühlte sich eher wie ein Stapfen durch den Schnee an. Ich war unsicher was ich mit meinen Stöcken machen sollte. Als ich ins Schwanken geriet, verfing ich mich versehentlich mit dem Korb meines Stocks unter meinem rechten Ski. Ich landete wieder auf dem Boden wo ich unelegant auf dem Schnee herumstapfte. Ich ruhte mich einen Moment aus, bevor ich mich wieder aufrichtete, denn ich fühlte mich wirklich unfähig.

«Geht es?» fragte eine Stimme über mir. «Hier, nimm meine Hand.»

Ich schnaufte, sah auf und blinzelte zu einer Person die mir ihre Hand anbot. Deren Gesicht abzeichnete sich in der Morgensonne.

«Danke!» sagte ich als ich die Hand ergriff. Der kräftige Griff des Mannes zog mich mühelos auf die Füße, während seine eigenen Ski meine daran hinderten nach vorne zu rutschen. Ich stand auf, löste meine Hand aus den Riemen des Stockgriffs und begann den Schnee von der Seite meines Oberschenkels zu klopfen.

«Hallo Alice. Ich dachte ich hätte dich erkannt,» sagte die Stimme meines Retters.

Mein Herz machte einen Sprung als ich mich umdrehte und Gerry sah. Er hatte eine Skimütze fest über sein normalerweise üppiges, gewelltes Haar gezogen, die Augen hinter einer mandelförmigen Sonnenbrille verborgen.

«Gerry! Was machst du denn hier?»

Es war mir peinlich, dass *er* mich vom Boden aufheben musste. Mein Bauch krampfte sich zusammen. Ich errötete und dachte, dass meine Aussage vielleicht unhöflich klang.

«Ich meine, natürlich fährst du Ski, aber ich wusste nicht, dass du auch Langläufer bist. Bist du zum Skating hergekommen?»

Er brauchte sich nicht zu rechtfertigen, warum er hier war. Das waren Fragen die ich nicht zu stellen brauchte. Er hatte ein Recht dort zu sein, wie jeder andere Langläufer auch. Ich ließ es so klingen, als ob er irgendwie in mein Gebiet eindringen würde. Als ob das mehr als nur ein Zufall wäre. Das konnte nicht sein. Er war nicht sein Vater. Ich war wütend auf mich selbst, weil ich mich so defensiv verhielt und unbestimmte Gefühle verriet. Meine Überreaktion deutete darauf hin, dass der Zufall vielleicht von mir verursacht wurde. Ich bereute es danach gefragt zu haben. Ich benahm mich wie ein aufgeregter Teenager.

Gerry lachte.

«Ich glaube es gibt ein paar von uns in diesem Land, die sich ab und zu ein Paar Ski an die Füße schnallen,» sagte er spöttisch, aber mit einem Lächeln. «Und ich kenne sogar ein paar Läufer, die im Winter ihre Schuhe gegen Ski tauschen. Aber ich kann mir vorstellen, dass du ein wenig Zeit brauchst um dich daran zu gewöhnen.»

Meine Wangen brannten und ich hoffte, dass die Frische des Morgens meine Befangenheit überdecken würde.

Gerry drehte sich zu seinen beiden Begleitern um und sagte etwas auf Schweizerdeutsch zu ihnen. Sie winkten und liefen davon. Ich nahm an, dass er sie in einer Minute einholen würde. Ein Teil von mir hoffte, dass er bald gehen würde, aber ein anderer Teil hoffte unerklärlicherweise, dass er noch einen Moment bleiben würde.

«Meine Freundin Esther hat mir ein paar Grundtechniken gezeigt, aber ich muss sie erst noch richtig beherrschen. Bei euch sieht das alles so leicht aus,» sagte ich verärgert.

«Komm, lauf ein paar Meter mit mir,» bot er mir an.

Ich schaute mich um, um zu sehen ob Esther und ihre Freunde kurz davor waren die Trainingsschleife zu absolvieren. Sie waren noch in weiter Ferne, am äußeren Rand der Strecke. Ich erkannte Esthers rosa Mütze und ihre türkisfarbene Sporthose.

«Okay,» sagte ich zaghaft.

Gerry trat zu mir herüber und stellte sich neben mich.

«Schau auf deine Hände,» sagte er. «Halt sie immer vor dir, aber steck den Stock hier neben deine Füße. Wenn du sie zu weit vorne hältst, tut es dir in den Schultern weh. Und wenn du losfährst, zeige mit der Nase in die Richtung des Skis, nicht geradeaus. Es ist eine diagonale Bewegung von Seite zu Seite, wie ein Pendel. Etwa so...»

Gerry stieß sich mit einem Ski in einem langen Gleiten ab, dann bewegte er seinen Körper in einer anmutigen, schwungvollen Bewegung auf die andere Seite, wobei seine Stöcke in perfekter Synchronität hinter ihm herschoben. Ich versuchte nicht zuzusehen wie sich die Muskeln über seinem Knie anspannten, wie sich seine athletischen Oberschenkel gegen sein schwarzes Winter-Lycra abzeichneten.

Nach ein paar Skating-Bewegungen hielt Gerry etwa dreißig Meter weiter auf dem flachen Weg an. Ich sammelte mich, stieß mich ab und versuchte seinen Stil zu kopieren. Mein Tempo war weniger effizient als seins und mein Gleichgewicht war immer noch wackelig. Ich verstand aber die Pendelmetapher und übernahm sie um mein Gleiten zu verstärken. Ich war zufrieden mit mir. Ich hatte es endlich verstanden. Ich blieb vor Gerry stehen und lachte vor Freude.

«Das ist es!» sagte er. «Du solltest das ein paar Mal auf dieser flachen Strecke üben, bevor du eine längere Strecke fährst. Versuche so lange wie möglich auf jedem Ski zu bleiben um dich an das Gleichgewicht zu gewöhnen. Es ist auch gut mit den Stöcken unter den Armen zu üben, um die Standfestigkeit auf den Ski zu verbessern. Dann musst du nicht befürchten, dass die Stöcke unter den Ski hängen bleiben und dich stolpern lassen. Ich glaube, du wirst es gut machen. Du bist ein Naturtalent.»

«Pah! du bist zu großzügig,» sagte ich und lachte.

Ich konnte Esther sehen wie sie über eine kleine Steigung fuhr um das Ende der Trainingsschleife zu erreichen.

Gerry hatte den Brief, den ich geschickt hatte, nicht erwähnt. Vielleicht hätte ich etwas sagen sollen. Es war fast so als ob er ihn nicht erhalten hätte. Aber er hatte mich auch nach unserem Treffen in Zürich nicht mehr angerufen. Es war fast ein Monat vergangen. Und dazwischen hatten wir ein Familienweihnachtsfest gefeiert und uns Vorsätze für das neue Jahr gemacht. Vielleicht war er so vernünftig, dass er das alles hinter sich gelassen hatte. Er brauchte keine Fragen mehr über seinen Vater zu stellen. Und hoffentlich hatte er nicht das Bedürfnis, dass wir uns wiedersehen.

Aber jetzt wo er da war wurde mir klar, dass es nicht so war, als ob ich nicht mindestens einmal am Tag daran gedacht hätte. Die Erinnerung an diesen Traum ließ mich immer noch erröten.

Ich machte mir Sorgen, dass er etwas über seinen Vater erwähnen könnte. Das war immer noch unsere einzige dünne Verbindung. Ein paar Wochen zuvor in Zürich hatte er sich so verzweifelt gewünscht, dass ich ihm bei der Suche nach Antworten helfen würde. Unter anderen Umständen hätte ich mich von seiner Aufmerksamkeit geschmeichelt gefühlt.

«Ich sollte zu meinen Frauen gehen,» sagte ich hastig. «Vielen Dank für die Tipps Gerry.»

«Es war mir ein Vergnügen Alice. Vielleicht sieht man sich ja mal wieder. Ich komme oft dienstags oder donnerstags zum Mittagessen mit meinen Freunden hierher. An diesen Tagen beginnen meine Kurse an der Universität erst um 15.00 Uhr. Tschüss!» rief er fröhlich und wandte sich zum Gehen.

Er tat genau das was mein Kopf Sekunden zuvor von ihm verlangt hatte, aber ein Teil meines Herzens wünschte sich ich würde ihm nicht beim Weglaufen zusehen. Ich studierte seinen professionellen Stil und seine geschmeidigen Beine. Ich lachte innerlich. Ich würde nie etwas tun was meine Beziehung zu Simon gefährden könnte, so zerbrechlich sie im Moment auch sein mochte. Aber ich durfte einen gutaussehenden Körper bewundern, wenn ich einen sah. Gerry musste wissen, dass ich ihn beobachtete. Ich hatte keine Kontrolle über die Botschaften die mein Körper aussandte. Aber trotz seiner Attraktivität ergab es keinen Sinn. Der Sohn seines Vaters.

Ich schwor mir ihn nie wieder zu sehen.

«Du machst dir Freunde,» sagte Esther als sie auf Ski auf mich zukam und ich zuckte zusammen.

«Ich kannte ihn schon. Er ist der Sohn von...»

Ich wollte Esther gerade sagen, dass er der Sohn des Stalkers ist, aber etwas ließ mich zögern. Das Kapitel unseres Lebens mit Manfred Guggenbühl war vorbei. Ich wollte weitermachen. Esther war ein Teil dieser Geschichte gewesen, aber es konnte nicht schaden über Gerrys Identität zu lügen. So würde ich unangenehme Fragen vermeiden. Es fühlte sich gut an so zu tun, als sei er nur ein gutaussehender junger Mann, der mich vor einem Sturz gerettet hatte. Mit dieser Fantasie konnte ich leben.

«Er ist der Sohn von jemandem den Simon bei der Arbeit kennt,» log ich sanft.

«Er fährt gut Ski. Trainiert er für das Rennen?» fragte Esther und folgte meinem Blick. Ich schüttelte den Kopf, mehr um meine Gedanken zu ordnen, als um Esthers Frage zu beantworten.

«Ich weiß es nicht,» sagte ich vage, dann entschlossener: «Okay Esti, lass uns das Ding knacken.»

Ich folgte ihr zurück auf die Trainingsstrecke und watschelte, als hätte ich ein Paar Schwimmflossen an den Füßen. Die beiden anderen Frauen zogen los um eine längere Strecke zu finden. Esther blieb noch etwa eine Stunde bei mir, bis sich meine deutliche Verbesserung mit zunehmender Ermüdung wieder verflüchtigte.

Mit einem kurzen Blick zurück auf die Loipe beluden wir das Auto mit unseren Ski und machten uns auf den Heimweg.

60

MÄRZ 2003

Ich muss mit dir reden,» flehte Gerry.

Mein Herz raste. Ich konnte die Reaktion nicht kontrollieren, obwohl es Wochen her war, dass wir uns auf der Langlaufloipe gesehen hatten. Er rief mich auf meinem Handy an, während ich fuhr. Obwohl ich mit der Freisprechanlage antwortete, musste ich auf einen Rastplatz fahren, weil ich mich nicht konzentrieren konnte.

«Die Polizei hat sich bei mir gemeldet,» sagte er.

Mein Magen kribbelte. Ich war froh, dass ich nicht mehr fuhr.

«Ist der Fall nicht abgeschlossen? Warum belästigen sie dich weiter?» fragte ich vorsichtig.

«Ich schätze es gibt noch ein paar offene Fragen zu klären. Aber es ist furchtbar Alice. Sie haben seine Leiche immer noch im Leichenschauhaus. Sie konnten sie noch nicht freigeben, wegen ihrer... Ermittlungen. Ich wünschte die Sache wäre zu Ende. Es ist schon Wochen her. Wir müssen ihn begraben.»

In der Tat, das müssen wir, dachte ich. Wir müssen diese ganze Angelegenheit begraben.

«Ich dachte es sei dir egal was mit seiner Leiche passiert. Planst du eine Gedenkfeier?» Ich biss mir auf die Lippe.

«Ich kann nicht glauben, dass es so lange dauert. Es ist verwirrend.»

«Meinen die nicht, dass du schon genug durchgemacht hast?»

Ich fragte mich, ob er immer noch die Gewissheit brauchte, dass er nichts falsch gemacht hatte. Oder ob er einfach nur den Klang meiner Stimme hören wollte.

«Kann ich dich sehen Alice? Ich muss dich etwas fragen.»

«Ich habe dir gesagt, dass es besser ist, wenn wir uns nicht sehen. D u... Ich... Es gibt einige Gefühle, die man besser nicht ermutigen sollte.»

«Du gibst also zu, dass du etwas für mich empfindest?»

«Das ist nicht das, was ich meine. Ich meine *deine* Gefühle für *mich*.»

Mein Kopf fühlte sich heiß an. In meinem Bauch entstand ein dumpfer Schmerz.

«Es ist gefährlich für uns, uns zu sehen.»

«Nicht für mich Alice. Ich habe nichts zu befürchten. Hast du denn etwas, wovor du dich fürchten musst?»

«Hör auf zu graben Gerry. Du weißt warum. Ich bin verheiratet und habe eine Familie. Eine Familie, die mich braucht und liebt.»

Ich dachte an Simon, an seinen Widerwillen meine Freude an der Langlaufloipe zu teilen. Er hatte es vor ein paar Wochen ausprobiert und gesagt es sei nichts für ihn. Ich habe versucht etwas zu finden das wir gemeinsam als Paar tun können. Etwas, das uns hilft, wieder zueinander zu finden. Ich hatte Angst vor dem was ich nicht kontrollieren konnte.

«Alice es geht nicht um meine körperliche Anziehungskraft zu dir...»

Der Ausdruck «körperliche Anziehung» versetzte mich in helle Aufregung. Ich konnte meinem Körper nicht mehr trauen als ich Gerrys Stimme hörte. Was zum Teufel geschah mit mir? Nur wegen eines dummen Traums und der Erinnerung an einen kurzen Kuss? Es war irrsinnig, auch nur den Gedanken an eine Bindung zu diesem... diesem Jungen zu hegen. Eine Verbindung aufrechtzuerhalten war nur eine Versuchung für das Schicksal.

Aber seine nächsten Worte ließen mich innehalten.

«Die Polizei hat einige Fragen zu den Substanzen die bei der Autopsie im Blut meines Vaters gefunden wurden. Und etwas das du mich vor einigen Monaten gefragt hast, über die Medikamente die mein Vater nahm, hat mein Gedächtnis wachgerüttelt. Ich muss mit dir sprechen, um meine Gedanken zu ordnen. Nicht am Telefon.»

Ich schluckte. Der Kloß in meinem Hals war so hart, dass ich sicher war, dass er es hören konnte. Das Letzte was ich jetzt tun wollte, war ihm von Angesicht zu Angesicht zu begegnen. Ich wusste ich würde mich auflösen.

«Die Sache ist die Gerry, ich kann dich einfach nicht sehen.»

Ich hörte wie er tief Luft holte. Vielleicht nahm er an ich könne mich ihm nicht anvertrauen. Das stimmte natürlich, aber der wahre Grund war, dass mich die Verdächtigungen der Leute nervös machten.

«Alice bitte, ich muss dich sehen.»

Seine Stimme klang flehend und in meinem Kopf begann es zu kreisen. Ich musste an Simon denken, an das letzte Mal als er mich vor Monaten im Badezimmerspiegel so liebevoll angeschaut hatte. Ich dachte an die Jungs und ihr Verlangen nach Unabhängigkeit. Ihre Versuche uns glauben zu lassen, dass sie uns nicht mehr brauchten. Während sie insgeheim immer noch die Aufmerksamkeit genossen, die ihnen bei Anlässen wie Ferien und Weihnachten zuteil wurde.

Aber es war nicht gut. Sein Plädoyer hat mich aufgerüttelt.

«Na gut. Ich werde dich treffen. Aber ich kann dir nicht viel Zeit versprechen. Die Dinge hier sind etwas... hektisch geworden.»

«Alice hast du deinem Mann nicht gesagt, dass wir uns getroffen haben?»

Ich errötete. Die Frage war mit Anspielungen gespickt. Ich konnte nicht lügen. Wenn ich ihm die Wahrheit sagte, nämlich nein, würde das Gerry bestätigen, dass meine Gefühle vielleicht nicht ganz platonisch waren. Doch wenn ich ihm ja sagte, dass Simon alles über ihn wusste, befürchtete ich, dass eine gereizte Reaktion etwas anderes auslösen könnte. Etwas das auf einer Welle der Eifersucht schwamm. Anstatt zu antworten, sagte ich:

«Wir treffen uns in Allenwinden. Ich parke in der Nähe des Postamts. Wenn wir wollen, können wir zu Fuß gehen bis zur Ruine Wildenburg. Es ist nicht weit. Ich kann dich am Dienstag oder Donnerstag nach dem Mittagessen treffen. Dann verpasst du den Unterricht nicht.»

«Du hast es dir gemerkt! Dienstag ist gut.»

Ja, ich habe es mir gemerkt. Nicht nur, wenn Gerry Unterricht hatte. Ich erinnerte mich auch daran, dass er fast so jung war wie mein eigener Sohn.

«Auf Wiedersehen, Gerry.» Ich legte auf, bevor er antworten konnte.

Erst als ich den Motor starten wollte, fiel mir auf, dass ich in der Nähe der Straße geparkt hatte, die zur Tobelbrücke führte. Ich änderte meine Meinung, zog den Schlüssel aus dem Zündschloss und stieg aus dem Auto.

Als ich auf die Brücke zuging, war irgendetwas anders, obwohl es schon Monate her war, dass ich das letzte Mal dort war, in einer anderen Jahreszeit. Aus den Wänden der Brücke ragten auf beiden Seiten Paneelen aus verstärktem Glas, die mit massiven Stahlträgern oben an der Betonwand befestigt waren. Das Glas glitzerte im Tageslicht. Ich drückte meine Hände gegen die Scheiben, lehnte meine Stirn gegen ihre frostige Kühle. Ich starrte auf die Schlucht unter mir, die sich durch das dicke Glas verzerrte.

Ich hatte nicht gehört, dass jemand über diese Installation sprach. Hätte Kathy nicht etwas gesagt? Simon vielleicht? Ich griff nach einer Platte, streckte meinen Arm fast ganz aus und klappte die Finger über die Oberseite. Es hätte zu viel Kraft gekostet, mich hochzuziehen und über den Rand zu stürzen. Obwohl Manfred größer war als ich, hätte er niemals die zusätzliche Anstrengung aufbringen können sich über diese Barriere zu schleppen. Für Manfred und für mich kam dieser Zusatz zu spät.

Meine Finger blieben oben an der Platte hängen und ich lehnte mich mit geschlossenen Augen an die Wand. Ich dachte an die Fantasie die ich kurz beschworen hatte. Dass nichts davon jemals passiert war. Dass ich Manfred an diesem Tag auf der Brücke nie gesehen hatte.

Ein vorbeifahrendes Auto hupte, was mich aufschrecken ließ. Ich drehte mich um und sah nach. Der Mund des Fahrers formte ein «O». Sein Beifahrer drehte sich nach hinten, um mich zu beobachten und musste sich fragen was ich auf der Brücke zu suchen hatte.

61

Am folgenden Dienstag fuhr ich nach Allenwinden und parkte mitten im Dorf. Gerry war schon da und saß auf einer Mauer vor dem Dorfladen. Seine jeansbekleideten Beine waren lässig vor ihm ausgestreckt. Er beobachtete mich als ich mit dem Land Rover vorfuhr. Er kämmte sein Haar mit den Fingern, bevor er aufstand. Ich riss meinen Blick von ihm los um den Wagen in eine Parklücke zu manövrieren. Als ich den Schlüssel aus dem Zündschloss zog, warf ich einen Blick in den Rückspiegel und strich mir eine Haarsträhne hinters Ohr. Ich sah wie Gerry mich anlächelte. Ich presste die Lippen zusammen, weil ich wusste, dass er gesehen hatte wie ich mich im Spiegel betrachtete.

«Hallo Alice. Schön, dich wiederzusehen.»

Bevor ich reagieren konnte, hielt er mich an beiden Armen fest und küsste mich dreimal auf die Wangen, wie es in der Schweiz üblich war. Mein Herz klopfte noch immer von seiner Annäherung. Ich dachte er würde mich auf die Lippen küssen und drehte meinen Kopf leicht zu ihm hin. Das Ergebnis war, dass sich unsere Nasen ein wenig unbeholfen berührten bevor seine Lippen meine Wange berührten und ich kam mir dumm vor.

«Lass uns gehen. Da drüben ist ein Fußweg in Richtung Wald. Die Bewegung wird uns beiden gut tun,» sagte ich lässiger als ich mich fühlte.

Ich steckte meine Hände tief in die Jackentaschen als wir durch das Schulgelände zum Ausgangspunkt des Weges gingen.

«Ich sitze schon den ganzen Morgen im Labor fest und der Geruch von Schwefelsäure macht mich krank,» sagte Gerry. «Ich hoffe ich rieche nicht nach Chemikalien.»

Äpfel, Balsam, Waschmittel, wollte ich ihm sagen. Ich fragte mich ob seine Mutter immer noch seine Wäsche wäscht.

Der Weg führte uns am Rande eines Sportplatzes entlang, auf dem gerade ein Fußballspiel stattfand. Die gelegentlichen Rufe der Kinder drangen über den Rasen zu uns herüber. Ich fühlte mich irgendwie sicherer, wenn kleine Kinder in der Nähe waren.

«Du hast erwähnt, dass die Polizei dich wieder kontaktiert hat,» sagte ich.

«Sie haben mich nach den Medikamenten gefragt, die mein Vater zum Zeitpunkt seines Selbstmordes eingenommen hat.»

«Mmm?»

Mein Herz hämmerte, aber ich blieb nach außen hin ruhig.

«Und mir fiel ein, dass ich sie dir aus unserem Medizinschrank gegeben hatte. Ich habe nichts gesagt, aber mich gefragt ob du sie noch hast.»

Mein Mund wurde trocken. Hätte man bei Manfred eine Autopsie durchgeführt, hätte man sicherlich das Quilonorm in seinem Körper festgestellt.

«Ich habe deinen Vater einmal in seiner neuen Wohnung besucht,» sagte ich vorsichtig. «Ich dachte es gäbe eine vage Chance ihn dazu zu bringen sein Medikament weiter zu nehmen, um zu sehen ob es seine... Manie neutralisiert. Unser Gespräch nahm damals eine andere Wendung und wir sprachen das Thema seiner Medikamente nicht einmal an. Aber ich habe die Schachtel Quilonorm bei ihm gelassen. Gibt es ein Problem?»

«Nein, kein Problem... Die letzten Fragen der Polizei haben mich daran erinnert, dass ich sie dir gegeben habe, das ist alles...»

Ich schluckte. Ich konnte mir nicht vorstellen was ihm durch den Kopf ging.

«Die Sache ist die, dass sie nicht nur Lithium in seinem Körper gefunden haben. Sie haben noch andere Sachen gefunden.»

Mein Magen knurrte.

«Etwas das man nur auf Rezept bekommen kann. Ich habe keine Ahnung wie er es bekommen haben könnte. Die Polizei hat unseren Hausarzt und den Psychologen meines Vaters befragt. Aber er hatte beide seit vielen Monaten vor seinem Tod nicht mehr gesehen und keiner von ihnen hatte dieses Medikament verschrieben. Sie sind neugierig woher er es bekommen haben könnte. Das ist alles.»

Ist das alles? Ich schluckte und zog fröstelnd meine Jacke um meine Brust. Ich hatte darauf geachtet nichts zu nehmen, was nicht rezeptfrei zu bekommen war. Ich war froh, dass ich das Angebot meines Hausarztes für ein Beruhigungsmittel nicht angenommen hatte, denn sonst wäre es vielleicht in Manfreds tödlichem Cocktail gelandet. Gerrys Äußerungen waren mir dennoch unangenehm. Er musste sich mit den verschreibungspflichtigen Medikamenten geirrt haben. Ich zuckte mit den Schultern.

In der Ferne schoss jemand ein Tor. Der Jubel der jungen Mannschaft gab mir die Gelegenheit innezuhalten, mich von Gerry abzuwenden und mich auf die Feier auf dem Spielfeld zu konzentrieren. Eine Gruppe von Jungen versammelte sich um den Torschützen, hüpfte auf und ab und klatschten sich ab. Ich kaute auf meiner Lippe.

«Ich bin mir nicht sicher warum du das für so wichtig hältst, dass du mich treffen musst Gerry. Was glaubst du, dass du von mir lernen wirst?»

«Ich bin mir nicht sicher.»

Er sah jetzt traurig aus und er tat mir leid.

«Es war wegen dieser Verbindung mit seinen Medikamenten. Ich glaube, es ist ein bisschen spät um nach Antworten zu suchen, nicht wahr? Du hast bereits vor all den Monaten versucht meinem Vater zu helfen. Es tut mir jetzt leid, dass ich dir nicht mehr geholfen habe. Es tut mir leid Alice, wirklich.»

Ich schaute ihn an. Er schien aufrichtig verärgert zu sein. Es fühlte sich wie die natürlichste Sache der Welt an, meine Arme um ihn zu legen und ihn tröstend zu umarmen. Aber als er seinen Kopf senkte und ihn an meiner Schulter vergrub, war es zu spät. Ihn zu berühren hätte unser beider Verderben bedeuten können. Ich hörte seines Einatmen an meinem Ohr und die Haare in meinem Nacken stellten sich auf.

«Gerry, ich ... Nein.»

Ich drückte sanft auf seine Arme.

«Alice, Alice. Ich muss dich sehen. Bitte stoß mich nicht weg.»

«Gerry, es tut mir so leid. Ich glaube du hast mich missverstanden. Ich kann deine Gefühle nicht erwidern. Ich bin mir nicht einmal sicher ob ich verstehe was hier vor sich geht. Aber ich bin eine verheiratete Frau. Ich habe eine Familie. Was auch immer du dir ausmalst es kann nicht passieren.»

Er sah mich mit verzweifelten Augen an, richtete sich dann auf und ersetzte seinen wehmütigen Blick durch ein ungleichmäßiges Lächeln.

«Ich weiß wie du dich bei mir fühlst Alice. Die Weisheit mag auf deiner Seite sein, aber ich bin mir jugendlich bewusst was Anziehung ausmacht. *Diese* Art von Anziehung. Ich fühle mich zu dir hingezogen. So einfach ist das. Und ich weiß, dass du auch etwas fühlst.»

«Ich weiß, dass du das tust Gerry. Und ich bestreite nicht, dass du ein attraktiver junger Mann bist. Du musst nur wissen, dass ich nicht...»

Gerrys Hand wickelte sich in mein Haar. Mit der anderen Hand auf meiner Schulter zog er mich zu sich heran und legte seinen herrlich weichen Mund auf meinen. Er schmeckte minzartig. Nach Zahnpasta, nicht nach Kaugummi. Als ob er das geplant hätte. Ein echter Kuss.

Ich war entsetzt als ich den Kuss erwiderte, mein Atem rauschte aus meiner Kehle, meine Knie wurden plötzlich schwach und mein Bauch brannte. Als sich mein Kopf zu drehen begann, stieß ich ihn weg.

«Nein ... bitte, Gerry. Tu das nicht. Du musst meine Wünsche respektieren. Ich will meine Familie nicht zerstören, meinen Mann nicht im Stich lassen.»

«Er wird es nie erfahren.» Gerry lächelte sonderbar und legte seinen Finger sanft auf meine Lippen. «Pst.»

Es war als ob die Rollen vertauscht wären. Ich war jetzt die unschuldige junge Maid und er der Liebhaber mit langjähriger Erfahrung. Ich war hilflos. Ich konnte nicht zulassen, dass er mich noch einmal küsste, so sehr ich es auch wollte.

Wir erreichten nicht einmal den Ausgangspunkt des Weges. Ich dachte wir könnten zu den Ruinen der Wildenburg am Rande der Lorze-Schlucht wandern. Aber jetzt wusste ich, dass ich so schnell wie möglich weg musste.

«Ich muss gehen. Gerry wir dürfen uns nicht wiedersehen. Es würde uns beide zerstören. Es tut mir so leid. Ich habe viel mehr zu verlieren als du.»

Das Fußballspiel endete mit einem dreifachen Pfiff des Schiedsrichters. Ich drehte mich um und sah, wie die Mannschaften zur Mitte des Spielfelds joggten und mit dem Rücken zu uns eine Reihe bildeten, um sich gegenseitig zum Spiel zu gratulieren. Ich fragte mich abwesend, wer wohl gewonnen hatte. Team Blau oder Team Rot. Ich musste an etwas anderes denken als an das süße Brennen auf meinen Lippen. Ich drehte mich um und ging zurück zum Parkplatz der Post, die Fäuste immer noch tief in den Taschen, damit Gerry meine Hand nicht halten konnte.

Als wir das Auto erreichten, drückte ich den Schlüssel um es zu entriegeln. Er hielt mir galant die Tür auf. Er nahm meine Hand als ich mich in den Sitz schob, wobei mich die Enge des Autos vor seiner Berührung schützte. Er drehte mein Handgelenk und schaute auf meinen anderen Arm.

«Du hast es abgenommen. Das Freundschaftsband.»

Ich machte mich innerlich fertig, weil ich das Armband nicht zurückgegeben hatte. Ich wollte ihm nicht für irgendetwas verpflichtend sein. Es lag in meiner Nachttischschublade, aber jetzt schwor ich mir es wegzuwerfen.

«Aber wir sind doch noch Freunde, oder?»

«Ja, Gerry. Natürlich sind wir noch Freunde. Du bist ein guter junger Mann.»

Es war schwer zu wissen, wie ich dieses Gespräch beenden sollte. Es war schon schwer genug, mich loszureißen. Das Bedauern überflutete nun meine Schuldgefühle. Aber etwas in mir wusste, dass ich ihn nicht verärgern sollte. Ein Windhauch zerzauste Gerrys Haar und ich beugte mich vor, um die Tür zuzuziehen.

«Du musst eine ganze Reihe von Frauen hinter dir her haben,» sagte ich. «Du solltest dich nicht mit jemandem wie mir beschäftigen. Ich bin gerade alt genug um deine Mutter zu sein.»

Ich zuckte bei diesem uralten Klischee zusammen. Ich wollte aber versuchen ihn zu schockieren, damit er die Wahrheit über unsere Unvereinbarkeit akzeptiert, ohne ihn mit meiner Ablehnung zu verärgern.

Gleichzeitig war ich auch ein wenig traurig. Die Aufregung der ersten Anziehung würde ich nie wieder erleben dürfen. Er versuchte nicht verletzt auszusehen.

Die Tür klappte zu und ich öffnete das Fenster halb. Ich bot ihm nicht an, ihn irgendwo abzusetzen. Ich fragte auch nicht wie er überhaupt dorthin gekommen war. Ich drehte den Schlüssel im Zündschloss und der Land Rover stottert vor sich hin. Ich wünschte ich könnte dieses Gefühl der aufgeregten Hingabe festhalten. Es war ein gewisses Hochgefühl, sich jung zu fühlen, die Energie, das Gute. Gewünscht.

«Da ist noch etwas Alice.» Gerry zögerte und die Veränderung in seiner Stimme klang in meinen Ohren nach. «Ich kann mich des Gefühls nicht erwehren, dass es etwas gibt das du mir verschweigst. Über den Tag, an dem mein Vater starb.»

Mir wurde kalt. Und so wusste ich, dass er einen Verdacht hatte.

«Alice, wenn du deine Meinung über ein Treffen mit mir änderst, hast du meine Nummer.»

Er sprach durch das Rechteck des offenen Fensters. Seine Stimme war jetzt monoton.

«Du kannst mich jederzeit anrufen oder eine SMS schicken. Ich werde in der Nähe sein. Wenn dir etwas Wichtiges einfällt das du mir sagen willst, bin ich da. Ich bin für dich da.»

Ein kalter Wind rauschte kurzzeitig durch den Fensterspalt und ließ meine Augen glänzen als er sich zum Gehen wandte. Anfangs war ich dankbar, dass er mich bei Verstand gehalten hatte, indem er mich nicht ständig an Manfred erinnerte. Doch jetzt stellte ich mir vor, dass das alles nur ein Trick war, um mich zu entwaffnen mich zum Reden zu bringen.

Ich fuhr los und blickte in den Rückspiegel als Gerry in meinem Blickfeld immer kleiner wurde. Das warme Gefühl das ich noch vor einer halben Stunde empfunden hatte, war jetzt ein kalter Stein in meinem Magen.

Obwohl ich auf dem Heimweg die banale Hausarbeit des Wocheneinkaufs erledigt hatte, schwankte ich immer noch zwischen Sorge und Verrat als ich durch die Wohnungstür trat. Ich trug meine Taschen in die Küche.

«Hey, hey! Was ist denn hier los?» rief ich und zuckte mit den Schultern als ich meine Jacke auszog.

Die Kühlschranktür stand weit offen und eine leere Schokoladenverpackung lag zerrissen auf dem Küchentisch. In der Tür stapelten sich Schul- und Sporttaschen.

«Hast du keine Hausaufgaben? Hast du schon geduscht? Wie war das Training?»

Ich schloss die Kühlschranktür.

Oliver schleppte seine Schultasche zum Tisch hinüber.

«Wir hatten heute kein Training. Wir hatten ein Auswärtsspiel. Das erste in dieser Saison. Die andere Mannschaft konnte am Samstag nicht spielen. Es gab eine Änderung in letzter Minute.»

Seine Stimme war fest.

«Lass mich die Wäsche waschen, ich bin gleich zurück und bereite das Abendessen vor, dann kannst du mir alles erzählen.»

«Mum... du...»

«Ich bin gleich wieder da. Ist dein Fußballtrikot hier drin?»

Ich wartete nicht auf eine Antwort und verließ die Küche.

«Dann ist es dir egal, dass ich ein Tor geschossen habe!» schrie er mir wütend hinterher.

Er war schlecht gelaunt, weil er festgestellt hatte, dass sein Bruder seine ganze Schokolade gegessen hatte. Er war noch nicht zu Hause um darüber zu streiten. Es war sinnlos darüber zu reden, wenn Leo nicht da war um sich zu verteidigen. Ich biss mir auf die Zunge und schüttelte den Kopf als ich den Flur entlangging. Ich würde ihm fünf Minuten Zeit geben, sich zu beruhigen. Unten in der Waschküche stopfte ich Olivers Fußballklamotten in die Maschine. Ein rotes Trikot. Ihr Heimtrikot war weiß. *Der rote Streifen...* Das war ihr Auswärtstrikot. *Sie spielten auswärts.*

Die Angst schnürte mir die Kehle zu. Mein Gesicht rötete sich schlagartig. Panik ließ mich wie angewurzelt stehen bleiben, während ich hörte wie das Wasser in die Maschine lief und das erste Surren der sich drehenden Trommel erklang.

62

Mum, ist es dir eigentlich egal, dass ich ein Tor geschossen habe? Es ist das erste Mal, dass sie mich als Stürmer aufstellten. Ich habe immer in der Verteidigung gespielt. Das ist eine große Sache für mich.»

«Natürlich interessiert es mich Oli. Ich denke es ist fantastisch. Ich bin so stolz auf dich!»

«Das ist dir egal Mum. Ich habe dich dort gesehen, wie du mit diesem Kerl geknutscht hast.»

Mir wurde flau im Magen. Ich hielt mich an der Stuhllehne fest.

«Wer *war* das?» fuhr Oliver fort. «Ich dachte ich hätte ihn erkannt, aber ich konnte ihn von der anderen Seite des Spielfelds aus nicht sehen. Habe ich ihn nicht schon einmal hier gesehen? Ist das nicht etwas was Verheiratete nicht tun sollten? Ich habe nie gesehen, dass du Papa so geküsst hast.»

Mein Herz raste und mein Mund wurde trocken. Meine ganze Zukunft drohte in tausend scharfe Stücke zu zersplittern. Zu dem Gefühlscocktail den ich gerade erlebte, gesellte sich auch noch blanke Angst.

«Oli, der Mann mit dem du mich heute gesehen hast war nur ein Freund, er brauchte Trost, er war ...»

Die Haustür schlug zu und Simon schritt den Flur entlang, wobei er seine Krawatte aus dem Kragen zog als er in die Küche kam.

Nein! Ich brauche mehr Zeit!

Ich stand immer noch unter Schock und hatte keine Zeit die Sorge in meinem Gesicht zu verbergen.

«Was?» Simon blieb stehen und ich schüttelte den Kopf und zwang meinen Mund zu einem Lächeln.

Ich schwebte auf ihn zu und legte meine Arme um seinen Hals. Ich umarmte Simon und sah Oliver über seine Schulter hinweg an, in dem stillen Wunsch er möge nichts mehr sagen. Aber Olivers Wut entlud sich immer noch in hormonell bedingten Wellen. Er war verletzt, weil er fälschlicherweise annahm, dass ich mir die Mühe gemacht hatte, sein Spiel anzuschauen, aber den entscheidenden Moment seiner vorpubertären Fußballkarriere verpasst hatte.

«Mum hat heute beim Fußballspiel mit einem Typen geknutscht. Sie hat sich einen Dreck um mein Spiel geschert.»

Simon brach in Gelächter aus, schob mich sanft von sich und holte sich ein Bier aus dem Kühlschrank. Ich legte meine Hand an die Stirn.

«Ich wusste nicht, dass du ein Spiel hast junger Mann. Wie ist es dir ergangen?» fragte Simon und kippte den Deckel eines Baarer Bieres ab.

«Wenigstens kümmert es dich,» sagte Oli und schmollte. «Sie konnte nicht einmal ihren Mund von seinem Gesicht nehmen.»

Simons Lächeln erlahmte. Er senkte das Bier.

«Moment mal. Was redest du denn da? Was wirfst du deiner Mutter vor? Warum die Wut Oli? Habt ihr verloren?»

Simons Blick wanderten zu meinem Gesicht und er richtete sich auf und registrierte meine glänzenden Augen. Er stellte die Bierflasche auf die Tresen und wischte sich einen Schaumfleck von den Lippen.

«Nein, Dad, wir haben gewonnen und ich habe ein Tor geschossen. Das Siegestor.»

Oliver legte die Handflächen auf den Tisch und stand auf. Sein Stuhl quietschte auf den Bodenfliesen als er ihn mit seinen Beinen wegschob. Dann stapfte er aus der Küche und die Treppe hinauf. Mir blieb der Mund offenstehen. Ich war fassungslos. Das war das Letzte womit ich gerechnet hatte. Und das alles nur wegen eines unglaublich schlechten Timings.

«Welcher Typ?» Simon schaute mich neugierig an.

Ich knirschte mit den Zähnen als ich meinen Mund schloss. Schweiß prickelte an den Seiten meiner Nase.

«Welcher Typ Al? Hallo Alice? Welcher Typ?» Er hat hier irgendeine Geschichte durcheinander gebracht. Lass mich mit ihm reden.»

Ich musste etwas sagen, hatte aber keine Zeit zum Nachdenken. Eine weitere Lüge wäre die vernünftigere Option gewesen.

«Es war Gerry. Gerry Guggenbühl.»

«Was...? Der Sohn des Stalkers? Du willst mich wohl verarschen Alice. Du warst mit dem Sohn deines Stalkers bei einem Fußballspiel? Was soll der Scheiß?»

Ich saugte an meiner Unterlippe. Meine Augen fühlten sich weißglühend an.

«Ich wusste nicht, dass Oli ein Spiel spielt. Es war ein Zufall.»

Oh... Das hörte sich noch schlechter an.

Ich konnte nicht mehr klar denken. Normalerweise hatte ich Zeit mir die Szenarien auszudenken die mein ganzes Lügenleben ausmachten. Aber die Plötzlichkeit von Simons Auftritt hatte meinen Text durcheinander gebracht. Ich hatte keine Zeit gehabt ihn zu üben.

«Also, damit ich das richtig verstehe. Du triffst dich heimlich mit diesem Jungen? Was zum Teufel hast du da gemacht?»

«Nicht heimlich Simon. Ich hatte es dir nur noch nicht gesagt.»

«Und das ist nicht dasselbe wie es geheim zu halten?» Er zog die Augenbrauen hoch.

Ich war mir nicht sicher, ob ich seinen Sarkasmus oder seine hitzige Verblüffung lieber mochte. Simon drehte sich um und verließ die Küche, nahm zwei Treppenstufen auf einmal. Ich hörte das Klappern seiner Schuhe auf dem Flur zu Olivers Zimmer. Meine Gedanken waren wie weggeblasen. Alles woran ich denken konnte war, dass Simon seine Schuhe nicht ausgezogen hatte. Das haben wir immer getan. Wir zogen alle unsere Schuhe aus, bevor wir die Treppe hinaufgingen.

Sekunden später rannte ich ihm hinterher. Das Letzte was ich wollte war, dass Oliver in ein Krimispiel verwickelt wurde. Ein Krimispiel bei dem es darum ging herauszufinden, was Mum während ihrer heimlichen Treffen mit jemandem gemacht hatte, von dem Papa dachte er sei aus unserem Leben verschwunden.

In der kurzen Zeit die ich brauchte um die zehn Stufen hinaufzulaufen, musste ich eine schwere Entscheidung treffen. Es gab Geheimnisse über Geheimnisse die schmerzten, weil ich sie für mich behalten habe. Ich spürte wie meine Eingeweide unter dem Gewicht dieser Geheimnisse verfaulten. Manchmal war ich nicht einmal mehr sicher was Wahrheit und was Fiktion war. Ich war genauso ein pathologischer Lügner geworden wie der Mann, der mich ein halbes Jahr lang verfolgt hatte. Ich wollte das Geschwür aufstoßen, die ganze faulige Wahrheit vor Simon ausschütten. Ich wollte von meinem Fehlverhalten freigesprochen werden.

Aber wenn ich ihm die ganze Wahrheit erzählte, würde ich ihn in meine Handlungen verwickeln. Ich wollte meine Familie schützen. Ich liebte Simon so sehr, dass ich das um jeden Preis vermeiden wollte. Er durfte niemals die ganze Wahrheit erfahren. Es musste jemand da sein der sich um die Jungs kümmerte falls die ganze Sache in die Hose ging.

Aber wie ich mich in diesem Moment Simon gegenüber erklären sollte, war mir schleierhaft.

Simon war zu wütend um anzuerkennen, dass Oliver seine Mutter nicht verraten sollte. Oliver hatte schon genug Sorgen mit denen er umgehen musste. Dinge, die Simon nicht wusste. Wir hatten schon zu viele Geheimnisse voneinander. Ich vermutete, dass Oliver sich deshalb so von mir betrogen fühlte. Mich mit einem fremden Mann zu sehen, der kaum mehr als ein Junge war. Normalerweise würde ihn das nicht stören, aber er hatte gesehen wie ich ihn küsste. Und ich konnte nicht vergessen, dass ich ihn auch geküsst hatte.

«Willst du damit sagen, dass du Mum gesehen hast, wie sie diesen Mann *geküsst* hat? Bist du sicher, dass du richtig gesehen hast? Ich meine, du warst damit beschäftigt ein fantastisches Tor zu schießen. Meinst du nicht, dass es möglich ist, dass du dich geirrt hast?»

Simons Stimme war eindringlich. Er wollte, dass alles ein Irrtum war.

Ein Schluchzen machte sich in meiner Brust breit und etwas löste sich auf.

«Es war der Typ, der einmal hier war. Ich habe gesehen, wie er das Haus verlassen hat. Ich bin sicher, dass es derselbe Typ war.»

Ich schlug mir vergeblich die Hand auf die Brust um mein Herzklopfen zu unterdrücken.

Nein, Oli!

Ich konnte den Regenbogen von Simons Emotionen spüren als ich an der Tür stand. Verwirrung, Verrat, Enttäuschung und schließlich glühende Wut. Er konnte nicht mehr sprechen und ich stellte mir die Wut vor, die ihm jetzt auf der Zunge lag. Er stand auf und drängte sich an mir vorbei, wo ich am Türpfosten lehnte. Er stieß mir gegen die Schulter. Ich beruhigte mich und sah Oliver in die Augen, als wir hörten wie Simon den Flur hinunterging und sich im Badezimmer einschloss.

Olivers wütendes Gesicht hatte sich beruhigt. Er schaute mich misstrauisch an. Sein Kinn war von Sorgen gezeichnet und seine Lippen zitterten. Ich wollte ihn festhalten.

«Es ist nicht so wie du denkst Oli. Er ist...»

Ich wollte ihm die Wahrheit sagen. Ich wollte ihm sagen, dass Gerry der Sohn des Mannes war der uns bedroht hatte. Aber alles zu erklären würde zu lange dauern und zu kompliziert werden. Es gab Dinge die ich bei dieser Erklärung auslassen musste. Dass ich diesen jungen Mann geküsst hatte, würde Oliver nur noch mehr anwidern. Und ihm nur einen Teil der Geschichte zu erzählen, würde alles noch schlimmer erscheinen lassen.

Es war Simon mit dem ich zuerst reden musste. Simon, mit dem ich ins Reine kommen musste.

Ich klopfte leise an die Badezimmertür. «Darf ich reinkommen? Ich muss mit dir reden.»

Schweigen.

Ich ging in unser Schlafzimmer, setzte mich auf die Bettkante und strich mit der Handfläche über die Bettdecke um die nicht vorhandenen Falten zu glätten.

Simon brauchte eine Ewigkeit. Ich stellte mir vor wie er in den Badezimmerspiegel schaute und sich fragte was in seine gestörte Frau gefahren war. Er würde sich selbst eine aufmunternde Rede halten, wie er es vielleicht vor einer Konferenz vor der Menge tut. Ich hörte Oliver in seinem Zimmer mit dem batteriebetriebenen Transformer spielen den er zu Weihnachten bekommen hatte. Ich wusste, dass er bereits wieder in seiner Welt war.

Die Wohnungstür schlug zu. Für einen kurzen Moment dachte ich Simon sei leise die Treppe hinuntergegangen und hätte das Haus verlassen.

«Mu-um! Die hatten keine Hotdogs im Club.»

Leo muss von einem anderen Elternteil abgesetzt worden sein. Er stellte seine Taschen im Flur ab. Ich hörte wie er in den Zimmern im Erdgeschoss nach uns suchte.

«Der Strom war ausgefallen,» fuhr er fort. «Ich habe noch nichts gegessen. Gibt es noch etwas zu essen?»

Oh, ich habe das Abendessen vergessen!

«Ich komme gleich runter Leo,» rief ich. «Wir haben noch nicht gegessen. Kannst du bitte den Aus-Knopf am Ofen drücken?»

Die Lasagne, die ich an diesem Morgen zubereitet hatte, wäre mit Hilfe der Zeitschaltuhr schon längst fertig gewesen. Ich hörte wie Leo etwas davon murmelte, dass er «hier alles machen muss,» während er in die Küche ging.

«Verdammt Mum. Die Lasagne sieht ein bisschen verbrannt aus,» rief er zurück. «Kann ich erst duschen? Es gab auch kein heißes Wasser.»

Er ging die Treppe hinauf und die Badezimmertür öffnete sich. Simon muss gehört haben wie Leo hereinkam und was er dann verlangte.

«Äh. Hallo, Dad.»

«Hattest du einen schönen Tag? Wie läufts mit dem Karate? Hast du irgendwelche guten Bewegungen gelernt? Simons Stimme klang so normal, dass ich mich über seine Beherrschung wunderte.

«Es war cool,» antwortete Leo. «So wie immer. Ich gehe jetzt duschen.»

Ich hörte wie Leos Kleidung vor der Badezimmertür abgelegt wurde. Die Dielen knarrten als Simon in der Schlafzimmertür erschien. Seine Augen waren rot, aber nicht von den Tränen. Er war wütend. Sehr wütend. Er stieß die Tür zu.

«Ich bin mir nicht sicher, was mit dir los ist Alice. Aber der größte Fehler den du hier gemacht hast ist, dass du einen unserer Jungs irgendwie mit hineingezogen hast.»

Ich dachte: *Gott, du weißt nicht einmal die Hälfte davon.*

63

Was auch immer Oliver gesehen hat und was auch immer du mir in Kürze erzählen wirst, dass Oli es gesehen hat, er hat bereits eine Art vorgefertigtes Bild in seinem Kopf, dass seine Mutter etwas falsch gemacht hat.»

Ich öffnete den Mund und wollte mich vom Bett erheben, aber Simon streckte eine Hand aus.

«Ich bin noch nicht fertig.»

Er sprach als ob er einen der Jungs ansprechen würde. Ich war in diesem Moment nicht mehr als sein Kind.

«Ich weiß, dass Oli noch kein Teenager ist. Mit all den Versuchungen des Betrugs zu kämpfen hat die damit eingehen, Dinge vor seinen Eltern zu verbergen. Aber ich vertraue auf sein Urteilsvermögen, wahrscheinlich mehr als auf deines im Moment und ... Herrgott Alice, was hast du dir dabei gedacht?»

«Du lässt mich nicht mal meine Seite der Geschichte erzählen?»

«Alice das Hauptproblem hier ist, dass du mit dem Sohn dieses Arschlochs gar nichts zu tun haben solltest. Wenn das alles nur ein unschuldiges Treffen war, das furchtbar schief gelaufen ist, bin ich bereit dir im Zweifelsfall Recht zu geben. Aber Oliver sagte, dass es derselbe Typ ist den er hier in diesem Haus gesehen hat. In unserem Haus! Er lügt doch nicht, oder?»

Ich saugte an meiner Unterlippe. Mein verwirrter Verstand hatte noch keine Zeit gehabt, sich eine gute Ausrede auszudenken.

«Tut er das?» brüllte Simon und ließ mich zusammenzucken.

Durch den schmalen Spalt in der Tür hörte das mechanische Spielzeug in Olivers Zimmer auf zu summen. In dem dichten Raum zwischen unseren Worten hörte ich wie Leo die Dusche im Badezimmer laufen ließ. Gedämpfte Schritte stapften den Flur entlang. Oliver stieß unsere Tür auf.

«Hast du gerufen, Dad? Ich bin hungrig. Ist das Abendessen schon fertig? Bei diesem Tempo ist es bald Schlafenszeit.»

Oliver schaute unschuldig zwischen uns hin und her, der Hunger verdrängte jede Anspannung. Heranwachsende Prioritäten.

«Simon, darüber reden wir später,» flüsterte ich.

«Mach dir nicht die Mühe, mich zu bedienen. Ich werde nicht zum Essen kommen,» sagte Simon während er seine Schuhe abstreifte und auf die Beine seiner Hose trat um sie auszuziehen.

Er setzte sich auf das Bett und schaltete die Nachttischlampe ein. Er setzte sich mit dem Rücken zu mir, seine Schultern hingen herab und seine Körpersprache wirkte plötzlich müde.

Ich legte ihm eine Hand auf die Schulter. Er zuckte zurück und wich meiner Berührung aus. Ich holte tief Luft um ihm zu sagen, dass ich ihn liebe, aber ich hielt mir den Mund zu, weil ich dachte es könnte pathetisch klingen. Ich hoffte, dass meine Geste des Körperkontakts mein Bedauern ausdrückte. Ich brachte mein Schweigen in die Küche um den Jungs die verbrannte Lasagne zu servieren.

Oliver war sich nicht bewusst, dass seine Wut einen Riss verursacht hatte. Während ich einen Teller mit Essen auftischte, kam mir der Gedanke, dass meine mütterliche Rolle als Versorgerin mit Mahlzeiten, sauberer Wäsche, aufgeräumten Betten und nachgefüllten Shampooflaschen die Vorstellung verdrängte, dass ich jemand war der seine Familie möglicherweise zerstören könnte. Sein Ego war angekratzt. Die Analyse warum seine Mutter überhaupt bei oder in der Nähe seines Fußballspiels war spielte dabei keine Rolle. Die Sache mit dem Küssen hat ihn wahrscheinlich auf einer eher infantilen Ebene angewidert, als dass er die Tragweite meines Verrats verstanden hätte. Tatsache war, er wusste nicht, dass ich bei seinem Spiel sein würde, trotzdem dort war. Ich habe aber verpasst, dass er das Tor schießt. Er war derjenige der betrogen wurde, nicht Simon.

Er hatte jetzt einen unersättlichen Appetit. Alle anderen Gedanken wurden verdrängt, als er dieses grundlegende menschliche Bedürfnis befriedigte.

«Wo ist Dad?» fragte Leo abwesend zwischen zwei Bissen, wobei ihm die nassen Haare in den Nacken fielen.

«Dad hat keinen Hunger,» sagte ich. «Ihm geht es nicht gut.»

«Ich mag es so knusprig wie hier oben, Mum. Gutes Zeug,» fuhr er fort, wobei meine Antwort für ihn letztlich nicht von Bedeutung war.

Nachdem ich die geschwärzte Käsekruste an die Seite meines Tellers geschoben hatte, konnte ich auch nicht mehr essen. Ich saß still da und hörte zu wie sich die Jungs am Tisch auf Schweizerdeutsch unterhielten. Da sie die Sprache fließend beherrschten und ich von ihrem Geplänkel ausgeschlossen war, fühlte ich mich umso mehr isoliert. Sobald das Besteck auf die Teller klappert, räume ich das Essen weg und gehe wieder nach oben ins Schlafzimmer.

Simon lag in seinen Boxershorts auf der Bettdecke, das Hemd bis zur Hüfte offen, mit Socken an den Knöcheln die sich überkreuzten. Ich war mir sicher, dass er kein einziges Wort in dem Buch las das er in der Hand hielt. Ich schloss vorsichtig die Schlafzimmertür, damit die Jungs unsere Diskussion nicht hören konnten. Simon sprach zuerst.

«Er war hier, nicht wahr?»

Ich presste die Lippen aufeinander und das Schweigen bestätigte meine Schuldgefühle.

«Das dachte ich mir schon. Dieses blöde Lederarmband. Es war seins, nicht wahr? Mein Gott Al, hast du ihn auf dem Sofa gefickt, auf dem wir uns in dieser Nacht geliebt haben? Wie konntest du nur?»

«Nein! Nein Simon, das haben wir nicht. Nichts dergleichen ist passiert. Wie kannst du das sagen, wenn du nicht einmal weißt was passiert ist? Wir haben keinen Sex gehabt!»

Bei der Erwähnung von Sex erinnerte ich mich an den Traum, den ich an Heiligabend von Gerry geträumt hatte. Simon kniff die Augen zusammen. Für ihn sagte der Gesichtsausdruck den ich nicht verhindern konnte alles aus.

«Es zu wollen ist fast so schlimm wie es tatsächlich zu tun Alice.»

Er stand abrupt auf, wobei seine zerknitterten Hemdzipfel komisch gegen seine Oberschenkel drückten.

«Nun, eines weiß ich. Du bist diejenige die dieses Haus verlassen wollte. Jetzt wäre ein guter Zeitpunkt um deine Entscheidungen ohne den Rest von uns zu treffen. Mir scheint das ist es was du willst, nicht wahr?»

«Das alles ist völlig aus dem Ruder gelaufen Simon. Bitte, du musst mir glauben. Da läuft nichts zwischen Gerry und mir. Ich schwöre. Willst du mir sagen, dass du denkst ich sollte gehen? Ist das nicht ein bisschen zu hart? Wir müssen das besprechen.»

«Alice, meine Geduld ist in den letzten sechs Monaten auf die Probe gestellt worden. Du bist immer unkommunikativer gegenüber mir, deinem Partner, deinem Mann geworden. Und um Himmels willen, dein Verhalten ist völlig irrational geworden. Du hast Entscheidungen getroffen die nicht einmal ein Kind treffen würde.»

Mein Atem ging stoßweise und ich biss die Lippen zusammen. Er hielt inne und merkte, dass er zu weit gegangen war. Es war sinnlos mein Handeln zu rechtfertigen, wenn die chemischen Synapsen die Simons Wut auslösten, selbst durch Irrationalität ausgelöst worden waren.

«Ich kann dir eines sagen. Du wirst heute Nacht nicht mit mir das Bett teilen. Und ich bin es auch nicht der sich auf den Auszug ins Büro herablassen wird. Du kannst dir dein eigenes Bett machen und darin schlafen. Entschuldige die Metapher, *Mrs.* Reed.»

Ohne etwas zu sagen, schnappte ich mir mein Nachthemd, meinen Bademantel und ein Buch von dem ich wusste, dass ich es nicht lesen konnte und machte mich auf den Weg ins Büro. Wobei ich ein Laken aus dem Flurschrank holte. Als ich das unterste Laken über die Faltenmatratze des Schlafsofas strich, steckte Leo seinen Kopf durch die Tür.

«Was ist denn los Mum? Dad hört sich ziemlich sauer an. Schläfst du hier drin?»

Ich verkneife mir eine Bemerkung über Leos grobe Sprache.

«Das ist so eine Sache mit der Ehe. Wir können nicht immer miteinander auskommen, schätze ich. Beziehungen haben ihre Höhen und Tiefen Leo. Morgen früh ist alles wieder in Ordnung.»

Ich konnte nicht mehr sprechen. Ein Schluchzen schnürte mir die Kehle zu. Meine Haare wirbelten um mein Gesicht, während ich mich darauf konzentrierte das Laken wieder und wieder auf die Matratze zu legen. Leo schlenderte in sein Zimmer. Ich holte zittrig Luft und ging zu

Oliver um nach ihm zu sehen. Er lag mit Kopfhörern auf dem Bett und wippte leicht mit dem Kopf hin und her, ohne das Chaos zu bemerken das er angerichtet hatte.

64

Warum, Mama? Das ist so extrem. Warum kannst du die Dinge nicht hier in unserem Haus regeln?»

Leos Stimme schwankte. Ich legte den Pullover weg den ich gerade gefaltet hatte und umarmte ihn. Ich war überrascht, als er meine Umarmung erwiderte, ganz fest. Ich hatte gedacht, dass Oliver von den beiden Jungen derjenige sein würde, der sich mehr über die vorübergehende Trennung aufregen würde.

«Es wird nicht für lange sein. Dein Vater und ich haben darüber gesprochen und es ist das Beste. Manchmal ist es einfacher über Dinge zu reden, wenn eine gewisse Distanz dazwischen liegt. Außerdem fahrt ihr bald auf eine fantastische Skireise.»

Simon wollte unbedingt eine Pause haben. Hätte ich nicht gesagt, dass ich im neuen Jahr aus unserer Wohnung ausziehen will, hätte er wahrscheinlich nicht auf die Trennung bestanden. Er war der Meinung, dass diese Auszeit mir beweisen würde, dass meine negativen Gefühle gegenüber unserer Wohnung unbegründet waren. Dass ich einen Weg finden würde, die Verwirrung in meinem Kopf über das was passiert war, zu ordnen.

Ich hatte ein Studiozimmer im Erdgeschoss eines Reihenhauses direkt am See gemietet, nicht weit vom Zentrum des Dorfes entfernt. Ein kleiner Teil von mir war begeistert so nah am Wasser zu sein. Ein Gefühl das Oliver teilte. Er hoffte, dass ich auch im Sommer noch da sein würde, damit er direkt vom Gartenbereich vor dem Haus aus schwimmen konnte. Ich sagte ihm, dass es wahrscheinlich nur für ein paar Wochen sein würde. Er schmollte einen ganzen Nachmittag lang.

Die Jungs würden jeden Tag zum Mittagessen zu mir kommen, aber sie würden weiterhin zu Hause schlafen. Sie könnten mich anrufen wann immer sie wollen und wir könnten am Wochenende Ausflüge machen. Im Moment würden Simon und ich diese Aufgaben abwechselnd wahrnehmen und uns nur sehr wenig sehen. Ich dachte auch, dass er darauf bestanden hatte all diese zusätzliche Arbeit als eine Art Test für mich zu übernehmen. Er wollte wissen inwieweit er mir wirklich vertrauen konnte, dass ich mein Wort halten würde.

Ostern stand vor der Tür. Simon wollte mit den Jungs einen Skiausflug nach Zermatt machen. Sie würden in einem atemberaubenden Hotel am Rande der Skipisten wohnen. Ich musste gegen die Eifersucht in meinem Bauch ankämpfen. Ich wäre zwar nicht Ski gefahren, da mein Knöchel mich nach vielen Monaten immer noch plagte, aber ich wusste, dass es für die Jungs ein fantastisches Erlebnis sein würde. Ich wünschte mir sehnlichst ich könnte an ihren Erinnerungen teilhaben.

Stattdessen dachte ich, dass ich bei klarem Wetter mit dem Bus nach Rothenthurm fahre und das letzte Mal in dieser Saison langlaufen könnte.

Als Simon und die Jungs gingen, herrschte eine seltsame Leere. Alle waren weg. Als ich am Samstag an einem wunderschönen Frühlingstag erwachte, wusste ich, dass der letzte Schnee auf den voralpinen Loipen bald verschwunden sein würde. Ich war den Winter über ein paar Mal Skating gelaufen und war begeistert, dass dieser Sport meinen Knöchel nicht belastete. Ich hatte mich im Laufe der Saison allmählich verbessert.

Während ich meine Schuhe vom Schnee befreite um die Bindungen anzulegen und die Klettverschlüsse um die Stockschlaufen am Handgelenk zu schließen, blickte ich zu den Fahnen hinauf, die neben der Loipe flatterten. Ein warmer Föhnwind hatte begonnen von Süden her zu wehen. Man sagte er könne zu Wahnsinn und Reizbarkeit führen. Aber an diesem Morgen fühlte ich mich gut und es hatte insgeheim etwas Göttliches, meine Familie zu schwänzen.

Ich war ganze zehn Kilometer gelaufen bevor ich merkte, dass ich vergessen hatte, die Wasserflasche in meinem Gürtel aufzufüllen. Die Sonne brannte. Der heiße Wind, der mich auf dem Weg durch das Tal angenehm umspielt hatte, blies mir nun ins Gesicht als ich um die Schleife fuhr und in die pralle Sonne lief. Meine Energie war aufgebraucht. Ich begann mich vor Hunger schwach zu fühlen. Das Sonnenlicht glitzerte blassgelb in den Spuren die die anderen Langläufer vor mir hinterlassen hatten. Der Schnee wurde weicher und an einigen Stellen begann sich Wasser in den Spuren zu sammeln. Ich war erstaunt wie schnell sich die Bedingungen verändert hatten, obwohl ich das angesichts des nahenden Frühlings hätte erwarten müssen.

Meine Ski gleiten nicht mehr geschmeidig. Der schmelzende Schnee klebte an ihnen. Ich hatte Mühe, die kleinsten Steigungen zu bewältigen. In der Ferne sah ich eine Hütte, das Steinstübli, wo man Getränke servierte. Ich hatte etwas Kleingeld in der Tasche und wusste, dass ich anhalten musste, bevor ich dehydriert war. Ich bestellte ein Mineralwasser an der Außenbar und ging zur Ostseite der Hütte, um mich in den Schatten zu setzen. Mein Gesicht war heiß und mein Kopf begann dumpf zu schmerzen.

«Endlich. Ich finde dich hier. Und das an einem so schönen Tag!»

Mein Körper war zu erschöpft um auf Gerrys Gruß zu reagieren. Ich lächelte flach. Ich hatte gewusst, dass er möglicherweise auf der Loipe sein würde. Aber ich hatte es für unwahrscheinlich gehalten, dass wir uns treffen würden. Jetzt fragte ich mich ob unser Zusammentreffen irgendwie manipuliert worden war. Er löste die Klettverschlüsse an den Stangen von seinen Händen. Sein Haar glänzte in der Sonne.

«Du siehst ein bisschen erschöpft aus. Hier, nimm etwas von meinem Zaubertrank. Reines Wasser reicht bei diesen Bedingungen nicht immer aus.»

Er reichte mir die Flasche aus seinem Skigürtel. Ich nahm dankbar einen Schluck. Obwohl es nur lauwarm war, schmeckte es nach Zitrone und war leicht salzig. Ich konnte nicht anders. Ich schluckte die Flüssigkeit als ich merkte, dass sie die Energie enthielt die mein Körper brauchte.

«Geht es dir gut?» Gerry kniete sich neben mich und meine Augen füllten sich unwillkürlich mit Tränen. Ich konnte nicht herausfinden warum. Lag es daran, dass ich Simon und die Jungs so sehr vermisste, dass ich mich einfach nur freute jemanden zu sehen, den ich kannte. Oder hoffte ich tief im Inneren ihn immer zu sehen? Die Hitzeerschöpfung machte mir einen Strich durch die Rechnung.

«Ich brauche einen Kaffee. Ich bin gleich wieder da,» sagte er.

Ich sah mich um und stellte fest, dass er allein war. Er ging zur Bar. Seine muskulösen Beine in der engen Lycra-Skikleidung ließen mir immer noch die Hitze ins ohnehin schon gerötete Gesicht steigen, was wiederum dazu führte, dass meine Schläfe pochte. Er kehrte zurück und setzte sich an meine Seite. Er lehnte sich an das warme Holz der Hüttenwand und wir betrachteten die schneebedeckte Moorlandschaft.

«Man sagt, dass die Biber hierher zurückkehren und leben könnten. Ich liebe die Wildnis.» Er nippte an seinem Kaffee. «Ich glaube das wird der letzte Skitag in dieser Saison sein. Hast du gesehen wie schnell der Schnee schmelzen kann? Ich denke wir sollten nicht lange bleiben, sonst schaffen wir es nicht mehr bis zum Beginn der Loipe zurück. Bist du allein?»

Ich nickte.

«Danke für den Drink Gerry. Ich fühle mich schon besser. Es war dumm von mir, heute Morgen ohne Frühstück zu gehen. Ja, du hast Recht. Ich sollte mich besser beeilen. Ich bin nicht sehr geschickt auf diesem klebrigen Schnee.»

«Ich komme mit dir. Hier.»

Gerry streckte seine Hand aus und ich ergriff sie. Ein kleiner statischer Schock verband uns als er mich auf die Füße zog. Er hielt meine Hand einen Moment länger fest als nötig.

Als wir wieder am Anfang der Schleife ankamen, war ich erschöpft. Gerry grüßte ein paar Langläufer, Freunde von ihm, die ihre Ausrüstung in ihre Skisäcke packten. Ich hoffte halb, dass er sich überreden lassen würde, mit ihnen ein Bier zu trinken oder etwas zu essen. Aber diese halbe Hoffnung verwandelte sich in ein unerklärliches Gefühl der Dankbarkeit, als er stattdessen zu mir zurückkam.

«Hast du dein Auto?»

«Nein... ich bin mit dem Bus gekommen.»

«Dann kann ich dich nach Hause bringen? Das ist kein Problem für mich. Es liegt auf meinem Weg. Ich fahre oft durch Aegeri. Da besteht immer die Möglichkeit, dass ich dich sehe.»

Er lächelte und mir lief ein Schauer über den Rücken. Es war immer noch da, sein Verlangen.

«Gerry, ich...»

«Es ist alles in Ordnung. Komm schon... entspann dich. Ich setze dich zu Hause ab, okay?»

Meine Beine waren müde. Ich war dankbar, dass ich nicht zur Bushaltestelle laufen musste. Stattdessen machten wir uns auf den Weg zu einem roten Schrägheckwagen auf dem Parkplatz. Gerry öffnete den Kofferraum, zog seine Stiefel aus und verstaute sie ordentlich in einer Sporttasche. Für einen jungen Mann hatte er so viel Selbstvertrauen. Ich hoffte es würde nicht mehr lange dauern bis meine eigenen Jungs diese Art von Selbstständigkeit an den Tag legten. Er zog ein trockenes T-Shirt heraus. Ich fühlte mein eigenes Hemd das an meinem Rücken feucht war. Er zog sein Skioberteil aus und eine kleine Dampfwolke stieg von seinem Oberkörper auf. Mein Blick war wie gebannt von den sehnigen Muskeln in seinen Armen und Schultern, die sich zu einer schlanken Taille verjüngten. Als er sich das trockene Hemd über den Kopf zog, wurden mir die Knie weich.

Das war mein Verhängnis.

65

Das ferne, anhaltende Quaken einer unruhigen Ente am Seeufer
weckte mich, da ich immer einen leichten Schlaf hatte. Ein fast
voller Mond schien durch das offene Fenster und beleuchtete Gerrys
Körper. Das Fenster knarrte leicht in der warmen Brise, die noch immer
über den See wehte.

Wahnsinn und Irrationalität.

Meine Schläfen pochten und der süßliche Geruch von Wein umwehte
meinen Kopf.

Die Decke war von Gerrys Körper gerutscht, der sich mir halb zugewandt hatte. Sein Arm streckte sich unbewusst über die Matratze,
wodurch sich mein Herzschlag beschleunigte. Diese Hände, die nur
Stunden zuvor so sanft auf meinem Körper gelegen hatten. Seine Zunge,
die mich zum ersten Mal wie eine zarte Blume öffnete. Er brachte mich
so lange zum Vergnügen, dass mir die Tränen kamen, bevor er mich
ausfüllte. Einen tiefen Teil von mir beanspruchte von dem ich sicher war,
dass ihn noch nie jemand berührt hatte, nicht einmal Simon.

Der Mond warf einen ätherischen Schein auf seine Haut, dessen
bleiche Farbe die cremige Glätte der Jugend hervorhob. Ich wollte die
Hand ausstrecken und den straffen, muskulösen Bauch berühren, aber
ich hatte Angst ihn zu wecken. Es war als hätte ich Halluzinationen. Die
Selbstgefälligkeit einer jugendlichen Träumerei.

Aber dies war kein Traum.

Er war wie ein junger Gott, mit dem Selbstvertrauen der Jugend. Ich
konnte nicht wissen, was er vor mir erlebt hatte, aber seine Leidenschaft
machte mich schwach, wenn ich daran dachte. Diese flüchtige Zeit war

ein Genuss ihn so ungeniert zu studieren, ohne dass er sich dessen bewusst war. Meine Finger schwebten über dem starken Deltamuskel seiner Schulter. Der Alkohol schwirrte noch immer in meinem Hirn. Aber ich weigerte mich, diesen Moment, dieses Privileg, durch Schuldgefühle ruinieren zu lassen.

Meine Hand blieb in der Luft stehen. Das war der Test gewesen. Der Test des Widerstands. Und ich hatte kläglich versagt. Widerwillig lenkte ich meine Gedanken zurück zu Simon und rollte mich auf den Rücken. Es gab so viele Dinge die Simon nie erfahren durfte.

Es war verrückt zu glauben, dass irgendetwas Langfristiges mit Gerry Bestand haben könnte.

Als wir vorhin vor meinem Studio angehalten hatten, hatte ich ihn automatisch hereingebeten. Mein Durst tobte immer noch. Statt des Wassers, das mein Körper brauchte, tranken wir Wein. Zuerst eine Flasche Chablis aus meinem Kühlschrank und dann einen spanischen Rioja, den Gerry in seinem Auto herumliegen hatte. Auf leeren Magen und mit dem grundlegenden Bedürfnis nach Pflege und Aufmerksamkeit nippte ich an seinem Becher. Genug davon, um jedes Urteilsvermögen zu verlieren.

⛫

Die Brise ließ das Fenster weit aufschwingen und dann sanft in den Rahmen platzen. Gerry regte sich. Er legte eine Hand auf meinen Oberschenkel und ich dachte wie erwachsen diese Geste wirkte. Etwas das Simon vielleicht getan hätte. Es war schwer zu glauben, dass dieser junge Mann nur ein Dutzend Jahre älter war als Leo.

«Hey, Hübsche.»

Gerry stützte sich auf seinen Ellbogen und zeichnete mit seiner Fingerspitze Kreise auf meinem Bauch die mir köstliche Schauer über den Körper jagten.

«Alice wie heißt das Wort das man benutzt, wenn man etwas sagt das man nicht so meint, oder wenn etwas passiert das nicht so ist, wie es scheint, und das Gegenteil von dem ist, was man erwartet? In der Wissenschaft benutzen wir das Wort Paradox.»

«Wir benutzen dieses Wort auch. Denkst du dabei an Ironie? Was findest du ironisch, Gerry?»

Ich war mir nicht sicher, ob ich das hören wollte.

«Dass mein Vater dich die ganze Zeit wollte, aber dich nie haben konnte. Und dass er dich nie wirklich gekannt hat, dich nie auf diese Weise ganz und gar hätte haben können. Ich habe das für ihn getan. Es ist wie ein Vermächtnis. Was ich für ihn getan habe.»

Ich schluckte und zitterte, als der Windhauch meine Haut streifte. Er hatte das *für* ihn getan? Er muss gemeint haben, dass er das an seiner *Stelle* getan hatte. Ich schwieg und er fuhr fort.

«Das ist so rein, diese Sache. Wir stehen an der Schwelle zur Wahrheit Alice. Ich habe endlich das besessen, was mein Vater nie konnte. Und ich weiß, dass es einen Teil seiner Reise gibt den du auch gegangen bist. Ich weiß, dass du dort gewesen bist. Es ist eine Reise die ich unter deiner liebevollen Führung hoffentlich nie machen muss. Aber du musst mir glauben, wenn ich sage, dass ich dich nicht fallen lassen werde.»

Ich fragte mich, von welcher Reise er sprach. Zur Brücke?

Wie naiv war ich gewesen zu glauben mit diesem jungen Mann zu schlafen, sich einen Platz in seinem Herzen zu sichern, würde den Verdacht und die Unsicherheit in seinem Kopf ausräumen. Ich hatte Angst, dass er die letzte Reise seines Vaters in den Wald meinte. Ich war mir nicht sicher ob er Zweifel hatte, oder ob es eine andere Absicht gab.

Dass wir beide am Abgrund der Wahrheit standen, war offensichtlich. Ich war jetzt zu nah am Abgrund um laut zu schreien, aus Angst das Gleichgewicht zu verlieren und zu fallen. Solange ich tat was er wollte, war ich sicher, dass Gerry mich retten würde. Indem ich mich ihm so vollständig hingab war ich sicher, dass meine Familie in Sicherheit sein würde.

Doch als ich am Morgen aufwachte, drückte die Ungeheuerlichkeit dessen was ich getan hatte, ebenso schmerzhaft auf mein Gewissen wie mein Kater. Heiße Tränen drückten mir in die Augen. Es verschaffte mir nur wenig Erleichterung, dass sie auf das Kissen fielen, während ich mir den Kopf hielt.

Ich konnte nicht aufhören zu weinen, es musste einfach sein. Ich durfte Gerry nicht glauben lassen, dass ich es bereute. Ich brauchte ihn mehr denn je an meiner Seite.

66

APRIL 2003

S ie kamen zu mir ins Atelier, zwei von ihnen in einem Auto. Sie bestanden höflich darauf, dass «sofort» ein guter Zeitpunkt wäre um zur Polizeiwache in Zug zu fahren um einige Dinge zu besprechen. Ich war verwirrt, aber ich glaubte immer noch, dass Gerry mich retten würde. Er wusste jetzt besser als jeder andere, selbst Simon, wie sein Vater mir das Leben zur Hölle gemacht hatte. Es war fast auf den Tag genau ein Jahr her, dass ich Manfred von der Tobelbrücke heruntergeholt hatte.

Anfangs fand ich es lächerlich, dass ich verhaftet wurde. Manfreds Tod war ein eindeutiger Fall von Selbstmord. Er hatte endlich erreicht was er sich an jenem Sonntag im letzten Frühjahr vorgenommen hatte. Sein Sohn, Gerry, würde meine Referenz und mein Alibi sein. Er würde meine Lebenshilfe sein. Ich glaubte sogar, dass er für mich lügen würde.

Im Verwaltungsgebäude der Kantonspolizei liess man mich in einem Raum warten der wie jedes andere Büro aussah. Jetzt konnte ich nicht mehr weglaufen. Wir waren vier Stockwerke höher, aber die Fenster waren geschlossen. Der einzige Weg nach draußen führte durch den Empfang ins Treppenhaus. Die automatische Glastür die dorthin führte, musste mit einer Schlüsselkarte geöffnet werden. Es war weit entfernt von Müllers Büro im Erdgeschoss.

Als man mich aufforderte, mein Haar zu einem Pferdeschwanz zu binden, kam ich der Aufforderung mit Verwunderung nach. Ich dachte sie würden einen Test an meinen Augen durchführen oder einen DNA-Abstrich machen. Sie baten mich in das Büro nebenan zu gehen, wo ein dickbäuchiger Mann in einem Bürostuhl saß und sich hin und her drehte. Er sah nicht wie ein Laborant aus. Er war mit einer grünen Tarnhose bekleidet und trug eine Jacke mit mehreren Taschen. Ich war mir sicher, dass ich ihn noch nie gesehen hatte. Aber als er erst mir und dann einem anderen Polizisten neben dem Schreibtisch zunickte, sagte er unwirsch: «Es ist sie,» mir wurde klar, dass dies eine informelle Identitätsfeststellung war. Hätte ich einen Kollegen mit einer dünnen, schäbigen Krumme im Mund neben ihn gestellt, hätte ich sofort gewusst, dass es sich um den Fischer handelt, der mich auf der letzten Wanderung am See gegrüßt hatte.

Ich wartete eine weitere Stunde, bevor ein großer, dünner Mann mit einem Fahrradhelm in den Raum geführt wurde und das Gleiche tat. Er ging hinter mir her, betrachtete meine markanten wilden Locken, die ich zu einem Pferdeschwanz gebunden hatte, und sagte dasselbe wie der Fischer.

Kurz darauf wurde ich aufgefordert, das Haarband zu entfernen. Eine Frau kam herein die ich nicht erkannte. Bis der Beamte sie hinausbegleitete und ich auf dem Gang ein leises «Danke, Frau Steinmann...» hörte.

Das bestätigte die erste meiner vielen Lügen bei der Polizei. Dass ich am Nachmittag von Manfreds Tod nicht dort gewesen war, wo ich angeblich gewandert war. Und sie wussten jetzt, dass ich in seiner Wohnung gewesen war.

▥

Der Gerichtssaal war ein freundlicher, blassgrauer Raum. Nichts im Vergleich zu den holzverkleideten, opulenten historischen Sälen aus englischen Filmen und Fernsehsendungen. Ein Richter bat um die Anwesenheit von Gerry. Dies war eine ungewöhnliche Abweichung von der Norm. Das Schweizer System war nicht dasselbe wie im Vereinigten Königreich. Die Zeugenaussagen waren in der Regel bereits in den Bericht der Staatsanwaltschaft eingeflossen. Es oblag den Richtern, den Fall zu erörtern und ihr Urteil zu fällen. Im Grunde waren sie selbst wie eine Jury.

Ich wandte mich mit stiller Neugierde an meinen Pflichtverteidiger, Herrn Blattmann. Er zuckte mit den Schultern.

«Sie müssen etwas, das sie in ihrem Bericht gesehen haben, noch einmal bestätigen oder diskutieren. Das kommt manchmal vor.»

Trotz dieser Programmänderung wurde die Bitte um die Anwesenheit von Gerry in einer Art gelangweiltem Monoton vorgetragen. Er muss irgendwo in der Nähe des Gerichtssaals gewesen sein, vielleicht wartete er auf dem Flur. Er schlenderte herein, als käme er zu spät zu einer Vorlesung. Ich war fast erleichtert ihn zu sehen, denn ich war mir sicher, dass sein Beitrag zu den Zeugenbefragungen mich von jedem Verdacht befreien würden. Er hatte mir versprochen, dass er mich «nicht fallen lassen würde». Er saß auf einem Rohrstuhl aus Plastik, wie wir alle, der in einiger Entfernung von den Richtern aufgestellt war. Ein Krug Wasser und ein Glas standen auf dem Tisch in Reichweite.

Obwohl mein Herz jetzt raste, war dieser ungewöhnliche Fall von Tötungsdelikt nicht sonderlich dramatisch.

Blattmann streckte den Hals aus dem Kragen seines Hemdes, als wäre er es nicht gewohnt eine Krawatte zu tragen. Er blickte mich mit einem nervösen Lächeln von der Seite an. Ich fand, dass er seine Sache bis jetzt ziemlich gut gemacht hatte, aber woher sollte ich das wissen? Ich hatte nur die Hälfte von dem verstanden was vor sich ging. Ich darf nicht vergessen, dass ich ihn auch noch unverhohlen angelogen hatte. Alle hatten eine gehörige Portion von meinem Betrug abbekommen.

Ab und zu fragte mich einer der fünf Richter am Tisch in gebrochenem Englisch ob ich dem Verfahren folgen könne als ginge es nicht um mich, sondern um jemanden den ich hierher begleitet hatte. Blattmann wies mich an zu nicken und ja zu sagen. Es käme nicht gut an, wenn sie mir ständig alles erklären müssten.

Gerry nahm Platz, lehnte sich zurück und schlug einen Knöchel über das andere Bein. Er blickte sich im Raum um und stellte, vielleicht weil er die Lässigkeit seiner Haltung bemerkte, seine Füße wieder fest auf den Boden. Als sein Blick auf mich gerichtet war, erhöhte sich mein Herzschlag und ich schenkte ihm ein leichtes Lächeln. Ein Lächeln, von dem ich hoffte, dass es ihm positive – ja, sogar liebevolle – Gedanken vermittelte. Ich wusste, dass Simon im hinteren Teil des Gerichtssaals saß, aber er konnte mein Gesicht nicht sehen.

Ich spürte jedoch wie mir das Blut ins Gesicht schoss, als mir klar wurde, dass Simon den intensiven Blick sehen konnte mit dem Gerry mich jetzt anschaute. Gerrys Blick versetzte mir immer noch einen Stich in den Magen. Ich schämte mich für das Gefühl in dem öffentlichen Gerichtssaal.

Ich wusste, dass Simon nicht wusste, dass es Gerry war der mich retten würde. Dass er Zeuge der Intensität von Gerrys Blick wurde, war ein kleiner Preis für den Schutz den ich meinem Mann und den Jungs gewährt hatte.

Jetzt war die Stunde der Wahrheit gekommen. Ich wusste, dass Gerry mich retten würde, wenn er glaubte, dass wir zusammen sein würden. Was auch immer geschah nach diesem Prozess würde nichts mehr so sein wie vorher.

Einer der Richter stellte Gerry eine Frage die er mit lakonischer Stimme beantwortete. Ich dachte daran, dass er eines Tages Universitätsprofessor sein könnte und unerklärlicherweise blühte Stolz in meiner Brust auf.

Es verwirrte mich ein wenig, dass er mir zuliebe kein Hochdeutsch sprach. Er wusste, dass es mir leichter fallen würde ihm zu folgen. Es fiel mir plötzlich schwer ihn zu verstehen. Während er seine Version der Ereignisse erzählte und die Fragen der Richter beantwortete, begann Blattmann neben mir zu zappeln. Gerry sagte etwas das dem Anwalt unangenehm war und ich war mir nicht sicher, was. Ein- oder zweimal hob Blattmann seinen Bleistift, räusperte sich und sah mich dann mit unverhohlenem Unglauben an, den Unterkiefer hängen lassend, die Lippen zwischen den Zähnen.

Mein Kopf wurde kalt. Panik machte sich breit und ich strengte mich an um zu verstehen was Gerry sagte. Ich sah das Geschehen vom Ende eines langen Tunnels aus und mein Atem kam in kleinen Stössen. Zwei der Richter starrten mich mit gerunzelter Stirn an, während die drei anderen Gerry mit hochgezogenen Augenbrauen anstarrten. In diesem Moment wurde mir klar, dass er sich nicht an das Drehbuch hielt.

Er schaute mich nicht mehr an und begann schneller zu sprechen, als ob er alles sagen müsste bevor er das Vertrauen verliert. Obwohl ich es für unwahrscheinlich hielt, dass er überhaupt sein Selbstvertrauen verlieren würde. In diesem Moment war er der selbstbewussteste junge Mann den ich je gesehen hatte.

Und plötzlich wurde mir klar, dass ich alle Botschaften falsch verstanden hatte.

67

Ich wollte schreien: «Was zum Teufel machst du da? Was glaubst du, was sagst du da?»

Stattdessen sprudelte ein panisches «Nein, nein, nein…» aus mir heraus.

Herr Blattmann legte mir eine Hand auf den Arm. Ich war mir nicht sicher ob ich wegen Missachtung des Gerichts angeklagt werden würde. Oder ob es überhaupt eine Missachtung in einem Gericht gab, das eher wie ein Konferenzraum eines Unternehmens inmitten des sichersten Landes Europas aussah.

Bevor ich mich versah, wurde Gerry hinausgeführt mit der Anweisung im Gebäude zu bleiben. Er würde höchstwahrscheinlich erneut als Zeuge vorgeladen werden. Als Zeuge aussagen? Was sagten sie? Um gegen *mich* auszusagen?

Der Staatsanwalt wies die Richter an, sich auf bestimmten Seiten auf ihren Berichten zu beziehen. Ich sah ausgeschnittene Beweisstücke und farbige Fotos von Taschen, darunter mein kaffeefarbenes Lieblingsoberteil, an dem irgendwie sowohl Manfreds als auch meine DNA war. Ich hörte das Wort «Sperma» und mir wurde schlecht bei dem Gedanken was er mit dem Kleidungsstück gemacht hatte. Dann wurde mir klar, dass Manfred es nicht von meiner Wäscheleine genommen hatte, sondern aus meinem schmutzigen Wäschekorb, in dem sich überall Spuren von mir befanden. Und sie hatten es in Manfreds Wohnung gefunden, zusammen mit einem meiner Haargummis und meinen Fingerabdrücken, die überall auf seinen Türgriffen und Küchenmöbeln zu finden waren.

Später auf dem Polizeirevier wurde mir ein DNA-Abstrich entnommen, um nicht nur die Übereinstimmung mit dem Mieder, sondern auch mit einigen Haaren auf Manfreds Hemd zu bestätigen. Zu diesem Zeitpunkt dachte ich, das sei reine Routine. Als sich die Dinge vor mir zu entwirren begannen, wurde mir klar, dass sich niemand für die Tatsache interessierte, dass Manfred in meiner Wohnung gewesen war. Er hatte in meinem Auto gesessen, über viele Monate hinweg Zugang zu mir gesucht hatte und möglicherweise viele meiner Sachen mit Spuren meiner DNA berührt hatte.

Wenn ich das nur gewusst hätte, hätte ich das Hemd schon vor vielen Monaten als gestohlen melden sollen, wie Schmid ursprünglich vorgeschlagen hatte. Das hätte mich vielleicht geschützt. Aber dann kam das, was kommen musste.

Ich dachte immer wieder, Gott sei Dank hatte ich den Beruhigungsmitteln, die mein Hausarzt mir verschreiben wollte, nicht zugestimmt. So dumm war ich nicht. Es gab einen Apothekenbericht. Aber er war nicht von meinem Arzt. Er stammte von der Sanitätsorganisation des Lausanner Marathons. Ein Freiwilliger erinnerte sich mir eine Schachtel Co-Dafalgan gegeben zu haben. Ich war die letzte Person die nach dem Rennen medizinisch behandelt wurde. Was ich nicht wusste war, dass das «Co» für Codein stand und dass es sich um ein in der Schweiz nicht rezeptfreies Medikament handelte. Aber es befand sich in meinem Badezimmerschrank in meinem Studio.

Es gehörte zu den Dingen die man für gelegentliche Kopfschmerzen oder Menstruationsbeschwerden aufbewahren kann. Und die einzige Person, die außer mir dort drin gewesen war, war Gerry. Ich schluckte. Laut Asservatenbericht fehlten zwei der Blisterpackungen in der Schachtel. Dosen und Berichte wurden verglichen. Aus dem Bericht eines Apothekers ging hervor, dass es möglicherweise das Codein war das Manfred im Schlaf hielt und nicht die Mischung aus Lithium und Alkohol die ihn getötet hatte. Wahrscheinlich hat ihn die Erkältung am Ende doch dahingerafft.

Damals im November, hatte ich nicht mit einer so detaillierten Autopsie gerechnet. Aber ich hatte auch nicht gedacht, dass ich etwas Rezeptpflichtiges genommen hatte. Vielleicht hatte ich mich zu sehr auf andere Dinge konzentriert. Eine Folge von zu vielen alten Kriminalfilmen, in denen Fingerabdrücke die belastendsten Beweise waren. Natürlich hätte ein Durchsuchungsbefehl für mein Studio die Medikamente schnell ans Licht gebracht. Sie hatten bereits eine Reihe von Gegenständen aus dem Bauernhaus beschlagnahmt.

Aber ich hatte auch nicht damit gerechnet, dass Gerry bei mir bleiben würde, dass er meinen Badezimmerschrank durchwühlen würde.

Es war ein seltsames Gefühl zu erfahren, dass er die ganze Zeit Detektiv spielte um die Wahrheit über den Tod seines Vaters herauszufinden. Sein Verdacht war trotz meiner Versuche, seine Ängste zu beschwichtigen, gewachsen. Er tat mir fast leid. Es muss ihn sicher gequält haben. Er hätte nicht so mit mir schlafen können, mich so ansehen können, ohne seine endgültige Entscheidung zu bedauern. Er muss immer gewusst haben, dass unsere Beziehung nie zu etwas führen würde. Oder war es so, dass er nachdem er erfahren hatte, dass ich in der Wohnung seines Vaters war, dachte er wir hätten vielleicht miteinander geschlafen? Das passte zu einem weiteren Zeugenbericht einer Kellnerin im Café Barolino, die aussagte, dass Manfred und ich im Jahr zuvor beim gemeinsamen Kaffeetrinken gesehen worden waren. Hatte Eifersucht den Wahnsinn ausgelöst?

Obwohl mein Herz angesichts des Verrats schmerzte, konnte ich die Ironie kaum übersehen.

68

Während ich den Kopf senkte, gab es einen Aufruhr auf dem Korridor die Stimmen wurden lauter und wütender. Mein Blick war auf meine Hände in meinem Schoß gerichtet die den Ehering an meinem Finger drehten. Als ich den Kopf hob, sah ich zwei Journalisten zur Tür eilen. Ich schaute hinter mich wo Simon gesessen hatte und sah seinen leeren Stuhl. Er muss eine Pause eingelegt haben um auf die Toilette zu gehen oder Luft zu schnappen. Die Tatsache, dass die Anstrengung für ihn längst Wirkung gezeigt hatte, bereitete mir Schmerzen in der Brust.

Gerrys Stimme ertönte durch die offene Tür, ungesehen auf dem Flur.

«Aber sie hat meinen Vater umgebracht!» schrie er und ich erbleichte, als wäre meine Schuld gerade erst genau erkannt worden, als wäre er der Vorsitzende Richter in meinem Prozess.

«Du hast ihr also den Kopf verdreht, ihr Herz - wozu? Um sie zu einem Geständnis zu bringen? Wenn du es die ganze Zeit wusstest, warum hast du diese Farce fortgesetzt? Glaubst du nicht, dass sie durch deinen kranken Vater schon genug gequält wurde? Du bist ein größerer Lügner als sie es ist. So eine hinterlistige Taktik. Du bist verachtenswert.»

Meine Augenbrauen zogen sich in Falten und meine Mundwinkel verzogen sich zu einem flüchtigen Lächeln. Simon hat sich auf seine Weise für mich stark gemacht. Wenn *ich* ihm nicht erklären konnte was mich dazu gebracht hatte, meine Gefühle von Gerry so manipulieren zu lassen, dann konnte Gerry es ihm vielleicht sagen.

Ich blickte scharf auf als Gerry durch die Tür zurück in den Raum trat, begleitet von einem Gerichtsbeamten der zur Seite trat um ihn über die Schwelle zu lassen. Er war auf dem Weg zurück zum Zeugenstuhl, als

Simon in den Raum stürmte und ihn an den Schultern packte. Meine Hände flogen zu meinem Mund. Es gab ein Handgemenge. Die Fäuste begannen zu fliegen. Aber es war eine komische Parodie eines Kampfes, jeder fuchtelnde Arm verfehlte sein Ziel, wie bei Kleinkindern auf dem Spielplatz. Ich hörte ein unwillkürliches «Oof» und konnte nicht sagen, ob es von Simon oder Gerry kam. Das gleißende Licht eines Kamerablitzes ließ die Gerichtsbeamten aufschrecken. Ich war mir sicher, dass sie so etwas noch nie in einem Schweizer Gerichtssaal gesehen hatten.

Simon holte mit der Faust aus um einen weiteren Schlag zu platzieren. Aber ein Sicherheitsbeamter der zu Beginn des Tumults herbeigerufen worden war, packte ihn am Arm und hielt ihn fest. Simon wurde aus dem Saal geführt. Ich spürte eine tiefe, aufsteigende Traurigkeit darüber, dass er nicht da sein würde um mich für den Rest der Verhandlung auf seine eigene stille Art zu unterstützen.

Aber ich würde ohnehin nicht mehr lange dort sein. Sie hatten ihre Entscheidung bereits getroffen. Ich konnte es in ihren Gesichtern sehen und ich konnte dieses Spiel der Täuschung nicht mehr mitspielen.

Es gab keine Beratungen der Geschworenen und selbst wenn, dann gab es keinen Fall mehr über den man streiten konnte.

In meinem Kopf plädierte ich laut schreiend auf schuldig.

ɎɎɎɎ

Als ich aus dem Gerichtssaal geführt wurde um zu den Arrestzellen zurückzukehren, kam ich an Gerry vorbei, der im Flur saß und den Kopf in die Hände gestützt hatte. Sein zerzaustes Haar wucherte wie seidige, dunkle Schlangen zwischen seinen Fingern.

Der Wachmann, der mich am Ellbogen festhielt, zögerte als ich vor Gerry stehen blieb. Vielleicht hatte er mitbekommen, was im Gerichtssaal geschah und hatte so viel Mitleid mit mir, dass mir dieser letzte Blick auf meinen Judas gestattet wurde.

Gerry schaute langsam auf. Ich konnte nicht beschreiben was ich in seinen rotgeränderten Augen sah. Irgendetwas zwischen roher Wut und hoffnungsloser Traurigkeit.

«Warum Gerry? Warum?» fragte ich leise und er schüttelte den Kopf. «Nachdem du mir gesagt hast, ich solle den Dingen ihren Lauf lassen. Dass dein Vater nie wieder gesund werden würde. Dass du ihn nie wieder sehen wolltest. Warum?»

«Du solltest besser als jeder andere wissen, dass die Familie das Wichtigste ist. Ich war hin- und hergerissen. Er war mein Vater Alice. Blut ist dicker und so weiter. Du musst zur Rechenschaft gezogen werden für das was du getan hast. Aber das ist noch nicht alles. Mein Vater hatte ein Stück von dir und mir ist klar, dass ich das nie kann. Du wirst mir nie gehören. Nachdem wir die Nacht zusammen verbracht haben, wurde mir klar, dass ich dich nie ganz besitzen kann.» Er hielt inne. «Aber wenn ich es nicht kann, kann es auch kein anderer.»

Ich starrte Gerry mit offenem Mund an und konnte vor lauter Verrücktheit nicht mehr sprechen. Ich fragte mich, ob er nach allem was er getan hatte – nachdem er mich davon überzeugt hatte, dass er der Schlüssel zu meiner Freiheit war – es die ganze Zeit besser wusste als ich.

ㅠㅠㅠ

Du musst mir glauben Simon, ich war nur *mit* ihm zusammen, weil ich Angst hatte er würde mein Geheimnis verraten. Ich konnte mir nie sicher sein, aber ich hatte oft den Verdacht, dass er die Wahrheit erraten hatte. Und als wir dann zusammen waren und ich merkte, dass er sich in mich verliebt hatte... die Dinge die er sagte. Er hat es nicht direkt gesagt, aber ich habe seine Hingabe zu mir falsch verstanden, Ich dachte er würde mich in jedem Fall decken. Ich kann nicht glauben, dass ich das so falsch verstanden habe.»

«Warum hast du mir das nicht gesagt Alice? Das ist die eine Sache die mich auffrisst. Ich kann nicht glauben, dass du mir von Anfang nicht mehr vertraut hast. Du hast den Verteidiger gehört. Es war ein Verbrechen aus Leidenschaft. Hättest du von Anfang an die Wahrheit gesagt, wäre es nicht so weit gekommen. Jetzt müssen wir uns mit dem Meineid und der Missachtung des Gerichts befassen.»

«Ich weiß es nicht. Ich wollte dich beschützen,» flüsterte ich und die Tränen blieben mir im Hals stecken.

Wir saßen in einem Warteraum des Gerichtsgebäudes, während über meine Strafe entschieden wurde. Als mein Ehemann, durfte Simon etwas Zeit mit mir verbringen und ich wollte mich nur noch an ihn klammern. Mein Fels in der Brandung. Mein Ritter. Ich konnte nicht glauben, dass ich so dumm gewesen war von Anfang an. Aber er wollte mich nicht anfassen.

Ich konnte nicht glauben, dass meine Verliebtheit in Gerry zu einer solchen Fehleinschätzung geführt hätte. Ich spürte wie sich Verzweiflung hinter einer Welle unverständlicher Gefühle verbarg. Aber ich verdrängte sie, solange ich in Simons Gesellschaft war. Ich würde warten bis ich allein war um die Schleusen zu öffnen.

«Ich wollte dich nicht belasten,» sagte ich als sich meine zitternde Stimme erholt hatte. «Ich weiß, dass meine Tat niemals entschuldigt werden kann. Aber ich kann die Uhr nicht zurückdrehen. Ich will nicht alle Fehler wiederholen, die ich im letzten Jahr gemacht habe? Was würde das nützen? Ich habe nicht die Antworten nach denen du suchst. Und dafür und für all den anderen Scheiß tut es mir sehr, sehr leid. Ich weiß nicht, wie oft ich das noch sagen kann. Ich fühle mich wirklich furchtbar.»

«Am schrecklichsten finde ich, dass ich die Möglichkeit verloren habe dir zu vertrauen,» sagte er. «Und... vielleicht deine Liebe zu verlieren.»

«Niemals meine Liebe, Simon. Niemals meine Liebe.»

An diesem Punkt konnte keiner von uns beiden mehr sprechen.

69

Nach meiner Verurteilung verlegte man mich in das Frauengefängnis Hindelbank bei Bern. Ich bekam fünf Jahre wegen Totschlags, aber nicht wegen Mordes. Die Richter entschieden, dass ich ein Täter war, die unter schwerer Bedrängnis stand, vom Opfer provoziert wurde und unter unbestimmter ernsthafter Bedrohung. Dies stellte ein Verbrechen im Affekt dar und ich könnte bereits in einem Jahr für eine Bewährung in Betracht kommen. Obwohl ich mich als Ausländerin fragte, ob ich überhaupt einen Antrag stellen könnte.

Das größte Problem das das Gericht hatte, war das Ausmaß meines Betrugs und damit meines Meineids bei der ursprünglichen Zeugenbefragung. Es ist eine Sache, wenn man dazu getrieben wird, jemanden zu ermorden. Es war eine andere zu versuchen alle meine Spuren zu verwischen. Alle meine bedauerlichen Fehler bedeuteten, dass jemand, nämlich Simon, dem Bund und den Kantonen massive Polizei- und Gerichtsgebühren zahlen musste.

Ich wusste nicht ob ich Simons Unterstützung haben würde, wenn es an der Zeit war für meine Bewährung zu kämpfen. Ich durfte nur einen Anruf pro Woche tätigen. Handys durften wir nicht benutzen. In jedem Stockwerk des Zellenblocks gab es eine Telefonzelle, aber ich musste jedes Mal um meinen Platz in der Schlange kämpfen. Mit einem traurigen Haufen von Frauen die meist Drogenschmugglerinnen waren und nur Spanisch oder eine Reihe asiatischer Sprachen konnten. Wenn ich zu Simon und den Jungs zu Hause durchkam, hielten die Leute hinter mir in der Schlange ein ständiges Gejohle oder stritten sich untereinander, so dass es schwer war, irgendeine Art von zusammenhängendem Gespräch zu führen.

Ich durfte nur einmal im Monat Besuch haben, was für mich am schwierigsten war. Simon zog es vor mich erst mit den Jungs zu besuchen nachdem ich mich eingelebt hatte. Es fiel mir sehr schwer nicht zu weinen, als sie alle ins Besucherzimmer strömten. Oliver hat sowieso für uns beide geweint. Nach einer aufrichtigen Umarmung von Leo verbrachte er die Zeit damit, mit seinen Schuhen auf dem Boden unter seinem Sitz zu schlurfen. Er verrenkte seinen Hals, um all die coolen Dinge zu beobachten die er seinen Freunden über das Innere eines Gefängnisses erzählen konnte. Ich fand es nicht gut, dass sie dort waren.

Schließlich sagte ich Simon er solle sie nicht mehr mitnehmen bis wir alle eine Vorstellung davon hätten wie das Leben in Zukunft aussehen würde. Ich wusste nicht ob es schlimmer war, sich am Ende eines Besuchs von ihnen verabschieden zu müssen oder sie gar nicht zu sehen. Ich war zu sehr von meiner Umgebung gedemütigt, als dass ich sicher sein konnte, dass sie mich in guter Erinnerung behalten würden. Vielleicht war es für sie besser zu vergessen, dass ihre Mutter eine verurteilte Mörderin war. Aber wie sollten sie das vergessen? Sie sagten die Kinder in der Schule hätten kein Problem mit ihnen. Ich fragte mich wie lange es dauern würde, bis die Eltern ihren Kindern den Umgang mit den Söhnen einer Mörderin verbieten würden. Also beschloss ich schließlich sie nicht mehr zu sehen. Ich dachte mir, dass ich sie schütze vor der Feindseligkeit ihrer Mitschüler.

Ich merkte, dass Simon danach nur noch widerwillig zu Besuch kam. Es fiel ihm schwer mit der ganzen Sache umzugehen. Der Bericht über die Farce bei der Gerichtsverhandlung war in der Zeitung gestanden. Ich stellte mir vor, dass alle im Dorf und in der Schule entsetzt sein würden. Vielleicht hatte Esther ein wenig Mitleid, da sie wusste, dass ich von Anfang an besorgt war. Aber ich glaube selbst Kathy war schockiert. Sie hat mir nicht geschrieben. Wenn sie es versucht hat mir eine Nachricht zukommen zu lassen über Simon, dann hat er sie nicht weitergeleitet.

«Du kannst dir nicht vorstellen was für einen Scheiß ich auf der Arbeit ertragen musste. Jenkins scheint zu glauben, dass ich irgendwie damit zu tun hatte. Dein «Vergehen» wie er es nannte. Das ist eine Frechheit denn er war derjenige der mich im letzten Sommer überall hinschickte um den Russland-Deal zu unterstützen. Wäre ich mehr in der Nähe gewesen und hätte gesehen wie sehr dieser Widerling dein Leben beeinflusst hat, hätte ich vielleicht besser aufgepasst. Es gibt immer einen Teil von mir der ein wenig Schuld auf sich nimmt.»

Bei seinen Worten tränten meine Augen und ich zog die Stirn in Falten.

«Aber glaube nicht, dass ich deine Taten gutheiße,» beendete er.

Der winzige Moment des Mitleids war vorbei. Und ich wusste, dass er jetzt an Gerry und mich als Liebhaberin dachte. Ich fragte mich wie lange es dauern würde, bis Simon sich nicht mehr jedes Mal ekelte, wenn er mich ansah. Ich glaube er hatte sich nur zu einem Besuch ins Gefängnis geschleppt um Nachrichten von den Jungen zu überbringen. Immerhin war ich immer noch ihre Mutter.

Ihre überfürsorgliche Mutter. Nicht die Samariterin, für die sie mich immer hielten, sondern eine Kriminelle. Eine Mörderin.

70

JUNI 2003

Simon besuchte mich am ersten Junitag als die Reihen der Maispflanzen auf den Feldern zu einem niedrigen Korridor zu beiden Seiten der Straße, die vom Dorf Hindelbank wegführt, gewachsen waren.

Er brachte eine Farbstiftskizze von Oliver und einen kurzen Brief von Leo mit. Olivers Bild zeigte unser Haus umgeben von Tieren, nicht nur von den Kühen des Bauern, sondern auch von Katzen, Hunden und Vögeln. Im Vordergrund saßen zwei Erwachsene an einem runden Tisch auf der Terrasse vor dem Haus. Zwei Kinder – Oliver und Leo –schwangen an Seilen in den Bäumen neben dem Haus. Die Zeichnung zeugte von der Sehnsucht seine Familie wieder zusammen zu haben. Jedes Mal, wenn ich es ansah, blieb mir ein Kloß im Hals stecken. Danach habe ich es an meine Zellenwand geheftet.

Ich wollte Leos Brief für später aufheben, aber da die Unterhaltung zwischen uns nicht gerade flüssig war. Es kam mir vor als würde Simon einen Verwandten mit einer unheilbaren Krankheit im Krankenhaus besuchen. Ich beschäftigte meine Hände und Augen indem ich das Papier aufklappte und das kurze Schreiben meines ältesten Sohnes schweigend las.

Ich konnte fast die Abneigung in Leos Worten hören. Seine krakelige, kursive Schrift hüpfte ungeduldig über das Papier. Er schrieb, dass er den grünen Gürtel in Karate bekommen hatte, dass er in Erdkunde eine Fünf bekommen hatte und ein kurzes «Ich hoffe, es geht dir gut» das er aus Pflichtgefühl geschrieben hatte. Ich spürte, dass es ihm nicht nur widerstrebte etwas zu Papier zu bringen, sondern auch überhaupt mit seiner Mutter zu kommunizieren. Die Liebe zwischen uns war von einer zarten Komplexität. Ich war ihm wahrscheinlich peinlich in seinem sozialen Umfeld. Mein Verhalten hatte nichts Cooles mehr an sich. Gott sei Dank.

Mein Herz schmerzte für sie, für sie alle. Ich vermisste sie so sehr.

Als Simon aufstand um zu gehen, umarmte er mich untypischerweise und hielt mich schweigend fest. Ich konnte sehen, dass er gegen seine Gefühle ankämpfte. Ich ließ meine Tränen ungehindert fließen. Es gab nur einige Mal an denen ich sagen konnte, dass es mir leid tat. Mit einer Entschuldigung fühlt man sich nicht besser. Oh, dieser elende Schlamassel in dem wir uns befunden hatten. Meine Torheiten hatten sich nacheinander aufgetürmt. In einer Hinsicht war ich für meine Inhaftierung dankbar gewesen. Sie würde mir Zeit geben einen Plan auszuarbeiten um all das Leid wiedergutzumachen. Natürlich konnten wir nicht zu dem zurückkehren was wir einmal waren. Es gab zu viele Kollateralschäden. Aber ich hoffte, dass ich die Dinge irgendwie wieder in Ordnung bringen konnte. Ich hoffte ich konnte meine Nadel durch die Fäden der Gefühle ziehen, von denen ich wusste, dass sie noch da waren und uns alle in einer anderen Art von Flickwerk zusammennähen konnte.

Was mich am meisten traurig machte war, dass ich wusste, dass Simon vollkommen verstand warum ich es getan hatte. Er verstand warum ich einen Mord begangen hatte, um meine Familie zu schützen. Ich glaube er verstand sogar die Gründe für meine Beziehung zu Gerry. Er glaubte, dass sie einerseits aus einer Fehlinterpretation seiner eigenen Ablehnung und andererseits aus dem Bedürfnis, das Geheimnis von Manfreds Ermordung zu wahren, entstanden war. Er glaubte, dass Gerry mich durch eine Art emotionale Erpressung hereingelegt hatte, ohne dass ich es wirklich wusste.

Simon sagte immer wieder, dass er mit seiner eigenen Schuld zu kämpfen habe. Eine Schuld die ihn dazu brachte sich selbst dafür zu bestrafen. Dass er in all den Monaten nicht mehr Fragen darüber gestellt hatte was in meinem Kopf und meinem Herzen vor sich ging. Unsere neue offene Kommunikation gab mir ein Körnchen Hoffnung für uns.

Aber ich konnte nicht vergessen, dass seine Schuld im Vergleich zu meiner federleicht war.

Ich hätte nicht gedacht, dass ich trotz meiner Lügen, meines Betrugs und meines Versuchs, die Gräueltat zu vertuschen, noch lange an diesem Ort bleiben würde. Mit dem Bekanntwerden meines Falles war Stalking in der Schweiz zu einem anerkannten Verbrechen geworden. Mein Pflichtverteidiger Herr Blattmann versprach, sich für eine drastische Reduzierung meiner Strafe einzusetzen. Er sagte mir, dass ich realistischerweise schon in einem Jahr wieder draußen sein könnte.

In der Zwischenzeit schrieb ich jeden Tag an Simon und die Jungs. Ich hatte viel Zeit, um meine Entwürfe zu verbessern. Ich hatte nichts anderes zu sagen, als dass es mir leid tat. Es wurde zu einer ständigen Buße. Ich sagte Simon er solle die Briefe wegwerfen wenn er meint ich würde mich zu oft wiederholen. Ich wollte nicht, dass dies wie ein zwanghaftes Verhalten aussieht. Ich war in den letzten zwei Jahren zu oft am Rande des Abgrunds gewesen, auf beiden Seiten des Abgrunds.

Ich nahm oft das Foto in die Hand das ich sehr schätzte, auf dem die Jungs und ich zwei Jahre zuvor vor den Toren von Versailles standen. Ich erinnerte mich daran, wie Simon das Foto gemacht hatte. Der Wind hatte mir die Haare ins Gesicht geweht. Ich hatte gerade den Kopf geschüttelt um mich bis auf eine Strähne die auf meiner Wange lag, zu befreien. Die Jungs waren unschuldig, der eine gerade ein Teenager, der andere auf der Schwelle zwischen Kindheit und Pubertät. Beide lächelten Simon an der die Kamera in der Hand hielt. Sie witzelten darüber mit ihrer Mutter zu posieren. Der Fotorahmen war aus einfachem unlackiertem Kiefernholz, durch die vielen Hände die es gehalten hatten, war es schmutzig geworden.

Ich stellte mir die Haut der Fingerspitzen vor die das Holz berührt hatten. Manfred, der das Foto seit Wochen besaß. Gerrys Fingerabdrücke waren auch da, auf dem Glas.

Es war als wäre er meine erste Jugendliebe gewesen. Die Erinnerung an ihn ist immer noch süß, aber verwirrend. Zwischen einer phantasievollen Verliebtheit in mich und einer krankhaften Neugier, herauszufinden ob sein Vater wirklich selbstmordgefährdet war, würde er sich jetzt in seinen eigenen Qualen winden. Er nahm keinen Kontakt zu mir auf. Ich war mir sicher, dass er wusste, dass es nach allem was er getan hatte, sinnlos wäre es zu versuchen. Die Tatsache, dass ich wegen ihm hier war.

Die letzten Hände, die dieses Bild berührten, waren meine eigenen. Jeden Tag strichen meine Finger über das Glas und ich wünschte ich könnte in eine Zeit vor meiner Samaritertat, meiner Wohltätigkeit, meinem Verbrechen und meiner Inhaftierung zurückkehren.

ANMERKUNG DES AUTORINS

Die Geschichte spielt zu Beginn des Jahrhunderts, als die Stalking-Gesetze in der Schweiz noch nicht eingeführt waren. Seit der Fertigstellung des Werks wurden strenge Gesetze für alle Formen von Stalking ausgearbeitet und umgesetzt.

Als der Autor zum ersten Mal in das Ägerital im Kanton Zug zog, wo der Roman spielt, wurde kaum Englisch gesprochen. Heute ist Englisch, wie von Manfred vorausgesagt, zur Universalsprache in diesem multinationalen, multikulturellen Land in der Mitte Europas geworden.

DANKSAGUNGEN

Die Idee zu diesem Roman entstand vor über zwanzig Jahren, als ich mit meiner damaligen Laufpartnerin Carolyn Forsyth die Strecke im Schatten der prächtigen Lorzentöbelbrücke lief. Sie gehörte auch zu den Mitgliedern eines multinationalen Buchclubs in Zug, die zu den ersten Lesern meines Manuskripts wurden.

An andere, die mir in verschiedenen Stadien Feedback gegeben haben: Hannah Smith, Nicola Upson, Robert Peett, Andy Stafford, Alison Baillie, Louise Buckley, Kathryn Taussig, Vicky Newham und Antony Dunford.

Für technische und rechtliche Fragen zum Stalking danke ich Sargeant Totti Karpela, CEO und ehemaliger Präsident der Association of European Threat Assessment Professional (AETAP). Vielen Dank auch an Hansjürg «Johnny» Baumann, Dienstchef, Zuger Polizei und Thomas Rein, Staatsanwalt, Zug.

Herzlichen Dank an Brigitta Meier für ihre sorgfältige Bearbeitung und das Korrekturlesen.

Meinem Ehemann Chris für sein Feedback und seine kontinuierliche Unterstützung und unseren beiden Söhnen Max und Finn für die Stunden, die ich damit verbringe, ihre Wäsche zu ignorieren und eine Seite unseres Esstisches in Beschlag zu nehmen. Auch an die spektakuläre Landschaft rund um das Ägerital im Schweizer Kanton Zug, die mich immer wieder zum Schreiben inspiriert.

ÜBER DIE AUTORIN

Louise Mangos schreibt Romane, Kurzgeschichten und Flash Fiction, die mit Preisen ausgezeichnet wurden, auf Auswahlliste standen und im BBC-Radio vorgelesen wurden. Ihre Kurzgeschichten sind in mehr als zwanzig Anthologien erschienen. Sie hat einen MA in Kriminalliteratur an der UEA erworben.

Sie können mit Louise auf , oder Twitter und BlueSky , und @louise-mangos in Verbindung treten oder ihre Website besuchen, wo es Links zu einigen ihrer Kurzgeschichten gibt.

Louise lebt mit ihrem Kiwi-Ehemann und ihren beiden Söhnen im Ägerital, wo der Roman spielt. Wenn sie nicht gerade schreibt, genießt sie ein aktives Leben in den Alpen.

Das Mädchen vor der Tür

Ein Buchhändler, eine obdachlose Studentin und eine Hobbydetektivin jagen Hinweisen nach, um ein Verbrechen aufzuklären, das sich von den Straßen Londons bis in die Schweizer Alpen erstreckt. Es steht viel auf dem Spiel, aber welche Geheimnisse verbergen sie und können sie einander vertrauen?

Als der Buchhändler James die obdachlose Studentin Emma auf einer Londoner Straße trifft, ist die Anziehungskraft sofort da. Aber nach einem zauberhaften Weihnachtsurlaub im glamourösen Skiort St. Moritz kehren sie zurück und stellen fest, dass in seine Wohnung eingebrochen wurde. Ebenfalls will die Polizei James wegen des verdächtigen Todes eines anderen Obdachlosen befragen.

James und seine Freundin Sally suchen nach Hinweisen von Londons West End bis in die schneebedeckten Berge der Schweiz, um das Rätsel zu lösen seiner gestohlenen antiken Bücher und Familienstücke. James muss sich fragen, ob er einfach nur Pech hatte, von der Liebe geblendet war, oder noch Schlimmeres.

Wird die Rettung einer obdachlosen Studentin sein größter Fehler sein?

Als L.S. Mangos hat Louise einen mittelalterlichen Krimi geschrieben.

Die Geheimnisse von Morgarten

Eine junge Nation in Gefahr. Ein Netz der Täuschung. Ein Dreieck aus verbotener Liebe.

Wir schreiben das Jahr 1315. Die junge Nation Schweiz - die Eidgenossenschaft Helvetica - wird von den Habsburgern bedroht. In Frankreich wurden die Tempelritter aufgelöst und vom König zu Ketzern erklärt. Magda, eine schöne Weberin, die in der Nähe des Alpendorfs Morgarten lebt, freundet sich mit Walter an, einem Boten und Fährtenleser, der der Sohn des legendären Wilhelm Tell ist. Walters und Magdas aufkeimende Romanze wird durch die Ankunft von Sébastien, einem französischen Flüchtling, gefährdet. Welche Geheimnisse verbirgt der Fremde? Kann Walter das Rätsel um einen Mord und ein gestohlenes religiöses Artefakt lösen, bevor es zu einer gewaltigen Schlacht mit den Habsburgern kommt? Und wer wird der Sieger in diesem turbulenten Liebesdreieck sein?

Liebe Leserin, lieber Leser,

Vielen Dank, dass Sie *Fremder auf einer Brücke* gelesen haben. Ich hoffe, Sie haben die Geschichte genossen.

Die wichtigsten Menschen in der Karriere eines Autors sind Sie, die Leser, ob Sie nun ein Blogger, ein Rezensent oder einfach jemand sind, der sich an einem guten Roman erfreut. Ein Autorenkollege sagte mir einmal, dass Rezensionen wie Münzen im Hut eines Straßenmusikers sind. Ich möchte diese Analogie aufgreifen und Sie ermutigen, Ihre Rezension auf der Plattform Ihrer Wahl zu hinterlassen. Jede dieser Münzen trägt zum Broterwerb eines Autors bei.

Wenn Ihnen meine Texte gefallen haben, möchten Sie vielleicht auch einen meiner anderen psychologischen Spannungsromane oder sogar meinen historischen Krimi lesen, zu dem Sie auf den folgenden Seiten mehr erfahren.

Ich hoffe, dass ich Ihnen in Zukunft noch viele weitere Geschichten zum Vergnügen bringen kann.

Zum Wohl

Louise